編集者の生きた空間

東京・神戸の文芸史探検

高橋輝次
TAKAHASHI Terutsugu

論創社

編集者の生きた空間——東京・神戸の文芸史探検　目次

第Ⅰ部　編集部の豊穣なる空間

第1章　砂子屋書房編輯部の面々——「文筆」の随筆から

　平成二十六年、秋の四天王寺の古本祭りの折、「シアル」さんのコーナーで、箱の中に「書物往来」とか「書物展望」といった戦前の書物関係の雑誌が並んでいるのが見えたので、これは何かあるかも、との予感がして順々にチェックしてゆくと、はたして、その中に「文筆」（砂子屋書房、非売品、昭和十五年十月、五周年記念号、昭和十六年六月号）が二冊も姿を現わしたので、ドキドキと胸が高鳴った。実はその少し前、偶然だが、林哲夫さんの個展で古本も販売しており、その中にこの「文筆」（別の号）も一冊、積まれた雑誌の中にあったのを見ていたので、初見ではない。それにしても大へん珍しい雑誌が出てきたものだ。個展で見た折も目次を見て錚々たる作家の短文が満載されており、太宰治や私が関心のある衣巻省三（稲垣足穂の級友で、短篇集『パラピンの聖女』『黄昏学校』などの著者。詩人でもある。）の一文も目次にあったので、喉から手が出るほどほしかったのだ。しかし、林さんにしてはたしか一万二千円と高く付けていたので（それでもかなり安いらしい）、涙をのんで断念したのである。林さんも以前掘出しで、見つけたもののようだ。

　それに比べると、表紙は汚れているにしてもけっこう安めの値段である。私は、これは貴重な資料になる、と乏しい財布の中身を気にしながらも、思いきって二冊共、求めることにした。（いや、正直に言います。その日は予算が足りず、安い方を一冊だけ買って帰ったのだが、やはりもう一冊もほしくなり、次の日も出かけ、置き場所が移動していたので、すわ、もう買われたのかと焦って、探すのに苦労したが、やっと見つけて手に入れました！）

　さて、砂子屋書房といえば、規模は小さくても昭和十年代の文学史を語る際に欠かせぬ大切な出版社であり、[註1]とくにその「第一小説集」叢書は外村繁『鵜《う》の物語』、太宰治

『晩年』、尾崎一雄『暢気眼鏡』、田畑修一郎『鳥羽家の子供』を始めとして、昭和文学史に残る錚々たる名作が並ぶ。文学好きの古書通には今でもファンが多く、古書価も高い本が多い。装幀は文字だけのシンプルで渋いものが多く、殆んどは書房主、山崎剛平によるもののようだが、和紙を使って丁寧に造られている。私も昔から関心があり、私の場合、裸本で安いもの中心だが、少しずつ蒐めてきた。仲町貞子『梅の花』、井上友一郎『波の上』、庄野誠一『肥った紳士』（千六百部）、岡田三郎『仲六行状記』（千二百部）（題簽は尾崎士郎）、岩越昌三『石生藻』など、いずれも独自の魅力的な小説集である。中でもとりわけ岡田三郎のものは、岡田氏が博文館に編集者として勤めていた頃の体験に基づいてユーモラスに描いた短篇集で、抜群に面白かったのを憶えている。いつか再読したいものだ。

　単行本としては、「文筆」五周年号の巻末広告欄を見ると、それまでに百冊近く出たようだが、砂子屋書房から出した雑誌については、これまであまり知られていないのではなかろうか。どんな珍しい本でもあるという、あきつ書店の目録によれば、『砂子屋書房本』（限定90部）が出ており、そこには書影入りの単行本書誌の他に『文芸雑誌』『文学生活』そして『文筆』の細目まで記載されているという。前二者は今まで全く知らず、むろん私など見たこともない雑誌だ。

　砂子屋書房については、書房の本造りに主人の山崎剛平とともに深くかかわった浅見淵と尾崎一雄が各々『昭和文壇側面史』と『あの日この日』（下）で詳しく回想してい

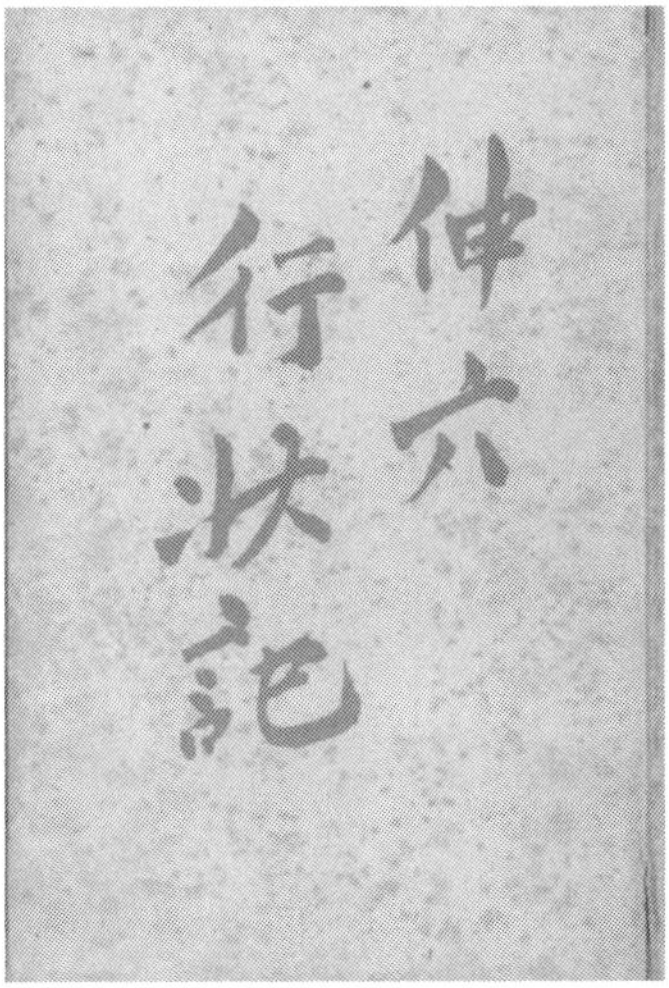

るので、素人の私などが今さら書くこともないほどだが、今回見つけた「文筆」を読むと、細かな点で両書には言及されてないエピソードや裏話もリアルタイムで出てくるので、少しだけ要約しつつ紹介してみようと思う。（その際、事実の補いなどは尾崎の『あの日この日』を適宜参考にしている。）

「文筆」五周年記念号でとくに興味深いのは、砂子屋編輯部の佐伯哲太（後述）からの依頼で創業当時の思い出やその軌跡を六人程が書いていることだ。順番に紹介してゆこう。

まず浅見淵「創業の頃」から。砂子屋書房は昭和十年十月十日創業した。昭和十年の秋頃、浅草の「宇治ノ里」という小料理屋で一杯飲みながら、山崎氏、古志太郎とともに、文壇関係に出す開業挨拶状の宛名書きをした。早稲田大の同級生のこの三人で書房の仕事を始めた。まず、第一創作集を浅見氏が企画し、外村繁、仲町貞子、太宰治、尾崎一雄の順で出し、並行して小さな文芸雑誌も出したという。これが前述の『文芸雑誌』であろう。

外村氏の『鶉の物語』は印刷屋の不慣れと製本屋の落丁などで予定より大分遅れたという。これについては入手した「文筆」昭和十六年六月号で、外村氏も当時を回想している。何かの会合があった帰り、新宿の街上で、浅見氏から突然出版の話をもち出されたという。タイトルも浅見氏が提案したものに従った。本が出来上る予定の日、砂子屋（山崎氏の自宅）へ出かけたが、まだ届いてなかったので、山崎、浅見氏と三人でタクシーで皎明社という印刷所へ駆けつけた。ここは、外村氏が同人誌「麒麟《きりん》」（筆者註・田畑修一郎が中心になって昭和八年に出した）に「鶉の物語」を発表したときの印刷所[註2]だった。夫婦が出てきたが、代金と引換えでないとと、心配して本を渡ししぶっていた。説得して安心させ、見本を見ると、山崎氏が「あっ、いけない」と大きな声を出した。頁が逆になっていたのだ。調べてみると一部分だけだったが、他に落丁本もあった。（戦前の本には時々製本がずさんなものがあり、古本でたまに見かけることがある。）

外村氏の本の奥付発行日は十一年二月十五日。刊行直後に二・二六事件が勃発した。その影響で検閲が急に厳重になり、本書の一部削除を命じられる。そのため、本屋や書房の在庫が売り物にならなくなってしまった。この時期が書房の最受難期で「文芸雑誌」も廃刊したが、第一創作集だけは約束していたので続刊した。ところが太宰氏の『晩年』を先に出して延び延びになっていた尾崎氏の『暢気眼鏡』が昭和十二年度前半の芥川賞を受け、その後出した和田伝の『沃土』も新潮賞をとったので、どちらも増刷を重ね、経営が順調に軌道に乗ったと回想している。（『晩年』も増刷したが、太宰自身の随筆によれば、それでも元版は計二千部位売れたにすぎないようだ。）

次に古志太郎の「思ひ出すまゝ」。前述の三人は十人ばかりの国文科のクラスメートだった。「その頃の山崎君は、尾崎君もそうであったと記憶するが、端然たる美少年だった。」学生時代はあまりつきあいがなく、卒業後も会社員や女学校教師をやったり、稲垣達郎君と「演劇」という雑誌を出したり、結局は「新築地」劇団の文芸部に入り、無茶な生き方をしていた。丁度その頃、郷里の兵庫の赤穂郡上郡町の酒造店から両親を呼び寄せ上京していた山崎氏と新宿の不二屋で偶然再会するも、ろくに話もせず別れてしまった。それから、氏は演劇方面の才能に見切りをつけ、文学の再勉強を開始した。ある日、ふと思い立って桜木町の山崎氏宅を訪ねた。ようやくうちとけて、互いに文学への執着を語り合った。浅見氏のプランで「文芸雑誌」を出したが、五号でつぶれたという。次に出した「文筆」に初めて小説らしい「帰郷」を発表したというが、これは「文学生活」の記憶違いかもしれない。「文筆」は小随筆ばかりの書房のＰＲ雑誌だから。『あの日この日』によれば「文学生活」は「木靴」同人と「文芸レビュー」同人の合作で、十一年六月創刊された。五号までは主張社から、六号から砂子屋から発行されている。私があっと思ったのは、同人の中に創元社東京支店、編集長だった岡村政司氏もいたことだ。最後に古志氏は四十代を前にして『山陰』が出せたのは、山崎、浅見、尾崎氏など旧友の温い友情によるものだと感謝している。古志氏は戦後『紅顔』を出しているが、私は見たことがない。

次は尾崎一雄の「暢気《のんき》書房昔話」に移ろう。冒頭は「そのうち「暢気書房」と云ふ小説を書いてやらうかと思ってゐる。砂子屋書房をモデルにするわけだが、僕は砂子屋の暢気さにはかねがね呆れてゐるのである」と書き出されている。これが具体化したのが、おそらく戦後になって書かれた『もぐら横丁』（池田書店、昭和二十八年）所収の「ぼうふら横丁」ではなかろうか。この小説は昔入手して面白く読んだ。この随筆では、砂子屋書房のざっとした歩みを綴っている。昭和十二年、氏の『暢気眼鏡』を出したのを機会に「早稲田文学」編輯者を辞し、浅見氏と入れ違いで砂子屋を手伝うようになった。

『あの日この日』にも詳しく描かれているが、『暢気眼鏡』が三月に五〇〇部（第一創作集は皆五〇〇部で太宰の『晩年』のみ売れそうなので千部刷ったという）つくられ玄関に積んだまま、山崎は関西へ出かけてしまい、一ヵ月しても帰ってこなかった。それで仕方なく、寄贈用と予備を除く三五

○部位を取次と交渉して配本した。七月に本書が芥川賞を受けてびっくりしたが、山崎氏はそのとき、またもや関西へ出かけていた。十日程たってようやく尾崎宅へ現われ、再販の相談をしたが、「まことにゆったりしたものである」と。それまで注文を断るのに骨を折ったが、ようやく八月に五千部つくって一息ついた。その後、十二年三月に、二人ではどうにも仕事がやり切れなくなり、宮内寒彌君に手伝ってもらうことにした。十三年十二月には佐伯哲太君にも入ってもらった。宮内氏が辞めた代りに詩人の大木実君が入り、現在では佐伯、大木両君が事務をやっている。山崎氏と尾崎氏は「多くおしゃべりをし、碁を打ち、両君の邪魔をしてゐるやうな恰好である」と。

これで、他の文献には記されていない砂子屋書房スタッフの出入りの大体の時期が分った。

続いては宮内寒彌の「サウデスカ」なる一文。宮内氏（明治四十五年～昭和五十八年）は砂子屋から『中央高地』を出し、芥川賞候補になった。昭和十七年には代表作『からたちの花』を大観堂（尾崎氏とも密なつきあいがあった早稲田の古本屋）から出している。一時、砂子屋を手伝ったことは『日本近代文学大事典』にも出ていない。（大木実氏も同様で、職歴の一つに出版社員とだけ記されている。）この一文は、砂子屋内部の思い出ではなく、出入りした印刷屋の主人について綴っている。その意味で珍しいものであり、周辺情報として貴重である。

「その頃、砂子屋に出入するひと達には、人物が多かった」と書き出している。

その一人が、安田頼太郎氏で、氏は砂子屋刊の本では『沃土』や『縛られた女』などでの「細い美しい活字の持主として、又、印刷術の秀技を以って有名であった」と記す。

「そればかりでなく、氏の悠然として迫らざる人柄も有名であって、月一度、集金を兼ねた氏が書房に現はれると、数日の間は、書房の空気が駘蕩として来る程であった。まことに好漢であった」と。

ただ、その人柄のせいか、急ぎの仕事を依頼した場合も約束の期日に印刷が上らなかったりするので、少しいらいらさせられた。新聞広告が先に出て注文がどんどん来たりしてこちらが困っていると難詰しても、氏は一言、あわてず悠然と「サウデスカ」と言って微笑するばかりだった。それで問答は終りになったと。取引先の窓口となっていた宮内氏には、山崎氏、尾崎氏にはない気苦労もあったに違いない。

私の蔵書の奥付を調べてみると、庄野誠一『肥った紳士』にも、「印刷　安田頼太郎」とあり、住所は「東京市淀橋区柏木一ノ一一八」であった。こういう一寸した発見も古本を見る面白さだ。

そして佐伯哲太が「始め」を書いている。この佐伯氏は『あの日この日』では斎木哲太となっている。その後結婚して斎木家に養子で入ったのだろうか。氏はその後「早稲田文学」の編集者となり、一、二年後、中学教員になった。氏も早稲田大の国文科の後輩だったが、卒業後、父の死後は郷里にいた。就職しようと思い、名古屋の友人を訪ねた帰り、上高地の温泉ホテルに青柳優さん（筆者註・この人も早稲田大英文科出身で、尾崎、浅見氏と親交があり、『批評の精神』『文学の真実』などのすぐれた評論集を出した）を訪ねる予定だった。しかし青柳氏は上京中で、半月程泊っていたところ、全く思いがけなくそこで尾崎さんに逢ったという。尾崎氏から砂子屋への就職をすすめられ、渡りに舟と、喜んでお願いした。この宿での尾崎氏の美人相手の行状は尾崎氏の『浴室長期抗戦』にくわしく描かれているそうだ。昭和十三年十二月二十三日、氏は尾崎氏に連れられ砂子屋を訪れ、山崎さんと宮内君に初対面した。夕方になって、入社祝いの宴を設けてもらった。以下は編輯室での空間と人物と雰囲気が生き生きと描写されているので、少し長いがそのまま引用しておこう。

「編輯室で酒を飲むのは始めてのことだといふ。書房神聖。だが今日は特別とのこと、黒檀の事務机を真中へ出して、四人で囲んだ。酒は山崎家吟醸の鴻の澤である。前を見ても、後をふり返っても、右を眺めても、左に眼を向けても、本ばかりの中で、私はキョロキョロしながら杯を重ねた。博識な山崎さんの口から迸りでるやうな言葉、言葉、言葉。負けず劣らずの尾崎さんが、時々得意のユーモアを飛ばす。宮内君の表情巧みな話しぶり、それに東北弁、関西弁、関東言葉、なんでも使ひわける（私はこんな人を知らない）。それらが入り交ってユーモアはユーモアを生み、話は枝から枝と延びて涯しがない。そこからもりあがる和やかな、それでゐて少しもゆるみのない雰囲気。一年ほど田舎にゐた私は少々とまどひながらも、少しづつ心が軽く浮きたってくるのを感じた」と。

この一文の載った「文筆」も佐伯氏の担当のようで、巻末に後記を書いている。書房の庭に柿の木が二本あり、それが食べられる柿で、出入りの魚屋や製本屋、製函屋、印刷屋の営業の人みんなが味を知っている、などと記している。庭があるから、和風住宅の事務所だったことが分る。[註3]

最後は書房主、山崎剛平氏の「書房五年」から。今までの出版を顧みて、自身快いことの第一は、皆文芸畠の本ばかりで、「第一小説集」を出した作家たちがその後も活躍している人が多いことだ。それに出した小説で五つの文学賞をとったこと。前述の本の他、外村繁『草筏』が池谷信三郎賞、榊山潤『歴史』が新潮賞、丸山義治『田舎』が第一回有馬頼寧賞を取った（『あの日この日』より）。他社では大抵賞を取ってから急いで本にするのが定石だが、砂子屋は受賞する前に本にしたものばかりだ。この点も快い。

　また、砂子屋では著者に折り入って頼み込むことがない。しかし、岩本素白先生の『山居俗情』だけは異例で、「これだけは一寸無理矢理に取って来た趣きがある。しかし素白先生のやうな人はこうでもしないと絶対に埒の明かない人で、これはし方のないことだ。この機会を遁すと何處からも遂に本は出ずじまひになったらうと思はれる。頑張っていいことをした、今なほ手柄に思ってゐる」と。

　これらは自慢といえば自慢話だが、客観的に見てもその通りだから、いや味には聞こえない。氏は最後によく「忙しいだろう」と人から挨拶代りに言われるが、本当は実によく怠けている、と告白している。尾崎氏に「暢気書房」と書かれる由縁であろう。

　なお、大木実氏も同誌に「母たち」を書いているが、これは書房とは関係ない内容である。氏は尾崎氏に師事しており、初めて砂子屋から出した詩集『場末の子』には尾崎氏が跋文を寄せている。さらに第九詩集『月夜の町』（黄土社、昭和四十一年）でも、尾崎氏がジーンとくる序文を書いている。御二人の長く変らぬ交情が伺われる。〔註4〕

　このように繁盛していた砂子屋書房も、『あの日この日』によれば、昭和十八年頃から出版統制でやりにくくなり、用紙割当権もどこへも譲《ゆず》らず、自爆してしまった。紅野敏郎氏によれば、昭和二十年、終戦前に閉業している。たしか山崎氏は郷里へ帰って家業を続け、余生を送ったはずだ。氏はもともと窪田空穂門下の歌人でもあり、『枯木集』や『挽歌』（砂子屋書房）などの歌集の他、小品集『水郷記』、又戦後になって砂子屋書房での作家たちとの交流を『若き日の作家』『老作家の印象』にまとめ、屋号を山崎氏からゆずり受けた詩人、田村雅之氏経営の砂子屋書房から出している。但し、私も昔手に入れて読んだが、なぜか尾崎氏や浅見氏の本ほどには引き込まれなかったことを憶えてい

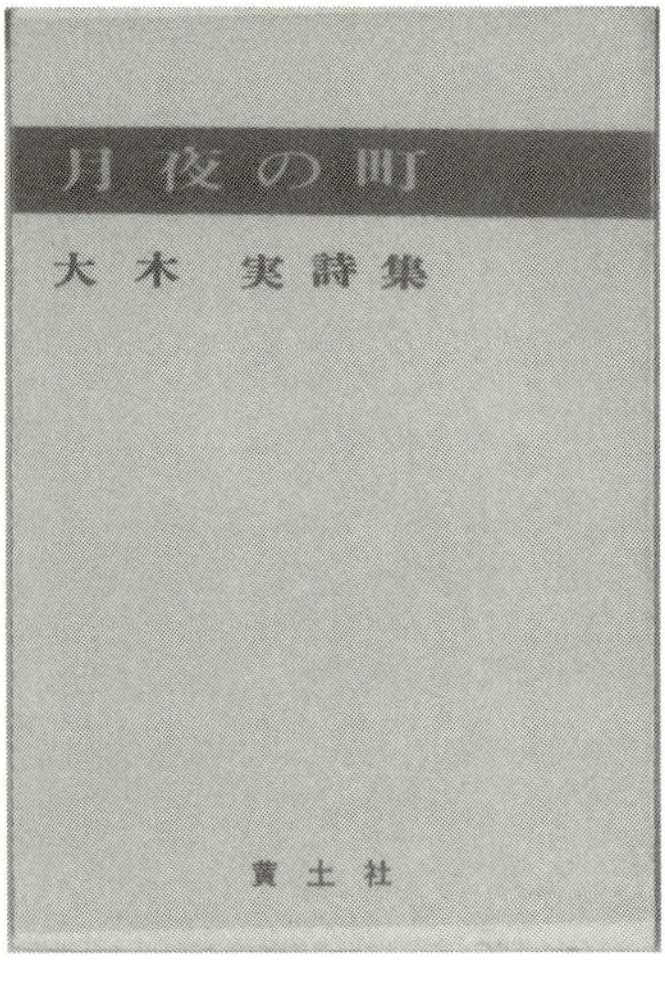

る。

それにしても、前述した砂子屋に勤めた文学者たちは皆、そこから本を出しており、山崎氏の懐の深さを思わせられる。

なお、尾崎氏も書いているが、山崎家はもと播州砂子の出身で、本来は「まなご」と読むのが正しいのだが、皆が「すなご」と呼ぶので「すなごや」書房でいいことになったという。私もずっとそう読んでいたので、一安心した。

以上、私のおこがましくも綴った小文が、出版史の少壮研究者や砂子屋ファンの古本者たちに少しでも参考になれば、大へん幸いに思う。

【追記1】 なお、太宰治と砂子屋書房との出版をめぐるいきさつについては、太宰自身も随筆に部数のことも含めて書いているし、尾崎、山崎氏の本にもくわしく出てくる。それに、近代文学研究者の山内祥史氏も詳細な考証をまとめているので、今回は省略した。私の旧著『著者と編集者の間』(武蔵野書房)でも太宰の随筆から少し紹介している。

〔註1〕 昭和十年代に良質の文芸書を次々に出した小出版社としては、赤塚書房や竹村書房もよく知られている。しかし、赤塚書房についてはその主人、赤塚三郎氏が韓国出身の人だった位しか分らず(これもうろ覚えなのでまちがっていたら、お許しの程)、編集部の実態は未だ謎に包まれている。どういうわけかその出版物の古書価は例外なく、ずば抜けて高い。従って私など、目録でたまに見かける赤塚書房の本をつねに指をくわえて眺めるばかりだ。装幀は砂子屋書房本と比べると、粗末な本が多いように思うのだが。

室生犀星、坂口安吾、太宰治など数多くの名作小説を出した竹村書房については、私も『古本が古本を呼ぶ』の中で、小田嶽夫『文学青春群像』や近代文学研究者、関井光男氏が書いた竹村書房の略史などに基づいて少し紹介している。平野謙が編集部で校正をやっていたという興味深い事実もあるようだが、(後日、神戸、サンチカの古本展で、『平野謙をしのぶ』を見つけた。立ち読みで、巻末の年譜を見ると、「昭和十二年秋頃から竹村書房の編集を手伝う」とあった。)平野氏の回想記にあるのだろうか。未見である。しかし、詳細な二社の実態はまだ明らかになっていない。書き残された資料がどちらもあまりにも少ないからだろう。

〔註2〕 最近、ある古本展の均一コーナーで入手した野口冨士男編『座談会　昭和文壇史』(講談社、一九七六年)を読んでいたら、野口氏の次のような発言を見出した。「巣鴨のほうに晈明社という印刷屋があってね。晈明社を知らない文学青年は、当時はモグリでしたよ(笑)」「あれは昭和文壇

史に逸することのできない印刷屋だなあ」と。印刷屋を通した文壇史というのも面白い視点であると思う。ちなみに本書は、野口氏も編集していた紀伊国屋書店発行の「風景」に連載されたもので、当時の現場にいた文学者たちが各テーマ（例えば「新興芸術派のころ」「昭和十年代文学の見かた」など）に沿って、実感をこめて往時を語り合っている。文学史という網の目ではすくい切れないエピソードの数々が語られていて、実に面白い。冒頭の座談会で吉行淳之介は、文学史の書物は「ニワトリでいえば骨だけで肉がないような、無味乾燥なところがありますよね」と卓抜な比喩を使って発言しており、まさにそのような不満を解消するような内容となっている。

なお、神戸で誕生し、昭和十年代に主に日本浪曼派の作家の小説を多く出版した「ぐろりあ・そさえて」の編集部の面々については、私の旧著『関西古本探検』で割に詳しく紹介しているので、参照していただけたら幸いである。

〔註3〕私の旧著『著者と編集者の間』（武蔵野書房）に「文章に描かれた出版社の風景」という一篇を収録しており、明治から大正、昭和、現在までの出版社十五社を取り上げ、その外観や空間を各々紹介している。その番外篇に砂子屋書房にも少しだが言及しており、そこで尾崎一雄の『ぼうふら横丁』から書房の外観を描いた一節を引用している。ここに再度引用しておこう。

「山崎のところは、路地の一角と云っても、なかなか大きな家で、三方が道になって居り、堂々たる角屋敷である」と。

私は、ふと思いついて、書房の外観を写した写真が載ってないかと、昔古本で入手した「尾崎一雄展」図録（神奈川近代文学館主催、昭和六十一年）を本棚から探し出し、繰ってみた。するとうれしいことに「ぼうふら横丁」の項で、キャプションが「砂子屋書房（山崎剛平宅）の門前で、一九三九年（昭和十四）春、左から尾崎鮎雄、一雄、一枝」となっている写真が見つかった。尾崎氏の小説にも出てくる近所に住んでいた林芙美子が可愛がったという一枝さんの写っている写真だ。一部しか外観は分らないが、貴重な写真ではなかろうか。さらに、山崎剛平氏も写っている珍しい写真が続けて見つかった。せっかくの機会なので転載をお許し願おう。キャプションには「上野桜木町で。左から、和田伝、尾崎一雄、榊山潤、山崎剛平、一九四〇（昭和十五）年頃」となっている。作家は皆、砂子屋から小説集を出した人だ。この背景も書房である公算が大きい。尾崎氏がはち巻をしているので文人囲碁会があったときかもしれない。昭和十五年頃とは、まさに私が入手した「文筆」も出た書房五周年の頃に当る。山崎剛平氏が四十一、二歳の頃で、中年になってもなかなか風格ある、ハンサムなお顔の人だったことが分るではないか。

上野桜木町で。左から、和田伝、尾崎一雄、榊山潤、山崎剛平、1940（昭和15）年頃

〔註4〕私は大木実氏の十六冊目の詩集（最終詩集か？）『年暮れる』（限定二五〇部、潮流社、一九九六年）を古本で手に入れて持っているが、巻末に発行人、八木憲司氏との対談が収録されている。大木氏の一生の歩みをふり返っている興味深いものだが、その中でわずかながら、氏の砂子屋書房時代にもふれている。尾崎一雄先生のお世話で書房に入り、二年半働いたこと、尾崎先生とはそれ以前から文通していて、先生の出世作「二月の蜜蜂」以来の最も若い読者であった、などと語っている。

その頃か、いくつか小説も書いて先生に見てもらったが、「君は小説より詩の方がいいね」と言われ、小説は断念した、とも。大木氏が砂子屋時代のことを詳しく書いた随筆がもしあれば、ぜひ読みたいものである。

なお、本詩集の一篇に、氏が昭和十六年十月に結婚して、根津神社に隣接の木造アパートに所帯をもち、先生にごあいさつに行ったが留守だったことが記されている。年代的に言って、これは氏が砂子屋書房に勤めていた時であり、先生とは尾崎氏のことと思われる。給料は五〇円だったという貴重な証言もある。

【追記2】またまた追記を書く破目になってしまった（どうやら私のこの悪癖は直らないものらしい……。）原稿を書き上げて一週間ほどたって、仕事部屋に行き、未だに引っ越しの本の片づけが残っていて段ボール箱に入れたままの一箱をあけてみると、中に昔、種々図書館などでコピーした文献類が詰めこまれてあった。その一束に、何と紅野敏郎氏の「昭和文学と砂子屋書房」が出てきたのである。すっかり忘れてしまっていたが、確かに一度は読んだものと見え、所々にピンクの水性マーカーで傍線まで引いている。これは岩波の「文学」一九八五年（昭和六十年）七月号に載ったものである。後に単行本にも収録されたとは思うが、未確認である。

これは堂々たる十四頁にわたる好評論だ。私は再度、急いで一気に読了し、またもや感服した。情理かねそなえた、紅野節ともいうべき名調子の文章である。一文はまず、かねて保昌正夫氏とともに待望していた山崎剛平氏の『若き日の作家』出版に接し、感慨無量の喜びを吐露するところから始まっている。この本が出る前に亡くなった浅見氏や尾崎氏がもし生きておられたら、どんなに喜ばれたことか、とも。

内容をごく簡単に紹介しておこう。

紅野先生は、砂子屋の「第一小説集」、そして「随筆集」シリーズなどの主な出版物を取り上げ、各々内容にまで踏みこんで簡潔に紹介して評価してゆく。例えば、第一小説集では、とくに仲町貞子の『梅の花』を、当時なされた永井龍男や三好十郎の賞讃の評言を引きつつ、高く評価している。先生は「……仲町貞子の生涯は、伝記文学の対象に十分になり得る」とも記している。これについては、その後、私は長崎在住の近代文学研究者、田中俊廣氏が出した『感性の絵巻　仲町貞子』（長崎新聞新書）を興味深く読み、短く紹介した一文を私の『関西古本探検』に収録している。

随筆集シリーズでは、窪田空穂の『忘れぬ中に』、徳田秋声の初めての随筆集『灰皿』（そういえば、この二冊も昔、手に入れて持っている）、そしてとくに岩本素白の『山居俗情』を高く評価して、「随筆文学の醍醐味を知らしてくれる岩本素白を砂子屋書房本に加えたことで、ややオーバアにいえば、山崎剛平の名は永久に残る」とまで絶賛している。これは前述した山崎氏の回想とも呼応し、山崎氏の苦労は充分報われたと言えるだろう。

さらに先生の探書のすごいところは、「文芸雑誌」や「文筆」にも言及していることだ。「文筆」が「文芸雑誌」の五冊より長く続き、「砂子屋書房ゆかりの人びとの執筆が多いが、随筆を主とし、小説を配し（傍点筆者）、現在の「図書」や「波」にも似ているし、なかには（中略）短篇小説の特集号（作家名十二名が挙げられているが省略）などもあり、PR誌以上の魅力的な編集で、読者からの便りも多く掲載されている」〔註5〕と述べている。この（一）内の作家の初めに衣巻省三が記されているので、私が林哲夫氏の個展で見たのはこの号だったにちがいない。また、前述した古志太郎氏の回想で、氏の「帰郷」は「文筆」でなく「文学生活」に載ったのでは、という私のいいかげんな推測は誤りで、やはり「文筆」に載ったのだろうとこれで分った。原物も見ていない私の早とちりであろう。

また、割に長い追記が五項目記されており——この点に限って紅野先生は私の大先輩に当り、幾分安心した——その（一）で「文芸雑誌」は昭和十一年一月創刊、第二号では永井龍男、平林たい子、古谷綱武、北川冬彦氏（当時の夫君、後に離婚）らによる「仲町貞子を語る」という特別頁も配されているという。これはいずれ日本近代文学館ででも探求して、ぜひ読んでみたいものである。第三号の内容紹介も詳しい。

先生はまた、最初の方で「砂子屋書房、それは昭和文学に関心を持つ人ならば、そこの刊行物はすべて集めてみたいという欲求をだれでもひとたびは抱くに違いない」と書いている。おそらく、ここに取り上げている本の殆どは先生自ら、長年にわたって古本屋をコツコツまわって蒐め、架蔵しているものを机の傍らに置きつつ執筆したのにちがいない。その証拠に、例えば「『梅の花』の表紙は、海草入りの出雲和紙で薄白く、見返しは信州月明紙、函は小川別染藍紙、きわめて地味だが、手にとると、紙質の関係もあってずしりと重い」とあるし、『肥った紳士』についても「函《はこ》・背・扉ともに横光利一のペン字の題簽、真赤な見返し、印象に残る本である」と記している（本書は一、二〇〇部印刷）。さらに森三千代の『巴里の宿』についても、「表紙がジャン・コクトウの一筆画というのも、森三千代自身のパリ生活のありようをしのばせる」と。このような装幀へのくわしい言及も古本ファンにはうれしく、楽しいものだ。

いずれにしても、紅野先生の評論は教えられることの多い大へん興味深いものなので、ぜひ読者も探して読んでみてほしいと願っている。

ジャン・コクトウの一筆画

私も紅野先生の本は数冊は持っているが、これからも先生の遺された数々の大冊を古本で少しずつ蒐め、読んでゆきたいと思っている。

〔註5〕　私がもう一冊手に入れた「文筆」（昭和十六年六月号）の「読者通信」欄を何げなく見ていたら、瀧井孝作『風物誌』の項目で、何と「大阪府　織田作之助」が出てきたので、アッとびっくり。「瀧井さんのものをよむと、小説を書くのがこはい。この本、古本屋で買ったのだが、実に立派な本だと珍重しています」と。丁度、織田作が『夫婦善哉』を創元社から出した頃である。こういう一寸した発見も古い雑誌を読む醍醐味であろう。

【追記3】　最後に〔註5〕を書いた翌日、私は久しぶりに十一月初旬、神戸、花隈で開かれた古書会館での古本展に出かけた。何か、神戸の文学関係の新たな資料が見つからないかと期待して……。ねばって探したが、めぼしいものは見つからず、くたびれてきた頃、どの店のコーナーかは失念したが、神戸関係の単行本や雑誌が陳列されているところで、「Ban Cul（バンカル）」というB５判雑誌がざっと二十冊程、一冊三〇〇円で出ていた。今まで殆ど見たことがなかったが、姫路市文化振興財団が発行している播州の文化を広く紹介している雑誌である（バン（＝播州）カル（＝カルチャー）が誌名になっている）。これには播州出身の池内紀氏も連載している。念のため、順々に表紙に表示のある主な目次を見てゆくと、その一冊に何と、新シリーズ「播磨人物伝　砂子屋書房主　山崎剛平」が目に止った。おっ、これは、と驚き、セロファンから抜き出して（これがいつもなかなかやっかいな作業です。古本屋さんの眼も気になるし……）中身を見ると、井上久男氏――一九三一年姫路市生れで、文芸同人誌「姫路文学」の編集主幹をしている方――の連載第一回のものだった。私はあわててバラバラに並んでいる雑誌の中から必死に探して、他の連載号もやっと見つけることができた。（二〇〇〇年夏号、同秋号、二〇〇一年夏号だが、季刊なので、抜けた号があるかも

しれない）この三冊を入手できただけで、今回は大きな収穫である。まさに私がよく言う「古本が古本を呼ぶ」いや、今回は「古雑誌が古雑誌を呼ぶ」を、しかも短期間に経験した典型例ではないか。

私は自宅へ帰るまでの阪神電車と地下鉄の車中で幸い座れたので、連載の三冊とも、一気に読んでしまった。（もっとも、一回が四段組みで、四頁のものだが）

本連載は、言うまでもなく、山崎剛平氏の生涯と仕事を過不足なく、しっかりと紹介した興味深いもので、やはり尾崎一雄の本や山崎氏の『作家の思い出』、それに生前、井上氏が二度山崎氏宅を訪れて面談した折の聞き書きなどをもとに書かれている。それに、さすがと思ったのは井上氏も私が入手した「文筆」の五周年記念号の山崎氏の随筆や十三年二月号の「開店宣言」からも少し引用していることだ。あくまで、山崎氏の評伝なので、砂子屋書房の仕事が中心にはなっているが、明治三十四年に生まれてから書房開店までの経歴や晩年の郷里での仕事や活動なども詳述している。私が書いた原稿では、砂子屋の編集者全体をスケッチするという視点なので、違った書き方をしており、私のも又発表する意味があるのでは、と少し安心した。

ここでは、井上氏の評伝から教えられた、私の原稿では書けなかったこと、新たに分ったことのみを、簡単に紹介しておこう。

まず、山崎氏は平成八年七月八日、九十五歳で亡くなったこと。長命であった。晩年は失明に近い状態だったが、面談の折、べらんめえ口調で元気に大きな声で話されたという。その折の顔写真もいくつか掲載されているが、眼は閉じられているものの柔和で穏やかな表情をされている。

また、重要なのは、書房は昭和十八年十二月に閉店した、と明記されていることだ。私は紅野先生の一文に拠って、昭和二十年終戦前と書いたのだが、おそらくこの点だけは先生の調査不足であろう。井上氏は山崎氏から直接話を聞いているし（記憶力も抜群だったという）、翌十九年の「「短歌研究」六月号に「書房閉店」と題して五首を掲載して、文字通り閉店宣言にかえた」とも具体的に書いているからだ。この短歌は紹介されていないが、いつか探求して読んでみたいものだ。さらに二十年五月に妻子を連れて上郡《かみごおり》の実家へ疎開した、とも。

昭和十八年には、窪田空穂の『中世和歌研究』など五冊も出しているが、砂子屋の最後の本は清瀬一郎『正気』で、これは五・一五事件の弁護人による裁判記録だが、当時の文部大臣の清瀬氏への圧力で、発売禁止になったという。製本まで出来ていたのだろうか。

また、これも山崎氏の談話によると思われるが、上野桜木町の場所と自宅の間取りも記している。「現在の東京芸大に近い寛永寺の境内に続く敷地である。二階二間に階下四間、別に茶室があって仕舞屋《しもたや》といっても上級の家」と。ここをさらに改築して、応接間に机一つ、電話一台を置いて事務所にしたそうだ。こうして井上氏の文章のおかげで、私たちは砂子屋の空間イメージもより鮮明に浮び上らせることができる。

姫路文学館には、早稲田大出身の青年で熱烈な砂子屋本蒐集家、大坂透氏と大屋幸世氏によって造られた超豪華本、前述の『砂子屋書房本』も館蔵されているという。（卒寿記念に山崎氏にも届けられた）私は姫路文学館で井上氏の企画で、山崎氏の遺族の協力なども得て「砂子屋書房主　山崎剛平」展を一度開いてくれないものかと切望する。昭和文学研究者はもちろん、砂子屋本いや文学好きの古本ファンなら、遠方からも大勢出かけることと思うのだが。

【追記4】　後日、あきつ書店の目録を何げなく見ていたら、「文学生活」第50号（昭和三十六年）が目に止った。そこに浅見淵、「第一次「文学生活」の頃」とあったので、これは！と思い注文した。大分昔の目録なので、もうないかもと思ったが、幸い、売れなかったとみえて、すぐ送られてきた。編集後記によれば、本誌は新文化社から出ており、最近まで同名の雑誌が昔出ていたのを知らずにタイトルに使っていたとお詫びしている。三段組みで一頁と一段のエッセイである。「文学生活」が創刊されたのは昭和十一年の六月である、と書き出されている。当時上野の谷中に住んでいた浅見氏の自宅に、突然、十和田操、伊藤整、福田清人が訪れ、砂子屋のPR雑誌（「文筆」のことだろう）と合併して、同人雑誌を出してくれぬかと相談された。これら三君とは、福田清人氏がどこかの出版屋から前年出した『脱出』の出版記念会の代りに、奥多摩へのピクニックが計画され、浅見氏も参加した折、親しくなったのだという。あの博識の浅見氏が忘れるとは一寸意外だが、この出版社とは、私が『古本が古本を呼ぶ』（青弓社）の中で割に詳しく書いている協和書院のことである。福田氏の本の他、豊田三郎『新しき軌道』、荒木巍『渦の中』、永松定『万有引力』（以上、青年作家叢書）を出した所だ。（これは自分でもなかなか面白い発見の過程が書けていると思うので、未読の人はぜひ読んで下さい。）

このピクニックの帰途、御岳の麓の料亭に大勢であがって飲食したが、一行は女学校教師という触れこみで、太った永松定が校長ということになった。それを料亭の女性たちがまに受けて、彼女らとの話の応答に一同腹を抱えて笑い興じたという愉快なエピソードも添えている。「文学生活」は田畑修一郎が命名した。同人は他の同人誌と違って出身校がまちまちだったが、それを気にせず、楽しい雰囲気でつきあった仲間であった。当時は不景気の時代でみんな貧乏で、それが一層みなを親しくさせたようだ、と書いている。

創刊号に載った小田嶽夫の「城外」が芥川賞をとったり、二号の十和田操「判任官の子」もその候補になった。外村繁の「草筏」も前半は「文学生活」に連載されたという。「文学生活」も昭和文学史に重要な役割を果たした同人誌だったことが分る。

なお、「文筆」は、「彷書月刊」一九九二年十一月号に載った竹内良明氏の短い紹介によれば、ほぼ十九冊出され、昭和十六年の夏号で休刊したようである。

【追記5】【追記4】を書いておそらく一年位たった平成二十八年十月末、京都で秋の古本祭りが百万遍の智恩寺で開かれたので、勇んで初日に出かけた。あちこちのお店で設けられている三冊、五〇〇円のコーナーをもっぱら漁ったが、キクオ書店の同コーナーでふと手に取ったのが、八木憲爾『涙した神たち――丸山薫とその周辺』（東京新聞出版局、一九九九年）である。私は丸山薫の詩作品についてはわずかしか読んでおらず、全く不勉強なのだが、「その周辺」というサブタイトルが何か気になり、のぞいてみる気になったのだ。すると、その周辺（三好達治、尾崎士郎、田中冬二、安西冬衛など）の部の中に「夕映記――大木実、哀切の生涯」が一〇〇頁余りもあるのが目についた（全体で三三〇頁の本である）。急いで中身をパラパラ見てみると、砂子屋書房時代のことも割と書かれているようだ。私はこれは参考になると思い、喜んで三冊のうちの一冊に決めた。帰りの大阪までの京阪電車の車中ですぐ、その部分を読み始めたのは言うまでもない。著者の八木氏は後から本稿を見直して気づいたが、〔註4〕でも印した人で、詩書中心の出版社、潮流社社主。戦後、詩誌「四季」を復刊、発行した人である。『大木実全詩集』や大木氏の晩年の詩集、数冊を出している。とくに断っておらず、参考文献もあげられてないが、親しく交流した大木氏からの詳しい聞き取りや資料提供に基づいて書かれているようだ。巻末解説で伊藤桂一氏も述べているように「大木実の評伝としては、懇切限りない」ものだ。大木氏の詳しい評伝としては唯一の充実した成果ではなかろうか。

大木氏の生涯と作品紹介自体も興味深い内容ではあるが、ここでは砂子屋書房関連で新たに分ったことを中心に、簡単に要約して報告しておこう。

前述したように、砂子屋書房は昭和十年十月十日に創業したが、毎年、その日を「三十節」と呼んで、山崎、尾崎氏たちは盛大に酒を飲んだという。

「砂子屋は風格のある大邸宅で」表門はいつも閉っていたが、「塀の半頃《なかごろ》のところに標札の四、五倍ほどに『砂子屋書房』と達筆で書かれた木札が掲げられ、その下に郵便受けがあった。そこが書房の出入口になっていた」とある。貴重なのは「大木実筆の砂子屋書房の見取図」が詳しく図

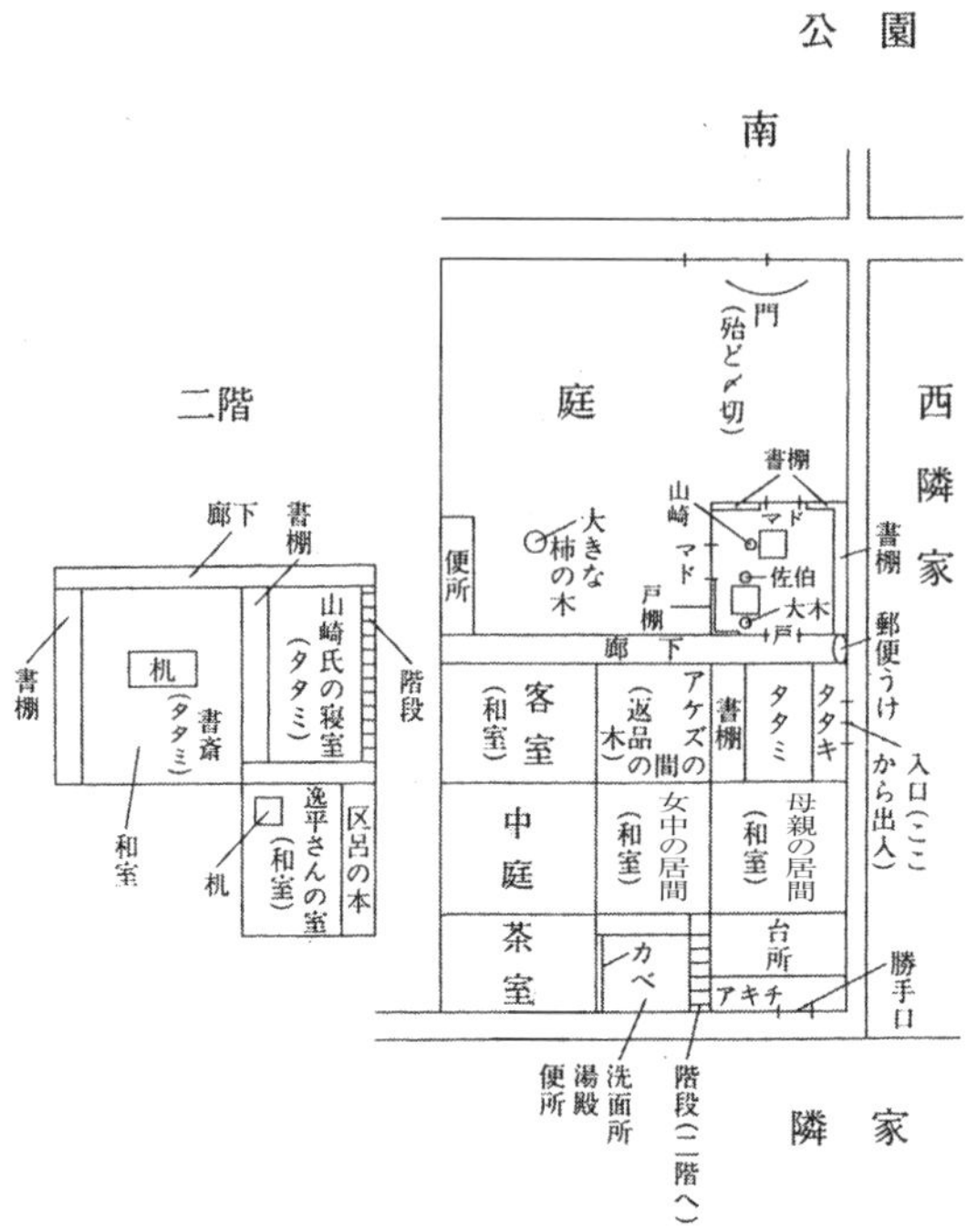

公園
南
西隣家
門(殆ど〆切)
庭
二階
書棚
山崎
マド
大きな柿の木
便所
マド
佐伯
大木
戸棚
戸
書棚
郵便うけ
廊下
客室(和室)
アケズの間(返品の本)
書棚
タタミ
タタキ
入口(ここから出入)
中庭
女中の居間(和室)
母親の居間(和室)
茶室
カベ
台所
アキチ
勝手口
洗面所
湯殿
便所
階段(二階へ)
隣家
廊下
書棚
山崎氏の寝室(タタミ)
階段
書棚
机
書斎(タタミ)
和室
机
逸平さんの室(和室)
区呂の本

版で掲げられていることだ。ここに転載させていただくのをお許し願おう。図版の上部に「書房は洋間でしたがタタミ敷き、机も座机、(佐伯と対いあい共用)仕事関係の業者は書房へ、大切な来客(先生方)は客室へお通ししました」という大木氏のことばが添えられている。砂子屋書房の空間が具体的に詳細に示された、私には一番うれしい資料である。編集者たちの他に、住み込みの女中、十七、八歳のまち子さんがいて、時々書房の雑用もしていた。素直で、よく気の利く娘であったという。図にある「逸平さん」は山崎氏の一人息子である。〈山崎氏の細君は第二子出産の折、難産で、母子ともに亡くなっている。後に再婚。〉

大木氏は二十七歳のとき、昭和十四年七月半ばに尾崎一雄の紹介で砂子屋書房に入った。月給は五十円であった(結婚後は五十五円に上がった)。前述した佐伯哲太氏は大木氏より四歳年上であった。山崎氏が万事に鷹揚な人柄のため、佐伯氏も大木氏も思うままに仕事ができた。大木氏は入社して早くも二ヵ月程たって、尾崎氏に書きためた詩稿を見せて書房からの詩集出版を頼んだところ、山崎氏に早速勧めて出版を引受けてくれた。その折、大木氏のつけた題名は『下町の子』となっていたが、山崎氏は一読して、笑いながら「これは『下町の子』なんて粋なものじゃあな

く、『場末の子』だね」と言ったという。こうして、処女詩集『場末の子』は昭和十四年十一月に出版された。部数二百五十部で、百部は大木氏が月給から買い取った。大木氏はその中から著名な詩人や作家に献本したが、その殆どがナシのツブテであった。ところが、思いがけなく高名な高村光大郎と丸山薫から高く評価する葉書をもらい、感激している。丸山氏の自宅を翌年一月訪れ、それ以来、大木氏は生涯、丸山氏を父親のように敬慕して交流している。

続いて第二詩集『屋根』も十六年五月に砂子屋から出し好評を得た。このとき、丸山氏に跋文を頼んでいる。本書は三百五十部刷られた。

大木氏が結婚して二ヵ月後、昭和十六年十二月初め（ハワイ湾奇襲で日本中が沸き立っていた頃）、赤紙が来た。こうして大木氏の砂子屋書房時代は二年半位で終った。氏は海軍の暗号員として、連合艦隊の空母「瑞鶴」に乗り組み、後に軽巡洋艦「大淀」に移ったため、辛うじて生還した（瑞鶴は撃沈）。戦後、創業された児童書籍出版の未見社（後に小峰書店と改称）に一年程勤めたが、若い同僚たちとソリが合わず辞め、その後は大宮市役所の吏員として定年まで二十七年間誠実に勤めている。戦後の一時期、困窮の時代には尾崎氏に何度も借金を申し込んだようだ。もし砂子屋が戦後まで存続していれば、編集者としても大成したかもしれない。

晩年は生活も安定し、詩作に専念した。平成八年、八十二歳で亡くなっている。生涯に十六冊の詩集を遺した。最後に、引用されている大木氏の詩の中で、私がとくに好きな作品を再引用させていただこう。これは第三詩集『故郷』（桜井書店）に収録されている。高村光大郎が序文を寄せている。

秋の貌

秋は夜店のなかを歩いていた
物売るひとのうしろに佇んだり
のぞいて歩く子供たちの瞳《め》のなかや
すれ違う少女の袂にかくれたりした
秋田の八月の宵宵
空には星が美しく　風がないのに町は涼しかった
裏通にある氷屋で飲んだソーダ水
そのストロウのなかにも秋はいた

第2章　第三次「三田文学」編集部の面々——山川方夫《まさお》と四人の仲間たち

　私は元々が編集者のせいか、以前から出版社の編集部の様子や空間に興味をもっている。といっても、自分が経験した出版社は壮年期まで勤めた創元社だけで、他社の編集部の見聞はたまたま訪れたことがある、ごくわずかにすぎない。それで、あとはもっぱら活字の上で表われたものを探求するしかない。その成果の一端は旧著『著者と編集者の間』（武蔵野書房）の中に「文章に描かれた出版社の風景」としてまとめ、そこで明治の春陽堂、博文館から、昭和戦前期の版画荘、野田書房、砂子屋書房、戦後の書肆ユリイカ、本の雑誌社などまで計十五社取り上げ、主にその外観や空間描写をいろいろな文献から紹介している。また、『関西古本探検』（右文書院）でも、「出版社の懐かしき空間」と題して、竹西寛子さんのエッセイに拠り旧河出書房を、山田稔氏の一文から未来社の空間を、各々紹介している。そういえば、「本の雑誌」でも時々、有名出版社社内の探訪特集があり、一般の本好きの読者の関心の高さが伺える。

　今回、私は割に文献が集まった、若き日の山川方夫を編集長格に活動した第三次「三田文学」編集部のことを気ままに紹介してみようと思う。山川方夫の小説は、私も昔、文庫（『愛のごとく』『海岸公園』（以上、新潮文庫）や『安南の王子』（集英社文庫）などがあり、後者には山川氏の年譜もあって、「三田文学」編集関係にもくわしい記述がある）などで多少は読んだが、特別熱心なファンというわけではない。大ざっぱな印象だが、その都会的センスあふれる小説はとても内省的で、他者の理解しにくさ、愛の不確かさといったコミュニケーションの不毛を主題としたものが多く、主人公の内面の動きが繊細に描かれていたように思う。ただ、今から改めてゆっくり再読する余裕がない（怠け者で、すみません）。もとより私には山川文学をちゃんと評価する能力もないので、そちらは専門家に任せ、ここではもっぱら編集者としての氏にスポットを当ててみたい（ただ、再評価の気運が高まってきているのはまちがいない）。

さて、私がどういうきっかけで第三次「三田文学」編集部に興味をもち始めたのか、今となってはどうもはっきりしないが、おそらく江藤淳のエッセイを読んだあたりがその初めではなかったか。あるとき、『渚ホテルの朝食』（文藝春秋、平成八年）を古本屋の均一本コーナーで見つけ、所収の「『三田文学』の今昔」という文章を面白く読んだ。本書は割に軽めの雑文集だが、中に「本屋と屋号」や「古本の豊かさ」などもあるので求めた記憶がある。

これは江藤氏の講演を活字化したもので、初出を見ると、やはり「三田文学」に載ったものだった。初めに「三田文学」の簡単な歴史を語り、この雑誌が明治四十三年、永井荷風を主幹に創刊されたこと、「三田文学」の中心人物といえば佐藤春夫、久保田万太郎、小島政二郎御三家であり、各々、鳥類、魚類、哺乳類に譬えられると言い、佐藤春夫は耳が大きくて、まさに猛禽のごとし、久保田万太郎はつるんとした趣きで、水族館で泳いでいる丸い魚の感じ、小島政二郎は「童話に出てくるカバみたいな顔」など、ズバリと巧みな比喩表現で描写していて、さぞ聴衆を笑わせたのでは、と思わせる。春夫と万太郎が犬猿の仲だったこともエピソードとともに語られていて、外野席の読者としては面白い。（氏は本書の別のエッセイでも、親友だった山川方夫のことを「漂白されてツルリンとしたアザラシの姿」と書き、山川氏から、いやお前こそアザラシそっくりだと、言い返され

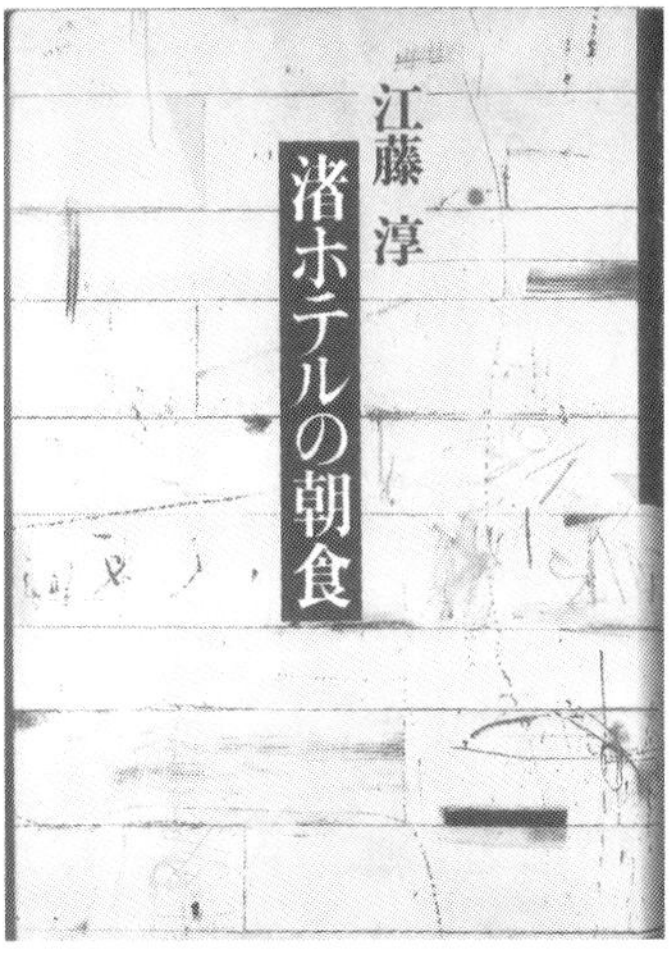

たエピソードを語っている。山川氏の左の写真を見ている私は、なるほどと、思わず笑ってしまった。）

さて、氏がまだ三田の学生のとき、「三田文学」の編集者だった三年（?）先輩の山川方夫に才能を見出され、勧められてその昭和三十年十一月号に「夏目漱石論」を初めて載せてもらった。これが評価されて氏の評論活動の出発点となった。この講演は山川氏の死後、三十年後に当っており、山川文学の再評価を促している。小説で山川氏は結局、時代と無関係に終始自分のことを語っており、それが「時代を超えた」文学であることを江藤氏は力説している。江藤淳も昭和三十一年、坂上弘とともに「三田文学」を手伝うことになるのだが、次の一節が出てきた。

「『三田文学』の編集所は銀座の八丁目七番地、並木通りの日本鉱業会館三十五号というところの先輩の事務所の一隅を借りて、電話はただで使わせてもらってやっていた」と。これを読んだ私は、そうか、編集室は西銀座のビルの小さな一室にあったのか、とわずかながらそのイメージを浮べることができたのである。もっとも、私は大阪在住の者なので、銀座の街も昔、出張で上京した折の数回のブラブラ歩きでしか知らないが。

その後、私は古本屋で江藤淳の瀟洒《しょうしゃ》な文庫判の随筆集『犬と私』（三月書房、昭和四十一年）を見つけた。本書は和紙装の表紙中央に、江藤氏の愛犬の写真が小さく貼り込まれ、口絵にも六枚、犬と遊ぶ氏の楽しそうな表情の写真、犬を抱く奥様の写真も一枚入っており、今となっては貴重だ。装幀は氏の自装で、所々に添えられた可愛らしい犬の

山川方夫

『犬と私』口絵より

カットは奥様の慶子さんによるもの。Ｉ部はむろん、愛犬についてのエッセイ集だが、Ⅱ部には様々なテーマで書かれたエッセイが並んでいる。その中の「ぼくらの仲間」という一文はこう書き出されている。

「八丁目の並木通りにぼくらの事務所があったころ、ぼくら――『三田文学』の編集担当者たちは、なにはなくても水を得たダボハゼ程度には生き生きしていた」と。

そして「事務所のまどをあけると、正面に文藝春秋のビルがみえた」とも（筆者註・当時、文春ビルは、銀座、みゆき通りの中ほどにあったという）。それをみて、「テンポののびた広島弁でＫが」「なに、『三田文学』のほうがずっと仕事熱心じゃい、文春はもう灯が消えとるものな」と言った。Ｋは桂芳久のことだろう（後述）。この編集室で、冬なら、三十円のナベヤキウドン、夏なら五十円のカレーライスをとって食べたものだという。「仕出し屋に電話をかけるのはきまっていつも腹のへっているＳの役で」とあるのは、これも後述する坂上弘のことにちがいない。編集部には血の気の多い連中が集まったせいか、すぐに談論風発、蜂の巣をつついたようなさわぎになったという。坂上弘氏によれば、彼らは《共和性》とでも呼ぶような文学を信じるつながりだった。

第三次「三田文学」は慶応義塾百年祭のあおりをくって二年半ほどでつぶれた、と江藤氏は記している。もっとも、坂上弘氏によれば、広告出資者が激減したのが理由だというが。

江藤氏はこう書いている。雑誌がつぶれてしまった今でも「銀座のうちぶところのなかにいるというえもいわれない感触が惜しいのである。それはほとんど官能的な快感であって、そんな充実した昂奮というものは、とうていひとりで原稿を書いていたのでは味えない」と。この江藤氏の一文は、「三田文学」編集室内の雰囲気さえ生き生きと伝わってくる文章であった。ついでながら、本書中の「読み返せる本」で、三月書房の小型の随筆集シリーズを心のこもった造本と氏は評価しているが、その書房主、吉川志都子さんは、氏の遠縁にあたる人で、あとがきの結びで「そういう旧知の吉川さんにこの本をつくっていただく喜びは、ちょっと言葉ではいいつくせないほどである」と感謝している。本書は、りっぱな造本の限定版も出たようだ。著者と出版社の幸せなめぐり会いがここにある。

このへんで、山川方夫や田久保英夫（後述）の恩師に当る慶応大教授、仏文学者の佐藤朔氏の随想集『反レクイエム』（小沢書店、昭和五十八年）でも、第三次「三田文学」スタッフの面々を紹介しているので、まとめておこう。むろん、本書も古本で入手したものだ。本書は半分位はフランス文学についての随想だが、後半は堀口大学、西脇順三郎、上田敏雄といった日本の大詩人とフランス文学の関係、さらに長文エッセイ「わが回想」は氏の文学的自伝というべき興味深いもので、引き込まれる。その中で、戦後の仏文科での講義や学生のことも語っており、「活況『三田文学』」の項目が出てくる。そこで「……戦後に丸岡明が中心になって復刊になった。そのとき私も初めて編集に参加した。編集担当として山川方夫、田久保英夫、桂芳久の三人が当たり、献身的に実務をやってくれた。」「助手としてはまだ学生だった江藤淳と坂上弘に手伝ってもらっていた。今から考えるとずいぶんゼイタクな顔ぶれである」と記している。そして「埋もれた傑作や、隠れた新人を発掘するために、あれほど情熱を傾けた若者たちは、他に類があるまい」とも。さらに「三田文学」出身の文学者たちの活躍を紹介してエールを送っている。

これで、前述の江藤淳の書いた「ぼくらの仲間」五人が誰だったのか、はっきり頭に入った。そんなとき、偶然、大阪の古本展で見つけたのが田久保英夫の遺稿詩文集『滞郷音信』（慶応義塾大学出版会、二〇〇三年）である。今まで見かけたことのない本だったし、タイトルも変っているので、ふと手に取ったのだ。四六判より大分縦長の造本で、中島かほるさんの雰囲気のある装幀である。

目次を見ると、Ⅰ部には若き日、主に「三田文学」に発表した詩が全作品収められているが、Ⅱ部「時間の旅」は未刊エッセイ集で、その中に「若い日の私――『三田文学』再刊のころ」と「銀座の編集室」が収められているではないか！　私は小躍りして即座に片手に抱えたものだ。

本書成立の由来も興味深い。本稿を書く際に改めて奥付を見てみると、発行者が何と、坂上弘になっている。かつての「三田文学」編集部の仲間のお一人なのだ。急いで、坂上弘著の文芸文庫巻末の年譜を見ると、氏は長年勤めたリコーを一九九五年、五十九歳のとき退社し、同年、慶応義塾大学出版会の社長に就任、とあった。そうだったのか！　改めて田久保氏の奥様、美世子さんの「あとがき」を読むと、生前の早い時期に氏の詩集を出そうという企画

があったのだが、実現できなかった。氏の一周忌が過ぎた頃、自宅に来られた知人女性にたまたまその話を出したところ、おそらく慶応大関係の方だったのだろう、社長の坂上氏にすぐその話が通じて、氏の三周忌記念にスピーディに出版化されたものだという。あとがきの最後に「英夫の詩はほとんど『三田文学』に載せた作品である。三田から出せて英夫はどんなに喜んでくれているだろう」と感慨深く記している。ここに若き日の友情ときずながよみがえった想いがする。

ここで田久保氏のごく簡単な略歴を書いておく。一九二八年、東京、浅草に生れる。一九四八年、慶応大文学部予科入学。一九六九年、『深い河』で芥川賞を受賞。『髪の環』『触媒』『海図』『辻火』など、賞を受けた小説も数多い。二〇〇一年に亡くなっている。私は若い頃、一、二冊読んだだけで、よい読者ではない（またしても、で、全くお恥ずかしい）。ただ、ぼんやりとだが、何か濃密なエロスと幻想味の漂う、魅力的な文体の小説だったという記憶だけは残っている。

さて「若い日の私」では、山川方夫との出会いとつきあいを素描している。

文学部に入学した年の秋、バス停に顔なじみのある学生が立っていた。それが同じ仏文科にいた山川氏で、それまでも大学で「小説や詩の話をする間柄だったが、家がそれほど近いとは知らなかった」。それから急速に親しくなり、「三田文学」でも、ほかの仲間と一緒に手伝った、と。昭和二十年代の終り頃、「三田文学」は木々高太郎が主宰していたが、経営不振で休刊。再刊（第三次）は資金集めや事務所探しから始めねばならず、その経費も自己負担だった。田久保氏は勤めていた外務省をやめたばかりだった。山川氏らと編集作業をともにし浅草の印刷所へもよく通ったという。氏は感慨深げに「たぶん、私に青春と呼ぶにふさわしい一時期があるとすれば、山川方夫と行動したころだろう」と述べている。

続いて「銀座の編集室」ではより詳しく往時を回想している。まず第三次「三田文学」発刊のいきさつを述べる。「三田文学」を手伝い始めたのは、彼らの友人に医学部の林峻一郎（小説も書いていた人だ）がいたせいで、その父が林髞《たかし》氏、すなわち木々高太郎氏であった。林氏が単独で再刊しようとして実務担当を探していて、息子を通して彼らに声がかかったのだという。これも不思議な縁である。

初め「『三田文学』の編集室は、銀座・交詢社ビルのなかの酣燈社という出版社内にあった。乱雑な出版社の事務室の隅っこに、衝立をおき、机が一つあるだけのスペースだ」とある。酣燈社の出版物はたしか文庫判の詩集など、古本で見かけたことがある。氏が常駐の担当者として勤めていたという。それから移転して、第三次「三田文学」の編集室は「交詢社ビルからも近い銀座の並木通り、日本鉱業会館の五階で（筆者注・実際は三階の35号室にあり、田久保氏の記憶違いか、誤植であろう）、松竹の映画プロデューサー六車進氏の個人事務所だった」。山川、桂、田久保氏が自力で再刊することに決め、山川氏が探してきた部屋であった。年譜によると、田久保氏は二十六歳、山川氏は二十四歳の大学院生、桂氏もまだ国文学科の学生であった。本書の年譜によると、田久保氏はその傍ら、新橋で飲み屋、旗亭「波留」を開き、芸術家やジャーナリストのたまり場となっていた。

編集室はやはり同居の机一つで、そこにいろんな人が出入りした。慶応大関係以外では服部達（のちに自殺）、村松剛、川上宗薫、曽野綾子、有吉佐和子など数えきれない、と。このうち、曽野綾子は復刊第一号に「燕《つばめ》買い」を発表している。氏は「ここには窮屈な枠に縛られない、自由な空気があった」と回想している。これは編集部に集まったスタッフが共通に抱いていた思いのようである。

田久保氏は本書中の「彼岸の対話」で、初めて氏に小説を書かせてくれた「新潮」のデスク、菅原国隆氏の思い出を書いていて、これも印象深い一文である。

その後も関係の文献を探していたところ、ある古本展で、坂上弘『故人』（平凡社、昭和五十四年）という長篇小説の裸本を均一コーナーで見つけた。中身をパラパラとのぞくと、「故人」というのは主に山川方夫のことで、どうやら「三田文学」編集の頃も詳しく描かれているらしいと分り、喜んで入手しておいた。しかし、三五〇頁近い長篇なので、長いこと積ん読状態だったのだが、今回、ようやく斜め読みながら、通読した（小説の読み方としては邪道であるが）。

ごく簡単に要約すると、この小説は主人公（坂上弘）が、先輩の上條栄介（山川方夫）が神奈川の実家近くの二宮駅前の国道の横断歩道で小型トラックにはねられ、重態に陥っているというのを友人から電話で知らされるあたりから始まっている。それは、上條夫妻の新婚生活九カ月目の惨劇であった。そして病院での上條の悲惨な死を目撃し、彼が栄介の家にも親しく出入りしていた関係で、栄介の死後、遺族に頼られ、死後の事務処理や賠償問題をめぐる裁判にも深くかかわるいきさつ、加害者の運転手の突然の事故死、さらに彼の勤める会社の、長年信頼していた上司の突然の病死にも出会う。その間、早くに結婚した妻との葛藤やら創作者としての悩みなど、揺れ動く内面の軌跡がおそらく事実に沿ってくわしくたどられている。その合い間に、栄介との親密なつきあいや「三田文学」編集室のことも回想的に度々描かれているのだ。ただ、当然のことながら（山川氏の遺族のプライバシーにも触れるので）登場人物はすべて仮名なので、私のような無責任な一読者には、ときどき出てくるいろんな文学者が誰のことなのか、よく分らず、まどろっこしいというのが正直な感想である。さすがに若き日の江藤淳氏などはすぐ分ったし、坂上氏の年譜をたどると他も少しは見当がつくのだが。全体として、親しい人たちの死とそれに向きあう主人公の内面の変遷を中心に描いているせいか、重苦しい雰囲気が漂い、じっくり読むにはなかなか骨の折れる小説である。これは山川氏の死後、十四年たって書かれたもので、その細部にわたる鮮明な作家の記憶力には驚くほかはない。

ここでは本稿の主題に沿った部分のみ、少しだけ紹介しておこう。

まず、主人公の修吾が栄介からハガキをもらって初めて編集室を訪れたときの描写を引いてみよう。

「薄暗い廊下をくぐるように歩いて行き、事務所のドアをたたいた。古いガラスのはまった頑丈そうなドアの脇には、木の札が下っていて、立派な文字で『蒼海編輯部』と書いてあった。ドアの片側にはもう一つ経理事務所という表札もかかっていた。／ドアを押して顔をのぞかせると、部屋の中は、狭い三坪ほどのところに机が二つあり、その一つが、経理事務所のものだった」と。栄介は早速、ここは間借りなものだからと、修吾を近くの喫茶店へ連れてゆく。

そういえば旧著でも紹介したが、戦後の伊達得夫の「書肆ユリイカ」も、神田の路地裏にある昭森社ビル（通称）の二階の一室で、昭森社の森谷均氏と思潮社の小田久郎氏とともに机を並べて仕事をしていたのを憶い出す。極端にいえば、出版社は机一つと電話さえあれば、あとは外注で本は何とか造れるのだ。

「この事務所は上條が妹の友人の、映画界にいる実業家の父親に頼みこんで家賃などは無料で提供を受けたものだった」とも。その関係で、修吾が編輯部を手伝うようになってから、映画館の切符がいつも手元にあったので、特別に映画好きの栄介は、編集の仕事が済むとよく映画に連れて行ってくれた。雑誌の編集の仕事の様子も次のように描写している。

「雑誌がいよいよ印刷に入るころになると、栄介は原稿用紙を横にして一覧表をつくった。それが台割というものであることをはじめて知った。校正や、カットのレイアウトなどがはじまる。これらを栄介たちは器用にやってのけた。そして一通りそろうと、浅草にある印刷屋へ届けた」と。「印刷屋というより、佃煮屋か呉服屋のような構えの家」であったという。坂上弘作成の山川方夫年譜によれば、ここは五峰堂である。田久保氏のエッセイには合羽橋の裏手にあったと書かれている。

　坂上弘の年譜によると、氏は山川氏に勧められて「三田文学」に早くも十九歳のとき「息子と恋人」「バンドボーイ」を発表しているが、「いずれも栄介が丹念に目を通し、そのつど欠点を指摘し、それに応じて書き直したものだった。栄介の意見を聞き、徹夜して書き改めて行くとき、栄介が『ずっと良くなった』とおどろいたりしてくれるのが楽しみだった」。このように、山川氏は他の発掘した新人作家にも同様にていねいなアドバイスや接し方をする、書かせ名人の編集者だったようだ。他の箇所でも「上條栄介は彼の書くものに一つ一つ感心し、激励した。あるときはなだめるように、あるときは賺すように」などと書いている。後に坂上弘氏は山川方夫の文庫本の解説の中で、このような行為は、「彼の内裡にある母親ゆずりの無私の精神」によるものではなかったか、と表現している。

　もう一ヵ所、編集室周辺の描写も引いておこう。「『蒼海』編輯部は一階を銀行が使っているビルの脇の入口を入って行く。エレベータのあるところから、薄暗く冷やりとしていた。古いエレベータで、蛇腹式になった二つの戸がよく閉まらないために動かないことや、『蒼海』の見本を積んだりして重くなると、ビルの床より下ったまま止ってしまうこともあった」と。編集室の想い出は、このように周辺空間の記憶とともに鮮明によみがえるもののようだ。

　さて、私は肝心の中心人物だった山川方夫が「三田文学」編集室の思い出を語った文章がないかと探してみた。数年前、実に久しぶりに所用で上京した際、帰りに神田に寄って、たしか田村書店の均一コーナーの中に『山川方夫全集』第五巻（冬樹社、昭和四十五年）を見つけたので入手しておいた。エッセイを集めた巻なので、中に何か見つかるのでは、と思ったからだ。しかし、点検してみると、残念ながら、正面切って編集部を回想したものはなく、あっても銀座の街の魅力について書いたものの中にその名前が出てきた程度であった。その一文は、「一通行者の感慨」で、「三田文学」の編集室へほぼ五年間（二ヵ所）毎日のように通勤したことや、客が来るたびにいろんな銀座の喫茶店を探して回るのが楽しみだったことなどを回想している。ただ、当時の編集者としての想いを吐露した文章が二篇見つかった。

　一つは「曽野綾子について」で、こう書き出されている。「曽野さんに『三田文学』の編集担当として、はじめて小説をお願いしたのは昭和二十八年の秋である」と。続けて、友人に紹介してもらって渋谷の喫茶店で会ったときの初印象を語っている。「いやにデケエひとだな」と。山川氏はそれまでに「新思潮」に載った曽野さんの作品を数篇読み「その作品に共通する、全体に光るような粘りのある文章に魅されて、この作家なら大丈夫、と単純なアタリをつけていただけなのである」という。曽野さんの「『三田文学』にもらった最初の作品は「鸚哥《いんこ》とクリスマス」で、これは僕の好きな作品だったが、それだけにどう評価されるかが、まるで自分のもの以上に気がかりだった。この気分は編集の経験のある方ならおわかりと思うが、だからそれが好評を受けたときの嬉しさといったらなかった」と、若い編集者であった自分のういういしい反応をふり返っている。それに勢いをえて次に長い七、八十枚のものを依頼して、期日ぴったりに原稿が届けられた。その表紙にははじめ「遠来の客たち」と「一九四七年夏」という二つの題名プランが書かれていた。相談を受けた氏が前者の方を選ぶと、「しばらく首をかしげ惜しそうな表情をうかべてから、曽野さんはふいと決然とペンを握り、手に力をこめ、『一九四七年夏』の文字の上に太く線を引いた」とエッセイを結んでいる。大へん印象に残る作家と編集者の一シーンである。後々いつまでも書誌に残るタイトルの決定は両者の大切な作業の一つだから。

もう一つは「早春の記憶」で、氏が愛読したグレアム・グリーンの諸小説への思い入れと受けとめ方の変遷を語ったものだ。「三田文学」で氏が最初に受けもった特輯がモーリャックとグリーンについてのものだった。その四号程あとに、グリーンの小説の翻訳者に、彼についての小文を依頼した。「じつをいえば、あれはまったく僕個人が読みたかったから書いていただいたのであって、無料で(『三田文学』は原稿料がタダである)こんなトクができるのがたいへん嬉しかった」。そうなのか、原稿料がタダでも、充実した作品を書いてくれる作家や評論家が毎号いたのだ。そして、編集スタッフも別の仕事をしながらタダで働いていたという。文学へのよほどの情熱がなければ続けられるものではない。続けて氏は「とにかく、編輯者なんて、自分の欲求を読者の欲求と信じなければ、とても身を入れた仕事なんてできるはずはない、と僕は今でも半分は本気でそう思っている。」と書いている。これはいろんな雑誌の名編集長が同じ主旨のことを言っているが、山川氏もそんな姿勢で「三田文学」を編集していたのだと興味深く思う。

ただ、氏のような名編集者にも失敗が唯一あり、全集巻末の年譜によれば、遠藤周作の「白い人」の掲載を断ったとある。そのため、これは「近代文学」に載ったが、これが昭和三十年下半期の芥川賞を受賞したのだ。まあ、小説は最終的には読み手の好みやセンスにより評価が分かれるのだから、やむを得ないと思う。(芥川、直木賞だって、いつも選考委員によって評価は分かれている。）

本書の巻末には江藤淳の「山川方夫と私」という二十七頁にもわたる8ポ二段組みの力作が収録されている。山川氏との十年余りの友人としてのつきあいを、主に江藤氏がアメリカのプリンストン大学留学中に交された山川氏の書簡を引用しながら、その苦悩や喜び、人間関係の負の側面や隠されていた深刻な持病（てんかん）にも正直にふれながら回顧している。山川氏の死の前後はとくに痛切な魂の叫びともいえる文章である。その中で山川氏が経済上の必要もあり、昭和三十七年十一月、安岡章太郎の紹介で、サントリーの「洋酒天国」の編集者として一年半程働いたことも書いている。これは初めて知ったことだ。この編集部とは最初から肌が合わず、とくに当時の山口瞳編集長（？）とはソリが合わなかったらしい。山川氏の死後、山口氏が（本文ではYとあるが間違いなかろう）発表した山川氏をモデルにした小説を読み、氏を揶揄するような描き方にショックを受けたことを率直に怒りをもって告白している。（これは『まじめ人間』所収の「シバザクラ」であることが校了前にやっと判明した。興味深く読んだが、コメントはさし控えよう。）それにしても、後に江藤氏も自死を遂げたことを思うと、この二人のすぐれた文学者の運命の苛酷さを思わずにはいられない。


最後に、もう一人の仲間であった桂芳久氏にも、確か「三田文学」の山川方夫追悼号で、他の作家たちとともに何か書いていたと記憶しているのだが、いずれ役立つかもと保存していた雑誌が、探してもどうしても見つからない。言い訳になるが、今年春に仕事場を引っ越した際、大量の本の移動でどこかに紛れ込んでしまったのか、と残念でならない。桂氏については、正直いってその小説も読んだことがない。千里図書館の相談員の方にその簡単なプロフィールを教えてもらったこと位しか知らない。一九二九年広島生れ（これで、前述の私の推測が当っていたのが確認できた）。慶応大文学部国文学科卒業。北里大学教授を長年勤める。昭和二十八年、三島由紀夫の推薦で、「群像」に「刺草《いらくさ》の蔭に」を発表して文壇にデビューする。小説に『海鳴りの遠くより』『火と碑』などがある。

実をいうと、「三田文学」そのものも私は今までに古本展で見つけては、計四、五冊入手しただけである。そのうち、もっとも古い号は一九五三年三月号で、山川氏が担当した特集、G・グリーンの「モーリヤック論」とモーリアックの「G・グリーン論」（若林真訳）、それに山川の「書の花火」が載っている号だ。〈後記〉に木々高太郎の復刊の弁が載っており、さらに（M・Y）とある一文は山川方《まさ》夫《お》だと思われる。この号には最初に間借りしていた酣燈社

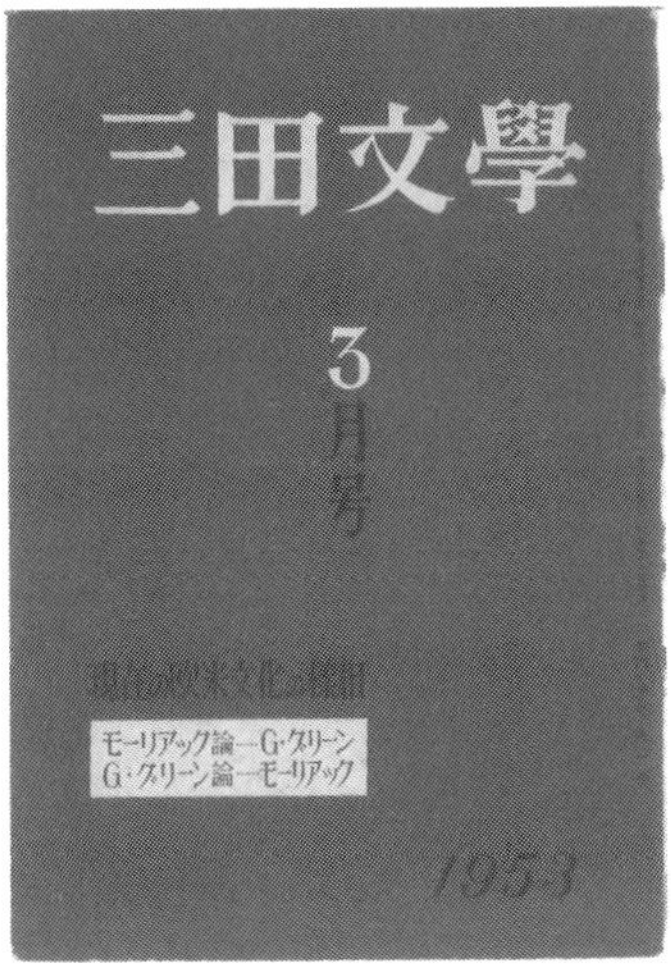

の二枚折りのパンフも挟まれていた。今、見ると、月刊「航空情報」のバックナンバー詳細や天野貞祐『日日の倫理』、アラン『教育論』、アンドレ・モーロア『英国史』（上下）などが載っている。私のイメージした出版社とはいささか違っていた。〔註1〕もう一冊は昭和三十一年二月号で、この号には北原武夫や戸板康二、佐藤朔など編輯委員七人の横に編輯担当として、桂、田久保、山川氏が挙げられている。南川潤の遺稿「行為の女」や坂上弘の「澄んだ日」の連載一回目、小沼丹や小島信夫のエッセイなどが載っている。それでも山川氏らが編集にかかわった「三田文学」を二冊は持っているので、厚かましくも本稿を書いた最低の資格というか、ご縁は少しはあると言うべきか。

〔註1〕後日、秋の天神さんの古本展で、酣燈社刊の、エドワール・テッセ、小松清訳『現代フランス思想の展望』（昭和二十三年）を見つけた。住所は、銀座に移る前で、千代田区神田鎌倉町六になっている。別の編集者によって、西欧文学・歴史系のジャンルも以前からやっていたことが分る。さらに、京都の吉村大観堂でメリメ作・浅野晃訳『カルメン』（昭和二十六年）を見つけた（百円だったが、私には千円位の値打ち本である。こうして原稿に書けたのだから）。これは裏広告によると、酣燈社から出ていた新書判、「学生文庫」シリーズの一冊である。刊行書目を見ると、漱石、芥川、鷗外の青年向けの名作の他、佐藤春夫『田園の憂鬱』『国文学入門』、また保田與重郎『エルテルは何故死んだか』、山岸外史『芥川龍之介』など戦前のぐろりあ・そさえて本の復刊もある。名作本の解説も、保田、浅野、中谷孝雄、山岸が担当しており、殆どが日本浪曼派の人々である。出版社の社主（今井仁）又は編集者と彼らとの間に密接なつながりがあったことが窺われる。

【追記1】脱稿後しばらくして、自宅の床の上にあちこち積まれた古本の山を崩して見ていたら、中から函入りの『山川方夫全集』第二巻がひょっこり出てきた。そういえば、昨年だったか大阪の古本展の均一本コーナーで見つけ、入手しておいたのを今になって思い出した。見返しや目次に子どもの落書きがあるので安くしたのだろう。小説集だが、持っておればいつかは読む機会があるかと求めておいたのだ（それにしてもボケが大分進んでいるなあ）。

その見返しに月報第一号が挟まれていた。一般に月報はその作家とつきあいのあったいろんな分野の人たちが作家の裏話や隠れたエピソードなどを披露しているので、面白い読み物となっている。これに桂芳久氏も「私のセンチメンタルジャーニー」を寄せている。読んでみると残念ながら、「三田文学」編集室の思い出ではなく、昭和二十七年、山川氏が大学院生のとき、同じ仏文科の若林真氏と桂氏の三人で、桂氏の故郷、広島県吉田町へ旅したときの思い出を綴ったものだった。そのとき、学生向けの会合で山川氏は熱弁を振るったが、その聴衆の一人に梶山季之がいたという。帰りに京都に寄って山川氏の親戚の家に泊ったが、彼が山川秀峰画伯の御曹司ということで、絵の弟子筋の祇園の舞妓さんたちに大へんもてたという。彼らは学内の同人誌「文学共和国」の仲間で、「三田文学」編集部に出入りする前から私的にも親しくつきあっていたことが分る。同じ月報に北原武夫が「生来の心の優しさ」を寄せており、とくに次の一節が心に残った。

「勘のいい頭と、繊細な感受性と、都会人的な人触りのよさを持っているのは僕にもすぐ分ったが、僕が何よりも心を打たれたのは、同じ仲間の田久保、桂、江藤の諸君に抱いている友情の厚さと、生来のものらしい心の優しさであった」と。

山川氏の人となりを的確にズバリと言い当てていると同時に、江藤氏のいう「ぼくらの仲間」の友情の厚さが本物であった証言がここにもある、と感慨深かった。

【追記2】 その後、ブックオフで、前述した曽野綾子さんの『遠来の客たち』（角川文庫、昭和四十七年）をたまたま見つけたので、早速入手した。すべて彼女の二十代に書かれた短篇集である。カバーは柄折久美子さんによるコラージュ作品をあしらった面白いもの。文庫には珍しく、口

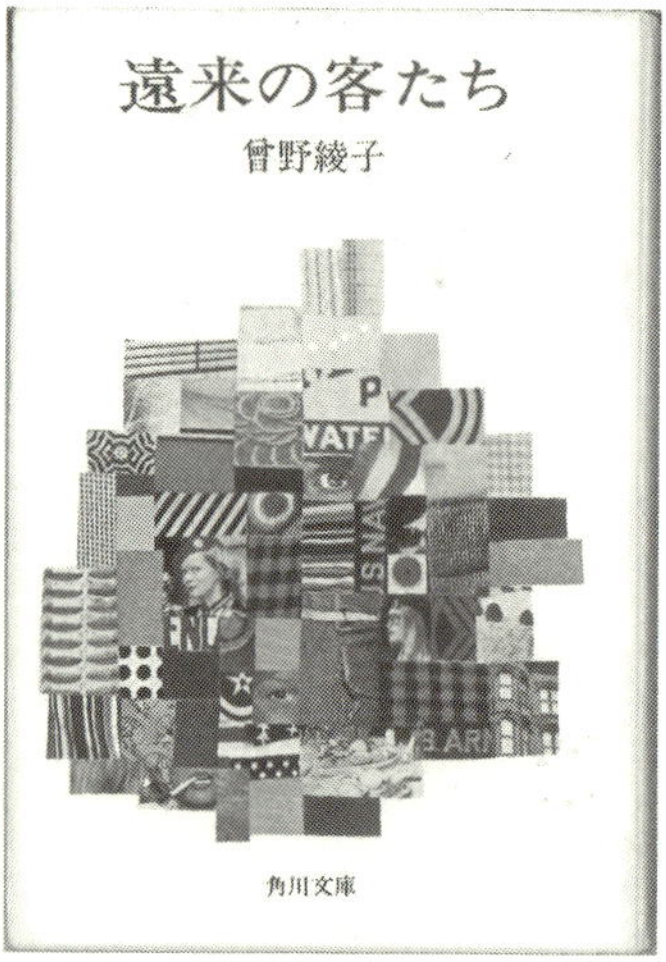

絵に曽野さんが執筆中の写真が入っており、昭和三十二年、二十六歳のときのものだけに輝くばかりの美しさである（いや、今でも充分お美しい方だが）。私など、まだ十一歳のときだ。

遠藤純孝氏の解説によると、「遠来の客たち」は昭和二十九年「三田文学」四月号に載ったもので、何と彼女が二十三歳のときの作品である。これが評価されて芥川賞候補となり、文壇デビューを果たしたという。山川氏も自分のことのように喜んだことだろう。私はせっかくの機会と思い、まず「遠来の客たち」を読んでみた。実は曽野さんのエッセイは、サンケイ紙の連載で最近よく読んでおり、その豊富な国際的経験に基づく日本人の常識をくつがえすようなものの見方になるほどと感心することが多いのだが、小説の方は今まで殆んど読んだことがなかったのだ。

結果は期待以上に面白かった。これは戦後すぐのアメリカ占領軍に接収された箱根のホテルを舞台に、そこで働く案内部の従業員たちと、アメリカ軍の隊長や若い部下、軍医の大尉らとの間で起こる日常の事件やいざこざを、十九歳の英語も話せる女性従業員の眼を通して明るく生き生きと描いたものである。「遠来の客たち」とはそういう意味だったのか。戦争の勝者と敗者という視点からの複雑な心理の微妙なやりとりも活写されている。ユーモラスな場面もあって、バスで箱根権現へ出かけた外人客たちにおみくじを引いてもらい、出た託宣をすべてわざと吉のことばに訳して説明するところなど実に面白い。

その前に「三田文学」に載った「鸚哥《いんこ》とクリスマス」は、親の意向で早くに婚約し、小児科の医者になった相手と八年間つきあってきた主人公が、彼氏のあまりのノーテンキな善人ぶりにかえって抵抗を覚え、ついに別れを告げる、といった物語である。山川氏が気に入った作品とのことだが、私は断然「遠来の客たち」の方に軍配を挙げる。占領下のアメリカ人とのつきあいをこんなに自然な形で描いたものは珍しいのではなかろうか。彼女の若き日の体験に基づいたものか？とも思われるが、詳細は年譜を見ないと分らない。

この勢いに乗って、私は『山川方夫全集』冬樹社版——後に筑摩書房からも全集七巻が出たらしい（？）が、こちらはチェックしていない——の第四巻に曽野綾子さんが書簡体の解説を書いているのを知り、神奈川近代文学館にその部分のコピーを依頼して送ってもらった（ここは時々お世話になっております）。しかし、読んでみると、残念ながら「三田文学」編集室のことは書かれてなかった。ただ、やはり「あなたは、私が小説家になれるきっかけを作って下さった恩人なのでした」とはっきり記している。ところが、山川氏と彼女が会えば、下らぬ話――例えば共通の女性友達のうわさ話を冗談でして笑い合うなど――ばかりで終始したという。これは、二人とも東京人で、東京人は深刻になることを好まず、例えば重いことは軽く言うといった「心意気」のようなものを持っていたからで、文学論も人生論も闘わしたことがない、と。山川文学については、収録作品に沿っていろいろ論じているが、簡潔にいえば、作品の中で、「この世の何事も本気で信じて」いないところが好きで、「無限の『懐疑』という土壌の上に成り立ったものだ」と述べている。最後に曽野さんは、山川氏の事故当時同じ「婦人公論」に二人とも小説を連載していたが、自分は〆切日に疲れ果て、編集部に一日延ばしてほしいと電話して寝てしまった。ところが山川氏の方は予定通り徹夜で書き上げ、郵便局へ原稿を出しに行った帰りに事故に遭われたのだと記し、「私は男の作家の激しさを感じました。しかし私はそれが心残りです」と印象深く結んでいる。

【追記3】【追記2】を書いて一ヵ月程たった頃、所用で京都へ出かけた帰り、河原町のブックオフに久々に立ち寄った。文庫本コーナーで、講談社文芸文庫が並んでいるところを見てゆくと、その中に曽野綾子『雪あかり』――初期作品集――（二〇〇五年）が目に止った。これは文芸評論家、武藤康史氏が編んだもので、「遠来の客たち」を含む七篇が収録されている。この文庫は皆、巻末に作家の詳しい年譜が付けられているので、もしかして、とまず武藤氏作成の年譜を見てみると、われながら見事に予想は的中した！「一九四七年（昭和二十二年）十六歳、聖心女子学院高等科に進む。一九四八年、十七歳。夏休みに、叔父が社長をしていた箱根富士屋ホテルで無報酬で働く（このときの体験が『遠来の客たち』につながった）。」とあったからだ。残念ながら、均一百円本ではなかったが、ゆっくり読もうと喜んで買って帰った。帰りの阪急電車車中で早速、武藤氏の解説文を読んで引き込まれてしまった。ここには「遠来の客たち」前後の作品の成立事情、当時の他の作家や評論家の評価などが引用しつつ詳しく紹介されている。ここで「遠来の客たち」が「三田文学」に載ったいきさつを、私も前述した山川方夫の同じエッセイをいろいろ引用しつつ書いているのだ。高名な評論家がすでに早くに引用していたとは。まあ、主旨と文脈が違うのだから、そう残念がる必要もないのだが……。

「遠来の客たち」は昭和二十九年の芥川賞候補作に選ばれたのだが、その銓衡会で、いつもは意見が対立する石川達三と丹羽文雄が彼女の作品のもつ本質的な新しさをそろって高く評価した。結局、吉行淳之介の「驟雨《しゅうう》」が受賞したが、それを大層口惜しがって二人共、会議の席を立ってトイレに入ってしまったというエピソードを武藤氏は紹介している。今から見ると、老練の流行作家二人が若い新人の才能を手放しで認めたところが面白いではないか。

また、さすがに武藤氏だと思ったのは、曽野さんが後に「遠来の客たち」の作品の由来を回想した一文を探し出し、引用していることだ。『そして、作家になった。作家デビュー物語Ⅱ』(メディアバル、平成十五年)に所収されている由。その回想を簡単に要約して、年譜に組み入れたのが分った。恐縮だが、興味深いのでその最後の一節を孫引きさせていただこう。

「私は終戦の時十三歳で、戦争はよく記憶しているが、駐留米軍を見る眼は『遠来の客たち』という視点になってしまっている。もう少し年齢が上だったら、かつての敵への愛憎も強かったのだろうが、私の年になると、アメリカ人は鎖国状態の戦前の日本の殻を破って入って来た、新しい客だったのである」と。これを読み、タイトルの由来も分り、なるほど、と腑におちた。

後に私は大阪のブックオフで、曽野さんの自伝『この世に恋して』(WAC刊)も見つけて一寸立ち読みしたが、富士屋ホテルのインフォメーションの部屋で働いたのは英語の勉強のため、叔父に勧められたのだという。「遠来の客たち」は、佳作ということで特別に「文藝春秋」に載ったが、その折、初めての原稿料を五万ももらって驚き、喜んだとも書いている。何しろ、これも後日、ブックオフで入手した彼女のエッセイ集『堕落と文学―作家の日常、私の仕事場』(新潮社、二〇一二年)によれば、それまで属していた同人誌「新思潮」では自腹を切って小説を発表していたし、「新思潮」創始者の一人で、当時朝日放送にいた阪田寛夫氏にラジオの「聴取者文芸の時間」の番組用に時々採用してもらった約十枚の短篇小説も、手取り二千四十円だったというから、喜びも一入だったことだろう。

それにしても、不明だったことが、〈本が本を呼ぶ〉探索の結果、氷解するという今回の発見の体験はワクワクするものだった。この文庫に収録された曽野さんの未読の小説もぼちぼち読んでみようと思う。

【追記4】 脱稿後、しばらくして、編集プロダクション「くとうてん」が改めて出した小雑誌「ほんまに」16号――15号まで、元町、海文堂のPR誌として制作していたが、海文堂が閉店したため一時休刊していたのを再び出し始めたもの――に、「続・神戸の古本力」特集の一篇として珍しく依頼され、短いものを書いたのがやっと出来上がったので、一度ごあいさつをと、初めてその神戸、元町の編集室を訪ねた。担当して下さった石阪吾郎氏は、神戸の有名な画家、石阪春生氏の御子息だというのを後で書友のO氏から教えられた。吾郎氏も絵を描かれ、「ほんまに」の表紙を毎号魅力的な画で飾っている。

その折、編集室の場所も分らないので、「くとうてん」に出入りして編集に協力している元、海文堂店員の平野義昌氏――氏も文才があって『本屋の眼』（みずのわ出版）という軽妙なエッセイ集を出している。氏が執筆した海文堂の歴史をまとめた本も近く出版されると聞いている。〔註2〕――に案内してもらうため、今年四月に野村恒彦氏が元町にオープンした、ミステリー中心の古本屋、うみねこ堂書林で待ち合せた。野村氏も長年、古本ミステリー蒐集に基づいた本『神戸70s青春古書街図』などを二冊も出している方だ。そこで短い間だが、文庫本の棚を急いで眺めていたら、田久保英夫『奢りの春』（集英社文庫、昭和五十三年）が目に止った。原稿に書いたばかりの作家の本はどうしても気になるものだ。それに、この文庫はたぶん絶版で珍しいものではないか、と思い、喜んで入手した。田久保氏の小説は芥川賞作家にしてはわずかしか文庫化されていないようだ。（私はその後長い間かかって、やっと日本橋の「古本のオギノ」さん（現在は閉店）で、もう一冊、中公文庫の『薔薇の眠り』を見つけただけである。後に集英社文庫『水中花』、文芸文庫の『海図』も入手。）本文庫には初期の中篇「遠く熱い時間」「睡蓮」「奢りの春」が収録されている。

私は久しぶりに氏の小説を読んでみようと、帰りの車中でまず「奢りの春」を読み始めたら、またもぐいぐい引き込まれてしまった。解説の三木卓氏も書いているように、小説を読む楽しさを充分味わい、コクのある文体に魅了された。小説のストーリーを下手に要約してもあまり意味がないのだが、ごく簡単に紹介しておこう。

主人公の語り手〝わたし〟が四年間同棲している、小劇団に所属していて、まだまだ芽の出ない年下の女優、侑子への複雑な思い、葛藤や執着、嫉妬や不安、エゴイズムなどを鋭く描いている。それと並行して、もう一方の物語の

柱はわたしの出身高校の後輩に当る高校二年の少年との関係で、かつてわたしが編集して出していた校内雑誌の誌名を引き継いでの復刊を相談されて以来、時々親しくつきあうようになった。その少年が来訪して実は別れを告げられながら気づかず、突然彼の自死を知らされて衝撃を受ける。わたしが急いで霊安所に駆けつけ死者と対面したときの印象深い感慨を次に引用しよう。

「今この瞬間でも、この真昼の都会のどこかで、まるで空から隕石でもおちるように誰かが、突然な不自然な死をむかえている。死は生の黄金の空間を一閃きり裂いて闇におちてくる。その死の影は、たちまち生者によって人間的な習慣や装いの下に埋められ、異物のようにこっそりここへ運ばれてくる」と。

　一方、小説の中心的主題である侑子との関係は、つねに彼女の方が優位に立ち、いつも自分が負けつづけている、と感じている。侑子は自分の仕事が何より大事な人なのだが、わたしにとってはそんな彼女が不可欠な存在なのだ。侑子が、女優としての飛躍を図って、昔、わたしも彼女も所属していた劇団へ再び移ることをわたしに告げるが、わたしはそこで活躍しているかつての仲間の演出家と侑子との昔の関係を疑い、嫉妬し、反対して勝手に移るのを止めさせてしまう。それを知った侑子は激怒して、家にある香水ビンをことごとく叩き割って飛び出してゆくのだが、そのあたりの描写も迫力があってじつに読ませる。

　解説で三木卓氏は「田久保氏の小説は美的ともいうべきものであるが、そこに浮び出してくる人間のまなざしは冷徹である」と言い、「とくに若い女性の人物造形のあざやかさにおいて精彩を放つ」旨、述べており、全くその通りだと共鳴した。

　わたしが侑子への未練や絶望感、不安と迷いといった心中をさまよっているとき、数日後ようやく彼女はずぶぬれの格好で帰ってくる。心境の変化か、彼女は仕事上の挫折を受けいれ、二人の新たな関係を暗示し、子どもが欲しいわ、と結婚の希望をもらすところで小説は終っている。ここで、小説中でももっとも官能的な二人の仲直りの行為を描写した部分も印象深いので、引用しておこう。

「わたしは彼女の躰の熱く柔軟な中枢にはいりこみ、自分を溶けこませ、小さな叫びや、身悶えをひき起す深奥の肉のベルを鳴らす。これがわたしたちの一つの解決法なのだ。彼女の躰の暗い内部に、わたしたちの感覚の頂点の目まいのなかに、これまでのお互《ママ》の感情のこじれや、異和を埋めこんでしまう」と。私は官能小説のようなリアルな描写でなくても、こんなにも強烈な、想像力を喚起させられる文章につい引きこまれてしまった。それに、確かに危機や葛藤のただ中にある男女が性行為によって仲直りしようとするのは普遍的方法の一つであろう。

私にとってこの小説がとりわけ興味深いのは、読んでゆくと、どうも田久保氏自身の青春のある時期、とくに「三田文学」編集部にいた前後の時分の経験がこの物語の背後に色濃く感じられたことである。むろん、いわゆる自伝的小説とは言えず、かなりフィクション化されてはいるが。例えば、わたしの現在は、T文化協会で会報などの編集をしている身だし、大学生時代には劇団に籍を置き、初めは戯曲も書いていたとも、ある。協会の事務室の描写を引くと、「京橋の小さなビルの二階、会報の編集室と衝立で仕切られた、汚い応接室にむかいあって坐ると、……」などと書かれていて、場所は違えど「三田文学」編集室を何となく連想させられる。また、後者は前述の『滞郷音信』巻末の年譜を見ると、一九五七（昭和三十二）年、氏が二十九歳のとき、山川方夫、桂芳久と「三田文学」編集部を退き、しばらく放送台本、舞台脚本を書く、などとある。小説でも劇団は土方与志門下のN氏が主宰していたと具体的に記してあるので、実際にそうした経験があったのかもしれない（年譜では詳細不明）。この脚本づくりの仕事は山川方夫氏の初期の仕事とも共通している。

さらに、自死する後輩の高校生の少年がつくっていた校内雑誌に意外にも載せた詩をいろいろ読み、わたしはその詩才に感心するのだが、かつて自分も詩を書いており、やがて自分の才能に見切りをつけ、詩を書くのをやめたことを告白している。これはまさに、氏が二十代の頃、「三田文学」に詩を発表していたが、その後小説執筆へと転向したことと符節が合っており、主人公に氏自身を重ね合わせているのだと分る。

第一、校内雑誌を後輩少年が引き継ぐという設定自体、山川、田久保氏らが「三田文学」の第三次を自力で引継いだ事実を思わせる。

また、「三田文学」編集部に出入りし、すぐれた文芸評論を発表していた服部達（大正十年〜昭和三十一年）が、田久保氏らがまだ編集部にいた昭和三十一年に、三十六歳で突然八ヶ岳で自死したショッキングな出来事も、氏がこの小説を構想する上で、少年の造形に何らかの影を落としているのではなかろうか。むろん、年齢やキャラクターは全く違うにしても……。この出来事は、前述の坂上弘氏の『故人』でも描かれている。

私はこれをきっかけに田久保氏の他の小説も読みたくなった。また古本屋で探すことにしよう。

〔註2〕　神戸、元町に新しく出来た小出版社、苦楽堂から

二〇一五年七月に、『海の本屋のはなし』として出版された。実は私もフリー編集者として平野氏から草稿段階で一度相談を受け、ある東京の出版社と交渉したが、結局うまくゆかなかったいきさつがあるので、元海文堂書店長で親交のある福岡宏泰氏から招待を受け、六月二十一日夜に三宮の島田画廊で行われた本書の出版記念会にも出席した。本出版を記念して島田画廊では「本への偏愛」のテーマで林哲夫氏、戸田勝久氏など二十名の美術家も出品していて、記念会にも参加されたので、海文堂ファンと合流して盛況であった。画廊主で、元海文堂の社長でもあり、本書出版の仕掛人である島田誠氏のスピーチによれば、本書は苦楽堂の『次の本へ』に続く二冊目の、しかも企画出版であり、初版四千部刷られたということから、意欲的出版である。全国に海文堂ファンがいることを見込んでのことだろう。本書も平野氏の、個性的で読者に親しく語りかけるような文体で書かれていて、興味深く読める。閉店までの書店の状況は店員仲間の生の声も取り入れ体験的に書かれているが、創業から戦前、戦後の歴史は多くの資料に当ってよく調べてまとめている。例えば、海文堂のPR誌に寄稿された神戸の民衆詩人、林喜芳氏の連載エッセイによると、林氏も昔からよく海文堂に足を運んでいたという。大正末から昭和初めの海文堂は元町商店街東入口あたりにあったと書いていて、他の文献には出てこない証言である。当時若き林氏らの出した同人誌「裸人」や「街頭詩人」を店にお願いして平積みで置いてもらったとも書いている。

また、古本ファン、愛書家の一人としての私が本書でもっとも興味を引かれたのは、前の店長であった小林良宣氏が多忙な仕事の合い間に、神戸の読書人のためにつくった一連の小冊子が紹介されていることである。小林氏が保存していたものを本書執筆の材料として平野氏にすべて提供したという。『兵庫の同人誌』(77点紹介)『神戸読書手帖』『神戸図書ガイド』『VIKINGの乗船者たち』(これのみ、昔一度手に取った記憶がある)『神戸読書アラカルト』(週刊から月刊に)『月刊ブルーアンカー』などである。これらは神戸で育った私でも残念ながら一冊も手に入れたことがなく、古本屋でも見たことがない。神戸の図書館には収蔵されているのだろうか。もしそうなら、ぜひ探求して見てみたいものだ。

それはともかく、本書は全国の読書人にぜひ読んでほしい本である。

【追記5】二〇一六年六月に、本稿で紹介した坂上弘『故人』が講談社文芸文庫で復刊され、同時期に山川方夫『愛のごとく』も判型を変え、再刊された。また、最近、ミステリー系の短篇集『親しい友人たち』も創元推理文庫の一冊として復刊され、増刷されているのを知った。いずれも山川方夫の人と文学に再び関心が高まっている例証であり、喜ばしいことである。なお、本書は昭和四十七年に講談社文庫でも刊行されたのを後に私は手に入れたが、こちらは絶版になっている。この中の「お守り」は、「ライフ」に転載され、外国でも反響を呼んだ作品である。

第3章　続・第三次「三田文学」編集部の面々――秋の古本祭りと月の輪書林目録から

第2章ではまたいつもの私の悪いクセが出て、むやみに追記が多くなってしまった。それで、今回は別稿としてまとめることにした。

平成二十六年十月中旬、大阪の秋の古本祭りにまず、初日、四天王寺へ出かけた。例によって出遅れてしまい、会場へ着いたのがすでにお昼前であった（おいおい、やる気あるんかい?）。入口のあたりで、すでに収穫本の包みをさげた甲南大の中島俊郎先生――英文学者で古書通でもある――に偶然お会いし、一寸立ち話ができたのは幸いだった。その後、夕方まであちこちのコーナーを回って古本漁りに熱中した。ただ、体力もないのについ夢中になるから、しばらくすると、大分足腰に負担がかかってしまう。でも、今回は期待以上に面白い本が見つかった。

一番うれしかったのは、以前からその本の存在は知り探していた神戸の詩人、米田透（足立巻一の親友の一人で「天秤」同人）の詩集、『麦の処方』（私家版、一九八〇年、二百部限定）をシルヴァン書房さんで得ることができたことだ。美術書が専門のお店のせいか、安く付けていたのでラッキーだった。また、「古書あじあ號」さんの均一本コーナーで『鈴木主税　遺稿・追悼文集』（野中邦子編集・発行〔註1〕、二〇一一年）裸本を見つけた。鈴木氏は草思社を中心に翻訳書を沢山出した名翻訳者で、若い頃、写真雑誌や至誠堂などの編集者もしていた人らしい。様々な後輩編集者や弟子の翻訳者が追悼文を寄せているので、これから読むのが楽しみだ。

〔註1〕後日、大阪のあるブックオフで、文庫コーナーの中に鈴木主税氏の『私の翻訳談義』（朝日文庫、二〇〇〇年）を見つけた。元本は河出書房新社刊。本書は、章ごとにある翻訳担当編集者、大学教授、若手女性翻訳者、読書人との対

話という形をとって、わかりやすく翻訳の様々な問題点、とくに日本語としてうまく表現することの大切さを語ったユニークなものである。さらに、翻訳出版の裏事情、編集者の役割やその批判点を豊富な経験に基づいて語っているところが私には大へん興味深い。ところが最後の章の「欠陥翻訳書を買わないために」を読んでいたところ、何と、私が処女出版『編集の森へ』（北宋社）で翻訳書の書評について一寸批判的に書いたところを短いけれど、引用して下さっている箇所に出会ったのだ！　私は今まで全く知らなかった。高名な翻訳者の方が私の本まで目を通して下さっていたとは。古本を通したこうした著者との出会いはうれしいものである。

なお、カバーその略歴によると、鈴木氏は一九三四年東京生れ。十年の出版社勤務を経て、一九七〇年からフリーの翻訳者として活躍、とある。主にノンフィクションの翻訳を多数手がけ、ウィリアム・マンチェスター『栄光と夢』（全五巻、草思社）で翻訳出版文化賞を受けている。

これらはまた別稿でくわしく紹介したいと思うが（空約束になるかもしれない……）、そろそろ帰ろうかと思っていた矢先に、「シアル」さんの棚でふと目に止ったのが『三田の文人』（古屋健三責任編集、丸善、平成二年）というA5判のりっぱな論集本だった。手に取って見ると、本書は慶応大文学部開設百年記念行事「三田の文人展」に合わせて企画されたものだった。前稿をまとめてなければ、スルーしたと思うが、何か参考になるかもと思って目次を見ると、ごく一部の筆者だけあげても、佐藤朔、野口冨士男、田久保英夫（！）、村松友視、戸板康二、草森紳一など三田出身の多数の文学者が三田と関連ある様々なテーマで書き下しの力作を寄せているのが分った。その中に、坂上弘氏の「並木通り留守番記」があったので、あっ、これは「三田文学」編集室の思い出だな、と直感し、喜んで買うことにしたのだ。なにせ、二、三〇〇円の本が七〇〇円で手に入ったのだから、やっぱり古本というのは有難いものだ。

私にしては珍しく帰りの車中ですぐ読み始め、夢中になり、続きは帰宅して読んでしまった。重なるところもあったが、前稿で触れられなかったところを簡単に紹介しておこう。

坂上氏は、このエッセイの執筆のため、自分も学生の頃手伝っていた第三次「三田文学」を久しぶりに眺め、田久保氏担当の特集「日本の詩的風土」号の後記に、氏が事務所の窓から見える、晴れた秋空への寸感を記しているのを読み、思わず往時編集部のあった銀座並木通りに当る西陽の様を思い浮べた旨、書き出している。編集部のあったビル、日本鉱業会館は戦前からの古いビルであった、とも。

その前の第二次「三田文学」では代表作では安岡章太郎の「ガラスの靴」や松本清張「或る『小倉日記』伝」、柴田錬三郎「イエスの末裔《えい》」などが載った。学生ですでに「三田文学」を手伝っていた山川氏らは、清張氏の芥川賞受賞祝賀会も手伝ったという。

さて第三次「三田文学」は、前稿の三人の「合議制」で交代で編集されたが、佐藤愛子「埋れた土地」や遠藤周作「アデンまで」、評論では江藤淳「夏目漱石論」、前稿でふれた服部達の「ロバート・シューマン論」など新鮮でユニークな作品が続き、好評を得たという。坂上氏も、山川氏にすすめられ、氏の丁寧な指導で初めて書いた連載小説「澄んだ日」を編集委員の一人、北原武夫氏に会った折ほめられ、北原氏の文壇的位置も知らなかった氏はぽかんとしていた、と記す。

雑誌の編集会議は、七人の編集委員と山川氏ら、それに坂上氏も連れて行かれ、出雲橋の〝長谷川〟の二階で多く開かれた。〔註2〕桂芳久氏のエッセイ（後述）によれば、彼ら学生編集者たちは、七人の編集委員を、黒沢明の映画にちなんでひそかに「七人の侍」と呼んでいた、という。そこでは、北原武夫と丸岡明は意見が対立することが多かった。また山本健吉は新人に厳しい評言をした。戸板康二はだじゃれ入りの豊富な話題で皆を楽しませてくれた、などと。そして「この会合を一番たのしんだのは山川だったろう。彼は会議のあとの二次会では、そこにいない委員たちの口調を真似してわらわせ、むずかしかった議事が思い通りすすんでホッとしているのを照れてかくしていた」と。

〔註2〕たまたま以前読んだことのある式場俊三氏（戦前、戦後、文藝春秋にいた編集者）の『花や人影』（牧羊社）を再見していたら、「『文学界』出張校正室」という一文中に、戦前、雑誌の校了後に、「文学界」同人の小林秀雄や河上徹太郎を始め、野々上慶一、古田晁、創元社の小林茂氏らがよく一緒に飲んでいたのも出雲橋の「はせ川」だったという一節に出会った。これは一例だが、文学関係者の溜り場である有名な店だったことは、いろんな文学者のエッセイに出てくる。

当時、北原武夫は宇野千代とやっていたスタイル社の経営が悪化し、倒産でかかえた負債を、中間小説の量産で稼いで返済したのだという。そのことを、純文学を貫いた宇野千代に決して負けたのではない、と弁護する文章を、後に出た『北原武夫全集』の月報に山本健吉が書き、坂上氏は三田の友情の厚さをそこに見た思いがした、とも述べている。

本書には「三田と私」という短文集も収録されているが、その中に岡田睦氏が「「三田文学」との遭遇」を書いている。岡田氏の現在は不勉強で不明だが、[註3]氏が大学二、三年生の頃、「三田文学」のアシスタントの募集が大学内に掲示されていた。しばらくして廊下で出会った若林眞氏（この人も第二次「三田文学」から手伝っていた）から、バイト料も出るよと言われ、早速翌日、銀座の交詢社ビル（日本鉱業会館へ移る前の編集室があったビル）へ出向いた。ここも「古めかしいが、銀座名物のひとつにもなっているらしい格式がある」ビルだった。

山川、桂、田久保氏らに会い、三人に連れられて近くの喫茶店「プランタン」に出向いた。そこでの話し合いが採用の面接になったらしく、山川氏から明日から来てよ、と言われ、「その場で、田久保さんに原稿を渡されて、明日までに行数計算をして来るように指示された」と。

それ以来、編集の走り使いや数え切れないほどの失敗を重ねた、と回想している。岡田氏は「「三田文学」はヒニクにも、最低のアシスタントを採用したことになる」と一文を結んでいる。しかし反面、氏の人生のうちの懐かしい思い出にもなっているのではないか。編集部には三人の他にも学生のアシスタントがいたという証言を初めて得たので、ここに付記しておいた。

〔註3〕本稿を書いてから一年後、平成二十七年十月初旬、恒例の秋の古本祭りで四天王寺へまず出かけた（天満宮でも同時に開催）。金欠のため、もっぱら均一本コーナーをゆっくりと漁った。神戸から参加しているサンコウ書店の300円の均一コーナーには戦後の著名作家の小説やエッセイ類が沢山並んでいた。二回目に漁ったとき、背文字の白抜きが分りにくい本があったので何げなく抜いて手に取ると、岡田睦『明日なき身』（講談社、二〇〇六年）という小説集であった。おや、この著者名には見覚えがあるな、と思い、カバーそでの著者紹介を急いで見ると、「一九三二年、東京生まれ。慶応義塾大学卒」とあるではないか。それでピンと来た。「三田文学」編集部を手伝ったことのある、あの岡田氏のことだと。

「家庭教師などを経て文筆業。三人目の妻と別れた後、生活保護と年金で暮らしている。」とも。著書に『薔薇の椅子』『ワニの泪』『乳房』などがあるという。

私は帰りの車中で早速、所々拾い読みしてみた。詳細は省略するが、岡田氏は私小説作家のようであり、氏の日常身辺の出来事を、友人の物書きの人たちとの交流をまじえ、軽い文体で描いた作品が収められている。

私は全く知らなかったが、初出を見ると、「群像」や「新潮」に発表された作品集なので、それなりに評価されている作家なのだろう。不明だった人のことがこれで分り、古本祭りでのよき収穫の一つとなった。

なお、岡田睦氏については、坪内祐三氏が『文藝綺譚』の中で、大へん評価して詳しく書いているのが校正中に見つかった。関心のある方は参照して下さい。どうやら私の不勉強だったようだ。

本書には他にも、若林眞氏〔註4〕が「われもまたアルカディアにありき」を書いており、大学時代の田久保氏との出会いや山川氏とのつきあいを懐かしく回想しているが、ここでは長くなるので省略しよう。

〔註4〕 平成二十七年十二月に催された大阪古書会館での古本展で、均一本の中に若林眞『絶対者の不在』（第三文明社、一九七三年）を見つけた。私はフランス文学には無知で、さほど関心もないのだが、若林氏の略歴が記されているので、求めておいたのである。本書は氏がフランス文学者として折々に書いたエッセイ二十四篇が収録されている。取り上げている主な作家はジッド、バタイユ、P・クロソウスキー、ビュトール、アラン・グリエなどである。最後にある「結びにかえて――一留学生の目画像」を読んでみたが、これは氏が一九六四年から六五年にかけてフランスに留学し、パリの冬の陰鬱な日々を過ごしたときの回想記である。「孤独」以上の、なんともやりきれないものだったという。そんな中で、氏も『岬』や『ロンドンの夜』を訳した小説の著者、アンリ・トマの自宅を訪れ、トマ氏や病気の夫人と交した印象深い会話を記録している。

略歴によると、氏は一九二九年、新潟県佐渡が島の生れで、一九五三年、慶応大文学部仏文科卒業。佐藤朔を恩師とする。現在、慶応大文学部教授、となっている。翻訳書は多数で、私もタイトルだけは知っている小説が多い。ジッド『贋金つかい』ロブ・グリエ『快楽の館』、バタイユ『C. 神父』、クロソウスキー『ロベルトは今夜』など。

興味深いのは、『海を畏れる』（文藝春秋）という小説も出していることだ。いつか探求して読んでみたいものだ。

さて、私は二日後に、同時期開催の天神さんの古本祭りへも午後、遅ればせに出かけた。大型台風が接近中のせいで、残念ながらその日で終了するという（四天王寺でも同様）。

最初にのぞいた厚生書店の均一棚で、ふと目に付いたのが江藤淳の『利と義』（TBSブリタニカ、一九八三年）である。タイトルからあまり期待せず、念のためにと目次をのぞいてみると、本書は七章とも種々のテーマの講演を収録したもので、その一つに「漱石と慶応義塾と私」があった。これは何かの参考になるかも、と思い、買っておいたのである。本書は、近代日本人の精神史の諸相を氏独自の視点から語ったもので、他に「漱石における世紀末」の講演もある。その後、百円均一コーナーを回り、そこで私は今まで全く知らなかったユニークな雑誌「書誌索引展望」（日外アソシエーツ）を四冊手に入れたのも収穫だった。帰りの天神橋商店街の喫茶店で早速、江藤氏の前述の講演を読み始め、またもや引き込まれてしまった。

簡単に要約すれば、これは江藤氏が慶応大文学部英文学科に在学中から、漱石文学の比較文学的研究に手をそめ、「三田文学」に載せた「夏目漱石論」によって初めてその成果が評価されたこと、その後アメリカ、プリンストン大学での留学を経て、『漱石とその時代』をまとめる過程で、ロンドンのテイト・ギャラリーに調べものに初めて赴く。そこで、ラファエル前派の絵画を見たとき、漱石の最初の短篇集『漾虚集』との影響関係に息を呑むほど驚かされる。その発想からの研究をまとめ、「漱石とアーサー王伝説」の論文で慶応大の学位を取得するまでのいきさつを、慶応大の学問の伝統とその文学部の恩師たち、とくに最後に中世英文学の厨川文夫先生の研究との結びつきとからませながら語ったものである。

この中で、「三田文学」に氏の評論が掲載されるまでの、編集者、山川方夫との出会いといきさつを詳しく語った部分が私にはとくに興味津々であった。江藤氏が大学三年生のとき、二、三歳上で大学院に在籍中の山川氏が、江藤氏が日比谷高校の同人雑誌「Ｐｕｒｅｔé」に書いたイギリスの女流作家、マンスフィールドについてのエッセイを読み、何か評論を書かせたら面白いのでは、と目星をつけてくれた。おそらく、江藤氏の文章や発想にユニークなものを見出したのだろう。山川氏に面会して、従来の小宮豊隆氏らの漱石像にあきたらないものを感じていた氏が新しい視点から漱石について書きたいと言うと、やってごらんと励ましてくれた。（堀辰雄はどうかとも言ったが、それは却下されたらしい。）そこで、漱石文学の、人と人とのあいだの葛藤の描写、人間のドラマといった問題意識から、夏休み一杯かけて信州の農家にこもって百枚足らずのものを書き上げ、編集室へ送ったという。それを読んだ山川氏から連絡があり、「行ってみると山川はむずかしい顔をして私を待っていてくれました」

山川氏は有名な日本画家、山川秀峰の息子のせいか、たいへん美しい流麗な字を書く人だった、というのも貴重な証言である。「毛筆を持つように鉛筆を持って、私の原稿をもう一度読み直しながらときどきその鉛筆でしるしを付けていくのです」と。二人で近くの喫茶店（江藤淳の年譜によると、銀座西八丁目の「サボイア」）へ行って向かいあってしばらく黙っていた（このあたり山川氏の名〝演技〟(?)を思わせる)。「何を言われるかと思ってかたずをのんでいると、『これはたいへんおもしろい。ただし、何ヵ所か疑問の点がある』といって、表現の足りないところを指摘してくれました」と。江藤氏は原稿の出来に不安だっただけに、このとき山川氏に「正当に理解してもらえてたいへん嬉しかった」と正直に告白している。そして山川氏のアドバイスに従ってその二倍程の枚数に書きのばしたのが、「三田文学」に二回に分けて載ったという。その後も例の二人の編集者にも激励され、漱石論の第二部も二回に分けて載った。これが後の単行本『夏目漱石』（東京ライフ社）の元になったのだ。（初版はわずか二千部だったという。）私はこうして、新人発掘の名人だったという山川氏の面目躍如のシーンを、江藤氏の講演から再び見ることになったのである。

　それにしても今回は、続けて出かけた地元、大阪の古本祭りで、各々原稿のネタになる本を見つけるという幸運に恵まれたのである。これだから古本祭り詣では止められない！

【追記1】十一月初旬、京都、智恩寺の古本祭りでは、帰りの吉岡書店店頭で偶然「文学共和国」という同人誌を二冊見つけた（2号、昭和二十七年二月、4号、二十七年七月）。これは年譜によれば、山川や若林眞、桂芳久、田久保英夫らが大学時代、昭和二十六年九月から出していた雑誌で、奥付を見ると、編集者・発行者は山川方夫になっている。珍しい東京の同人雑誌が京都の古本屋に出現するとは。かつての同人の一人か、当時の購読者が京都の大学の先生にでもなっていて、最近事情があって手放したのだろうか。それにしても、どうしてこう原稿に関連する文献に次々と出会うのであろうか、不思議な気がする。これについてもちゃんと読んで紹介できればいいのだが、もはや余力がない。山川氏の初期小説も二冊ともに載っているが、

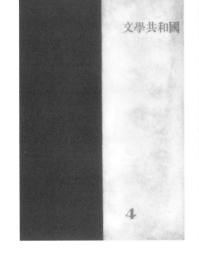

書影のみ掲げておくに留めたい。
なお、「三田文学」は今も季刊で発行されている。発行人は現在、坂上弘氏を経て、吉増剛造氏になっている。

【追記2】　いささかしつこくなるのは承知しているが、もう一冊だけ見つけた関連本を紹介させていただきたい。
本稿を書き終えて一ヵ月程たった頃、地下鉄、緑地公園駅近くにある天牛書店を久しぶりにのぞいた折、小説やエッセイ集の棚に田久保英夫の小説が十冊近くずらっと並んでいた。おそらく田久保氏の長年の愛読者が何らかの事情で一挙に手放したものだろう。私は念のためにと思い、一冊ずつパラ〳〵と内容をチェックしていった。すると、その一冊『氷夢《ひょうむ》』（講談社、一九八七年）の初めの方の次の一節が目に飛び込んできた。

「その小さな雑誌は明治の末以来の長い伝統で、何次にも渡り出ていたもので、私たちは大学在学中から、友人の父親の教授が編集同人だったのを縁に、事務を手伝っていた。しかし今春、それが経済的理由で休刊になったので、自力で再刊しようと準備を進めている」と。これは明らかに第三次「三田文学」のことを指しており、友人の父親の教授とは推理作家、木々高太郎（林髞《たかし》）のことだろう。続けてこうある。
「このため山科と私は夏の初めから走り廻って、雑誌と深いかかわりのある先輩への挨拶を初め、賃料が安くて便利な事務所探し、長期契約の広告集め、雑誌取次店との交渉、編集の企画など、一つずつ懸案を片づけてきたが……（後略）」と。この山科とは、まさに山川方夫のことではないか！　これは「三田文学」編集部を舞台にした小説かもしれないぞ、と胸が高鳴り、すぐにレジに持っていった。それから家へ帰る途中、駅近くの喫茶店へ入ってもどかしくすぐ読み出し、夢中になって三日ほどで読了したのである。
結論からいうと、この小説は全面的に編集部の内部を描いたものとは言えず、中心的な舞台は田久保氏が並行してやっていたバーであり、編集部は時々出てくる程度であった。しかし、小説そのものがとても魅力的で、最後まで引き込まれて読んだ。これは、今まで様々な関係文献にふれてきた私には、ほぼ事実に基づく田久保氏の自伝的小説であると確信できる。むろん人名は仮名だし、山川氏の父親が西洋画家としてあるのは事実ではないが。

ごく簡単にあらすじを紹介しよう。田久保氏がまだ外務省勤務のかたわら、再刊「三田文学」の創刊準備に主に山川氏と奔走し、それが実現してゆくのと同時進行で、氏の母親がオーナーの新橋の旗亭「波留」の開店準備も進めてゆく。店で手伝うことになった俳優養成所に通う若い二人の女性、とくに店の狭い二階で同棲するようになった女性との愛や心理的葛藤、そして最後は別れまでが中心に描かれている。私が前稿で、田久保氏の「奢りの春」を紹介した折、深くつきあっていた女性（彼女も劇団の新人女優であった）のその後がこの小説にも時たま登場するのも興味深い。氏は最後に手伝っていた二人の女性に店の権利をゆずるまでは、店の二階の狭い木棺のような部屋に寝泊りして活動している。開店までは山川氏も編集用の書類や資料を一階に置いて、二人ともそこから銀座の編集室へ忙しく往き来している。

小説中の女性がおそらく実在の人をモデルにしていると確信したのは、次のような発見もあったからだ。実はこの原稿を書いている最中に届いた、月の輪書林の最新目録〔註5〕（特集「ぼくの青山光二」）から急いで注文したうちの「三田文学」66号（二〇〇一年夏季号）〈追悼・田久保英夫特集含む〉が届いたので、早速読んだのだが、その中でフランス文学者、岡谷公二氏（『柳田国男の青春』『アンリ・ルソー楽園の謎』他、多数の著訳書がある）が「当時彼は新橋で「波留《はる》」という小さなバーをやっていた。（中略）新劇女優の卵が二、三人、アルバイトでホステスをしていて、矢代静一氏など劇壇や文壇の人たちが姿を見せた」と書いていたからだ。但し、女性像にモデルがあるにしても、恋愛関係はフィクションかもしれない（後述）。

さらに田久保氏は晩年、母校、慶応大で文学の講義を行なったが、そのときの教え子で「三田文学」新人賞を受賞した桂城和子さんが氏の講義の様子を伝えている。「『三田

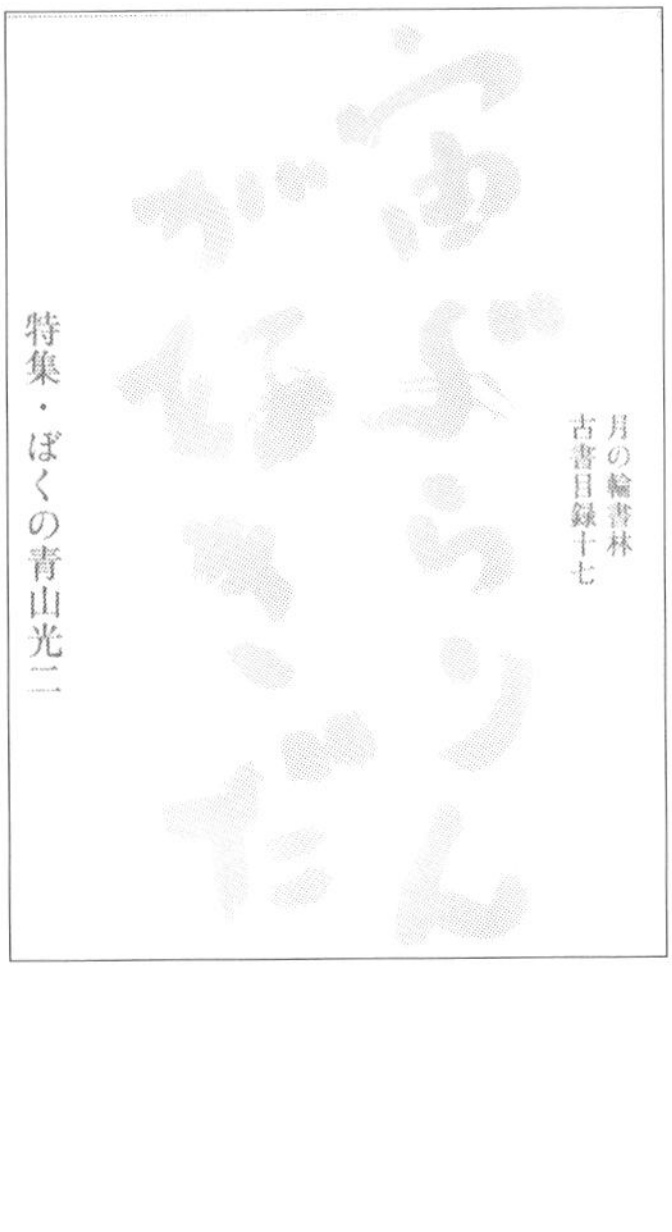

特集・ぼくの青山光二

文学』は先生にとって、いつでも大きな位置を占めている事柄のようであった。特に若くして亡くなった山川方夫氏については、折りに触れて様々な挿話を語ってくださっていた」と。そして、そのエピソードの一つに、山川氏がバーの開店祝いにパリのオープランタンの灰皿をくれ、それをとても気に入って今も大切に手元にもっている、と語ったことを伝えている。この灰皿をめぐる詳しい話も、まさに『氷夢』の中に描かれているのだ。

山川氏は小説中でも、仕事の大切な相棒としてよく登場する。氏と交す会話やアドバイスはつねに主人公に一目置かれるものとして受け取られている。

物語は、山川や田久保氏の小説が文芸雑誌に載り始め、創作に集中するためバーを止めようと決心するあたりで終っている。

本書は自伝的小説として興味津々の内容だが、もう一つそこに田久保氏独特の仕掛けが施されている。戦争中、南方へ渡る輸送船が途中で沈没して亡くなった兄が（これも確認してないが事実であろう）[註6]、主人公が出歩く先々に出現し、その兄（や同船の人々）から、死者の視点から生者である私に対して厳しく問いかけられ、対話を交す場面が折々に描かれている。これは心理学的にいえば、私の内面のもう一つの声（妄想ともいえよう）が外部へ投影されたものだろうが、それが確固たる具体性をもって描かれている。その最大の象徴的物体が、小説の初めの方で外務省前の路上で兄から手渡された、海底の死者たちの夢がつまった暗褐色の味噌でも凍ったような固形物で、主人公は事あるごとにそれが保存された冷蔵庫につねに存在するのを確認する。それがタイトルの「氷夢」にもなっているのだ。まさに、能に見られるような、夢とうつつの往還するドラマとも言えよう。

ここで、編集室のあったビルの描写を一部、坂上弘氏のものとダブるが、引用しておこう。

「私は銀座の裏通りに入った。まだ借りたての編集室は、鈴懸の並木に面した古いビルの五階にある。しかも、ある映画製作者の個人の事務所と衝立で仕切って、間借りしているので、書棚一つ、机一つ、椅子二つあるきりだ。／しかし私は、その淡褐色の煉瓦も歳月の埃で黝ずんだ八階建てのビルが、何となく好きだ。玄関だけはビルの名を刻んだ大理石が、これも年月で汚れたまま縁取りしてあり、石段を二段上って入る狭いロビーは、真昼でも薄暗い。そこに扉口をひらく昇降機には、いかにも旧式の蛇腹の戸がついている」と。エレベーターと記さずに、昇降機と書くのも、その時代を感じさせる。

再刊第一号の編集作業を伝える文章も、長くなるが引いておこう。

「五階の編集室へ入った時、山科はいなかった。かわりに机の上に、二人でつくった再刊初号の目次案と、山科の走り書きのメモがあった。／——僕の分担した原稿依頼、電話と手紙でみなすませました。残りの分はよろしく願います。今まで秦がきていましたが、僕はこれから放送局に約束があるので、一緒に出かけます。山科」

「目次表の赤印しは半分以上あって、残りは大した数ではない。秦は同じ編集仲間で、大学の非常勤講師をしているが、その小説が文芸雑誌に掲《の》りはじめているため、なるべく雑務の負担をかけないようにしている」。

それから私も仕事を始める。「電話ですませる原稿依頼は、かなり親しい人びとなので、留守でなければすべて承諾をえた。手紙の方は四通書いて、全部終ってしまった。あとは山科と手分けして、直接出かけて行き、詳しく話す必要がある人だけだ」などと。手書きの時代だから、手紙四通書くだけでも、大へんな労力だったのでは、と想像する。（現在の私などは、気をつかう手紙だと一日に二人あての手紙を書くのが精一杯である。）

ここに出てくる秦とは、言うまでもなく、もう一人の仲間、桂芳久氏のことである。実は運がよいことに、前述の「三田文学」66号に、その桂氏が「古き花園」と題するエッセイで往時をふり返っているのだ。これで、五人の仲間すべての回想記を取り上げたことになる。

彼らは文学部学生の頃から第二次「三田文学」の編集を手伝っていたが、昭和二十七年夏、木々先生宅に、山川、田久保、若林眞、林峻一郎、桂氏が集まって九月号の編集会議が開かれた。「九月号は創作特集号で、佐藤春夫、野口冨士男、丸岡明の原稿は到着していたが、まだ原稿用紙百枚くらいは未着であった」

彼らが困っているところへ、木々さんが新人の松本清張から送ってきた「或る『小倉日記』伝」の原稿の束を持って姿を見せ、これをどうだろう、と示された（筆者注・その前に「週刊朝日別冊」に初めて活字化された清張氏の「西郷札」に木々氏が注目し、その縁で「火の記憶」を「三田文学」に載せたという経緯があった）。丁度、未到着の予定原稿のページ分ほどあったので、迷ったものの、それだけの理由で掲載を決めたのだという。ところがそれが後に昭和二十七年下半期の芥川賞を受けることになり、学生の彼らはびっくりする。しかしその前に彼らを驚愕し慄然とさせる事件が起った。「九月号が刷上って目次を見ると、なんと松本清張が、松本情張と大誤植になっていたのだ」と。これは私の経験からいっても、本文は気を入れて校正したのに、目次や奥付のところだけはつい気を抜いてまちがうことは間々あることだ。清張氏がまだ無名に近い頃だったから、謝るだけで何とかすんだのだろう（私の編集した『増補版誤植読本』（ちくま文庫）にも、追加したかったエピソードだ）。

桂氏はまた、原稿依頼する若い作家には電話がない頃で、急用のときは速達や電報を送ったとも書いている。「私たちは原稿執筆者と必ず会い、近くのトリスバー「ブリック」か喫茶店で幾時間も話しあった」とも。現在の著者と編集者が一度も会わずにＦａｘやｅ・メールでのみ原稿のやりとりをするのとは雲泥の差である、といくらか現状批判的に述べている。

余談だが、前述の岡谷氏は、「三田文学」編集室へ三日とあけずに遊びに行っていたが、氏が京都にいるとき、山川氏から編集を手伝ってくれる若い女性がいないかという手紙をもらい、たま〳〵遊びに来ていた妹にその話をすると乗り気になり、東京へ戻ると、妹を連れて編集室を訪れ、採用してもらった、と記している。これで、学生アルバイトが他にもいたことが分る。

まだまだ関連文献が探せばあるかと思うが（例えば前述の「三田文学」の出版広告には、桂芳久氏のエッセイ集『誄　しのびごと』（北冬舎）が出ており、そこに山川方夫、江藤淳、若林眞らの追悼文も含まれているとあったので、早速注文した）〔註7〕。切りがないので、この辺で長かった「三田文学」編集部探索の旅をひとまず終えることにしたい。

〔註5〕今回の目録（17号）は予告から大分遅れただけあって、蒐書が大へん充実している。青山光二の第三高等学校時代から始まり、その生涯に沿って、関連本や雑誌、書簡などを青山氏の写真も所々にはさみつつ多数並べている。青山氏宛の書簡も多数ある。本からの引用も多いので、青山氏の評伝としても興味深く通読できる。実は私も旧著『古書往来』で、青山氏と織田作や「海風」同人たちとの厚い友情について一篇書いているので、以来、氏の小説やエッセイ集が古本で目に付く度に出来る限り入手してきた（但し氏のアウトロー小説は好みではないので、パスしているが）。第一、氏が神戸の出身だと知ってからぐっと身近に感じるようになった（『吾妹子哀し』には神戸の街もふんだんに出てくる）。とくに晩年の純文学小説は殆んどを手に入れ読んでいる。一番最近に読んだ『美よ永遠《とわ》に』（装画、山下清澄、新潮社、一九九八年）はイギリス、ロマン派の天才詩人、ジョン・キーツとイザベラ・ジョーンズ夫人との恋愛を、文献を渉猟し、現地に何度か旅して取材した上で、生き生きとリアルに描いた実に興味に富んだ小説だった。氏は本音では、アウトロー小説よりこういった純文学的な物語をもっと沢山書きたかったのではあるまいか。今回の目録では、未読であるエッセイ

集『人去り時移る』（新峰社、一九九三年）を注文して、幸い送ってもらうことができた。

　本書は、青山氏とつきあいのあった作家たち、織田作、坂口安吾、太宰治、田宮虎彦、富士正晴などの思い出やエピソードが満載で、読み出すと止まらない程だ。また「古本屋の主人」は島木健作が一時店番をしていた本郷にある島崎書院の思い出である。「韋駄天とよばれた編集者」、新潮社の丸山泰司氏とのつきあいで、「別冊小説新潮」に掲載された氏の小説に最後の原稿一枚の欠落があったときのエピソードも面白い。

　ついでながら、私はしばらく後に追加注文で、高橋英夫『わが読書散歩』（講談社、二〇〇一年）も送ってもらった。『京都で、本探し』に続く本をめぐる楽しいエッセイ集だが、私はどういうわけか、新刊が出たとき、気づかなかった。これも届くやいなや、しばらく読みふけってしまった。本書の予定読者（?）のために書いておくと、「『原稿』紙背に徹す」という通しタイトルのエッセイで、氏と長年つきあいのあった文芸畑の名編集者たち、坂本忠雄、渡辺勝夫、寺田博、長谷川郁夫各氏のことを生き生きとスケッチしていて興味深い。高名な評論家の方が四人もの編集者についてまとめて書いたエッセイは珍しいのではなかろうか。また本稿と関連のある田久保英夫氏の追悼文や「江藤淳『妻と私』に思う」はとくに感銘深かった。後者は高橋氏が妻を失った御自分の経験と重ね合わせて書かれているので感興も一入であった。残念ながら田久保氏の『氷夢』への言及はなかったが、年譜にあった『不意の視野』（北洋社）がエッセイ集であるのを初

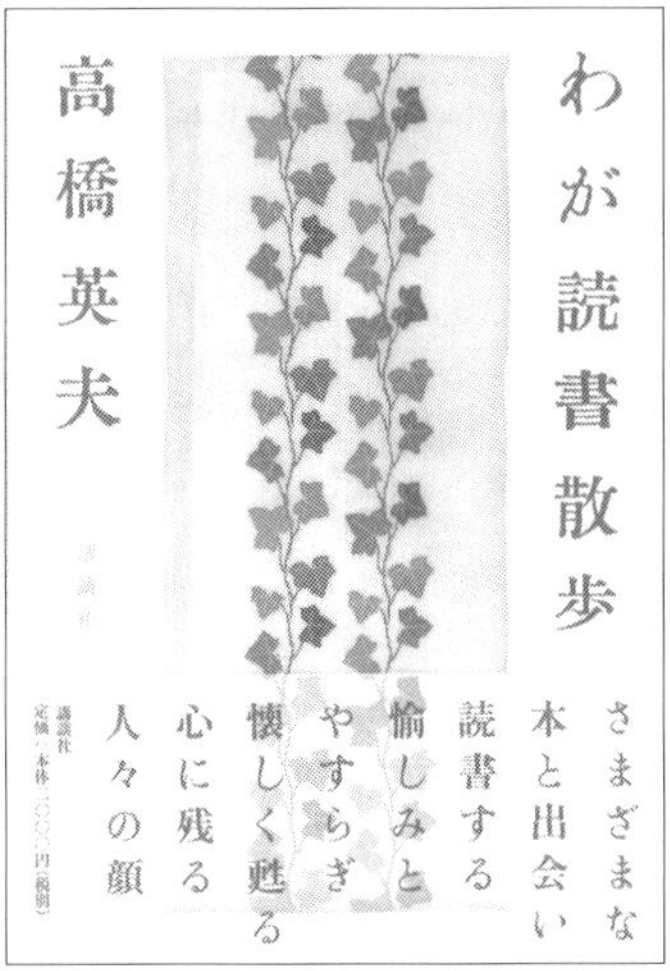

めて知った。また探求してみよう。

〔註6〕脱稿後、一ヵ月程すぎて、東京の森井書店のネットから、田久保英夫の第一随筆集『不意の視野』（北洋社、一九七五年）を入手した。本書にも、「三田文学」編集部関係のエッセイが数篇収録されているので、私は喜んだ。「矢車の記憶」で、氏は亡くなった兄のことを回想している。兄は早熟な文学少年で、残した本の数々によって氏に文学の種子を播いた。家の事情から旧制中学を出て、日本郵便の豪華《ごうか》客船、大洋丸に乗り組み、厨房の仕事をしていた。太平洋戦争開始後、大洋丸は陸軍の徴用船になり、横浜から船団を組んで南シナ海を南下中、敵潜水艦に撃沈され、亡くなったという。やはり、小説にある兄の死が事実だったことがこれで確認できた。

ついでながら、「銀座と青春」という一文でも、氏は今でも銀座を歩いていて交詢社ビルや日本鉱業会館ビルの前を通るたびに、そこにあった編集室のことを懐しく思い出すという（筆者注・新鋭作家叢書『田久保英夫集』河出書房新社、の年譜によれば、氏は昭和三十八年から、銀座にある三愛会に勤め、PR雑誌を編集、とあるので、銀座にはよく通っている。）。「そこには青春のカケラがいっぱいつまっている」と。

そして、こう述懐する。「入口をのぞくと、右手の旧式のガタピシした昇降機も、汚れた狭い階段もかつてのままだ。考えてみると、ここを現在の文壇地図の中軸を占める作家や批評家たちが、何人昇ったことだろう」と。

さらに、「私の一本のネクタイ」では、山川方夫からもらったネクタイにまつわる話を回想しているのだが、その中で、俳優座養成所の女優の卵たちにアルバイトを頼んで酒場を出したことにも触れ、「A子さん、S子さん、H子さんなどが美人のせいもあって、酒場は大繁盛だった」と述べる。

しかし経営が傾いてきて、「A子さんは大阪の朝日放送の専属になって去り、S子さんは映画会社のニューフェイスに採用され、私も尋常な編集者に戻った」とある。したがって小説で手伝っていた二人の女性に店の権利を譲ったとあるのはどうやらフィクションのようだ。

「追悼号前後」では、「三田文学」の編集で、敬愛する折口信夫先生の追悼号を担当したときのことが書かれている。氏は毎号、主にレイアウトや進行の方を受け持ち、渉外的な仕事は山川氏や桂氏がやっていたという。その編集の仕事が一段落すると、山川や桂氏が折口先生の遺墨をもらってきて誇らしげに見せられ、氏を大へん羨ましがらせたことも。本書も、田久保氏の深い、コクのある多彩な文章をじっくり味わえる、楽しいエッセイ集である。

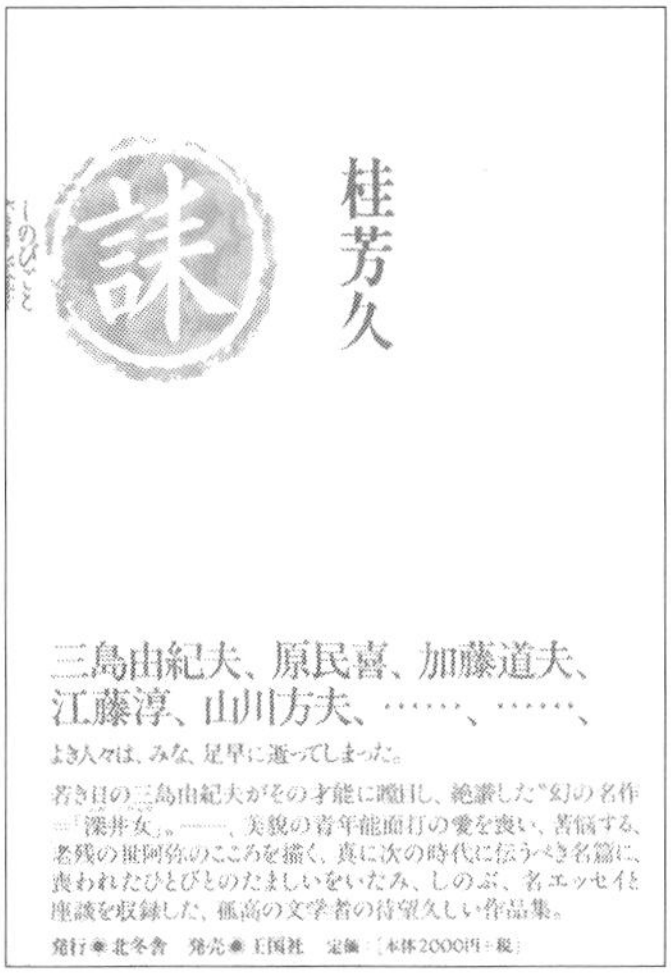
桂芳久
誄
しのびごと
三島由紀夫、原民喜、加藤道夫、
江藤淳、山川方夫、……、……、
よき人々は、みな、足早に逝ってしまった。
若き日の三島由紀夫がその才能に瞠目し、絶讃した"幻の名作"「深井女」。――、美貌の青年能面打の愛を喪い、苦悩する、老残の世阿弥のこころを描く、真に次の時代に伝うべき名篇に、喪われたひとびとのたましいをいたみ、しのぶ、名エッセイと座談を収録した、孤高の文学者の待望久しい作品集。
発行◉北冬舎　発売◉王国社　定価［本体2000円＋税］

〔註7〕『誄』が届くやいなや、私はあちこち拾い読みした。本書には追悼エッセイの他に桂氏の未刊の初期小説「深《ふか》井女《いおんな》」と、巻末に山川方夫、江藤淳についての座談も収録されている。親交のあった文学者たちの追悼エッセイにも「三田文学」編集部の回想が散見されるし、何より「戦後第三次『三田文学』前後・私史」は十八頁にわたるもので、これを読めばその通史がはっきり把握できる。ただ、私が今まで長々と綴ってきた以外の情報は意外にもわずかで、一安心した（これさえ読めば、私の書いた原稿など不要だ、と言われると立場がないものですから……）。本書収録の山川方夫についての江藤淳との対談の中で、江藤氏は、最初に「三田文学」編集部に呼ばれていくとき、後に岩波書店に入った成瀬正次君が授業の合い間に学内のベンチに座っていた氏を呼びに来たという。それに答えて、成瀬君は雑誌が出来上ると郵便局に発送する係だった、と桂氏は言っている。優秀ないろんな学生がバイトで「三田文学」を手伝っていたことがこれでも分る。最後に本書から一つだけ、感銘深いエピソードを紹介しておこう。

桂氏は中学生の頃に、「三田文学」に五回連載された加藤道夫の名戯曲「なよたけ」を読んでいて感銘を受け、その影響があって慶応大文学部に入った。文学部一年生の英語担当の教師が加藤氏であった。初夏のある日、授業のあとで氏が書いた「深井女」の第一稿を加藤先生にさし出すと、先生はそれを読んでくれ、三島由紀夫のところへ持ってゆくよう、紹介状を書いてくれた。それで三島氏の自宅を探して会いに行き、その結果、三島氏の推薦で文壇にデビューできたのである。昭和二十八年十二月二十二日、氏が目黒の喫茶店で、ひとりの女性を待っていたとき、ラジオで加藤氏の突然の自死のニュースを聞き、氏はショックを受ける。初めて彼女との約束を破り、世田谷の加藤先生の自宅へ駆けつけた。

第三次「三田文学」は昭和三十二年六月号で終刊となったが、その後も復刊し、昭和三十五年頃から、八重洲の梅田ビル（山川方夫の師でもあった梅田晴夫の所有ビル）で、一時、桂氏が編集主任として実務に当った。その頃の投稿原稿の山の中から、一篇だけ才能の光る小説を見出した。それが加藤幸子《ゆきこ》の「窓」という短篇であった。早速掲載し、作者に会ったとき、背のすらりとしたその若い女性が「わたし、加藤道夫の姪です」と名乗ったので、氏は絶句する。すぐさま加藤氏の葬式の折、涙を浮かべていた長身の美少女が思い浮かんだ、という。それから次作「長い休暇」を掲載した切り、二十年も消息が途絶えていたが、昭和五十七年彼女は「夢の壁」で芥川賞を受賞したのだ。その時、「私の作品を最初に活字にして下さって……」という感謝の気持を伝える連絡があったという。氏は「加藤道夫、加藤幸子さんとの間に、私は命運のようなものを感じていた」と一文を結んでいる。

【追記3】前稿を書きあげて三ヵ月程たった平成二十七年二月初旬、神戸、三宮のジュンク堂書店に立ち寄った際、雑誌コーナーで一冊だけ並んでいた「三田文学」120号（冬季号）を見つけたので引出して見ると、何と特集が「山川方夫　田久保英夫　桂芳久」となっているではないか。私はあっ、これは！と興奮して、すぐレジにもっていった。これもユングのいう共時性（シンクロニシティ）の現象ではなかろうか。特集の意図は、三人の文学者の再評価を促すものかと思うが、私も紹介した前述の桂氏の、〝第三次「三田文学」編集部の私史〟も再録されているので、私の執筆意図とも重なるところがある（蛇足ながら、この特集を読んでから私の探索の旅が始まったわけではむろんなく、その逆なことは、ここではっきり読者に断っておきたい）。

本誌には、桂氏の前述の一文の他、山川氏の短篇二篇、田久保氏の「三田文学」に載った詩四篇、それに三人の文学についての力作評論や彼らの思い出を書いたエッセイも掲載されている。とくに作家、庵原高子さんの「日々の光――山川方夫」と題するエッセイでは、庵原さんが昭和三十三年初めて持ちこんだ小説「降誕祭の手紙」がすぐ「三田文学」に掲載され、それが芥川賞候補になったこと、その後「三田文学」に長篇「地上の草」が六回にわたり連載されることになり、山川氏から毎回、原稿執筆上の厳しい指導を受けた様子、私事では優しく接してもらったことなどを回想していて大へん興味深い。また文芸評論家、富岡幸一郎氏の「不可視なものへの旅」では、私も拙い筆ながら紹介した田久保氏の『氷夢』と最後の小説『仮装』を中心に鋭く考察されていて、大いに参考になった。桂氏のおもかげを伝える、弟子にあたる古屋健三氏のエッセイも面白く読んだ。

僭越ながら、私が思いつきで書いた本書の二篇の古本探索のエッセイも、三人の文学者の再評価の一助になってくれれば、うれしく思う。

【追記4】 前述の「三田文学」の広告中に、以前に掲載された名座談会の中から選んで別刷にした冊子が五冊出ていて、その中に「『三田文学』今昔」があったので、早速注文した。たった200円だから、お得である。これは紅野敏郎氏が文学史の研究者として司会し、出席者は西脇順三郎、小島政二郎、和木清三郎、庄野誠一、それに田久保氏も加わっている。昭和四十五年六月号に載ったもので、雑誌の六十周年に当るという。紅野氏の詳しい文学史的位置づけに基づく見事な話の引出しによって、明治四十三年創刊から各々の時代に深くかかわった文学者、編集者が、生きた言葉で当時の「三田文学」をめぐる文学者たちの思い出やエピソードを語っていて、興味が尽きない。

中でも、昭和四年から十九年位まで編集者として働いた和木清三郎氏の話は、「天皇陛下」が「犬皇陛下」と誤植になっていて警視庁から呼び出されたり、ある一頁評論が右翼から目をつけられ脅かされて「切腹しろ」とどなりこんでこられたり、などと様々なエピソードを披露していて当時の編集の大へんな苦労が偲《しの》ばれる。紅野先生によると、昭和期の「三田文学」は、昭和文壇の真っただ中を歩いていたと考えられるという。一例だが、当時秋田にいた石坂洋次郎の「若い人」を一年間連載して大ヒットしたのも和木氏の陰の力があったからである。注目されるのは、和木氏が「当時若い田久保君みたいな連中が十人ぐらいおりましたよ」と語っていることだ。してみると、三田の学生が在学中に雑誌編集を手伝うという伝統が戦前からあったように思えるからだ。

さらに庄野誠一氏も昭和十九年から二十年一杯にかけて、養徳社発行で「三田文学」の編集を担当している。(氏は、戦前、文藝春秋社に勤めていた編集者で、その後、奈良の養徳社へ移った。) 庄野氏は、北原武夫の「マタイ伝」を昭和十九年十二月号に載せたが、東京大空襲の最中《さなか》、製本屋で焼けてしまい、その後も二回載せたが、その二回とも焼けてしまった。

戦後、復刊した第二号でやっと陽の目をみたことを打明けている。編集者のすごい執念である(庄野氏は戦前、砂子屋書房から短編集『肥った紳士』を出した小説家でもある。

また、昭和二十三年に、親交のあった横光利一の人間性の影の部分を鋭く描いた秀作「智慧の環」（「文体」二号、昭和二十三年）を発表し、文壇の話題になった。私も以前、掲載誌を古本で見つけ興味深く読んだ）。その他、「三田文学」編集をめぐって佐藤春夫と林髞がことごとく対立したというエピソードも面白い。また小島政二郎があまりにもズケズケとべらんめえ口調で高名な文学者のだれかれについて発言しているのにも一寸驚いた（正直にいえば、ひっかかったと言おう）。

これ以上続けると、大風呂敷を広げすぎ、探求の終止符がいつまでも打てなくなるので、この辺で打ち止めにしたい。

【追記5】　……と言いながら、最後にもうひとつだけ。私は校了直前に千里図書館で、慶応大文学部出身で元編集者の平山周吉氏が「新潮45」に連載中の「江藤淳は甦える」と題した力作評伝の16回目（平成二十八年十一月号）で、「三田文学」編集室での山川方夫と江藤淳の出会いをめぐって詳しく書いているのを初めて知った。

平山氏は江藤淳の同題目の別の講演「三田文学の今昔」から多くを引用しており、興味津々で読んだ。江藤氏は、婚約者の美しい三浦慶子さんを伴って編集室へ現れたという。私がとくに注目したのは、前述した岡谷公二氏の妹が佐藤恵美子さんで、佐藤さんは昭和三十年春から年末までアルバイトとして交通費のみ支給され、毎日編集室へ通い、広告主探しや原稿取りなどの雑用をこなした。その彼女が、江藤氏の漱石論のゲラの校正もやったという件りである。彼女も又、文芸評論家、江藤淳の誕生に立ち会った一人なのである。同人誌「三田詩人」に詩も書いていた人という。

第4章　元、河出書房編集部の面々――『追悼・氏野博光』を中心に読む

私の数少ない趣味の一つに古本漁りがある。体力は年々衰えてゆくばかりだが、それでも季節ごとに開かれる神戸、大阪、京都の古本祭りへは気晴らしをかねて出かけてゆくのが楽しみだ。そこで、近頃は一、二冊でも面白い本を見つければ、収穫があったとせねばならない。実際、古本屋さん自体がよく言うように、今はよい本がなかなか蒐まらない時代のようだ。

探求する分野の一つに、出版史に関するもの、中でも編集者の仕事史や亡くなった編集者の追悼集〔註1〕がある。とくに後者はよほど著名で活躍した人でない限り、市販本では出ず、大抵私家本や非売品なので、古本屋で偶然出会うか、古本目録に載っているのを根気よく探すしかない。一般には無名の編集者の追悼集でも、出版史の生きた具体例になっている本が時々あるからだ。残念ながら、それも数少ないが。私も今まで出した本の中で、何冊かは紹介したことがある。

〔註1〕『古書往来』で、戦後、白鳥書院や平凡社で活躍した編集者だった松森務氏の自伝を紹介した。『古本が古本を呼ぶ』では改造社の「改造」編集長だった大森直道氏の追悼集、『ぼくの古本探検記』では宝文館で「令女界」や「若草」の編集長を勤めた北村秀雄氏の追悼集をもとに紹介している。

そんな中でも昨年、入手して読み、大へん印象に残っている本を詳しく紹介してみたい。私としては珍しく、たまたま入手本の見返しに書き入れていたメモによれば、東京の文京区、本郷にある黒沢書店の目録から、とある。

その本とは『追悼・氏野博光』（編者、佐藤英知、制作・こぐま社、一九七六年）で、一一二頁、略フランス装の表紙

もタイトルだけの地味な装幀の本である。全く知らなかったお名前の人だから、目録の付記に（元、河出書房）とでもあったので、注文したのだと思う。編者の佐藤氏は長年、氏野氏と一緒に仕事をして苦労をともにしてきた方で、当時、こぐま社社長。三周忌の記念に出版したものらしい。河出書房といえば、度々の倒産にもかかわらず、その度に再興して現在も文芸書を中心に出版活動を続けている社だから、私が注目したのも当然だろう。

本書は氏野氏と交友のあった十六人の方の回想と、氏自身の四篇の文集、略年譜、奥さまの「追悼集によせて」、編者の「あとがきに代えて」から成っている。

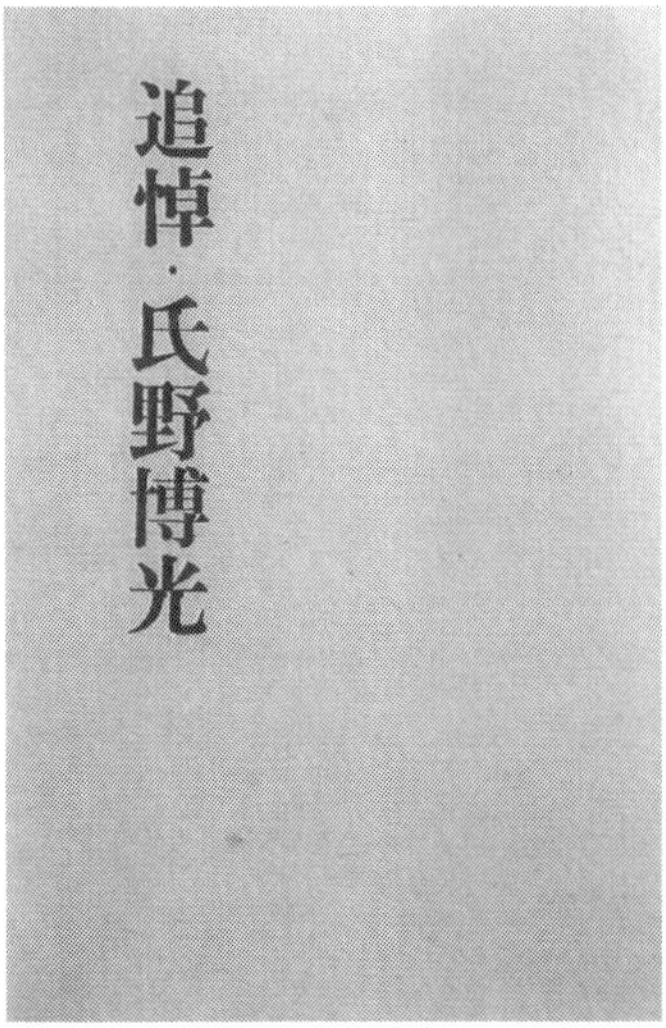

追悼文集の部では、戦前、氏が北京で国策研究会事務局などの幹部として活躍した頃と、戦後の河出書房時代、そして河出が倒産後、独立してサト・PR・プロダクツの社長として働いた頃の想い出とに大きく分かれている。

私にはもちろん、河出書房時代の氏とのつきあいが語られた部分が一番興味津々だったが、前半の北京時代の回想も氏の奥深い経歴をふり返るものとして読みごたえがあった。

まず、簡単に巻末の年譜などから氏の略歴を記しておこう。

明治四十五年、東京の本所に生れる。昭和七年、早稲田大学政経学部に入学。昭和九年、思想問題で一ヵ月拘留され、同年十一月に大学を中退している。その後、労働事情調査所を経て、昭和十三年、国策研究会事務局に入る。昭和十四年、同会北京事務局設立のため、中国に渡り十七年まで勤務する。昭和十八年、華北綜合研究所に転じ幹部として活動。昭和二十二年九月、帰国する。

同年、河出書房に入社。河出書房在社の後半は学芸部の部長として二十名の部員を率いて悪戦苦闘する。奥さまの言によると、昭和二十四年に結核を発病している。昭和三十二年春、河出書房が倒産、部員一人ひとりの身のふり方に粉骨砕身する。昭和三十七年、小さなPR会社、サト・PR・プロダクツを設立し、社長に就任。西武デパートの社内報制作などを柱に活動する。昭和四十三年、会社の危機に際し、社を退く。その後も病いを抱えながら、校正の仕事を自宅で続けている。昭和四十八年、六十四歳で亡くなった。

さて、本文からもいろいろな証言から氏の面影を探ってみよう。まず、氏は雅楽・笙の名門である桜間家の御曹司で、木目の細かい、神経質的な性格はそこから来ているのかもしれない、という。中学生時代から左翼思想に傾斜し、実践運動に入り、留置場生活も送ったが、そういった過去の私事は交友のあった親しい人々にも一度も語らなかったらしい。内に熱い情熱と闘志を秘めた思想家肌の国士（？）ともいえる人だったが、テレ屋的ポーズを終始崩さなかった。左翼思想の持ち主とだけでなく、調査マンとして右翼の大物とも柔軟につきあったようだ。つまり、公式主義的な社会主義とは縁遠い、複雑さと深みをもった個性的なものだった、と山家豊氏も語っている（山家氏は戦後、青木書店に勤めていた人である）。

多くの人が言うように、北京時代が氏のもっとも華やかだった時代で、研究・調査に基づく明快な論理を駆使して、日中戦争終結の処理工作などにかかわった。北京時代は氏が二十代前半の頃というから驚く。

薗子夫人との恋を実らせたのも北京時代である。氏自身も、北京惜別の短歌を数首遺している。その中から三首だけ引用しておこう。

牌楼と槐樹の街の七年よはたゆめなるか現なりしか

北平よなどか橋旅の地と言はん我妻を得たり、子をばなしたり

真白きは君の頬か我が袖か真夏の夜の胡同のゆめ

次に、いよいよ河出書房時代に移ろう。

当時、編集局長であった中村正幸氏によれば、局長付であった氏野氏は新学卒の新人編集者たち――その中には昭和二十一年入社の坂本一亀氏もいた。後に「文藝」の名編集長として戦後派作家を始め、多くの作家を育てた――への教育訓練にたずさわっていた。中村氏はこう述懐している。

「氏野さんは決して造本技術のテクニシャンではなかった。しかし編集者として大切なことは編集技術のルーチンワーク以前にある。それは編集者として著者とその業績の真贋を選別しうる知見を身につけることである。こうした面で氏野さんが新しい編集局員に種まいたものの意味はきわめて大きいと思う」と。まさにその通りで、それには日頃からの地道な情報蒐集と幅広い読書がものを言うのだと思う。氏に教えられた人々にとっては、「あの木造のぎしぎしい

う河出書房の古い建物のデスクで、独特のイントネーションで細々とつぶやくように、しかし執拗な論理でせまってくる氏野レクチュアを忘れることはできないであろう」とも。

思い起こせば、私が創元社へ入社したての頃、編集技術は多少、先輩編集者から手ほどきを受けたものの、大方は見様見真似で自分で身に着けていったものである。河出のような、編集者の基本的で大切な心得などを説いてくれるようなシステムはなかった。むろん少人数の編集部（精々八人位）で、各々の抱える目の前の仕事で手一杯なのだから、ムリもない。その点、河出の若い編集者は恵まれていたと思う。

氏の容貌や人柄についても、二、三引用させていただこう。元河出社員で倒産後もつきあいのあった富田聯太郎氏はこう書いている。

「「痩躯・鶴の如し」私の彼への、その当時の印象はこのことばに尽きたし、また今もってかわらぬ。このことばからの連想は、一面繊細、神経質、反面、するどさ、近づきがたさ、である」と。

また、戦後まもない頃、文化評論社で雑誌編集をやっていて、のち社会思想社の幹部になった本吉久夫氏も、次のように語っている。

「そのはげしい批評精神を現わしている細く鋭い眼ざし、一見酷薄にも見える口元からくる印象は、蒼白な容貌とともに、いつでもお会いした瞬間、私の心にはげしい戸惑いを感ぜしめずにはおかないものがありました。しかし、やがて硬い表情がくずれてくると、最初の印象がすべて一変し、そこには何ものをも受け入れる豊かな人間的微笑がありました」と。氏の精神の表裏を表現力豊かに語っている。氏はイデオロギー的独断には無縁で、むしろ運動主体である人間に無限の興味を抱いていた、とも記している。

こう見てくると、論理的思考に弱く、イデオロギーにも無縁な私には、なかなか近づきにくい人物のように思われるのだが、一方でいろんな人が、氏野氏がけたはずれの「本好き」で、古本漁りにも熱心だったと語っているのを読み、その点でぐっと親しみを覚えたのも事実である。

例えば、河出時代の部下で、倒産後、日本評論社へ移った清水長明氏は、河出をやめてからも、よく古書店でばったり顔を合し、そのあと、たいてい本のことから話が始まったという。清水氏はこうも書く。

「本に接する態度も敬虔そのものである。チリ紙でホコリを拭いとり、表紙のしわをのばし、消しゴムでよごれを丹念に消す。いつも自分の選んで手にした本はいとし子のように愛惜された」と。私も古本好きながら、ここまで丁寧に本を扱ってはいないなぁ、と反省する。

　山家豊氏は、氏野氏の本蒐めには一本筋が通っていて、いわゆる愛書趣味とは趣きが違うという。「明治以降の社会運動、労働運動関係や、政治史、社会思想史、イデオロギーに関するものが〝氏野文庫〟の中心だったが、社会主義関係ばかりでなく、国家主義、右翼関係のものも蒐められており、小説、文学評論、伝記類なども運動との関連で揃えられていた」。いわば、関西でいえば、古書店の梁山泊のような収蔵書を個人で蒐めていたことになる。そして、「神田へ出ると、きまって数冊の本を抱えて帰り……（中略）……楽しそうに夜明け近くまで読み耽るのが例だった」と奥さんからおききした。古本屋の店先きの見切本の山の中から掘出してきた珍書を、いかにも得意そうに見せてくれたり、重複したり、収納場所がなくなったりしたとき東中野の文学堂古書店へ払下げる話など、こういう時の氏野さんはいかにも楽しそうだった」とも。

　私もよく経験しているが、本好き同士の古本談義は楽しいもので、常よりオープンに話せるものである。こういう古本談義なら、私も弟子の一人として喜んで氏の話に耳を傾けたことだろう。

　山家氏はぼう大な蔵書をもとに氏野氏ならではのユニークな『運動史』を書き遺してもらいたかった、と残念がっている。氏自身にもその意向はあったようだが、病気がそれを果たすのをさまたげたのだろう。

　次に氏野氏が遺した文章も簡単にだが紹介しておこう。これだけの人生経験と見識を持っていたひとにしては、わずか23頁程の収録文章なのはいかにも少なく、一寸意外な程である。それも、病気養生中の奥さまへ自身も入院中の身から送った長文の手紙二通がそのうち15頁も占めている。おそらく裏方に徹する主義で、表舞台に出る執筆のような仕事は好まなかったのだろう。むろん、長年にわたる結核の病が、執筆の気力もさまたげただろうことは言うまでもない。言わずもがな、のことながら氏がもし自伝か回想記をまとめてくれていたら、相当面白いものになったのに、と惜しまれてならない。

　短歌は一部を紹介したのであとは省略するが、次に氏の専門分野といえる「日本社会主義における堺・山川氏」が四頁、載っている。これも『世界歴史事典』の月報に発表された短いものだ。要約すれば、戦後になって片山潜や幸徳秋水については大いに論じられ本も出ているのに、二人に劣らず重要な人物、山川均、堺利彦、大杉栄への論評、著作があまりにも少ない、と氏の蒐書の実態を踏まえて社会主義運動史家へ苦言を呈している（昭和二十七年執筆）。この一文は若き日以来の氏の情熱的批評家の一面がよく表れているものだ。その後、現在までに氏の提言はある程度改善されたのではなかろうか。例えば、若くして亡くなった黒岩比佐子さんの遺作『パンとペン』（二〇一〇年）はジャーナリストとしての堺利彦の、売文社の仕事を中心に探った力作評伝で、書評も沢山出た。氏が健在なら、喜び、高く評価したことだろう。

最後に、奥さまのあとがきにも一寸ふれておこう。薗子さんは博光氏との北京での出会いをめぐる懐かしい思い出や家庭内での氏の実像を正直にふり返っている。中年の頃までは、よく口争いをし、些細なことで叱られたり、説教をくらったりしたそうだ。例えば電話での言葉遣い一つにしても、大げさにいえば万葉集まで引っぱり出して（！）坐らされたまま一時間位も注意されるのだからたまらない、などと。しかし晩年はそんな短気、気難しさが影をひそめ、大事にしてくれたと言う。

これは私らの親の世代の夫婦にはよくありがちのパターンで、特に外で人に終始配慮して自己をありのままに出さず抑制する人ほど、ストレスが溜り、家に帰るとそれを妻や子供にぶつけて発散する傾向があるものだ。その吐け口になる相手はたまったものではない。むろん、若い世代の夫婦にもそれは見られるが、現在は妻の方も黙っていず、最悪、離婚にもなりかねない。

それにしても、男性の追悼集に時々見られるのは、つきあいのあった友人、知人には大いに尊敬され、人柄もよい面がいろいろ書かれていても、最後の奥さまのあとがきで、夫の人柄の裏面や影の面が正直に暴露されていることだ。こうして、亡き人の人間像の表と裏が期せずして読者に伝わることになる……。

反対に、男性作家が亡き妻の思い出を綴った本などを読むと、妻への追慕の気持ち、感謝の念や自分の至らなかった点への後悔の気持を書いたものが圧倒的に多い気がする。むろん、例外もあって、私が最近読んだ三木卓『K』などは、同じ詩人だった妻の、人より大分変ったところ、理解できなかったところなどをつきはなした眼で赤裸々に描いているが……。これはむしろ、珍しい例であろう。

氏野氏の追悼集の拙い紹介は以上で終るが、私は最近、たまたま河出の第一回倒産以後の編集者群像を伝える文献も手に入れたので、よい機会と思い、それらも紹介することにした。入手できたのは、石塚純一氏という研究者とのご縁によるものだ。

石塚氏は昭和二十三年生れ、昭和四十九年に平凡社に入社した編集者で、在社中は新しい歴史学の成果による「イメージ・リーディング叢書」——黒田日出男『姿としぐさの中世史』、網野善彦『異形の王権』など――や戦時中、東方社から出された対外宣伝グラフィック誌「FRONT」10巻の復刻などですぐれた業績をあげた人である。――余談ながら、平凡社には後に学者となる編集者がけっこう多いようだ。私の知人、川添裕氏もそうで、数年前、見世物研究の新書『江戸の見世物』を岩波から出している。まだ平凡社に在社の頃、大阪で一度お会いし、私の『編集の森へ』（北宋社）を評価していただいたことを覚えている――。その後、石塚氏はいきさつは不詳だが、山口昌男先生に招かれて札幌大学文化学部に移り、出版文化史、とくに大阪出身の金尾文淵堂についての研究を進めていた頃、知り合った。私もその頃、熱心に金尾についての文献を蒐めていたのだが――その成果の一端は『古本が古本を呼ぶ』（青弓社）に収録した――氏が著作を構想中とのことだったので、来阪されお会いした折、それらの大半を提供した。氏はその後『金尾文淵堂をめぐる人びと』（新宿書房、二〇〇五年）というすぐれた本を出し、高い評価を得ている。現在は大学を定年退官し、元、小沢書店店主、長谷川郁夫氏らとともに、編集者学会を設立し、その会長となっている。この学会にはフリー編集者も多く見られるが、私は参加していない。

　最近、私がちくま文庫で『増補版　誤植読本』を出したことを石塚氏にお知らせしたところ、お便りとともに学会で出している「EDITORSHIP」第二号（二〇一三年）をわざわざ贈って下さった（後に第三号も）。

　この学会誌はすでに創刊準備号と第一号が出ていて、各々特集が「文化における小出版の意義と役割」、「時代を画した編集者」となっている。私はたしか、第一号も以前、石塚氏から贈っていただいた。河出の「文藝」編集長を長年勤めた寺田博氏の『文芸誌編集覚え書』（堂々三五〇枚）が載っている充実した号であった。残念ながら一部の書店でしか市販されてないので、出版に関心をもつ一般読者にはまだあまり知られていないのではないか。

　さて、いただいた第二号の特集は「書物の宇宙、編集者という磁場」で、その中に学会で発表された講演をもとに

した小池三子男氏の「河出書房風雲録・抄」が収録されていたのだ。

小池氏は略歴によれば一九四八年生れで――私は一九四六年だからほぼ同世代の方だ――慶応大フランス文学部大学院を修了、「翻訳の世界」編集部、朝日出版社を経て、河出書房に一九八六年に入社している。余談ながら東京の出版社の編集者には、数社の出版社にいた経歴をもつ人が割合いる。関西ではめったにいないと思うが。

河出に二十五年間勤め、その間にほんの一例だがジョイスの『フィネガンズ・ウェイク』や水上勉『泥の花』、上野千鶴子『スカートの下の劇場』などのヒット作品を手がけた。（とくに上野さんの本は難産で、あとがきによると、小池氏の提案で上野さんとの半年間にわたる聞きとりによって生まれたという。）二〇一二年に退社し、現在も編集と翻訳の仕事に従事している。

詳細はこの学会誌に当ってもらうしかないが、ごく簡単に河出書房の歴史や編集者たちのことを要約して紹介しておこう。

河出の創業は意外にもかなり古く、明治十九年で、初め農業や数学、物理化学の参考書類を出していた。昭和十二年になって、二代目の社長、河出孝雄氏が本格的に文芸出版をやり始める。島木健作『生活の探求』、伊藤整『青春』、高見順『ある晴れた日』など、話題になった小説をいろいろ出している。

私も長年、古本を漁っていると、戦前の河出刊の文芸書に出会うことが時々ある。例えば、前述の『青春』は函欠のを私も見つけて所蔵しているが、今から見てもなかなかモダンな表紙の意匠である。その奥付裏の広告には「書下し長篇小説叢書」が既刊、近刊を含め十四冊載っている。このうち、丹羽文雄『豹の女』や阿部知二『幸福』は既刊だが、近刊の井伏鱒二『現代風景』や川端康成『南海孤島』、高見順『勤め人』などは結局出なかったのではなかろうか。もっとも、高見順の小説は『ある晴れた日』にタイトルが変ったのかもしれない（未調査）。

昭和十九年、一時解散した改造社が出していた「文藝」を河出が買い取り、長谷川巳之吉の第一書房にいた野田宇太郎が初代編集長に就任する。

さて、戦後の河出の歩みだが、小池氏によれば、河出にはほぼ十年ごとに危機が訪れているという。昭和三十二年がその一回目で、前述の氏野氏も体験したものだ。このとき、創業の河出家から経営的には離れている。

次の危機は昭和四十三年で、世界文学、日本文学の全集シリーズが大量販売されていて売行き不振に陥った時代である。社員数も新入社員だけでも百何十人もいたという。

辞めた人の中に当時詩人で、現在は小説家として活躍する三木卓もいた。また、詩人の清水哲男も昭和四十年に入社し、このときの倒産までいた。それから十年後の五十二年、そして六十一年にも経営が悪化する。

小池氏は六十一年頃入社したが、この時に「文藝」の優秀な編集者だった平出隆氏も十年間勤めた河出を辞めていった。（平出氏はすぐれた詩人、評論家として現在活躍している人だ。川崎長太郎、澁澤龍彦などとの編集者としてのつきあいをエッセイにくわしく書いている。川崎氏の小田原の自宅には七年ほど通い、単行本二冊、自選全集五巻、選集（上下）一巻を手がけている。氏は川崎氏に小説を書くよう強く勧められ、後になって『猫の舌』を書いている。）しかし、その翌年、『サラダ記念日』（俵万智）という大ベストセラーが出て、経営がもり返す。これは、『文藝』の編集者、長田津一氏の企画で、二年間で三六九刷も出たそうだ。

最後は平成十年、小池氏が管理職だった時期にも苦しくなるが、この折も綿矢りさの『蹴りたい背中』などのベストセラーが出て、危機を乗りこえている。こう見てくると、まさに不死鳥のような出版社である。

小池氏は自分の経験談に話が及び、入社当日、河出の名物編集者、岡村貴千次郎氏――埴谷雄高、日夏耿之介、高橋和巳の全集を手がけた人――と、飯田貴司氏に新宿の店に連れていかれ、朝まで酒を飲まされた強烈に印象に残る夜のことを語っている。彼ら二人は他社の編集者やデザイナー、写真家とのつながりが強く、社外での評価の方が高かったという。これも関西の編集者では考えられないことだ。

飯田氏は古井由吉、吉本隆明、田村隆一、中上健次らの本を手がけた人で、その後も彼とは毎晩のように酒場を飲みあるき、いろんなことを教わったという。その上、作家とも時々飲むのだから、やはり文芸担当の編集者は酒が強くないとやってゆけないな、というのが私の素朴な感想である。私などは著者の殆どが大学の先生たちであり、接待もめったにしなかったから、酒が弱くても何とかやってゆけたのだが……。

また小池氏によれば、河出編集部の特徴として、一人の作家の担当は一人が独占するという傾向があまりなくて、誰でもやりたい人がやっていいという気風があった。例えば澁澤龍彦の単行本、全集、文庫など総計七十冊以上の本に十人近くの編集者がかかわったという。たしかに、自分もその作家が好きでぜひ手がけたいと思っても、すでに担当の編集者がおれば、手が出せないというのが多くの出版社内の常識だから、珍しい自由な社風だと思う。

最後に、小池氏は河出の出版活動の軸となっているのは一貫して、雑誌「文藝」である、と強調している。

手前みそになってしまうが、小池氏は昭和六十二年に入社している方だから、おそらく氏野氏のことは知らず、追悼集の本も入手していないだろう。私の前述の紹介は、小池氏の講演を少なくとも補完する役割を果たすのではなかろうか。

「エディター」同号の大槻慎二氏の「「福武書店」のころ」の講演も興味深いが、ここでは主題からそれるので省略しよう。


【追記1】 以上の原稿の下書きを書き終え、二、三日たった頃、書店の雑誌コーナーを久々にのぞいていて、ふと目に止ったのが「文藝」二〇一三年秋号で、その表紙に「文藝一九三三―二〇一三」特集、とあった。私はあわてて雑誌をレジにもっていった。創刊八〇周年を迎えるに際し、その歴史をふり返ったものである。不思議なことだが、私の場合、原稿を書いている途中や書き上げた直後に、その原稿に関連した新たな文献と偶然に出会う機会が割合多い。幸運だなぁとよく思う。

特集は巻頭に改造社の創刊号（一九三三年十一月）、河出版の創刊号（一九四四年十一月）の表紙や目次図版に始まり、現在まで続いている「文藝」の判型、装幀が変るごとの表紙図版がカラーで載り、時々の編集長の「編集後記」などが付記されている。本文には、佐久間文子「編集長で読むサバイバル史」、永江朗「世間を騒がせた作品たち」、そして尾形久による「文藝」八十年史の年譜が四〇頁も載っている。

佐久間さんは巻末の著者一覧を見ると、一九六四年生れのライターとのことだが、私は初めて知る人である。（元、朝日新聞学芸部記者の方らしい。）その文章を読み、大へん力のある方だと思った。〔註2〕

〔註2〕 佐久間さんは、その後、前後篇に大幅に加筆して『「文藝」の戦後文学史』（河出書房新社、二〇一六年）を出版している。

文末の（註）の引用、参考文献を見ると、河出関連の文献が十四冊程あげられており、それらをよく調べ、エピソードも豊かに「文藝」の軌跡を丹念にたどっている。この文章に基づいて、「文藝」の歴代編集長に焦点を絞って簡略に記しておこう。

まず改造社版「文藝」の初代編集長は、上林暁であったことは上林ファンには周知のことだろう。上林の小説『入社試験』によれば、その頃行った入社試験の合格者にシベリア帰りの高杉一郎や山本健吉、檀一雄が含まれていた。このうち檀氏は学生時代の左翼活動が問題視されて入社できなかったという。そういえば、山本氏も入社後に一度、留置場生活をおくっている。

さて、改造社の「文藝」は、昭和十一年頃から高杉一郎が編集長となり、八年程勤める。昭和十九年からは高杉から引継いだ木村徳二が編集主任となる。木村は戦後、鎌倉文庫の「人間」名編集長として活躍した。

改造社から買い取った河出の「文藝」の初代編集長は第一書房から移ってきた詩人でもある野田宇太郎で、後に文学散歩の数多い著作で名高い。何と戦時中の編集スタッフは野田一人だけで、印刷もますます遅れ、「防空用のカーキ色のショルダーにいっさいの大事な原稿をしまって持ち歩き」、「爆弾の投下音を聞きながら編集作業を続けた」などとその日記に記している。まさに命がけの編集である。

野田氏の退社後、フランス文学者の今野一雄が編集に当る。今野氏のことは初めて知ったが、後に翻訳家となり、白水社の文庫クセジュの編集にもたずさわった。

そのあと、中央公論社、大政翼賛会、進路社を経て、昭和二十二年夏に入社した杉森久英がすぐに「文藝」編集長になっている。杉森氏も後に、すぐれた伝記小説を中心に活躍した作家だ。

ここで、私は次の佐久間さんの文章から、アッとおどろくような事実を教えられた。

「当時は「評論」「文藝」「新農芸」など河出が出していた雑誌の編集人を雑誌部長の中村正幸が兼ねていた。中村は、女優中村メイコの父でユーモア作家の中村正常の弟にあたる」と。実は前述の氏野氏の追悼集の中で「戦後河出書房旧社の人脈」を寄稿していた中村氏は、氏野氏直属の上司で編集局長であった人とだけしか分からなかったからだ。この中村氏が杉森氏に、うちは戦後派作家を中心にすえてやったらいいとアドバイスし、杉森氏も賛成したという。

なるほどで、私も読んだとき相当な表現力をもった文章家だなあと思ったわけだ。中村氏は当時、そういうキーパーソンだったのかと、ハタとひざを打ったものである。こういう思いがけない発見こそ、私がよく経験する「本が本を呼ぶ」醍醐味であろう。

とすれば、氏野氏は部署はちがえ、杉森氏とも社内で接触があったことになる。むろん、杉森氏はすでに編集経験の豊富な人だから、氏野氏が雑誌内容に口を挟むことはなかったろうが……。

杉森久英編集長時代の佐久間さんの記述は、殆んどが杉森氏の『戦後文壇覚え書き』（河出書房新社）に拠っている。実は私も以前、本書をもっていて興味深く読んだ覚えがあるのだが、例によっていつのまにか処分してしまい、今となっては後悔している。もう一度身を入れて読んでみたいものだ。ひょっとして氏野氏のことも少しは出てくるかもしれないではないか。〔註3〕

杉森氏は「文藝」二十五年六月号で編集長を降り、出版部に移った。その後任に、倒産した鎌倉文庫から移ってきた巖谷大四が就く。それまでの幅広い作家との人脈を生かし、様々な作家の特集号や追悼号など企画してゆく。中でも、私が以前、古本で入手した二十八年九月号などは実名小説特集号で面白い企画だ。作家が親交のあった作家を実名で描いている短編集で、例えば上林暁が井伏鱒二を、新田潤が高見順をというふうに。その上、元編集長三人も、杉森久英が野間宏を、高杉一郎が宮本百合子を、木村徳二が林芙美子を描いているのだから、読みごたえ充分だ。巖谷氏も後に文壇史に関する多くの著作をものした。

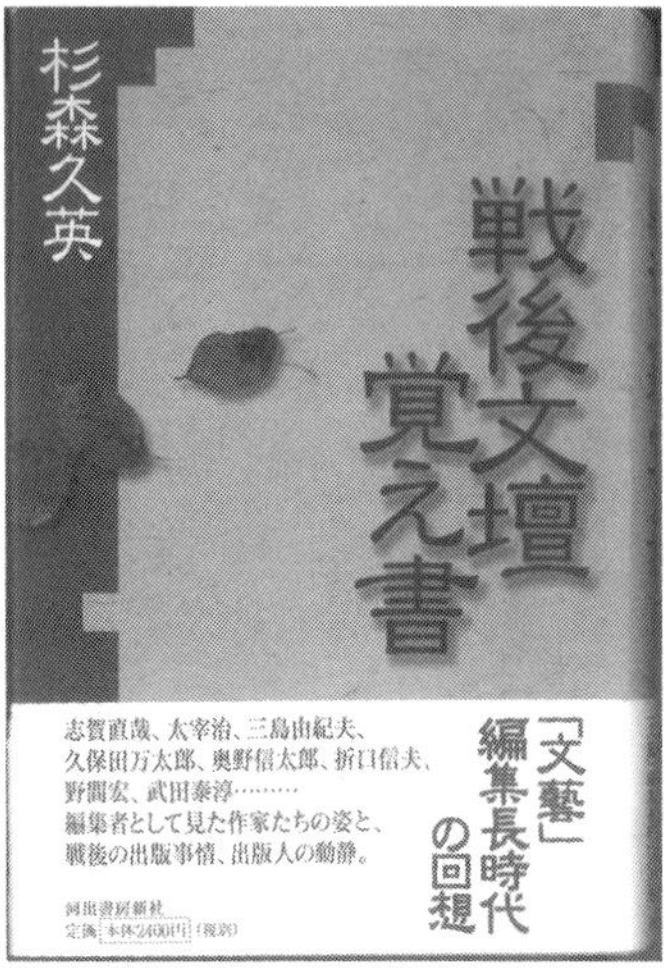

そうして昭和三十二年春に、河出は第一回目の倒産を迎える。「編集長の巖谷は倒産の報を芝にある町工場のような印刷所二階の狭い日本間の校正室で聞いた」と書かれている。同じ時期に氏野氏らも倒産に直面したのだ。「二百人ほどいた社員は退職し、三十人が残って再出発をはかった」ともある。

「文藝」も休刊となり、坂本一亀編集長によって次に再刊されるのが五年後のことである。佐久間さんの一文は前篇とのことでここで終っている。その後も寺田博、金田太郎など数人の編集長が歴任し、現在に至っているが、詳細は年譜を参照してもらうしかない。

〔註3〕 後日、本書を古本で再入手して、ざっと再読した。やはり興味深い回想記だが、氏野氏のことは残念ながら出てこなかった。「文藝」の編集では初め柳沢棟太郎氏、二年目からは音楽大（?）出身の志村孝夫氏に手伝ってもらったという。杉森氏は三島由紀夫をあまり評価できず、もっぱら志村氏が熱心に三島宅へ行っていたそうだ。

本書から戦後すぐの河出の社屋外観を描いた箇所を引用しておこう。お茶ノ水駅近く、道を隔てて東京古書会館があった。「河出の社屋は、柱をチョコレート色に塗った、木造の二階建て洋風建築で、白い壁に、アルプスの谷間にでもありそうな山荘の風情を漂わせていた」と。

【追記2】　私と河出書房の人々との接点は、フリーの編集者になってからたまたま出会った方の中に二、三人河出出身の人がいたという位である。もちろん深い交流はなかった。そんな私がわずか三冊程の文献をもとに、河出の編集者の方々をスケッチしたのだから、大へん浅いものになったのでは、と恐れている。

一方、ついでながら、私は最近、自分が壮年まで勤めた創元社（大阪、東京）の戦前、戦後の姿——東京支店（戦後、独立して東京創元社となる）に在社した文学者たち（小林秀雄、青山二郎、佐古純一郎、隆慶一郎ら）の話や私の大阪本社在社中の大先輩編集者（東秀三、保坂富士男氏）の本のことなどを古本探索を通して雑文に書き、小さな一冊にまとめた。『ぼくの創元社覚え書』と題して、金沢の亀鳴屋から二〇一三年十月刊行した。

第5章　ある元河出書房編集者の軌跡――小石原昭氏と瀬沼茂樹氏の長きつきあい

たしか二、三年前のある古本展で、瀬沼茂樹『龍の落し子』（時事通信社、一九七三年）がふと目に止まった。タイトルから、何か児童文学物か、または随筆集なのかと思ったが、それにしても著名な文芸評論家の本にしては珍しいタイトルだなと思い、目次をのぞくと、後者の内容であった。本書は氏の第二随筆集で、六部に分かれており、Ⅰ昨日・今日　Ⅱ文学の周囲　Ⅲ読書閑話　Ⅳ忘れ得ぬ人々　Ⅴ龍の落し子　Ⅵ文学の旅、となっている。「日本古書通信」が初出の「友釣式読書法」や「本漁り」、それに「稲垣達郎さん」など、本好きに格好の随筆が豊富で、充分に楽しめる。タイトルになった「龍の落し子」の一文はあとがきによると、氏が明治甲辰（三十七年）の生れで生来、病弱であったにかかわらず、親友の伊藤整が乙巳（明治三十八年）の生れで先に亡くなったのに比べ、自分の運勢の強さを顧みて複雑な心境を吐露したものという。氏は同じあとがき中に、今まで二十数冊出した著書のうちでも、随想集『仮面と素面』と本書を最も愛惜している、と記している。巻末には氏の著作目録も付けられていて、読者に親切な編集である。私はこれを一覧して、『本の百年史』は読んだものの、他の本は殆んど読んでいないことが分った。〔註1〕しかし本書は硬軟とりまぜたエッセイ集で、確かに面白い。

〔註1〕　私がもう一冊、古本で入手して持っているのが『現代文学の條件』（河出書房新社、昭和三十五年）で、本書には「作家の経済生活」「ペン・ネイムと時代相」「文学賞をめぐる諸問題」「現代作家筆禍帳」など興味深いテーマの評論が収録されている。

とくに、Ⅳ部に収録の「伊藤整と小石原昭と私」は十五頁にわたる長文だが、編集者である私には興味津々たる内容であった。この小石原氏が別稿でも書いた元、河出書房の編集者だった人なので、今回、取り上げる気になったのである。例によって、下手な要約をしながら紹介してゆこう。

まず、昭和二十五、六年、伊藤整がチャタレイ裁判で闘っていた頃、瀬沼氏は結核で入院していて、傍聴もできなかったことを一生の痛恨事として心にとどめている、と述べる。伊藤氏は試練のこの裁判を乗り越え、昭和二十七年には『日本文壇史』の連載が始まり、伊藤整ブームのきざしが見えていた。

昭和二十七年の秋頃、瀬沼氏宅へ「伊藤君の紹介状をもって、ひとりの紅顔の大男の美青年が訪ねてきた」。その小石原青年は前年、河出書房に入社したばかりだったが、

伊藤氏が「新潮」に連載中の「伊藤整氏の生活と意見」を愛読していて、ぜひ自分の手で単行本にしたいと願い、企画会議で提案した。「通念からすれば、新潮社との約束があって、他社から出せるはずはないと、一座の失笑を買った」。しかし、幹部は新人の熱意を受け止め、会議ではおそらく、条件つき保留となったのだろう（これは私の推測ですが）。小石原氏は反対意見にめげず、伊藤氏の自宅を訪ねて、情熱をもって熱心に掻き口説いた。伊藤氏もはじめ困惑したが、小石原氏が「河出から作品集を出し、第一回配本にすればどうか」と提案したので、とうとう根負けしたらしい。「それにしても、伊藤君はまた新潮社を承諾させるのに大骨折ったであろう」、人気の連載だったと思うから、新潮社もよくそれに応じたものだ。作品集が具体化することに決り、伊藤氏の要請で瀬沼氏にその全巻解説を依頼しに、青年が訪れたのだ。装幀は花森安治氏と聞いて、すでに友人、田宮虎彦の『足摺岬』などの瀟洒《しょうしゃ》な装本を見て知っていた氏は、その着想をおもしろく思ったという。今でこそ、花森氏の装幀のファンは多く、装幀関係の本も出ている位だが、戦後まもなくの頃だから、先見の明があったといえよう。こうして作品集全五巻は昭和二十八年七月に無事完結した。氏は「若い編輯者の徳は、出版社の古い因縁や情実を知らず、いわば時代感覚の尖端を率直

に代表して、時流に抜んでた提案をするところにあるし、これがむしろ出版社の生命の持続に役立っている」と記している。この文章には私も大いに共感する。そして、瀬沼氏はこの若い編集者の抱負と意気を実現させた故河出孝雄社長の包容力と見識をも高く評価している。

顧みると、私が創元社在社中のことだが、数年ぶりに編集部に入社してきた京大文学部出身のH君が、それまでの社の出版ジャンルにはなかった企画を提案し――例えば海野弘氏の『モダンシティふたたび』や北尾鐐之助『近代大阪』の復刻、上野千鶴子さんと宮迫千鶴さんの対談本『多形倒錯』、ヴォーリズの建築の本など――それらを熱心に具体化する様子を横の机で見ていて、その情熱やアイデアを新鮮なものと受けとめたことを憶い出す。それによって沈滞していた編集部に新しい風を吹き込んでくれた気がしたものだ（H君はその後独立して奈良で編集工房を営み活躍している）。手前味噌になるが、私も若い頃、臨床心理学という新しい分野を開拓するのに多少とも苦労した経験があるので、よけいに共感したのだと思う。

さて、次に小石原氏は河出新書の企画を提案し、瀬沼氏も企画者の一人として参加する。このシリーズは百冊に達したが、しだいに硬軟雑多の企画となって、昭和三十年九月に終了した。この河出新書は古本展で今でも時々見かける。

その後、昭和二十九年、弱冠二十七歳で、青年向け教養雑誌「知性」の編輯長に就任する。その傍ら、伊藤整の教え子に当る奥野健男が編輯する「現代評論」の発行人にもなり、二号まで出した。当時「知性」の編集部には、山口瞳、古山高麗雄、竹西寛子、亀井龍夫など、今からみると錚々たる人たちが集まっていた。伊藤氏や瀬沼氏も常連の寄稿家で、瀬沼氏は「知性」に連載した「現代文章講座」をもとに『文章作法』を河出新書から出した（担当は亀井氏。私は後日、古本展で見つけ入手した）。その頃の山口瞳氏の愉快なエピソードも語っている。

「二十代の山口瞳君は鼻下に美髯を貯え、年齢がふけて、年配者にみえた。編輯者として、偉い先生方に負けぬ威厳をそなえておこうという用意であり、今日の流行風俗とは別である」と。山口氏自身のエッセイによれば、氏は当時、雑誌全体の進行や原稿料の扱いなどを決めるデスクを務めていたという（「内田百閒小論」）。瀬沼氏がうっかり検印を一枚分（百冊分の印）押し忘れたとき、電話で山口氏に叱られ、思わず言いかえしたことがあるそうだ。いかにも、山口氏がやりそうなことだ。

河出書房は昭和三十二年三月、第一回目の倒産をする。「知性」も四月号で終刊した。別稿で私が書いた氏野博光氏もこのとき、退社しているが、それまで部署は違っても多少の接触はあったはずである。

小石原氏も部下をひきつれ、神田司町に知性社を創立し、そこで知性選書十七冊他、五十四点を出版した。伊藤整編『恋愛についての二十三章』、瀬沼編『若い日の読書のために』、串田孫一『博物誌』三巻などが代表的なものである。

昭和三十三年三月には事業を拡大し、知性PRセンターをつくって、企業PR誌や全国向け生活雑誌「暮し」を創刊、三十四年には銀座にもアイデアセンターを創設する。小石原氏は出版より賢明な道を選び、現代の知的事業家として成功したようだ。最後に、小石原氏は瀬沼氏の誕生日に毎年、祝賀電報をくれるただ一人の人だ、と結んでいる。駆け出しの編集者の頃、大へんお世話になったからとはいえ、よほど礼儀を重んじる人でなければ、とてもできることではない。

さて、本書でもう一つ紹介しておきたいエッセイがある。私は以前から、後年、著名な作家や評論家として活躍する人が、まだ無名で若い頃、編集者として働いていた例に興味をもち、今までにもいろいろ紹介してきた。『関西古本探検』では戦後すぐの赤坂書店にいた江口榛一や梅崎春生、『古書往来』では第一書房にいた福田清人、『ぼくの創元社覚え書』では創元社東京支店にいた佐古純一郎、隆慶一郎などなど。しかし、瀬沼氏にも編集者の時代があったことは本書所収の「私の編輯者時代」を読むまで全く知らなかった。

氏は世界恐慌下の昭和四年に一橋大学を卒業した。氏も文学青年だったので、はじめ教職を望んだが叶えられず、それならしばらく出版業に就いて時を凌ごうということになった。当時、日本評論社から独立した千倉豊氏が千倉書房を創設し、まもなく円本全集のブームに乗って『商学全集』を企画した。その監修者が上田貞次郎博士で、瀬沼氏の恩師が、上田氏門下の金子鷹之助先生だった関係で、上田博士から氏にその全集の編輯を担当するようにすすめられた。千倉書房に入社した氏は『商学全集』を殆どひとりで担当し、四年位かかって完成させたという。「この間に、千倉書房一流の大量生産による安手の際物や、白柳秀湖、近松秋江、青野季吉、平林初之輔、木村毅らの文学物や、清沢冽のアメリカ物等を多数手がけた」と。これらの仕事から氏は幅広い視野からの日本の文明史、文学史を学んだ、と書いている。瀬沼氏があげている秋江の『文学の三十年』〔註2〕などは、今でも貴重な私的文学史として評価されているように私は思う。

〔註2〕 ただし、私は昔、大阪、梅田のビルの二階にあっ

た梁山泊（現在は阪急古書の街と京都で営業）で見つけた秋江の珍しい本、『文壇無駄話』（河出文庫、昭和三十年）を今でももっているが、巻末の吉田精一による解説には、「秋江には随筆集として別に『秋江随筆』（大正十二年）と『文壇三十年』（昭和六年）とがある」と出ている。年代的に合っているので、『文学の三十年』はこの後者の瀬沼氏による誤記か誤植であろう。そういえば、宇野浩二にも同名の『文学の三十年』（昭和十七年）がある。これとタイトルを勘違いした可能性もありそうだ。

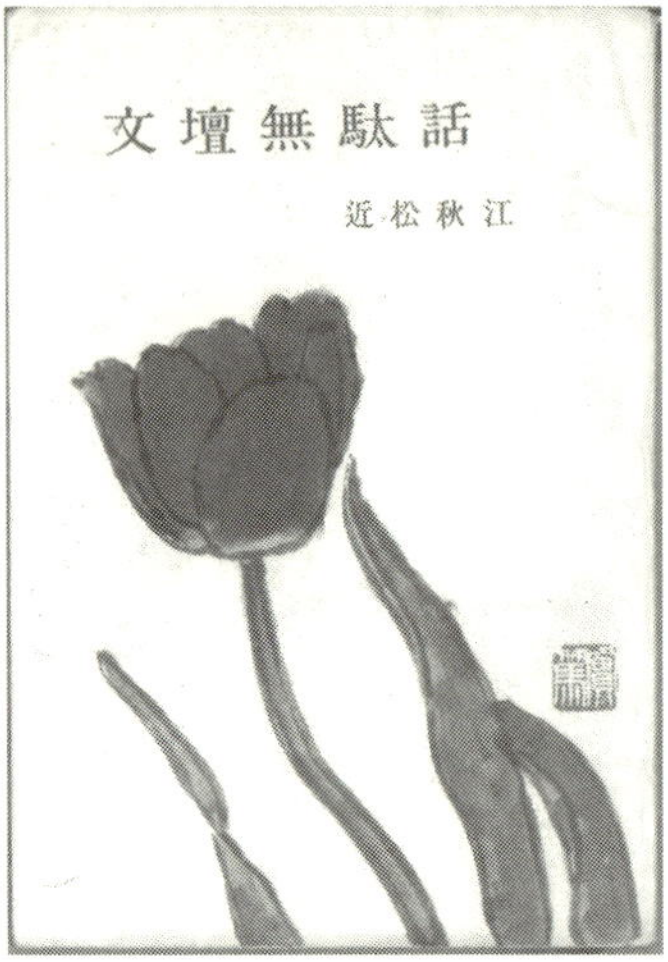

氏は千倉書房に四年間勤めた。しかし、自分で「高給を得ていたが、決して善良な編輯者ではなかった」と正直に顧みている。遅刻の常習者であったが、一ヵ月に一人で五冊も出版したときもあり、それでも残業手当はつかなかったので、遅刻も当然だという抗弁さえ用意していたという。千倉氏もあきれたのか、『商学全集』を出し終ると、「上田博士への義理を果たしたといわんばかりに退職をすすめた」。私が以前紹介した第一書房にいた福田清人氏にも似ている。福田氏も、自伝的エッセイによれば、決してよい編集者とはいえず、小説を書くことばかり考えていたので、社長の長谷川巳之吉氏から好意的に（？）独立をすすめられている。

その後、昭和八年から毎日新聞の学芸部長、千葉亀雄氏のあっせんで、日本大学文芸科の講師になった。同時期に、元改造社の旧支配人、山本重彦がはじめた東洋出版社が企画した『会計学全集』の編輯者として嘱託で一年程勤めている。昭和九年三月にどちらもやめ、埼玉県立商業学校に勤めたという。

前述の小石原氏について、出版社内部の事情にも立ち入った興味深い文章を書いたのも、氏にこのような編集者として苦労した五年間の経験があったからではないか、と思われる。

【追記1】 私は最近、天神橋筋の天牛書店で、紅野敏郎『貫く棒の如きもの』（朝日書林、一九九三年）を格安で手に入れ、喜んでいる。本書には、白樺派の作家たちはもちろんだが、紅野氏の先生にあたる稲垣達郎氏についての数々のエッセイや早稲田の古本屋についての二篇、麦書房主、堀内達夫氏の追悼文なども収められていて、興味深い内容である。その一文に瀬沼茂樹氏への追悼文もあり、瀬沼氏の人と仕事が公平な眼で語られている。瀬沼氏は根っからの本好きという点で稲垣先生とウマが合い、二人の息の合ったコンビで近代文学館の運営に種々貢献したという。

　紅野先生も、瀬沼氏の著作の中でとりわけ『仮面と素面』『本の百年史』を好むと書いている。これを読んで、私の本の選択眼もまんざらまずくないのだなと思った。さらに伊藤整の『日本文壇史』とそれを引きついだ瀬沼氏の『日本文壇史』の異質性（ここでは省略）についても鋭く指摘している。

　紅野先生は本書でも一貫して文学研究者に与える古本屋の存在の重要性を主張しており、もし大学で近代文学の書誌に関する講座を設けるなら、堀内達夫氏は最適任だったとまで述べている。近代文学館の初期の本集めに多大な協力をしてくれた三茶書房や山王書房主にも言及している。この紅野先生もすでに亡いが、古本屋さんには今後も新資料の発見などで頑張ってほしいものだ。

【追記2】　前述した古本屋の活躍を一例だけ紹介しておこう。「日本古書通信」二〇一四年十月号をたまたま入手したので見ていたら、美術書専門のえびな書店主、蝦名《えびな》則氏のエッセイ「出てきた漱石の手紙」が目に止った。仕入れた山内金三郎宛ての書簡の入った箱の中から出てきた一通の書簡をいろいろ調べてみると、それがまさしく明治三十年八月二十三日、漱石が正岡子規にあてたものだったというのだ。しかも全集にも未収録のものというから新発見である。これは、宛名の「升様《のぼる》」が正岡子規のペンネームの一つで、差出人の「愚陀佛庵《ぐだぶつ》〔註3〕」が漱石と知っていなければ、見逃されていたものだ。さすがに文学への造詣も深い蝦名氏だけある、と感心したものである。

〔註3〕　愚陀佛庵は漱石が松山中学の教師時代、住んだ所で、二階が漱石、階下が子規の居室だった。漱石は以来、愚陀佛と号したという。

　私は原稿のネタ探しにかけては、相当に恵まれている方だとつくづく思う。今回も、本稿を書き上げてから、一カ月もたたない頃に、東京、神田の喇嘛《らま》舎から届いた目録を順々に見てゆくと、最後の方の雑書類の中に『知性コミュニケーションズの21年――一九五七‐一九七八』（昭和五十三年、非売品）が目に止った。おっ、これは！と思い、すぐＦａｘで注文したのは言うまでもない。前述の瀬沼氏の回想文の初出がこの本だという記憶があったからだ。他に注文する人もなかったとみえ、すぐ私のもとに送られてきたので、ホッとした。

　表紙はクレーの絵が使われており、トビラには、井伏鱒二自筆の墨痕あざやかな「要慎」の二文字が印刷されている。本書は、小石原昭氏が社長を勤める同社の二十一年目の節目に社史を編んだものである。編集後記によれば「15年史」も出したという。様々な新聞、雑誌に掲載された同社に関連する記事や文章、座談会などを年代順に配列している。それに、社とかかわった多数の文学者やジャーナリスト、実業家の方々が「知性コミュニケーションズに寄せて」や「知性と私」というコラムを書いて所々に配している（こちらは書下しのようだ）。その中には、安部公房、加藤周一、大宅壮一、扇谷正造、池島信平、小林勇、飯沢匡、古山高麗雄、梶山季之、梅棹忠夫氏などがいる。巻末には付録として、雑誌「知性」昭和二十九年創刊号から昭和三十二年九月休刊号までの総目次が各号の表紙図版とともに掲げられている。この雑誌はふり返ってみると、私の八歳から十一歳までに発行されていたもので、さすがに一度も手に取ったことはない。古本でも、一度位古本展で見かけた記憶がかすかにある位である。（校正中に、幸運にも目録から「知性」創刊号を入手できた。表紙は梅原龍三郎。）

　本書に小石原氏も、巻頭に載っている「企業ＰＲにおけるＰＲコミュニケーションの役割」を始め、敬愛しつきあ

った人たちへの追悼文、「青春随想」「甘辛春秋」二篇、それに「〝孫の手〟業」などの社の仕事をめぐるエッセイ四篇を収録している。

氏の率いる組織の様々な卓抜なアイデアや仕事の仕方――例えば、「〝孫の手〟業」では、多忙な企業の幹部向けに、新刊書や雑誌を代読して、コメントをつけてすいせんしたり、依頼者と契約して、適切なとき（相手の誕生日など）に贈り物を代行したりといった――について書いている。つまり、自分ではやれない、きめ細かな仕事を代行するから「孫の手」業なのだと。これらの文章も興味深いのだが、私にはやはり氏の編集者時代を回想した「甘辛春秋」のエッセイが一番面白い。

もともと氏は文学青年だっただけに、文才があり、明快で読ませる文体だ。「神田小川町」と題するエッセイで、氏は九州、福岡から出てきて、初めて河出書房に入社した。そして「河出書房が、昭和二十九年、新たに総合雑誌（筆者註・「知性」）を出すことになり、新米のぼくに河出社長が『編集責任者をやってくれ、一週間で、三号分の目次をつくれ』と言われた」と述べている。そこで、全く雑誌編集の経験がない氏は雑誌の名編集長たちを訪ねて回り、種々知恵をお借りした。「アサヒグラフ」の飯沢匡氏や「文藝春秋」の池島信平氏、それに中央公論の嶋中鵬二社長には実務の編集局長を紹介してもらった。やはり行動力のある人だ。池島氏からは「まず人に会って、ナマの話から企画を引き出せよ。本を読んで企画を引き出してもイキのいい雑誌ができるわけないだろう」とアドバイスされたという。「知性」スタッフには、前述のように活字向きの編集者が多く集まった。ただ、「これからの雑誌は視覚的な面が重要だ」という氏一流のカンが働き、河出社長に紹介された名カメラマン、名取洋之助さんに編集顧問になっていただいた。「河出書房と離れた、神田小川町の三四ビルという木造バラック建ての二階の編集室を、どうやら名取さんは気に入って下さったようで、ほとんど毎日のように現れて、ぼくたちの教育と元気づけに熱中された」と。これは戦前の創元社、東京支店の顧問だった青山二郎の存在をすぐ連想させる。名取氏によく連れられ、バーを何軒もはしごし、仕事以外のことで教わったことが多い、と言う。続けて、日本織物出版社社主の鳥居達也氏との密な交流も語っている。鳥居氏の社が倒産して数人のスタッフが「知性」に移ってきた、とも。

次の「大阪」という一文では、十五、六年前、河出が倒産して「知性社」を興し、PR誌を請け負った「大阪暖簾」の編集のため、月に二、三度大阪へ通っていた頃の思い出を綴っている。昭和二十九年まで、氏が編集した詩誌

「道程」の同人だった浜田知章氏に連れられて、奈良、桜井の旧家に保田與重郎氏を訪ねたり、阪南西ノ町の小野十三郎宅を訪れたりしている。「ぼくにとって、大阪の民家のイメージは、いまだにこの小野家のたたずまいがそれだ」と。さらに小野氏も教えていた帝塚山学院短大に伊東静雄氏を訪ね、お話をうかがったこともある。足立巻一氏や富士正晴氏ともお会いした。あっと、びっくりしたのは、「ああ、そういえば、あの店も、もうない。難波にあった喫茶店『創元』。ぼくらの昼のたまり場。」という一節に出会ったときだ。小石原氏の仕事仲間たちも、小野十三郎や安西冬衛を始め、大阪の文学者たちがよく溜り場にしていた「創元」に集まっていたとは。(「創元」については、林哲夫氏の『喫茶店の時代』(編集工房ノア)に詳述されている。)

「あまカラ」の編集長、水野多津子さんにもお会いし、一夜、多津子さんの案内で難波あたりの食べ歩きのハシゴをしたことも語っている。さらに、「大阪暖簾」の編集では、朝日放送東京支社社長の吉田三七雄氏に連載対談の聞き手をお願いした。吉田氏は元、朝日新聞学芸部次長で、戦後、林芙美子の最後の小説「めし」も担当した人である。吉田氏は朝日の先輩の大久保恒次氏〔註4〕とともに、「あまカラ」の水野さんを支援して育てており、食味ジャーナリズムの大助産夫だった、と書いている。吉田氏とのかかわりで、「あまカラ」に創刊以来連載していた『食いだおれ』を知性社で上梓した、という。このエッセイは「甘辛春秋」に載ったものなので、大阪のおいしい料理屋のことも沢山出てくるが、ここでは省略しよう。

〔註4〕大久保恒次氏は『うまいもの巡礼』や『上方の味』を遺した大阪の著名なジャーナリストである。

私は、平成二十七年十一月末、心斎橋の中尾書店を久々にのぞいた折、阪大教授で美術史家、橋爪節也氏を中心に三人で出しているユニークな同人誌「新菜箸本撰《しんさいばしほんいらみ》」最新号(11号)を入手した(中尾書店の中尾靖氏も同人である)。本号は日本画家、北野恒富の特集であり、孫娘の北野悦子さんを囲む興味深い座談会が主に収録されている。その巻末に肥田皓三先生も「北野以悦・樋口富麿の青年時代」を寄稿しておられる。その一文によれば、先生の実家は当時、南区鍛冶屋町の北野恒富宅の斜め向いにあった。大正十年頃、北野家には内弟子として樋口富麿と大久保恒麿が住み込んでいた。その後者が、後に画家志望を断念し、大阪朝日新聞の記者となった大久保恒次その人であった。肥田先生の父親は二十一歳のとき、「銀」という同人誌を四号まで出しており、そこに若き日の大久保氏も随筆や素描を寄稿したという。また、タイトルの二人（以悦は恒富の子息）が提供した「銀」の表紙や扉頁も図版に掲げている。私の知らなかった新事実である。いつもながら、大阪文芸史の生き証人である先生ならではの貴重な情報をまたも教えていただいた。

この一文で大阪在住の私は、小石原氏をぐっと身近な存在に感じた。

氏はまた、「知性」時代に知り合った大宅壮一氏からとくにかわいがられ、独立後も、野村証券のＰＲ誌に、第一線経営者との連載対談を引受けてもらった。その「送り迎えの車中で、たっぷり個人教授を受けられた」ことをありがたく思っているという。そのＰＲ誌が突然打ち切られ、一時社が危機に陥ったとき、大宅氏の親しい社長たちに同伴して回り、仕事を紹介しようとまで言って下さった、と追悼文「やさしいこころ」で、感謝の意をささげている。他にも、いろいろまだ紹介したいことはあるが、あまりに長くなるので、このへんで止めておこう。

いずれにせよ、この本は非売品なので、古本目録でないと出会うことはなく、大へん幸運なことであった。

【追記3】　後日（平成二十七年三月末）、私は神戸、三宮センター街のジュンク堂に立ち寄り、雑誌コーナーで「週刊読書人」を一寸立ち読みしていたら、〝風来〟なるコラムに小石原氏のことが出てきたので、あっとびっくりした。私は前述の本によって、昭和五十三年までの社の軌跡を紹介したものの、その後は全く不明だったからだ。この記事はビジネス雑誌「リベラルタイム」での小石原氏へのインタビューを紹介したもので、氏は昭和二年生れ、米寿（八十八歳）を迎えた今も現役で活躍されているという。氏は今までをふり返り、仕事はいつも楽しかった、と語られているという。氏の率いる会社の社員はさぞやりがいがあるだろうなと思う。

いつまでもお元気でお仕事を続けられることを祈ってやまない。

【追記4】　もう一つだけ、その後探求した収穫を労を惜しまず報告しておこう。

本稿を書き終えて半年位たった頃、私は、東京千代田区図書館が珍しい全国の古今の古書目録収蔵を記念してつくった小冊子を手に入れ、その中で著名な古本者十六人が各々お気に入りのユニークな古書目録を紹介したエッセイのうち、岡崎武志氏が風船舎の目録を紹介しているのを読んだ。私は不勉強でそのお店の存在も今まで知らなかったので、早速岡崎氏に依頼して連絡方法をハガキで教えてもらった（感謝！）。すぐにFaxしたところ、最新目録11号が送られてきた（二〇一五年十月刊）。ここは、東京、世田谷区で若い夫婦がやっている目録販売の店で、あとがきによると開店十周年を迎えるという。「音楽とくらし」のテーマが専門分野だが、後者にあたる「都会交響曲」と分類された項目の目録が私には面白い。例えば、デパート、広告、演劇、映画、スポーツ、見世物といった分野の本や雑誌、パンフなど、珍しいものが豊富に並んでいる。（書影は12号）

早速、順々に眺めてゆくと、後半の頁で、『大阪暖簾』創刊号、が目に飛びこんできた。おっ、これは前述した小石原氏が回想エッセイで書いていた知性社発行の大阪の月刊随筆雑誌ではないか！　記憶力がとみに衰えてきたとはいえ、この誌名はさすがに脳にインプットされていたものと見える。

しかし、すでに品切れかもしれないな、と心配しつつ、あわてて注文したのだが、幸い、私の元にすぐ届けられてきた。

見ると、『あまカラ』などと同じ横長の雑誌で、総頁34頁の薄いもの。表紙画（題字も）は鍋井克之の、天満宮の社殿と花を描いた華やかな水彩画である。奥付を見ると、昭和33年3月10日発行で、編集・発行人は梶晴子、知性社

の支社が大阪市東区淡路町三丁目船場ビル312号室、となっている。淡路町といえば、現在の創元社のビルがある近くだ。巻末あとがきに当る「のれんのうちそと」には、梶さんの文章とともに、前述した詩人、浜田知章氏の短いあいさつ文もあるので、浜田氏も編集スタッフとして参加していたことが分る。

創刊号の筆者には新村出（暖簾史考序説）、武智鉄二（のれんの思い出）、花菱アチャコ（大阪弁談義）――NHKラジオドラマ「お父さんはお人好し」で懐かしい！　福田蘭童、森光子の対談（大阪の女・東京の女）、串田孫一（「春」の詩と写真）、「大阪・私の好きな場所」がテーマのアンケート（井上靖、幸田文、今東光、中村汀女、田中千代など）、戸板康二（上方役者ばなし1――扇雀とその父）、岸本水府（川柳のすすめ）などが目を引く。他に銘店二軒（藤井と菊屋）の案内もある。

このうち、巻頭三頁にある言語史の権威、新村先生の随筆はさすがに学識が自然に流露したような洒脱な文章で、抜群に面白い。ごく簡単にいえば、暖簾はもともと、シナから鎌倉～室町時代に伝来して江戸時代に至ったもので、元は禅寺で涼暖用に使われていた。暖簾の発音も、ナンレン→ナウレン→ウレン→ノレンと音転したものだという。

新村先生は、知性社からの興味深い題名の随筆雑誌創刊との飛報を受け取り、「ノレン語史序説」だけでも、と思って気まぐれに書いてしまった、と控えめに書いている。最後に付言として、「「ノンキ」なる語も或は暖気（ノンキ）とかくのが語源かもしれない」とも述べている。小石原氏もこの玉稿を喜んだにちがいない。語源を探求するのもなかなかに興味深い研究分野だな、と改めて思った。それにしても、新村先生のように専門の豊かなうんちくを一般読者にわかりやすく、しかも楽しげに語りかける文体をもった学者が現在、だんだん少なくなっているように私には思われる。

『大阪暖簾』はいつまで出されていたのだろうか。〔註5〕今後、気をつけて探求してみたいものである。

〔註5〕　後日、元町の新しい古本屋〝一〇〇三〟――ここは古本の他にマイナーな小出版社の新刊や珍しい地方刊の雑誌、冊子などもいろいろ置いている意欲的な店だ――に立ち寄った折、棚に「あまカラ」がまとまって出ていたので、女性店主の方に「大阪暖簾」のことも一寸話したところ、早速ネットで調べてくださった（感謝！）。それによると、日本近代文学館にのみ所蔵があり、5号までは確認できるという。してみると、この雑誌、短命に終わったのかもしれない。

【追記5】　しつこいが、あと一つだけ紹介しておこう。
平成二十八年一月、山形県鶴岡市の阿部久書店から出ているタブロイド判四頁の「古書月報」が届いたので見ると、500円均一の欄に古山高麗雄《ふるやまこまお》の随想集『小説の題』（冬樹社、一九七二年）が目に止った。タイトルに魅かれ以前から気にかかっていたが、買いそびれていた本なので、注文して送ってもらった。阿部久書店の目録は地元の豊富な文献の他に全国向けの良書も均一でズラッと並んでいるので、時々その中から注文している。古山氏も『プレオー8の夜明け』で芥川賞を受けた作家だが、私はまだ殆ど小説は読んだことがない。しかし作家のエッセイ集は面白いので時々求める。

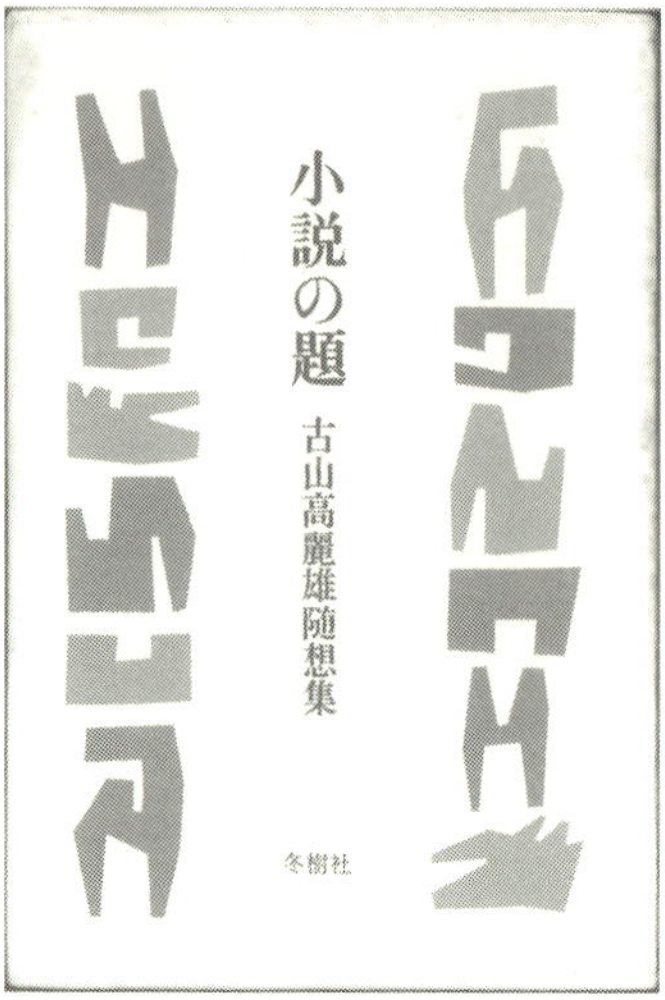

本書中のⅣ部の項目には「芥川賞とわたし」「小説を書く私と編集者の私」や「読書遍歴」「佐藤先生と室生先生」「小説の題」などの興味深い随筆が並んでいる。その中の「足利のうまいそばや」を読んでいると、次の一節にぶつかったのである。
「そのころ私は、河出書房に勤めていた。同年（筆者注・昭和二十九年、古山氏三十四歳の折）八月号から『知性』が復刊されることになり、私は『文芸』編集部から『知性』編集部に移されたのだった」と。続いて、小石原昭さんが編集長に抜擢され、彼のめがねにかなった人材が集められていた、とあり、「小石原さんは明晰辣腕の編集長で、『知性』編集部は活気に満ちていた。小石原さんだけでなく、編集部員はみな、明晰辣腕の人たちであった。（中略）鈍重な私は、若い人たちの才気に気圧されながら勤めていた」とも。
前述した「知性」編集部のスタッフの中に古山氏の名前もあったものの、仕事の様子は不明だったので面白い。
古山氏は『知性』に、坂口安吾さんの「真書太閤記」を連載してもらうため、以前から安吾さんの知遇を得ていて執筆を依頼した編集部の入江君と同行して桐生の自宅に安吾さんを訪ねた。入江君がみやげにパンを持っていったが、安吾さんは一つ割ってみて、「いいパンじゃないな」と言った。

それから、古山氏は同年暮れに出版部に移るまで、入江君と担当をバトンタッチして、毎月原稿を取りに安吾さん宅へ通った。ある時、安吾さんに好きな食べ物を訊かれ、連雀町と池の端の〝やぶ〟でよく食べるそば、と答えると、安吾さんは「そこはまずい。足利にうまいそばやがあるから、食いに行け」と言って、三千代夫人に案内させ、夫人とバスに乗ってそばをわざわざ食いに行ったことがあるという。同様に、安吾さんに言われ、夫人と映画を見に行ったこともあると。その間に時間を稼いで安吾氏は原稿を書いたのだろうか、ふつうの作家は、編集者にこんな配慮までしないだろう。

最後に氏はこうしめ括っている。「はじめ私は、エキセントリックなところのある作家だと見当をつけてお目にかかったわけだが、なるほどエキセントリックなところはあるが、だからといって変ではない、と思っている。私の思い出の中には、安吾さんの優しさばかりが強く残っている」と。古山氏が「知性」編集部にいたのは、半年余りの短い間だったようだ。

他にも、出版部に移ってからだろうか、同僚の竹田博氏の厚意で、『自撰佐藤春夫全集』を担当することになり、関口町の佐藤邸を頻繁に訪れるようになった。勝負事は一切嫌いな先生が河出の仲間でつくった〝競輪必勝会〟の会長をジョークで引受けた話も披露している。また佐藤先生と仲がわるいと言われている室生犀星先生のところにも出入りし、ある時室生先生を日劇ミュージックホールのストリップに誘った。有楽町駅で一時間以上待ったが、先生は現れず、その足で馬込のお宅に伺うと、実は先生も来たのだが、駅の柱をへだてて待ち、お互いに気がつかなかったことが判明した、というトホホなエピソードも語っている。

ともあれ古山氏は、河出の編集部時代はうだつの上がらない社員だった、と述懐している。ところが、ネット上のプロフィールによると、実際は河出時代、労働組合の委員長を務めていたという。氏が「上役のおぼえがめでたくなく」と随筆に書いているのはそのためだったのかもしれない。年譜によれば、氏は昭和二十五年河出書房に入社し、昭和三十二年の倒産で退職している。その後三十七年に芸術生活社に入り、江藤淳や高階秀爾らが同人の「季刊芸術」誌の編集長となり活躍。昭和三十八年に退社している。季刊芸術社として独立したが、昭和五十四年にはそこもやめている。小説を発表し始めたのは昭和四十五年「墓地にて」からである。編集者として森敦を見出したことも評価されている。

河出時代の氏自身をモデルにした小説も書いているそうなので、いずれ探して読んでみたいものである。

【追記6】 平成二十八年三月、時々のぞいている、元町の神戸古書倶楽部に今日も立ち寄った。今回の収穫は、以前、大倉山の図書館で見かけてぜひほしくなった服部正氏（神戸松陰女子学院大学、社会福祉学教授）の私家版の小さな詩集『座礁船』（一九九〇年、尼崎、風来舎制作）を均一コーナーで見つけたことである。詳しい紹介は省くが、氏が一九八八年、脳梗塞で倒れ、以来厳しい闘病生活の合い間に詠んだ詩を十篇収めたもので、胸を打たれる。二十八頁だけの小冊子だが、さすがに風来舎によるだけに瀟洒《しょうしゃ》な造りである。これは神戸の古本屋にしか出現しないものだと感激した。

もう一つは、雑誌、季刊「食」を二冊入手できたことである。これは大阪の健康食品（株）が発行しており、「食」に関する資料室も併設している。そのせいか、時々古本関係の文章も載っていて、注目される（現在も出ているのかは不詳）。実際、入手した54号には森田憲司氏の「情報の「寄せ鍋」――均一本」という、古本ファンに格好の、読ませるエッセイが載っている。34号（一九八九年十一月）の特集は「世相のかんづめ、雑誌」で、大塚文庫、大宅壮一文庫が主宰者によって紹介されており、続いて、修業時代、甘辛社に勤め、現在は出版社、朋興社を営んでいる遠藤章弘氏が「『あまカラ』にまつわる人々」を七頁にわたって載せている。実際に編集現場にいた人の貴重な回想だけに興味深く、ここに少しだけ紹介しておきたい。

まず書誌的に言うと、「あまカラ」は昭和二十六年八月、和菓子の老舗、鶴屋八幡がスポンサーになり、前述の大久

保恒次氏を編集顧問に、水野多津子（のち田都子）さんが編集長、その名脇役M嬢、そして遠藤氏が編集に携わった（社員は三人）。昭和四十三年五月、二〇〇号をもって廃刊、というから、十七年続いたことになる。鶴屋八幡が銀座に進出したのをきっかけに、惜しまれながら水野女史が潔く決断したという。私は恥ずかしながら初めて知ったが、「毎号、表紙は、編集顧問でもあった大久保恒次氏（食味評論家）の洒脱な画で構成されていた」とある。これは前述註のように、大久保氏が画家志望だったので、喜んで大いに腕を振ったのだろう。（ただし、古本展でかなりまとまって出ていた現物を見たところ、途中から加藤義明氏の抽象パターンの装画や山内金三郎氏による意匠の表紙もふえている。装画者の表示がない号がかなり多いので詳細は不明。）

水野女史は雑誌目玉の連載「食いしん坊」の著者、小島政二郎氏の紹介にあるごとく〝女臭さのない、サッパリとした、利口な〟人で、「年中、スラックスをはいて、髪はおカッパ、化粧なし、十六貫近い堂々たる恰幅で、ハスキー声である」とそのおもかげを伝えている。「何事にも徹底しないと気の済まない人で」「率直に言って〝雷女史〟という感じであった」とも記している。

例えば、小島氏は文章の一字一句に非常な神経を使う人で、そのせいか、締切りを過ぎてもなかなか原稿は届かなかった。それで、他は刷了にして「食いしん坊」の所の版だけストップしておき、原稿が届くやいなや、印刷所で徹夜して組んでもらい、早朝、皆で入念に校正した。「必死の思いで校正が終わり、刷る。製本と進み、納品されて来た『あまカラ』を手に取り、ページを開く時は緊張がみなぎった。コンマが欠けていても、ルビ一つ間違っていても、「刷り直しっ」と、水野女史の叱声が飛ぶからである」と。

またM嬢は、何事にも控え目で可愛い人だったが、「文章も流麗、その達筆ぶりは作家をうならせるほどであった」と記している。

執筆者は毎号、十五、六人位の錚々たる大家が多かったが、最初から原稿料なしの条件で依頼した。皆、水野女史を支えてやろうという温情から出ていたのであろう。そのため、依頼状は「原稿用紙に付けペンで、字が下手であっても誠意を込めて、一マス一マス埋めながら」したためていく。氏はその度に心身共に疲れ果てたという。私も昔、初めての著者に企画したテーマの執筆依頼の相談の手紙を出す折、なかなか骨折ったことを憶い出す。

詩人、竹中郁氏の執筆のエピソードも印象深いものだ。「竹中郁氏は甘辛社へひょこっと訪れて、生菓子を口に放り込むと、一気呵成に五、六枚書き上げ、次いでケント紙に二、三点挿画をさっと描いた」と。社へ来るまでの途中で、頭の中ではほぼ文章は出来上っていたのかもしれない。詩をまとめるまでのスピードとは大分違うのではないか。

他にも紹介したいことがあるが、長くなるのでこの辺で止めておこう。

なお、「あまカラ」については、今、探しても見つからないが、書物同人誌「スムース」9号（あまカラ・洋酒天国特集）でも林哲夫氏が詳しく書いていたので、参照して下さい。

第Ⅱ部　編集者の喜怒哀楽

第6章　彌生書房、女性社長の自伝を読む——津曲篤子『夢よ消えないで』から

　どうも近頃、記憶があいまいになって困るが、本書は昨年（二〇一五年）末、本町の天牛堺書店でたまたま見つけた唯一の収穫本だったと思う。『夢よ消えないで』（彌生書房、一九九六年）というタイトルだけでは中味がよく分からず、見逃していたと思うが、サブタイトルに「女性社長出版奮闘記」とあったので、どこかの出版社の社史的なものかも、と思い、何げなく手に取ってみたのだ。むろん著者のお名前も初めて知る方だった。目次頁を開いてみて驚いた。あの、著名な彌生書房の社主の方の半生の自伝ではないか！　もとより私は彌生書房の本のよい読者ではないが、それでも、「世界の詩」シリーズや「現代の随想」シリーズなどは古書店でもよく見かけて知っている。後者は私も『寿岳文章集』などわずかながら架蔵している。その社長、津曲篤子《つまがりあつこ》さんの編集者時代からの歩みを詳しく回想したものだと分り、私はホクホク顔で本を抱えた。あとで考えると、タイトルかサブタイトルの中に「彌生書房」の文字が入れられておれば、出版史や出版社に関心をもつもっと多くの読者の目につき、歓迎されたのにと少々残念である。というのは、私も今回、古本屋で本書を初めて知ったし、古書目録でも今まで殆ど出版関係のところに載っているのを見かけたことがないからだ。刊行時もあまり評判になった記憶がないのだが、私が書評などで見逃しただけだろうか。

　それはともかく、本書はお正月休みの二〜三日で夢中になってあっという間に読みおえた。さすがに文才豊かな方で、簡潔で男性的ともいうべき文体で、ぐんぐん読ませる。ここでは私の印象に残ったところを要約しつつ順次紹介してゆこう。

　略歴によると、津曲さんは大正九年、京都で生まれている。本書は成人するまでの自伝は全く書かれておらず、い

きなり彼女二十三歳（?）の頃、昭和十六年、十二月八日、日米開戦の日に中央公論社へ誰の紹介状ももたず、就職の売り込みに出かけるところから始まっている。大胆な行動力である。どういう役職の人か書かれていないが、湯川龍三氏と面会し、何か書くように言われ、早速「婦人公論」編集への抱負などを六十枚も書いて送った。六十枚というのもすごい分量だ。翌十七年五月にやっと通知が届き、採用される。まず入ったポストは別室の「明治大正昭和新聞雑誌研究所」で、近代文学の資料を蒐集する部署だった。勝本清一郎氏が室長で、古谷綱武氏、福田栄一氏らが研究員だった。私は初めて知ったのだが、社長、嶋中雄作氏の方針なのか、戦前の一出版社にこういう研究所を設けるとは懐の深い会社だったのだと思う。おそらく、この企図が戦後の日本近代文学館創立の動きへともつながったのではなかろうか。篤子さんは喜んで勤めていたが、三ヵ月後、「婦人公論」編集部に移る。同じ編集部に後に夫となる津曲淳三氏もいた。当時、中央公論社と改造社は反戦主義だと軍部から睨まれており、彼女は校了前に検閲を受ける役を編集長から命じられ、関係五ヵ所を走り回った。

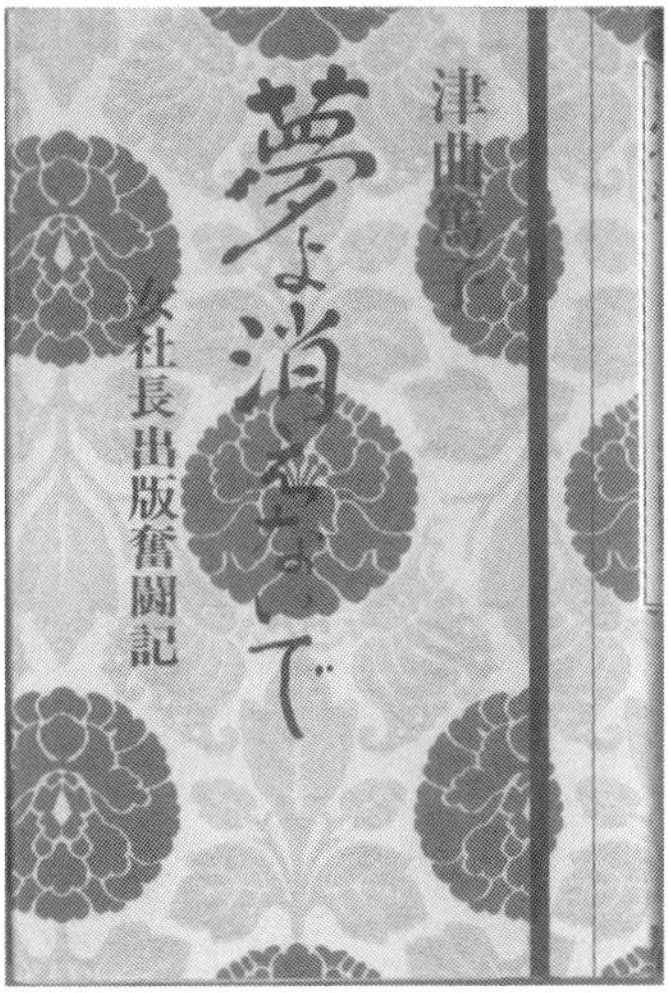

　当時、「婦人公論」に堀辰雄の「大和路・信濃路」が連載されており、淳三氏が担当していたが、出征したため、後任に彼女が担当し、堀氏宅へ伺っていた。しかし、昭和十八年の夏、内容が時局に合わないとの圧力で、執筆停止の断りに堀氏宅へ伺ったのだが、その折居合わせた津村信夫氏を混えての静かな会話に幸せを感じたという。「婦人公論」も昭和十九年三月、一たん廃刊となり、彼女は出版部に移り古典文学全集を手がけることになる。その頃の中央公論社には女性社員は編集部に五人、他の部署を含めると十二人程いたという。現在ではどうだろうか。

　その後、淳三氏にはじめは一方的に恋慕され結婚に至るまでのいきさつも興味深いが省略し、中央公論社は昭和十九年七月、改造社とともに情報局から解散を命じられる。その前に例の横浜事件で検挙された社員の浅石晴世氏、和田喜太郎氏が獄中で死去したことも痛ましい出来事として報告している。結婚して、疎開先として津曲氏の実家が近くの鹿児島市にある霧島へ行き、そこで長女を出産するが、姑や小姑に冷遇されたことも正直に語っている。子育てには様々な苦労をされたようだ。

戦争が終り、昭和二十一年十一月にやっと東京へ戻ったが、再建された中央公論社へは戻らず、青木晨氏、堺誠一郎氏などがつくった世界評論社から誘われ、そこの雑誌「婦人」編集部に入った。青木氏は当時から有能なジャーナリストで、ここからは河上肇『資本論入門』や尾崎秀実『愛情はふる星の如く』などを出し、ベストセラーになった。初めの頃は景気がよかったが、社員もふえたためか、資金繰りが苦しくなり、昭和二十五年三月、世界評論社は倒産してしまう。

そんな折、小出版社に勤めていた夫君も退社したが、氏の人生の一大事である浄土真宗の教えを直かに拝聴するため、尊敬する京都の曽我量深師のもとへ行きたいと言い出し、けんかになって彼女は子供を連れて家を出てしまう。そして「婦人」の連載で懇意になった大佛次郎氏の家にしばらく世話になった。しかし、結局、淳三氏が校正の仕事を見つけ、再三切望されて、家に戻ってきた。彼女の率直な叙述によれば、夫君はどうも自分本位のナルシスティックな性格の方らしい。しばらく貧乏生活が続いたが、昭和二十六年、試験を受けて美術出版社に入社する。

美術出版社は当時経営状態が大へんよく、賞与が年四回も出るのに驚いている。現在、こんな出版社はもうないだろう。当時は美術全集などがよく売れたのだろうか。

一方、夫君はあくまで初志を貫き、二人で京都へおもむき、彼女の内助の働きで部屋を借りられることになる。美術出版社は一年未満で退社せざるをえなかった。夫君は大谷高校の英語教師の口を見つけたが、彼女の就職はなかなか決まらなかった。やっと旧知の矢内原伊作氏の紹介で、人文書院を訪ね、即座に採用される。当時、人文書院では、「副社長の渡辺氏（筆者注・睦久氏、のち社長に）が一人で編集していたので、私は一応はプロの編集者ということで大事にされた」。ただ午前中は契約社員として、美術出版社の京都での仕事もし、午後から人文書院に出かけ、毎晩遅くまで仕事をした。

彼女は人文書院で、昭和二十八年春、『堀辰雄全集』を企画し、川端康成、中村真一郎、神西清氏と極秘で相談を進め、堀氏の快諾も得ていた。ところが、五月に堀氏が急死したので、大手の出版社による全集の争奪戦に巻き込まれてしまう。そこで、人文書院の企画が露見し、角川源義氏や河上徹太郎、丸岡明氏などからひどく責めたてられたという。結局、相談の上、新潮社が出すことに落着き、その代り、人文書院からは『大和路・信濃路』と『美しい村』

を出すことになった。彼女は出版史上の一大トラブルの当事者の一人だったのだ。丸岡氏とはその折、かえって仲良くなり、その後いろいろ仕事で助けてもらったという。

さて、夫君は又わがままが出て高校教諭をやめ、講師になったので収入が減り、貧乏が続く。そこで彼女は一念発起し、出版社を興そうと思い立つ。昭和三十年秋、彼女三十五歳のときだった。そんな折、美術出版社の社長、大下正男氏と美術評論家、今泉篤男氏が京都に来たので相談する。無一文で会社を興すというので反対されるが、しばらくして今泉氏から、銀座のバーのマダムだという金主を紹介してもらう。

鎌倉の小林秀雄氏宅にも訪ねて相談し、彼女が「最初にアランの『神々』を出したいのです」と、人文書院で出せなかった唯一の井澤義雄氏による新訳原稿のことを話すと、それまで不賛成だった小林氏は強い反応を示し、部数を尋ねられた。「一五〇〇か二〇〇〇部くらいです」と答えると、賛成され、自分もフランスでアランに会い、その本の日本への翻訳紹介を頼まれたのだが具体化できなかったのだという。そこから話がはずみ、前に原稿をいただいていた『近代絵画』も最初に出したいと申し出ると、独立のお祝いにそれをあげよう、印税も格安でいい、と言って下さった。これは「新潮」に連載されたもので、大手の他社も狙っていたものだから、よほど彼女は個人的にも気に入られたと見える。確かに本書全体から見ても、それまでに編集者としてつちかった文学や美術への幅広い教養が会話にもにじみ出ただろうし、明朗で、大胆な決断、行動力などが著者たちに愛されたのだと想像される（後者はカバーそでの顔写真からの印象もあるが）。

小林氏との約束が決め手となって、反対していた大下正男氏も協力してくれることになり、紙の仕入れと営業を半年間、美術出版社がやってくれることになる。つまり、発売元になってくれたので、取次からもお金が入ってくることになった。独りでの出発としては大へんな幸運である。その代り、地道にやりたいので前述の金主の話は断わってしまった。

昭和三十一年、四年間勤めた人文書院を退社し、単身上京。ふと、以前よく訪ねた耕治人宅を訪ねると、運よく奥さまから、出身の津田塾大創立者の伝記『津田梅子伝』出版の話が出、同窓会による自費出版だから、渡りに舟と引受ける。耕夫妻はともに「主婦の友」の元編集者だったという。そうだったのか！　短篇集『うずまき』などを読むと、耕氏が編集者をしていたことは出てくるが、どこの社かははっきりとは分らなかったのだ。企画出版の出発はアランの『神々』と渡辺一夫の『たそがれの歌』であった。

後者の装幀は、駒井哲郎のエッチングで飾ったというから、美術出版社時代に知り合ったのだと思うが、駒井ファンは多く、彼女の美的センスのよさには敬服する。

　ところが、次の出版として、小林秀雄先生の『近代絵画』に取りかかるべく、東京創元社へ先生を訪ねたところ、「人文書院が『近代絵画』は、〝人文書院の津曲〟にくれたのだと言って話がつかない。あなたが話をつけてくれないか」と言われる。一編集者が立てた企画が、社をやめた場合、著者とは了解がついていても、その原稿がその編集者のものか、元いた会社のものかは、難しい問題だ。しかも、大物の著者で、出せば必ず売れる企画ならなおさらである。彼女も大変残念に思ったろうが、小林氏が困っているので、「先生、私この件はおります」と答えた。やはり決断がすばやい。小林氏もそれで彼女のさっぱりした人柄を改めて知り、後の協力を約束してくれた。

　昭和三十二年には六冊目の本として、草野心平の初の短篇集『七つの愛と死』を辻まことの装幀で出版する。草野氏が粗末な事務所の机の上に古本であの赤い表紙の『槐多の歌へる』が載っているのを見て、気に入ったのかもしれない、と書いている。これは美術の古本ファンには今でも人気のある本で、美術出版社時代に関心を抱いて手に入れたのだろう。なかなか簡単には見つからない本だ。草野氏の本は何と、新聞や雑誌に二十八も書評が出たという。そんなに沢山、書評が出る本なんて、めったにない。

　それでたちまち追加注文が五〜六〇〇冊も来たが在庫がないので出荷できない。ところがしばらくすると返品が沢山戻ってきた。これは出版社営業の常にかかえるジレンマで、すぐに注文に応じるために増刷すると、応々にして六ヵ月たつと返品がどっとくるため、結局増刷分がそっくり残ってしまうことにもなりかねない。私が担当した本でも時たま経験してがっかりしたものだ。その頃は社員二人とお手伝い一人でやっていたが、給料も支払えないような苦しい経営だったようだ。〔註1〕その後、『吉野秀雄歌集』を一、三〇〇部出し、読売文学賞を受賞したので、見込み注文が殺到したが、結局返品がどかどか来て、赤字になってしまった。これは売り切るのに十年もかかったという。歌集、詩集はとくにそうだが、すぐれた内容と売行きとはまた別のものだとつくづく思う。

〔註1〕私が持っている一九九四年版『日本の出版社』を見ても、その時点でも編集員数は七名となっている。出版社としては小規模の方だが、その位の方が経営は安定するのではないか。

次に『定本八木重吉詩集』を贅沢な造本で三千部つくって出版。この二冊をもって小林先生に報告に行くと、「『詩集のたぐいは五〇〇部が限度だといわれているよ。大丈夫かな』と、首をかしげられた」。さすがに、東京創元社で、長く編集顧問をしていた小林氏だけに、出版の難しさはとっくに経験ずみなのだ。ただ八木氏の詩集の方はロングセラーとなって版を重ねている。

串田孫一氏の『山に遊ぶ雲』は資金繰りの都合で著者にも協力してもらい、猛烈なスピードで一ヵ月半でつくり、十二月十日に出来上った。紀伊国屋新宿店でサイン会を開き、彌生書房の本ではじめての紀伊国屋でのベストセラーに入った。串田氏はその後も終始、企画面で協力している。

昭和三十八年頃から、高橋健二氏らの協力で「世界の詩」シリーズを企画し、全二期で、二十冊を刊行、大成功する。これは「B6の変型、表紙を各詩人ごとに駒井哲郎、岡鹿之助、浜口陽三の銅版画で飾った」造本で、今でも古本展などで時々見かける。三人とも根強いファンをもつ画家で、彼らを起用した津曲さんの美的センスは再びいうが抜群だと思う。私などは世界の詩集がこれほど売れたとは少々意外であった。それには装幀の力も大きかったのではなかろうか。これで経営が安定したようだ。昭和四十三年四十八歳のとき、銀行から借金などして牛込の中町に地下一階、地上三階の自社ビルを建てる。このときも思いきった決断と行動で、御自分でも「動き出したら止まれない向こう見ずの性格である」と書いている。その後、別荘も二軒、社宅も一軒建てているから、自己本位でなく、社員も充分恩恵をこうむっているわけだ。とくに後者は、出版社では私は聞いたことがない。

その後、夫君の長年の念願であった師、曽我量深の選集全十二巻も刊行する。大谷大学の教授たちや全国の真宗同朋から資金が集まったので、安心して出せたようだ。淳三氏もことのほか熱心に校正していた。ただ、本書全体にわたって、淳三氏が彌生書房のどういうポジションにいたのか、全く記されていないので分らない。もしかして経営には係わらなかったのかもしれない。

昭和四十九年には、彌生書房最大のベストセラーとなった吉野せいさん〔註2〕の『洟をたらした神』を出版する。串田孫一氏が吉野さんの文章を大へん評価して「アルプ」などに原稿を書かせていた折に、串田氏をお訪ねした折読むようにすすめられ、感心したので氏にその出版に協力してもらった。だが、出したものの初めは「無名だし、書名は解りにくいし、どうせ売れないことは覚悟していた」という。

〔註2〕最近、あるエッセイを読んで、吉野せいさんが農

民詩人、三野混沌（吉野義也）氏の奥様であることを初めて知った。「銅鑼」同人の関係で交流のあった草野心平から勧められ、『洟をたらした神』を書いたという。本書を読んでないからとはいえ、私の不勉強には自分でも恐れ入る。

ところが、朝日新聞に大きな紹介記事が出たり、ＮＨＫの「私の本棚」でも朗読されたので注文が殺到する。その後も、この本は田村俊子賞、大宅壮一ノンフィクション賞を受け、吉野さんがテレビ出演もしたりして大へん宣伝になり、ますます売れに売れた。こういう、出版社自体はあまり期待していなかった本が大化けしてベストセラーになるのはたまにあることだ。俵万智の『サラダ記念日』などもその例だろう。だから出版業はやめられないとも言われる。

その後、八木重吉の妻であった登美子さんが二十八歳の折、重吉氏を結核で亡くし、遺児二人も程なく昇天してしまったので、ひとりぼっちになり、夫が入院していた病院に勤め出した。そこで同じ病院で妻に先立たれ、四人の子供をかかえて困っていた歌人、吉野秀雄氏に見染められ、重吉氏の没後二十一年目にやっと結婚する。しかし吉野氏も長く病床にあったので、子育てにも大へんな苦労をなめた。そんな経歴を知った津曲さんが登美子さんを訪ね、八木重吉のことをぜひ書いてください、と頼んだ。あまり期待していなかったところへ、原稿が届けられたという。これが『琴はしずかに』という書名で出版された。又、串田孫一氏が見事なすいせん文を書いて下さり、装幀もして下さった。なお、津曲さんの本にも串田氏は、詩的なオビ文を寄せている。装幀、題字は津曲さん自身である。

その後も、夫君のがんによる死去の様子や「現代の随想」シリーズ出版のいきさつ——例えば、小林秀雄氏が「井伏鱒二」集の具体化に大いに力を貸したことなど——も綴られていて興味深いが、あまりに長くなるので、最後の方は省略しよう。拙い要約ばかり続けてきたが、詳しくは本書を読んでいただくほかない。

あとがきによると、本書が出された一九九六年までの四十年間に、八〇〇点近い本を出してきたという。私がもっている彌生書房の本で、とくに好きなのは、高橋英夫『忘却の女神』（一九八二年）である。安野光雅氏による水彩の優しいタッチの装幀で、本好きの読者に格好の、気楽なスタイルで書かれた書物をめぐる軽妙なエッセイが沢山収録されている。さらに先日、大阪、京橋の古本展をのぞいた折、同じシリーズ〔註3〕——作家や評論家のやわらかめのエッセイを収録したもの——の杉本秀太郎『私の歳時記』（一九七九年）を見つけた。献呈サイン入り本なので少々高く、予算が足りなかったので入手できなかったが、これも読んでみたいエッセイ集である。立ち読みであとがきを斜め読みすると、その一節に、二十年も昔に、アランの翻訳のことで津曲さんにお会いしたことがあり、その縁で本書を出

せることになった旨、書かれていた。著者と編集者の縁を長い間大切にされていた一例を垣間見た思いであった。

〔註3〕その後の古本祭りで、松永伍一『日付のない暦』、饗庭孝男『フォントネーの泉』も入手した。どちらも味わい深いエッセイ集だ。

考えてみると、出版社主の追悼集や他の著者による出版社の社史はいろいろ出ているものの、社主自らが自社の歩みをくわしく記したものは小山書店主、小山久二郎『ある一つの時代』他、わずかしかないのではないか。〔註4〕それもある意味もっともで、多忙な社長業のかたわら、執筆するのはよほどの筆力と気力がなければ、出来る仕事ではなかろう。その意味でも本書は私共一編集者にとっても貴重な記録であり、多々参考になる好著だと思う。

〔註4〕もっとも、最近になって特色ある小出版社（ミシマ社や夏葉社など）の若手社主が自分で会社を興した顛末をまとめ、本にして出す傾向も出てきた。

本書を読むと、津曲さんのすぐれた企画力、大胆な行動力はもちろんだが、一流の著者たちから暖かい眼で信頼さ

れ、度々仕事上の協力を得られたこともその成功の大きな要因になっていると思われる。

津曲さんは奥付略歴から計算すれば、今年ですでに九十五歳位になられるはずで、まだ御健在であろうか。そうであってほしいものだ。

第7章　あるヴェテラン児童文学編集者の喜怒哀楽——相原法則氏の歌集を読む

ふり返れば、編集者として大先輩の相原法則《みちのり》氏と私のほんのささやかな交流——時たまの本や手紙の交換のみで、まだ一度もお会いしたことはない——は、平成十年ころにさかのぼる。私が病気のため、長年勤めた創元社をやめたのが平成四年。その後回復してぼちぼちとフリーの編集者の仕事を始めた。そして、昔、私が創元社へ入社した頃、しばらく机を並べて働いたことのある藤波優氏が父親のあとを継いで独りでやっている大阪の燃焼社に企画をもちこみ、全国の古本屋店主が書いたエッセイを集めて編集したアンソロジー、『古本屋の自画像』他三冊を出版した。出久根達郎氏がすでに活躍されていたとはいえ、このような多彩な文才のある店主たちのエッセイ集は当時としては珍しく、ある程度古本ファンに好評裡に迎えられたように思う。同社でその次に企画したのが『原稿を依頼する人される人』（平成十年）で、出版の原点である原稿依頼をめぐる著者と編集者双方のやりとりや交情を六十七人の方に執筆してもらった。私のあとがきによると、当時、もの書きや学者、そして編集者の方々二五〇人に書き下しの依頼状を送ったというから、今から思うと、相当なエネルギーがあったものだと自分でも感心してしまう。今一寸再読してみても、活躍している著名な方々の、時にはグッとくる力作ぞろいで、読みごたえ充分の内容になっていると思う（手前味噌が続き恐縮です……）。未読の人には今からでもお勧めします、とちゃっかり宣伝しておこう。

その中で、面識もないのに、元ヴェテラン編集者の相原氏にお願いし、快く引受けていただき、「躍り上がる文字の手紙——庄野英二先生への原稿依頼」を書いていただいたのだ。どのようないきさつで氏に依頼したのか、もはやぼんやりとしか憶い出せないが、おそらく以前出された、担当した二十一人の児童文学作家たちの思い出を描いた

『作家のうしろ姿』（文溪堂、一九九四年）を、古本で入手して読み、文才がある方だと思ったからであろう。今はその本もどういうわけか手元にない。（後に氏は古本で見つけた自著を贈って下さった。感謝！）

それ以来、賀状の交換の他、数年前に氏の歌集の新刊を贈っていただいたりした。最近、「街の草」さんで手に入れた「文学雑誌」67号（庄野英二追悼号、平成六年）を見ると、相原氏も庄野氏の追悼記を書いておられたので、同号に載った私の昔の上司、東秀三氏の文章を引いて私が書いた一文が載った雑誌『旅の眼』とともに久々にお便りをさし上げた。それから五度程、手紙を交換し、旧交を暖めることができたが、そのうちの三度のお便りは便箋でなく、専用の原稿用紙に端正な文字で一字の訂正もなく書かれており、感心しきりであった。おそらく、つくった短歌の新聞への投稿にいつも使われているからであろう。

前述のアンソロジーに収録の、氏のエッセイを先ず簡単に紹介しておこう。

初めの方で氏は「原稿依頼での無念の涙は、書けばきりがないくらいだ」と告白している。河出書房が倒産して後、偕成社へ入社した氏は、社長の今村源三郎氏から創作児童文学の分野を開拓してくれと言われ、いろいろ勉強して、まず『星の牧場』で三つも文学賞を取った庄野英二氏の作風に注目した。そこで、最高に礼を尽くしたつもりの執筆依頼の手紙を出した。ところがなぜかそれが先生の逆鱗にふれ、大略「手紙一本の失礼な原稿依頼には応じかねる。他社の編集者はいずれも何回か来阪し、執筆内容についても説明されたものだ」との、大きな文字で書かれた返事をいただいた。（私は逆に、東京在住の著者に企画打診の手紙を割りによく書いたが、初めて東京でお会いするのはむろん企画が決まってからだった。企画も通らないのに、出張できるような身分ではなかったからだ。）それでも氏はあきらめず、長期戦に切りかえ、折々の便りや氏が造った新刊を贈ったりしてがんばった。ある時、センセイの誕生日を知っていたのでお祝いのハガキをさし上げたところ、思いがけず礼状を頂戴し、そちらで書くとの約束も添えられていた。

こうしてやっと原稿をいただいたのが、『バタン島漂流記』と『アルファベット群島』で、後者は赤い鳥文学賞を受賞した。後には氏の誠実な仕事ぶりを信頼され、先生の全集も担当した。ただ、前述の「文学雑誌」の追悼記にもあるように、先生はいつもセッカチで、例えば『バタン島漂流記』の献呈見本を約束した日の午前の航空便でお送りしたので午後三時頃にはお宅へ到着するはずのところ、先生から午後一時に電報が届き、そこには「ヒョウリュウセンイマダトウチャクセズ　ショウノ」とあったという。あとたった二時間待てばいいものを、と私などいささかあきれてしまう。

このへんで、贈って下さった歌集『落ちて滝』（オリオン出版、二〇〇九年）の奥付略歴他によって、氏の歩みを紹介しておこう。一九二九年生まれ、私より十七歳も年上の方だ。明治大学大学院修士課程終了（経済学修士）。歌集によると、戦時中は少年兵として出征されたようだ。それだけに短歌を読むと戦争反対の思いは強く深い。一九五五年から一九九二年まで三十七年余り、ポプラ社、河出書房、偕成社で編集者として働き、最後は取締役編集部長。創作児童文学を主に担当し、六十余（！）の児童文学賞作品を担当した。『恋紅』で後に直木賞を受賞した皆川博子さんの処女作、児童文学の『海と十字架』も担当している。定年後は大妻女子短大などで出版文化論を講義する。歌集によれば、最近大病を克服し、現在も時々古本屋巡りをされているようだ。

さて、私は今までに贈呈された本の他にも「街の草」さんなどで、氏の歌集『ひとりおいて』（恒人社、一九八八年）と『無銘』（同社、一九九一年）を見つけて持っている。私は歌集はめったに買わないが、かかわりのあった氏の歌集は、積まれた古本の山の中から、めざとく見つけたものだ。

歌集のあとがきによれば、氏はどこの結社にも属しておらず、同人誌にも参加していない。主に朝日歌壇に投稿したものから自選してまとめた歌集で、落選した歌もかなり多い、と正直に述べている。しかし、一九九〇年、第七回朝日歌壇賞を受賞している。また、お便りによれば、大岡信氏の『新折々のうた4』にも一首取り上げられたという。

私は短歌には全くの素人で、その出来栄えのよしあしもよく分らないが、氏の短歌の特色は折々に編集者の仕事にまつわる心情を唱った歌が多く含まれていることだ。同じ編集者として共感できるので、大へん興味深く読める。もう一つ読んで楽しいのは、氏も私同様、昔から古本漁りが趣味の一つのようで、古本が出てくる歌もまた多いことだ。このような歌集は数少なく、珍しいのではないかと思う。

ここでは、これまでの歌集を集大成した『落ちて滝』を主なテキストにして、まず編集者としての仕事にまつわる歌を、アトランダムに引かせていただこう。

なお、（　）内には鑑賞文でなく、私の余計なつぶやきを添えている。

＊校正紙朱《あか》ににじむとおどろけば限られし窓空夕焼ける
＊はなやかな装幀ゆえにベルを押す著者献本は腕に重たく
（これは著者が、むしろ地味でシンプルな装幀を望んでいたからだろうか。私も昔ある大物の心理学の先生にカバーの刷り見本をおみせしたら、その具象的な表紙絵が気に入らず苦情を言われたので、急遽デザイナーをヴェテランの人に変えてカバーを抽象的で地味なものに作り直したことがある。私としては元のカバーもけっこう気に入っていたのだが。初めて起用した若いデザイナーには全く申し訳ないことをしたと思う。）
＊おのずから力こもれり出版を決めて押しゆくナンバーリング
（私もこの作業はよくやったことをなつかしく憶い出す。私の在社中はまだ圧倒的に手書き原稿が多かったので、原稿整理の前に一枚一枚がしゃんと打ったものである。）
＊傑作と思える本も売れざれば重版ならず誤植あるまま
＊目逸らさず統計は見ん褒められて売れざる書名の販売冊数
（私も、営業部員も含めた会議で、前月までの売れ行き統計を見る度、嘆いたり心配したりしたものだ。在庫が少ないと安心していたら、数ヵ月後、返品がどっと返ってくる

ことがあるので少しも油断できないのだ。）

＊業として原稿の瑕さがし読むおのれさびしむ香の木犀に

＊反論を書かんず瞬間編集者黒衣たるべきおのれに気付く

＊校正者の提言すべてしりぞけし著者校もどる風吹ける午後

（私の編集した『誤植読本』にもあるように、たいていは文筆家の方が正しいのだが、この歌ではすべて、というところに幾分、著者の意地やプライドをも感じさせられる。それは表現者特有の自負の表れでもあるのだが。）

＊校正にまだ誤植など残りしや紙が刃となりわが指を切る

＊シャワー後に校正せしや「入浴の朝顔市」という文に会う

（正しくは「入谷の朝顔市」。これは誤植の傑作例である。まさかシャワー後ということはなく、氏の愉快な想像であろう。）

＊近いうちに必ず書くといえる著者通夜の写真は笑まいていたり

（私も昔、書き下しの企画は通ったものの、長年お待ちして、ついに書いて下さらなかった先生のことを憶い出す。後年、東京のその方の死亡記事を見て、複雑な感慨を覚えたものだ。）

＊ひとり措いてと書かれてありて編集者著者のあいだに固く写れり

（これは文学者の写真アルバムでよく出てくる風景だ。しかし写っている文学者の本を担当した人なのだから、よく調べれば分るはずなのだが。黒衣と呼ばれるゆえんであろうか。）

＊淡々と倒産のことといまはいわず二十一年経て集いしは

（別稿で私も河出書房編集部の歴史を少し書いているが、相原氏も河出の倒産を経験したお一人なのだ。註1参照）

＊〈完〉と書くさびしさいいつつ久しかる長篇原稿厚きをたまう

（確かに、作者にとっては作品を書き終えた達成感とともに夢中になって書いていた楽しさも失われ、一抹のさびしさも味わうことだろう。）

＊売れざるを知り書きたまう五百枚新幹線のわが膝に乗る

（以上の二首とも、手書き時代の原稿であり、完成したのはうれしいが、さぞ持ち帰るのがずしりと重たかったことだろう。私も東京の著者から受け取った原稿を持ち帰ったことがあるが、二百字詰め原稿用紙なので、約八百枚。その重たかったこと！　実はこの原稿、地下鉄の網棚の上に置いたまま、寝込んでしまい、危うく忘れそうになったという怖い体験もあるのだが、それはまた別の話。）

＊四十冊編集したる業務日誌狂気の年間記録ながめる

（これだと一ヵ月に平均三冊、多い月には四冊も造ったことになる。私の経験では精々一ヵ月一冊が限界だとおもうのだが、相当な重労働である。）

＊なにほどか企画に混じる賭博性編集者みなそのこと言わず

（編集会議での検討の結果、企画が決まるのだが、そこで多くの編集者が売れると賛成した本の何割かは実際、当てが外れて売れないのだから、たしかにギャンブルに似ている。）

＊刷り直しする夢に覚め夜のほどろつねに描き編集者なりき

（刷り直しは編集者にとって、寝耳に水の事件である。しかし大抵の編集者が一度や二度は必ず体験しているはずだ。私もその一人です。印刷始めに出る一部抜きの段階でミスが発見されるとまだ被害は少ないが、印刷も終り製本済みの見本で、著者からの指摘があって発見されることが多い。さらに、本が書店配本されてからだと、もっと周りに迷惑をかけることになり、担当編集者は穴があれば入りたい心境になる。営業部が書店を走り回って回収しなければならないからだ。それも全国からの回収はたぶんムリである。）

＊ベストセラー話題の本など無縁にて編集せしは多く絶版

＊原稿の完成告げて弾む声電話に小鳥のさえずり混じる

＊原稿依頼の手紙は明るくしめくくる暖房おわりて人なき部屋に

（この手紙の結び方は氏の独自の工夫で、私はこのように意識して書いたことはなく、感心してしまう。）

＊編集者は口ひらくとき言訳と自慢をいうと我もそをいう

（これは意表をつかれる観察だが、そういわれればそうかもしれない。言訳とは、著者への出版が遅れることの言訳や企画して出した本が売れないことへの社内での言訳とか、いろいろあるだろう。）

＊おそらくは著者会心の創作のあとがき謝辞よりわが名を削る

（これは私とは一寸違うなと思う。私は厚かましいが、あとがきに自分の名前が入ることをむしろ密かに望んでいた方だから。その本を担当して、著者と共に苦労して造り上げたという痕跡をわずかでもその本の中に残してほしいと願うからだ。その点、相原氏の方がずっと謙虚で、含羞の士という感じがする。黒衣に徹する編集者だったのだろう。私は書店で新刊を見ても、あとがきに編集者の名前や謝辞がないと、何か物足りなく感じる方だ。正直にいえば（大胆発言かもしれない）、それがないと、著者の担当編集者への無関心ないし冷淡さまで感じてしまうのだ（むろん本によっていろんな事情があるのは分っているが。例えば著者からの持ち込み企画で、ただ単に担当しただけの場合など）。つまりどちらかといえば人情味の乏しい著者だなあなどとつい想像してしまう。これは私が傲慢なせいなのだろうか。）

まだまだ紹介したい歌はいろいろあるのだが、あまりに長くなるので、この辺で止めておこう。

さて、次に、古本にまつわる歌も挙げておきたい。

＊探しあてし古書店の位置更地《さらち》にて縦横ひろきビル建たんとす

（私は更地の前に立ったことはないが、閉店を知らずに出かけて行ったり、定休日なのに店の前までノコノコ行ったことは何度もある。その度におまえはアホかと自分を罵ったものだ。）

＊売れざりしゆえにいま古書に値の高しよろこぶべきか我がつくる本

＊磁力われを吸いよせ稀覯《きこう》の本なりと買わしめしなり読まざるものを

（稀覯本には無縁の私だが、それでも古書の美しいたたずまいに魅せられ入手できたらなぁと思う本は時々ある。たとえばユリイカ刊の詩集などは装幀自体が芸術作品だと思わせる本が多い。）

＊札幌の街のしぐれに入りて遇う『乳房喪失』古書の棚にて

（『乳房喪失』は中条ふみ子の歌集）

（出張か旅の途中での思いがけぬ探求書との出会い。これぞ古書漁りの醍醐味である！）

＊求めても得ざりし『鵠《たづ》が音《ね》』棚にして文庫はいまし二百円の値

（『鵠が音』は折口信夫の養子、折口春洋遺歌集）

＊首尾もよく古書抽選にわれ得たり歌記されし『青夏』の歌集

（『青夏』は島田修二歌集）

（著者のサイン付きや、句歌の自筆付きは古書ファンにはうれしいものだ。但し、たまに偽筆もあるらしいので用心しないといけないが。）

＊やすしとも高しとも思う古書展にめずらしくわが著の値段

（たしかに自分の本が古書店にたまに出ているのを見つけると、読者に愛着がないから、すぐに売ってしまったのかしらと複雑な気分になるし、値段も気になるものだ。安すぎると、こんな値打しかないのかとがっかりするし、高いとこれで売れるのかなと心配したり……。それが手元にわずかしかもっていない本だと、買っておこうかとも思うが、いや、新しい読者の手に渡って読んでもらえたらうれしいな、などと迷ったりもする。）

＊読まぬまま売りたる書名見かければ開けて値をみる　あさましけれど

＊帯付きの初版本一〇五円『あと千回の晩飯』を買う

（山田風太郎著　一九九七年刊）

＊今はもう読んで忘れる古本をなんで痩せる身重たく提げる

（古本仲間の人ともよく話題になることだが、過去に読んだことを忘れ、また同じ本を買ってしまい、途中まで読んでやっと気づくことは時々ある。文庫本に多い。）

最近のお便りの文末に添えられた一首も紹介しよう〔註1〕（無断転載、お許し下さい）。

＊カミの本もう見離されあるものは送料ほどの古本となる

ともあれ同好の士である相原氏がいつまでもおげんきで古本漁りを続けられることを祈ってやまない。

最後に、私が素人なりにこれはいい歌だ、とその視点のユニークさに感心した他の歌も三首だけ紹介しておこう。

＊寝て読めば文字より目までの空間に秋の風あり稲のにおいます

＊立てば身に地上ひとりの草原を圧《お》してたわめて迫る星空
（「モンゴルに在り」の内）

＊傘ほどの自由だいじに開きさす駅より溢れ出できし人ら

〔註1〕　相原氏からいただいたおハガキによれば、氏は河出書房に昭和四十二年十一月入社して、第二回目の倒産、四十三年六月頃まで、児童図書編集部におられた。社の屋根裏部屋に編輯室があり、佐々木幸綱氏が編集長の『文藝』編集部と相部屋だった。階下の日本文藝部に三木卓氏もいた。河出時代の仲間、現在装幀家として著名な藤田三男氏とは今も交流があるという。

【追記1】　本稿を書いて半年以上たった平成二十七年二月初旬、たしか天神橋商店街の天牛書店の百円均一コーナーに、黒い色の背の、タイトル文字もない薄い小冊子（60頁）があったので、念のために拾い出して見た。私は背の良く分らない本は引き出して確かめるのがクセになっている。それは『皆川博子講演会録』（同志社大ミステリ研究会、二〇〇九年）という本で、これは珍しい、貴重なものかもと直感的に思い、買い求めた。

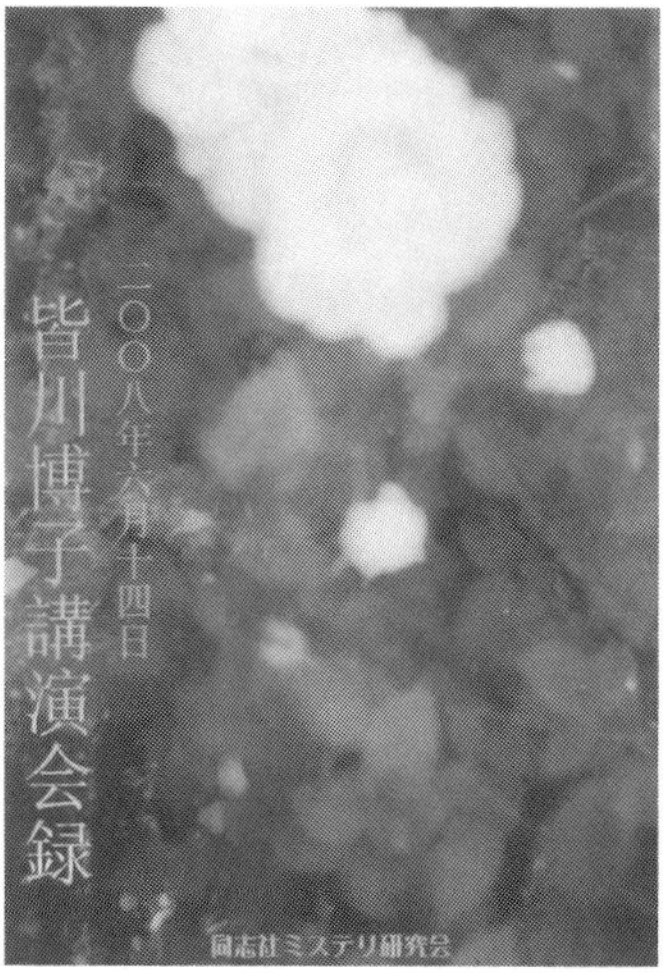

皆川さんが『恋紅』で直木賞をとり、その後、怪奇幻想小説の分野で数々の魅力的な小説を発表している作家であることと位は知っているが、私はあまりまだ読んではいない。にもかかわらず、この講演を読み始めると、ぐんぐんひきこまれ、あっというまに読了してしまった。

この講演は、皆川さんがあらかじめ研究会のメンバーからの質問を知らされ、よく準備して話された記録で、相当中身の濃い充実したものになっている。高齢にもかかわらず話し方も率直で生き生きしており、ユーモラスでもある。

小説家の創作上の手のうちや外国での取材で危険にあったエピソードなどが惜しげもなく語られていて、興味が尽きない。

とくに私の関心を引いたところのみ一寸紹介しておこう。まず誤植の話。『死の泉』で、表紙にドイツ語で「DER SPIRALIGE BURGRUINE」と出てしまったが、女性名詞なので冠詞は「DIE」が正しく、あとから気づいて恥ずかしい思いをしたという。

皆川さんの読書遍歴も詳しく語られていて面白い。その中で、「乱歩さんと横溝さんの作品を比べると、乱歩さんは身体の中に怖い感じがしみ込んでくるように感じます。横溝さんの作品は、戦後読んだ探偵小説にしても、とても怖い場面を描いていてもまるで絵を見ているような怖さだと感じます」と語り、乱歩には幕末、明治にかけての残酷絵で有名な画家、月岡芳年に似たものを感じ、横溝には、四国の芝居の一枚絵、絵金を感じるという。皆川さん独自のユニークな作家観だと感心する。また女学校時代、戦時中疎開先では本屋もなく活字に飢え、牛乳瓶の蓋の年月日の印刷まで見たり、祖母のもっていた婦人雑誌の料理付録で「ジャムの作り方」を懸命に読み、空想だけのジャムを作ったりしたという。後年、書いた『ジャムの真昼』はその折りの経験をもとにし、尾崎翠の『アップルパイの午後』からタイトルを思いついたのだというのも面白い。

回り道をしたが、ここで本題に入ろう。皆川さんは三十二、三の頃、最初に「キリシタン弾圧」をテーマにした「やさしい戦士」を書き、講談社の児童文学新人賞募集に応募し、佳作に入った。その後学研でも児童文学を募集していたので「川人《かわひと》」を書き、見事受賞した。しかし、この作品は差別問題に引っかかると言われ、校正ゲラの段階まで行っていたが、本にはならなかった。

そんなとき、偕成社の編集者から、「他に書いたものがあれば見せて下さい」と言われ、前に佳作になった「やさしい戦士」を半年かけて書き直して見せた、と語っているのだ。この編集者はまさしく、相原法則氏のことである。皆川さんは、まだ私の書き方があいまいで、例えば船の大きさや乗組員の様子などリアルなところをきちんと押さえろなどと、いろいろ指導してもらったと告白している。それが『海と十字架』と題して生まれて初めて出版されたのである。

実は、相原氏の『作家のうしろ姿』にも、皆川さんの本の出版にまつわる思い出が出ており、私は『海と十字架』出版までのいきさつをすでに読んでいたので、一入興味深かった。氏は持参された三二〇枚の完成原稿を深い感動で読みおえ、「タイトル・小見出し・改行の間隔など、より児童ものにふさわしい配慮なども相談し、書名をより具体的な現在のものに変更をお願いしました。」とだけ、謙虚に書いている。一方、作者の方はいろいろ指導を受けてよかった、とその思い出を語っているのである。

皆川さんはその後大活躍されるようになるが、新刊が出る度に相原氏に献本して下さったという（こういう義理堅い作家も珍しいのではないか）。そして多忙な中で、『海と十字架』から十年目に、もう一冊の児童文学『炎のように鳥のように』を執筆して下さり、相原氏が手がけて出版したという。やはり処女作を出してもらった編集者は大抵、作家や物書きにとってとりわけ印象が深く、大切に想われているようである。編集者にとっては光栄なことである。

【追記２】　校了前の今年二月下旬、相原氏の奥様から、氏が二月四日、八十七歳で亡くなられた旨のお知らせをいただき、ショックを受けた。元の原稿を活字化した雑誌『旅の眼』をお贈りした折、お便りをいただき、大へん喜んで下さったのが最後の交流となった。心より御冥福をお祈りいたします。

第8章　元創元社編集者、東秀三氏の未読の小説を読む——「文学雑誌」四冊から

昨年（二〇〇〇年）出した『ぼくの創元社覚え書』（金沢、亀鳴屋）の後半で、私が同社に在社中、上司だった東秀三氏が若き頃一時、同人として参加していた「バイキング」に載せたエッセイや、創元社退社後、作家として出した小説集やエッセイ集をおくればせに読むことを通して、六十二歳で早く亡くなった氏のおもかげの一端を私なりに描いてみた。出版後、様々な反響があったが、中でも同じ関西学院大出身で「別冊関学文藝」の中心的仲間であった和田浩明氏や東氏の担当した著者の一人であった旅行作家、野口冬人氏からは思いがけず御親切なお便りをいただき、以来時々交流していただいている。お二人とも私より一回り歳が上の方だが、私の本を読んで下さり、東氏との長年のつきあいを懐かしく思い出されたようである。

和田氏は元NHKラジオドラマのプロデューサーとして活躍された人であり、『旅のはじまり』『蛍のように』他の小説集を編集工房ノアから六冊も出している。私も一部を読んだが、とくに自伝的な小説が大変興味深い。以来、氏は『別冊関学文藝』が出来上がる度に贈って下さる。毎号、小説やエッセイを発表されており、氏の創作欲は、衰えを知らぬようだ。一度お会いした折、プロデューサー時代につきあった俳優たちの興味深い裏話をお話し下さった（オフレコの話も多いので、ここでは残念ながら紹介できないが）。氏は後に同誌に三回にわたり、劇作家や俳優たちとのエピソードをエッセイに生き生きと綴っていて、私は毎回面白く読んだ。

野口氏は長年、旅行関係の出版社で編集者として働く傍ら、自身の旅行ガイド書を多数出している。現在は、現代旅行研究所を主宰し、そこから出版もしている。発行する雑誌「旅の眼」に東氏との縁で私の拙文を計四篇載せていただき、有難く思っている。

氏はまた、明治以来の山岳書の大変な蒐書家であり、その六十年に及ぶ貴重な収穫をもとに最近、同研究所から『山書積ん読』を出された。私とは蒐集のジャンルは違うとはいえ、古本漁りの心理には共通なものがあり、共感して、とても面白く読んだ。

さて、最近時々フラッと立ち寄る尼崎の「街の草」さんを訪ねた折、倉庫の前に積まれている古本の山脈を例によってあちこち眺めていたら、「文学雑誌」がわりに多く含まれた二つの山が目に止まった。故杉山平一氏方から発行されていた大阪の伝統ある文学同人雑誌である。早速許しを得て（いや、得なくても、時たまこっそり勝手に見ることもあるが……店主さん、すみません）、紐をほどいてもらい、順々に点検してゆく。数冊ずつある同じ号もけっこうあるので、おそらく同人の誰か、あるいは遺族が、事情があって、一挙に放出したのではなかろうか。その中に東秀三氏が書いた未読の小説が載っている号が三冊も見つかったのだ。小説集『中之島』以後に書かれた作品で、単行本未収録のものである。これはぜひ読もう、と、他にも面白そうな号二冊程とともに、喜んで買い求めた。

こうした読みごたえある同人雑誌が一冊、コーヒー代以下で手に入るのだから、街の草さんは有難い古本屋だ。それに、近年、神戸、大阪の文芸同人誌はなかなか入ってこないという嘆きを日頃から聞いているので、ラッキーな時に来たものだ。東氏の小説は、64号（平成四年）に「タイム・ラグ」、65号（平成五年）に「勝負」、67号（平成七年）に「一期は夢か」が各々載っている。せっかくの機会なの

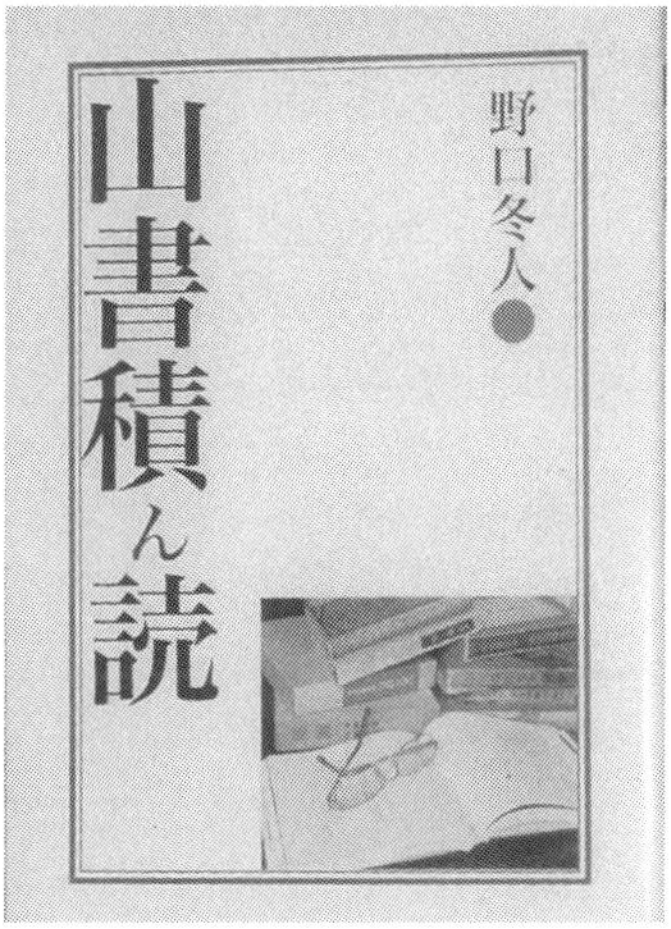

で、内容をごく簡単に紹介しておこう。

まず、「タイム・ラグ」は、梅田の東商店街を北に抜けた一角にある洋食店「ブリュヌ」（今もあるのだろうか）によく集まってくる仲間、主人公の出版社の編集者、古武と友人のテレビマンで、ニュースや情報番組をつくっている秋本、それに商社マン、横田とのつきあいを中心に描かれている。三人共、昭和三十三年に大学を出た仲間で、マスコミの会「さんさん会」で知り合った。時は湾岸戦争の最中で、それをめぐる各々の企画の話や彼らの定年の話、篠山への鍋を囲む、新聞記者の萩野を加えた四人の旅の話などが展開される。彼らの間でとくにテレビマンと出版編集者の立場、意見の違いは明瞭で、タイトルの「タイム・ラグ」も、テレビと出版の作品発表の時間差を暗示したものだ。文中の次の箇所はとくに編集者の私に印象に残る文章なので、かなり長くなるが、引用させて頂こう。

「社会にでてから三十年間、編集者一本で通してきた。雑誌を持たない小さな会社である。仕事は単行本だけだ。一本を一冊作るのには、少なくとも三百枚ぐらいの原稿がいる。短いものなら気のきいた原稿が書けても、本一冊は思いつきだけでは書けない。しっかりした構想でなければ、三百枚の原稿を維持できない。その上、企画してから二、三年先でないと本にならない。現象を追っかけたのでは、タイミングがずれる。本質で企画する以外にない。どうしても地味になり、専門的になる。

企画はテーマと時期と著者がそろって初めて成立する。それができなければ、新聞や雑誌に発表されたものをあつめて、自分で本を構成するか、著者から提示されるテーマを本にするかである。新しく書き下ろす時間のない著名な学者や作家に多いケースだが、編集者としては受け身で安易だ。

古武なりの意地があり、自前の企画と取り組んでくれる著者を探したい。（中略）

そのためには、テーマと著者を自分で選ぶしかない。二、三年先を見通すのもむつかしいが、提示したテーマに応じてくれる著者が探せないと話にならない。

（後略）」

省略をもっと増やそうと思ったが、欠かせない重要な文章なので、つい長くなってしまった。

これらは編集者、東氏の等身大の仕事への姿勢が簡潔に語られたものであり、私も企画する分野こそ違え、ほぼ同様な想いを抱いて仕事していたので、大変共感した。多くの単行本編集者が共通にいだく思いであろう。もっとも、これは単行本編集者の理想的あり方とも言え、実際はそうそう巧くゆくものではないが……。東氏の場合は、書下しの「歴史散歩」シリーズの成功で、かなりその理想が達成されたのではないか、と思う。

それにしても、この小説にはイラク戦争の国際的原因や背景などがアメリカへの批判も含めて、理路整然と説明されており、東氏が世の中の動きにつねに鋭敏なアンテナを張っていたことが窺える。私などは政治や外交問題には昔からそれほど興味がなかったので、なおさらそう思う。

もう一か所、私がほぉと感心したところを引用しておこう。これも長くなるが、お許し願いたい。

「その日も古武はぶりゅぬにいた。遅い昼飯を食いにでて、そのままカウンターの隅で原稿を書いていた。新しくできた本の紹介記事である。簡単なのは著者の略歴やいままでの業績をワープロで打ち、新聞社に送りつけるだけだが、コネのあるところへは自分で突っ込んだ本の紹介を書いて送る。（中略）

そのままつかわれることはまずない。が、古武の原稿を読んでから書いたものは、とおりいっぺんの記事よりあつかいも大きく、内容的にも深くなっている。少なくとも新聞記者がまえがきとあとがきだけを読んで、目次を見て書く原稿より、いいものが書ける。（中略）一通ずつ相手の社と顔を思い浮かべながら、ニュアンスをかえて書く。場合によっては手紙文にして資料を書き込んでしまう。手間がかかるがそれなりの楽しさはある。」。

東氏が実際、このように実践していたとすれば、その隠れた努力にすごいなぁと敬服してしまう。私ももちろん、新刊が出来上がると、書評や宣伝をしてくれそうな人やマスコミに献本したが、とおりいっぺんの紹介文を手書きしたのをコピーして一律に同封した程度だ。（親しい著者には、もう少し詳しく紹介した手紙を書いて同封したことがある。）もっとも、私などは東氏のように新聞記者とのつきあいは殆どなかったので、社の学芸部デスクあたりに贈りつける位しか能がなかった。その意味では記者とのつきあいが多い東氏をいささか羨ましく思ったものだ。いや、思い出すと後年、読売新聞社大阪本社の家庭文化欄の御二人のベテラン女性記者の方だけには面識ができ、新刊が出来ると出向いて、短い時間どちらかにお会いして下手な新刊の説明をしたものだ。お二人に関心をもっていただける内容の本だと時たま大きな記事にして下さり、ラッキーだと喜んだものである。新聞は現在、書評欄より、コラムや記事での紹介の方が売行きに影響が大きい場合があるからだ。（お二人ともその後、編集委員になって活躍された。）

コネのある人に紹介記事を丁寧につくって送ることが確かに効果的なのは、私にも逆の意味で経験がある。私も著者として拙い本を数冊出しているが、ある雑誌に献本すれば、必ず短くても紹介してくれるので毎回送る。短く載せてくれるのは有難いが、それを見ると、いつも、まさしく目次やあとがきを見ただけの通り一遍の紹介なので正直物足りない。それに対して、その雑誌にかかわりの深い人や常連の執筆者の新刊はちゃんと読んで、自身の思い入れたっぷりの感想を書いているのが明らかに分かる。その力の入れ方の差は著者から見れば歴然としている。まあ、私の書いたものが身を入れて読んでくれるほどの値打ちがないのだとあきらめるしかない。（もちろん毎月沢山の新刊が送られてきたら、多忙なのにいちいち読んでいられないのも、もっともだが。）フリー編集者になってからは、私の紹介記事がきっかけで、朝日新聞のある誠実な学芸部記者の方と面識ができ、私の新刊を二、三度紹介して下さった。その方が定年退社してしまったので、今はそういう有難いコネもなくなった。

さて、東氏の小説「勝負」には、やはり同じ大学を出た仲間が登場する。田所商会の常務である田所が新しい事業としてマンションを発注するが、その設計家に大学時代の友人、神田を指名して彼を、施工する建築会社の啓介に紹介する。三人で度々会合して相談を重ね、各々の思惑や意見の違いを調整しながら仕事を進めてゆく。その節目節目に三人で将棋を指すのだ。将棋の駒の進め方も巧みに描写されている。たしかに将棋の行ち方にも、日頃はわからないその人の性格の意外な面がよく現れるものらしい。相手の人間観察ができる絶好の機会なのである。

この小説は、将棋はともかくとして、おそらく東氏の身近な世界を扱ったものでなく、建築関係者に取材してよく調べて書かれたものと思われる。

さて、最後に紹介する「一期は夢か」も、短いが大変印象深い小説である。〝わたし〟が、阪神大震災で羅災した母親を介護施設に入所させるため、兄弟二人で施設探しに走り回っていた折（これは実際にエッセイにもあった東氏自身の体験である）、川口能勢口までバスに乗って帰る途中、ふと数十年前に亡くなった岡本賢一さんのことを思い出す。岡本氏も、わたしの大学の十五年上の先輩であり、当時、編集者だったわたしは、ある新聞社の記者で、社会部部長、支局長を経て嘱託となり、今は編集委員である氏と初めて出会った。わたしは新聞社の同僚と同じように気易くケンさんと呼ぶようになった。時は、軽井沢山荘に立てこもった連合赤軍を機動隊が撤去する様がテレビ実況された頃である。わたしはケンさんが地方版に連載していた「浪花巷説社会学」をたまたま会社で読み、引き込まれる。とぼけたタッチで描き込まれた庶民生活史として面白いと思い、出版を企画する。初対面のケンさんの印象を「白髪まじりの髪はざんばらで猫背気味。繊細さとは縁遠い。骨太な感じで、大工の棟梁といわれればぴったりする」と描写している。夕方に会うと、いきなり一方的に飲み屋に連れて行かれ、相談もそこそこに酒になった。本が出来上がると、出版記念会が開かれ、大物の編集局次長、部長、編集委員がずらりと集まった。筆者が度肝を抜かれたのは、その会の余興にケンさんの提案で「ストリップ」ショーをやったという話だ。ケンさんとわたしで、ストリップ小屋との交渉もやった。（全く前代未聞だが、いかにもつわもの男性記者の企画しそうな余興だ。いいですなぁ。）それ以来、ケンさんに気に入られ、よく会社に電話がかかってくるようになり、お互いにはしご酒でつきあうようになる。最高で一晩に九軒もはしごしたことがあるという。

その後も、ケンさんの取材した大阪の庶民的な店の裏話を本にして出し、好評だった。ただ、ケンさんは根っから書くことが好きな仕事人間で、家庭のことは奥さんに任せっきりだった。その奥さんが脳溢血でなくなってから、酒びたりになった。しだいにわたしも編集の仕事で東京出張が多くなり、忙しくなって縁がうすれた。ケンさんとのつきあいは五年程であった。ケンさんが亡くなったのはそれから数年後で、わたしは後で知り、葬式にも行けなかった。
最後は次の文章で締めくくっている。
「結局、残ったのはわたしが手掛けた二冊の本だけで、ケンさんが通っていた店でも、ケンさんの話を聞くこともなくなっている。いまだに阪神大震災が現実として、信じられないままなのに、ケンさんの想い出は日に日に風化して、やがて幻になる。二冊も本の残ったことが稀なことなのかもしれない」と。余韻が残る巧みな終わり方だ。

タイトルの「一期は夢か」はたしか、日本中世の歌謡の一節で、司馬遼太郎や画家の鴨居玲も好んで引いた印象深いことばである。

この小説も、実際に東氏が編集者としてつきあった朝日新聞記者の方をモデルにしており、ああ、あの本の著者のことだな、と思い当たる（鈴木二郎氏の『浪花巻談《おおさかこのごろ》』昭和四十八年刊のことで、私は後日、気になっていたその本をやっと阪急古書のまちの古本屋の棚で見つけた。）細かい描写は省略したが、その人物像を彷彿させる好文章になっている。

私は正直にいって、小島輝正文学賞を受けた『中之島』の諸作品より、この「一期は夢か」や「タイム・ラグ」のほうが面白く読めた。東氏の編集者としての姿勢や心情が率直に表現されているからだろう。単行本にまとまらなかったのが惜しまれる。

考えてみると、東氏の小説は総じて、同世代、同大学出身の男同士の仕事をめぐるつきあいや友情を描いた硬派の物語が多く、艶っぽい話は殆ど出てこない。出てきても点景にすぎない。しかし、若き日の「バイキング」に載った詩などを読めば、氏は恋多き人であったという印象も受ける。もし、長生きしておれば、魅力的な女性が登場する恋愛小説にも手を染めていたかもしれない、と思うと、いささか残念な気もする。実際、恋愛がテーマになるかどうかはともかく、友人の旅行作家、藤嶽彰英氏も追悼文の中で、東氏が、今までの地名や人名のタイトル以外の本をこれから書く、と語っていたことを伝えている。

今回、「文学雑誌」80号も一緒に手に入れた。杉山平一氏の「八十号記念」というエッセイや51号〜79号の総目次も載っていたから求めたのだ。

杉山氏の一文によると、「文学雑誌」は戦後二十一年十二月に藤沢桓夫によって創刊された。織田作や長沖一、井上靖、小野十三郎などが参加した。最初は大阪の三島書房が発行元で、その編集部にのちに同人になった吉田定一がいたという。八号で三島書房が行き詰り、九号から大丸百貨店出版部〔註1〕へ移ったが、長く続かなかった。昭和三十年24号頃から同人費でまかなう同人雑誌になり、吉田定一が編集を引き受けた。このあたりから第二次「文学雑誌」となり、今に至っていると（ごく簡単にまとめたので、個人名など省略も多い）。杉山氏の死去後は、大塚滋氏が発行人となっている。

総目次を見ると、70号は「東秀三追悼」号となっており、二十三人の方が追悼記を書いている。その中には大谷晃一、島京子、和田浩明、杉山平一、古川薫、岡部伊都子、眉村卓氏もいる。さらに創元社前社長だった故・矢部文治氏や東秀三氏の下でともに長年仕事をした編集者、中村裕子さんの名前も見える。これはぜひ読みたいものだ。前述の「街の草」さんで見たバックナンバーの中には見当たらなかった号だ。また一冊、探求書がふえることになった。

〔註1〕　この出版部については私の旧著『関西古本探検』所収の「大阪の百貨店と出版文化」の中で少しだけ紹介している。肥田皓三先生もそこから発行されていた「季刊楽想」の内容について、橋爪節也氏らのユニークな同人誌「新菜箸本撰」（創刊号、２００６年8月）に書かれていた。藤原義江の編集で二号まで出たという。いつもながら、肥田先生の大阪本・雑誌の蒐集の底深さには脱帽する。こうした先生の大阪出版史や古書店史についてのエッセイや講演をまとめて、ぜひ出版していただけたら、と私は切望している。

【追記1】　後日、私は現在の発行人、東氏とつきあいのあった大塚滋氏にお便りして、東氏の追悼号入手をお願いしたら、一冊しか所蔵がないとのことで、わざわざその部分をコピーして送って下さった。有難いことである。各々懐かしく追悼記を読んだことはいうまでもない。

【追記2】　またもや私の大ボケぶりを露呈してしまうが、後日、自宅の昔入手した古い雑誌の山の下の方から「文学雑誌」38号（昭和三十九年八月、編集発行人、吉田定一）が出て来た。中をのぞくと、何と、東氏の単行本未収録の小説「焼跡の寺院にて」が26頁にわたって載っているではないか。今まですっかり忘れていたが、昔見つけて読もうと思い、買ったのにちがいない。未読だったので、この機会に早速、急いで読んだのだが、異色の題材でもあり、なかなか面白かった。昭和三十九年といえば、東氏が創元社に入って五年目頃で、氏三十一歳頃の執筆であり、やはり早くからこんな達者な小説を書いていたのだ、と改めて感心した。詳しい内容はもう省略するが、ごく簡単に要約すれば、朝鮮動乱が終息する頃の神戸を舞台に、駐留米軍キャンプで働き、組合活動をしている主人公の青年の視点から、その敬愛する指導者やインテリの仲間とのつきあい、ストライキに至るまでの動き、偶然近寄ってきた商社員の女性のわけのわからなさに戸惑い、悩まされる心情などを描いた物語である。読み終わると、ここでも主に男同士のつきあいの方に力点が置かれ、女性との親密な恋愛までは踏み込んで描かれていない。それはともかく、戦後しばらく三宮の南や新開地に米軍キャンプがあったことなど、私はすっかり忘れてしまっていた。（占領時代だから、当然あったのだが。）

それ以前に終戦前には神戸にも、昭和二十年六月五日を最後とする度々の大空襲があり、八千人以上の人が亡くなっている。その悲惨な体験は野坂昭如の小説「火垂るの墓」や妹尾河童の『少年H』にもつぶさに描かれているが、――両者ともアニメや映画にもなった――戦後二十一年生れの私には幸いそんなつらい経験はない。ただ私の小中学生時代、義肢や義足、白衣でアコーディオンを奏でて物乞いする元戦傷軍人の姿は三宮の繁華街でもしばしば見掛けた記憶がある。

三宮センター街東入口北近くにあったジャンジャン市場も二度程出てくる。六甲山の中腹にあった米軍将校の宿舎のあるキャンプ（かまぼこ兵舎だったか？）などは、かすかに自宅のある遠くからも眺められたことを覚えているが……。改めて年月の経過による神戸の都市風景の変化に気づかされた小説でもあった。

なお、東氏の生涯と仕事、そして亡くなるまでの「三か月」の日々について、氏と親密な交流があった編集工房ノアの涸沢純平氏が同題で「文学雑誌」89号（平成二十五年十二月）に十四頁にわたって詳しく描いている。臨場感あふれる筆致で書かれていて迫力があり、興味深く読ませていただいた。東氏の自慢の三人の息子さんが皆、文藝春秋社を始めマスコミ関係の仕事に就いていることもこの一文で初めて知った。

第9章　著者の怒りにふれる編集者の困惑

書友の松岡高氏から、最近の春の古本祭りで見つけた「文学雑誌」67号、庄野英二追悼号（平成六年五月刊）に載っている、故・東秀三氏と涸沢純平氏のエッセイのコピーをわざわざ贈っていただいた。いつもながらの御親切に感謝！　松岡氏は『ぼくの創元社覚え書』を読んで下さり、本書に関連する私が未読の文献を見つける度に教えて下さる。持つべきものは書友であります。

早速、東さんの「怒り金時」と題する追悼文から読み始め、引きこまれて読んだ。一頁三段組みで、二頁と一段位の分量にすぎないが、いずれも編集者の視点から書かれているので、私にとっては貴重な、重みのある内容であった。なんだか急に、ずっと怠けていた原稿を久しぶりに書く気になった。一寸要約して紹介しておこう。次の文章からエッセイは始まっている。

「電話のむこうで、庄野さんがかんかんに怒っている。あまりの腹だたしさに、言葉がつかえるほどである。不謹慎ながら、菱形の腹掛けをして、まさかりを担いでいる足柄山の金時を連想した」と。言い得て妙の表現である。

庄野氏は周知のように、庄野潤三氏の兄で『ロッテルダムの灯』『星の牧場』など、数々の児童文学の名作を遺した著名な文学者である。東氏が創元社在社中に、庄野氏の『鶏冠詩人伝』を担当して本が出来上がった直後のことである。前もって氏から、本が出来ると同時に献本してほしいと頼まれていたのに、まだ贈り先に届いていないのがある、と抗議の電話があったのだ。

東氏の方では、編集事務の吉川くん（吉川佳恵さん――私も長年、仕事でお世話をかけた人で懐かしい）に確認して、もう発送は完了していたと思って庄野氏に返事していたという。その往き違いの理由を次に詳しく書いているが、ここでは要約して簡単に記しておこう。著者から送られた献本リストのうち、宣伝や書評を期待できる宛先はピックアップして編集部から無料で送り、残りは著者負担で営業から送るため、後者は営業の仕事の事情で若干遅れたのである。それまでにも庄野氏のいらちはしばしば経験していて、例えば、その原稿を別荘のある長野の開田高原で書き始めるや、毎日速達で、十数枚ずつ送ってきたという。熱心な仕事ぶりはよく分ったので、東氏は原稿はまとまってからでいいですよ、と手紙に書いたのだが、いっこうに止まらなかった。それで、見本が出来上がると、東氏はすっとんで著者献本分（創元社では十冊）を届けに行っている。憶い出せば私も、本が出来上がると何を置いても著者に届けにいったし、遠方の著者ならすぐに吉川さんに頼んで速達で送ってもらったものだ。

それにしても、この庄野氏の、たかが献本がわずかに遅れたことへの怒り様、幼児的な言動には恐れ入る。東氏は坦々と書いていて、自身の心情ははっきり吐露していないが、内心はかなり穏やかならぬものがあったのではないか。それとも、太っ腹で器の大きいように見えた氏のこと、苦笑しつつ受け入れ、ひたすら謝ったのだろうか。その後すぐ東氏は直接謝りに、庄野氏の帝塚山の自宅へ出かけたが、インターフォンごしに「君の顔などみたくもない」と玄関払いをくらったと記している。何たることか……とあきれてしまう。私は東氏は日頃からきわめて社交性にとみ、著者の扱いも巧みな人だと見ていて、著者との人間関係でもあまり苦労しなかったのではと思い込んでいたので、こんな経験もあったのかと、いささか意外であった。この点で同情を禁じえない。

つけ加えておくと、その後お二人はいつのまにか和解し、庄野氏が最後の入院をした際、帝塚山学院大の氏の文学の講座の後任に東氏が呼ばれ、一時期、講師を勤めている。おそらく、東氏の方がはるかに大人の対応をした結果ではないかと思われる。もっとも、東氏は創元社を退社してから著作活動を盛んに始めたことも大きく、物書きとして対等に扱われたということかもしれない。

顧みると、著者たちの中には一部ではあるが、たしかにこれに類する方々がいたのは事実で、私も数人は経験している。こちらにははっきり仕事の落ち度があって納得する理由があるなら、いくら怒られても、頭を下げるしかないが、なぜそれほど怒られるのか、今ひとつ判然としないケースも間々あった。そんなときは受けるストレスもとても大きい。それも著作上はすぐれた文章を書き、患者を常に大切に考えているらしい高名な医者の方が突然、鉾先を編集者に向けてくるのだから。大抵、電話を通じての怒りなので、先方の不機嫌さやいきどおりがもろにこちらに伝わってくる。何か、著者の仕事上か人間関係で嫌なことでもあり、その不機嫌さをおとなしい（言うことをハイハイと聞く）私に転化してぶつけているのか、とさえ勘ぐったこともある。

一般的に言って、出版界ですでに評価の高い、人気のある著者の中には、そちらで本を出してやるのだからと、その担当編集者を一段低く見下している人が実際、けっこういるようだ。もちろん、逆に、謙虚でえらぶらず、腰の低い人もいて、編集者には有難い存在でもある。だが、著者の方が編集者より圧倒的に優位に立っていると思っている人は、自分の頼みや約束が少しでも果たされなかったりすると、すぐ怒りが爆発するものらしい。原稿が予定より遅れに遅れ、編集者は長く気をもみ、催促を重ねてやっと仕上がった場合でも、原稿を渡してしまうと遅れたことは棚に上げ、一刻も早く出してくれと、矢のように催促してくる著者もいる。社内の予算で刊行予定にも枠があって著者の思い通りの時期に出せないことはよくあるし、その編集者の仕事の混み具合もある。一人で同時期に何冊も抱えていれば、その著者の本だけを優先して進めるわけにもいかないのだ。

前述の献本一つとっても、編集者の思い通りに進められるものでもない。著者からいくら早く送ってくれと言われても、実際の発送作業をする編集事務の人が、一寸前に出来た別の本の献本作業に追われているときなら、その順番を待たねばならない。彼女も、編集者八人の雑用を一人でこなしているから、なかなか忙しいのだ。それで焦ったことは私も何度もある。私は著者をイライラさせないよう、いつ頃届くか、少し幅をもたせて著者に伝えるようにしたものだ。

いずれにせよ、著者の人間性の影の部分の影響をもろに受け、被害（?）を受けやすいのが担当の編集者ではなかろうか。もちろん、庄野氏にせよ、人間的によいところ、敬愛されるところは多々あったに違いない（今回、他の方々の追悼文は読んでいないので、よく分からないが）。ただ、一般論として、追悼文集は、故人とつきあった多彩な人たちが寄稿するから、その人の人間性のほぼ全体が明らかになりやすい。とくに、密接につきあった編集者が書けば、時にその影の側面が浮き彫りにされやすいのはある程度仕方がないと思う。（本書で取りあげたのは、氏の人間性のごく一面であり、アンフェアな記述で誤解を与えたとすれば、関係者の方やファンの読者に重々おわびしたい。）なかにはその人の人生で一番深くつきあった奥さまが、夫のオモテとウラ、とくに後者をありのまま吐露している追悼集もあり、意外に思うことがある。奥様の最後の反抗なのかもしれない。

編集者が困るのは、企画する段階では大抵、その書き手の本や文章を読んで感心したり気に入り、本を出してほしいと思うわけで、その著者の人間性の全体を把握して依頼するわけではないからだ。よく「文は人なり」と言われるが、私の経験ではかなり眉つばものだと思う。それは仕事でつきあってゆくうちに徐々に明らかになってくるものだ。といっても、私のような主に学者相手の表面上のつきあいでは、それも垣間見る程度ではあったが。

続いてもう一文、編集工房ノア社主、涸沢氏の追悼文も読んだが、少しだけふれておこう。庄野氏の著作を計十三冊も出した涸沢氏は、遠慮がちだが氏の「せっかち」ぶりを例をあげて紹介している。出版の進行が遅いと、よく文句を言われたそうで、氏は「庄野さんの仕事だけをしているわけではない」と控えめにつぶやいている。極めつけは、あるとき誘われた焼き肉屋の席で、氏から「君は若いからやりたいほうだいでしょう」と言われ、さすがに涸沢氏も腹をすえかねたのか、「なにを、やるんですか。できるわけないでしょう」と返したとも記している。私はこれを読み、庄野氏は小出版社の経営のたいへんさや苦労に少しも想像力が及ばない、ノーテンキな人だなあ、と思ったものだ。

逆にかつて鹿島茂氏、上野千鶴子氏、清水義範氏が、ダメな編集者、困った編集者について率直に書いたものを読み、もっともだなと同じ編集者として反省の糧にしたものだが〔註1〕、池田弥三郎氏のように人気のある著者側からは名指しの編集者批判は書けても〔註2〕、現役の編集者の方は、大っぴらに著者の悪口など、なかなか書けないだろう。そんなことをすれば、たちまち仕事にさしつかえるからだ。それでなくても、仕事上で一寸著者の方がおかしいのでは、と思っても、反論したりけんかしたりすれば、じゃ、もう原稿は書かぬ、そちらで本を出すのは止めるなどと言われたらそれで一巻の終わりとなるので、黙って耐えるしかないのだ。そういうはっきりと物を言えない編集者たちに代わって——いささかカッコいいが——ほぼ現役を引退しつつある私が、一部の著者批判をあえて試みたしだいである。

〔註1〕私がかつて編集したアンソロジー『原稿を依頼する人される人』（燃焼社、平成十年）にいずれも収録されている。

〔註2〕『行くも夢　止まるも夢』（講談社、一九八〇年）所収の「土岐善麿先生の永眠」参照、私の『古本が古本を呼ぶ』（青弓社、二〇〇〇年）所収「珍しい編集者批判」でふれた。

【追記1】書き終わってしばらくして憶い出したが、

『青年の環』『真空地帯』など思想的に重厚な大作を数々遺した作家、野間宏氏から編集者が受けたショッキングなセクハラ行動については、かつて元河出書房新社にいた田辺園子さんがその体験を『女の夢　男の夢』（作品社）で書いており、私の昔出したエッセイ集『古書と美術の森へ』（新風舎、一九九四年）に短い書評を収録している。当時、珍しい告発文だと思ったものだ。

現在では、企業内のセクハラにもかなり配慮がされるようになった世の中だが、出版社の女性編集者は多少なりとも人気男性作家のセクハラの対象に今でもなっているのでは、と懸念される。よく売れている本の作家だから、と黙って耐えていないだろうか。その著者のりっぱな思想や文章と、男性としての欲望とはしばしば全く別のものだとつくづく思う。

余談になるが、私には今でも鮮明に思い出す一シーンがある。会社からの帰り途、梅田の近くで左翼の何かの抗議デモの集会に出会い、大勢の参加者たちの後ろ姿の中に、一人の中年男性がすぐ隣に立っている仲間か、つきあっているかの女性の腰やお尻を執ようになで回しているのをふと目撃し、いやーな気分に襲われたものだ。そこだけが、あまりに周囲と場違いな感じがしたのだ。頭では政治なり政府なりを鋭く批判していても、手の方は自分の欲望に忠実に動かしているのだな、と。私も男性の端くれだから、欲望そのものは何も否定するものではないが、時と場所をよく考えろよ、あんた、と内心叫んでいた。ある種の男のもつおぞましさを実感した瞬間であった。

なお、献本をめぐる話については、私もかつて編集者と著者の立場から、いろいろな文学者の例を引きつつ三篇、エッセイを書いたことがあり、『編集の森へ』『著者と編集者の間』『古本が古本を呼ぶ』に各々収録している。

第10章　中央公論社、ある中堅編集者の珍しい怒り――杉本秀太郎氏のエッセイから

第九章でも書いたように、大抵の編集者は自分が原稿依頼した著者から理不尽とも思える怒りや要求を受けたとしても、それに正面から反論したり、けんかすることはなかなかできないものだ。それによって著者との関係が途絶し大事《おおごと》だからだ。しかし、何事に肝心の本が出せなくなれば大事だからだ。しかし、何事にも例外はあるもので、一つのケースをある本から見つけたので紹介してみよう。

仏文学者、杉本秀太郎氏のエッセイ集は定評があって読者ファンも多いのは知っているが、私は今までそれほど読んでいなかった。言い訳になるが、杉本氏が主に書かれる仏文学や日本の古典、音楽などに不勉強なせいもある。しかし何といっても、その文章は洗練されていて味があり、テーマも多岐にわたっているので、最近は古本屋で見つけると手に取るようになった。エッセイ集『青い兎』（岩波書店）所収の一文「店じまい」では、平成十二年まで西洞院通りにあった古本屋、富士屋の思い出を語っている。これには、きっかけもあり、しばらく前に京都のブックオフで偶然見つけて読んだ吉岡秀明『京都綾小路通』（淡交社、平成十二年）の影響もある。タイトルだけでは内容が分りにくいが、本書は杉本氏の学生時代からフランス留学までの半生の歩みが、氏の師友とのつきあいを中心にして詳しくたどられている。とくに私が若い頃、一時《いっとき》愛読した桑原武夫先生（文中では桑原さん）との師弟関係が詳細に描かれているのが興味津々であった。桑原先生の人柄や学問への姿勢が生き生きと書かれていて、改めて桑原武夫再発見の読書体験ともなった。ここでは一番印象に残った桑原先生の小林秀雄評のみ引用しておこう。

「小林君いうたら無学でっせ。ぼくなんか中学時代に荷風やら全部読んでるやろ。小林君いうたら荷風のことは全然知りまへんで。文芸評論家いうもんはあんなに無学でもっ

とまるのか、のんきなものだと思いました」と。学生時代から小林秀雄の著作に心酔していた杉本氏にとっては、この評言は一寸したカルチュア・ショック体験となったのではないか。本書の著者は未知の人だったが、一九四九年生れ、早稲田大法学部卒。平凡社に勤務後、著作活動や編集・出版を行っている方で、本書執筆のため、一年間、月に一回程杉本氏宅に通って綿密に取材したという。

　前おきが長くなったが、私が入手した杉本氏のエッセイ集の一冊に『西窓のあかり』（筑摩書房、一九八三年）がある。本書は五部に分かれ、割に短いエッセイが多彩なテーマで並んでいる。フランスや京都を主な舞台にして、例えば、文章作法、回文、ヴァレリーのエロス、貝合せ、パイプ、エレベーター、ピアノの絵、など。タイトルはあとがきによると、氏が書斎で西窓に寄せた机に坐っているところから思いついたが、「西方浄土にむかって立ち去った親しい人、大事な人のことをしるしたものも幾つか入っている」ので、そういう含みももたせている、とのこと。私が今回、注目した一文は、人物観や追悼文を集めたV部の中にあった。（私はいつもながらエッセイ集ではこの種の文章にもっとも引きつけられる。）「電話と電報――和田恒追悼」である。全文引用できればいいのだが、そうもいかないので、要約しつつ紹介しよう。

　杉本氏が初めて中央公論社の中堅編集者、和田恒氏に会ったのは一九七三年夏、桑原先生のお宅でだった。同社の「世界の名著」シリーズ中にアランとヴァレリー編が企画され、アランは桑原武夫、ヴァレリーは河盛好蔵の責任編集となった。ある日、桑原先生から電話があって、桑原訳の「芸術論集」の他に、杉本氏が白水社から以前出した「プロポ」を改訳し、アランの年譜も作製するようにと依頼があった。そこで、都ホテルでカンヅメ中の桑原先生を時々訪問して種々の教示を受けながら改訳作業を進めた。そこへ和田さんも出張してきて夕方現れ、三人一緒に晩めしを食べに行った。そのとき、後ろから歩いていた氏は「和田さんには、うしろ手に、お尻のうえに両手を当てがって歩くくせがある」のに気付き、印象に残っているとい

う。氏と和田氏は同じ昭和六年生れだった。

『世界の名著』での実績からか、中公の新シリーズ『日本語の世界』でも杉本氏はその第一巻「散文の日本語」の執筆を引受けることになったが、編集の担当が和田氏だったので安心した。しかし、独りで五百五十枚の書下しは氏の力量にあまるので、親友の仏文学者、大槻鉄男氏にその半分を書いてもらうことにして和田氏にも承知してもらった。「以後、こちらの仕事の進行振りをたずね、あるいは探知する和田さんの電話が、三週間ごとくらいにかかってきた。」

和田氏は原稿が早く出来上るのを期待し、激励も惜しまなかったが、その期待に正当に応えたのは大槻氏の方だった。一九七八年の夏に彼は下書を書き終えた。（その翌年一月、大槻氏は急死してしまう。〔註1〕）

〔註1〕 本書には「忘れ残り」という大槻氏への追悼文も収録されている。大槻氏がフランス留学から奥様にも知らせず突然帰ってきた日に偶然、京都河原町のバス停で出会ったときの強烈な印象を中心に綴っている。なお、もう一人の親友、山田稔氏も小説「岬の輝き」（『詩人の魂』所収）の中で大槻氏との長きにわたる親密なつきあいを描いている。

しかし、杉本氏の方はどうしても書けない。「催促がかさなるにつれて、つい、今にも書けそうなことをいう破目になった。

これがよくなかった。三日にあけず、立てつづけに和田さんから『第一章、書けましたか』という電話がかかってきたのは九月のことだったか。とうとう私は電報を打った。『デンワカケルナ』

折返し、手紙がきた。怒りの手紙であった。和田さんの怒りは解けなかったように思う」と。それでも、翌七九年十月、杉本氏は上京の機に入院中の和田氏を見舞っている。さすがに大人の対応である。それが和田氏との最後の別れになった。和田氏はその翌年一九八〇年十一月、四十九歳の若さで亡くなった。『散文の日本語』は氏の死後三ヵ月のちに無事出版された、と結んでいる。

今回、改めて巻末の「初出一覧」を見ると、このエッセイは『和田恒追悼文集　野分』に収められたものであった（後述）。追悼文集に寄稿する文章としてはやや異色のもので、著者と編集者の関係をありのままに回想した一文である。著者の怒りに対して編集者の方も又怒りで応えたものなのだから……。

おそらく和田氏はその当時、すでにある程度体調不良を自覚していて、担当している本はできるだけ早く出したいと、焦っていたのだろう。一般論だが、編集者の著者への催促の仕方はなかなか難しいものがある。著者の性格や仕事の混み具合い、仕事の進め方やペースなど、各々の著者によって千差万別だからである。時にスランプもあるし、もちろん両者の相性の問題も大きい。又和田氏の場合は催促の手段が大抵電話だったようで、電話は声の調子で感情も直接的に伝わるから、著者にとっても執筆への圧力が一層強く感じられたかもしれない。和田氏の立場に立てば、大出版社のシリーズ企画は広告で刊行開始の予告もするから、より催促が厳しくなるのもやむを得なかっただろうが。私の経験では、あまり催促しなくても、着実に執筆を進めて下さるタイプの著者もおれば、時々催促しないと、怠けて（?）なかなか書かれない方もいた。催促のタイミングは本当に難しい。

ここで、いつもの私なら、見つけた和田氏関係の本も取り上げ、氏がどんな経歴の編集者であったかなど読者に伝えたいところだが、今回は残念ながらそれができない。実は前述の和田氏の追悼文集は、数年前までは入手したのを確かに持っていたのだが（信じて下さい！）いつのまにか手離してしまったのか、いくら探しても見つからない。もし機会があれば紹介してみたいと思い、一度はざっと読んだはずだが、今はどんな内容だったか、殆ど覚えていないのだ。かといって、私家版なので今から手に入れるのは至難の技である。せめて氏の年譜だけでもコピーしておけばよかったと、今さらながら悔まれる（くどくどと言訳がましいなぁ）。

その代り、にはならないが、私は数年前に手に入れた和田氏の奥様、俳人である和田知子さんの『文集　藍』（卯辰山文庫、平成七年）を幸いにもっている。こちらの方を先に入手したのかもしれない。本書中にわずかながら亡き夫君のことも出てくるので少しだけ紹介しておこう。

知子さんは昭和七年、東京に生まれ、門司市で育つ。昭和三十年に東京女子大文学部社会科学科（日本史）を卒業。昭和三十三年から四十年まで中央公論社出版部に勤めた人である。最後に担当したのは円地文子『なまみこ物語』だ

った。恒氏とは社内結婚されたのだ。その後、『雲母』『白露』同人として活躍する。句集に『瞳子』『露』『朝顔』『椿』『茜』などがある。

追悼集のことは「一期一会—東畑精一先生」というエッセイに出てくる。東畑氏は恒氏の二十余年に及ぶ編集者生活のあいだでも、もっとも優れた著者であり人格的にも心惹かれる先生として、終生敬愛していたと、奥様にもつねづね語っていた。昭和三十五年に、有沢広已、東畑精一、中山伊知郎編集『経済主体性講座』を担当して以来、ずっとその想いは変らなかったという。恒氏の一周忌の記念に追悼集出版の話がもち上ったとき、知子さんはまっ先に東畑先生に寄稿をお願いできたらと思い、元「中央公論」編集長、粕谷一希氏に相談し、一緒に東畑氏の自宅にお願いにあがった。粕谷氏が、生前の和田君が先生に心酔していたことを伝えると、「そりゃ、知らなかった」「あれは不思議なもんだね、ウマは合いましたよ」とおっしゃって下さったという。お二人の相性もよかったのだ。こころよく承諾して下さり『野分』は東畑氏始め、八十余名にのぼる方々から寄稿してもらって出来上がった。執筆者数からしてすごい数だ。それだけ和田氏は著者や社内外の人々から人望があった人なのだろう。その東畑氏も今は亡い。

本書自体も簡単に紹介しておこう。Ⅰ部には、俳人として、敬愛する杉田久女、橋本多佳子、桂信子、日野草城、飯田蛇笏などの作品を引きながら、彼女独自の俳句観を綴った文章が並んでいる。注目すべきなのはⅡ部のエッセイ群で、知子さんが若き編集者時代に短いながら担当した室生犀星、三島由紀夫、尾崎一雄、入江相政氏らの追悼文が収められているのだ。各々の著者の個性的なおもかげが鋭い観察力をもって捉えられていて興味深い。中でも、各社の女性編集者が交代で見舞っていた室生犀星の病院での最期の様《さま》に遭遇した折の描写は大へん迫力があり、ずしんと胸に響くものがあった。すさまじいまでの文学者の死に様を見た想いがする。

ここで古本者の私にまたしても幸運なことが起った。草稿を大体書き終えた頃、元町の神戸古書倶楽部に寄ってのぞいていたら、あるコーナーで沢山積まれた今は無き「彷書月刊」のバックナンバーの中から、未読(?)だった「饅頭本の小宇宙」特集号(二〇〇〇年二月号)を見つけ入手した。これは実に面白い、又蒐書の参考にもなる特集である。この中に岩波書店の編集者であり、装丁家として名高い田村義也氏の「「追悼本」のこと、書き文字のこと」が載っている。氏は昭和二十三年に岩波に入社した人である。そこに『追想　金達寿』や八木義範『われは蝸牛に似て』と並んで、まっ先に『和田恒追悼文集　野分』(昭和

五十六年）も挙げられていたのだ。それによると、和田氏が中央公論社に入社する前、まだ高校教師だった頃、昭和三十年代の都立大学駅前の引揚者マーケット内の居酒屋で隣りの席で一緒になって以来のつきあいだった。共通の著者や知人の話で気さくに話を交す仲間だったという。東京では、会社が違う編集者同士の横の交流が割合見られ、私共には一寸うらやましい話だ。和田氏は「世界の歴史」「日本の歴史」「日本の名著」などの大型企画の編集者だった、と。装丁もいろいろ頼まれて引受けている。

「やがて中公紛争の真只中に放り込まれ、毎朝の会社入口の騒擾で、いつも身だしなみのよい彼の背広の三つ釦もちぎられる始末を、それでも元気に話してくれるのだったが、その苦労のなかで斃れたのだった」と書いている。このことは前述の和田知子さんの本の中でも「その仕事をすすめるについて、社内に長年つづいている悪循環の渦の中で、中間管理職として傍目にも痛ましい苦慮を重ねていた」というふうに触れられている。その後もこうした紛争が続き、中央公論社は一九九八年、読売新聞社に買収される形で倒産し、二〇〇〇年、新社として再出発するに至っている。この紛争の詳細な経緯は、粕谷一希『中央公論社と私』などに詳しく描かれており、私は昔、その初出（?）の「中央公論社における「失敗」の研究」を雑誌「諸君!」で興味深く斜め読みした憶えがある。社長、嶋中鵬二氏を始め、社内の人間関係と氏が退社するまでのいきさつが生々しく回想されていたと思う。

田村氏は和田君が夢中になっていた自然薯掘りの話が面白かった、とも書いているが、この話は私も入手した追悼集で読んだことがあるのをぼんやりと憶い出した。きっと、社内紛争の渦中でストレスがたまった氏がホッとする趣味の時間だったのだろう。私にしても、四十過ぎで大病を煩ったのは、仕事上の種々のストレスがたまったのがその一因と思われ、とても他人事とは思えない。それにしても、優秀な編集者が四十九歳で亡くなるとは、若すぎる死であり、惜しまれてならない。

そういえば、田村氏も最近亡くなり、追悼集も出ている。

【追記1】　二〇一六年十月中旬、今年六月に新しく店を開いたという大阪、平野区にある古本屋、「古書からたち」に初めて出かけた。若い御主人が長年蒐めてきた本をもとに、各ジャンルに分けてぎっしり本好きに格好の古本が棚につまっている。御主人によると、大衆文学にも力を入れているという。戦後すぐの仙花紙本のコーナーもある。書物、出版に関するコーナーもあり、その中に『田村義也―編集現場115人の回想』（田村義也追悼集刊行会、二〇〇三年）を見つけたので、喜んで求めた。

本書はサブタイトルにあるように、田村氏と交流のあった出版社の編集者が数多く各々二頁足らずの追悼文を寄せている。氏のおもかげや様々なエピソードが語られていて興味深い。普段は温厚な紳士だが、頑固な一面もあり、自説は断乎として主張する人だったようだ。

一例をあげると、筑摩書房の土器屋泰子さんの一文によれば、彼女が金石範氏の小説集『一九四五年夏』の装丁を依頼しに行ったところ、「『1945年夏』にしなければ装丁はしない」といきなり田村氏に言われ、彼女は困惑してしまう。金氏とも一悶着あったが、結局最後まで田村氏は譲らなかった。そこに朝鮮民族の思いを込めたい、というのが氏の主張だったという。書影を見ると、表紙（1）の方はタイトルが横に二列にレイアウトされているので（夏は大きな文字）、納まりがいい装丁になっている。

岩波の編集者時代にも、いかに多くの他出版社の編集者と交流があったかが窺われる。

巻末の詳細な年譜から、ごく簡単に略歴を紹介しておこう。

大正十二年、東京に生れる。昭和十八年、学徒出陣で応召される。昭和二十三年、慶應義塾大学経済学部を卒業、同年、岩波書店に入社。岩波文庫編集部、岩波新書編集部（十一年在籍）、「世界」編集長を歴任。新書編集部時代には、梅棹忠夫『モゴール族探検記』を始め、坂口謹一郎『世界の酒』『日本の酒』、清水幾太郎『論文の書き方』、丸山真男『日本の思想』、安岡章太郎『アメリカ感情旅行』、白川静『漢字』など、数々のロングセラーを手がけている。編集部参与を経て、昭和六十年、六十二歳で岩波書店を退社。その後は装丁家として活躍する。その多数の装丁作品リストは巻末に46頁にわたってまとめられている。平成十五年、八〇歳で亡くなった。

巻頭口絵写真（七十三歳頃）を見ると、鶴見俊輔氏の風貌によく似ているのに驚かされた。そういえば、少々意外なことだが、岩波入社三年目に桑原武夫編『ルソー研究』――京大人文研の共同研究の成果――を担当。装丁もしたのがきっかけで、その共著者である同世代の多田道太郎氏や鶴見俊輔氏と知り合い、後にお二人の本の装丁を数冊ずつ手がけている。これも著者と編集者の縁であろう。氏が敬虔なキリスト教徒であったことも本書で初めて知った。

【追記2】　しばらく前に和田知子さんに元の原稿をお送りしておいたところ、校正中に思いがけなく『和田恒　追悼文集　野分』をお贈りいただいた。感謝に絶えない。本書の中で、宮脇俊三氏は「温顔」と題し、「和田君の強さを秘めた温厚な人柄は、中央公論社にとってかけがえのないものであった」と記し、「苛酷な部署に就いても、和田君は温顔を絶やさなかった。（中略）けれども、その髪は目に見えて白さを加えていった。」と印している。知子さんの「終章」と題する一文は、和田氏の発病から亡くなるまでの、十五頁にわたる伴走記で、涙なしでは読めない。

巻末の詳しい年譜から、ごく簡単に氏の略歴を紹介しておこう。

　昭和六年、千葉県に生まれる。昭和三十二年、東京都立大学大学院修士課程人文科学研究科（東洋史）修了。昭和三十三年（二十七歳）、中央公論社に入社。同期入社に井出孫六氏や知子さんもいた。入社後一年程、「思想の科学」の編集に従事。その後、『世界の歴史』『日本の歴史』『日本の旅』シリーズなどの編集に参加。第二出版部（宮脇俊三氏が部長）次長を経て、昭和四十四年、書籍第三部長となる。『世界の名著』などの編集に取組む。この第三出版部は、紛争に加担した社員が最も多くいたところで、その対応に長年苦慮したとあるから、氏はいわば、紛争の最大の犠牲者だったのではないか。宮脇氏が書いたように、髪が急激に白くなったのは、多くの同僚編集者も語っており、ストレスの大きさを雄弁に物語っている。昭和五十四年、胃の手術を受け、自宅療養をぎりぎりまで続け、昭和五十五年、再入院してわずか二週間後に亡くなっている。

　最後に和田知子さんのご長寿を心からお祈り致します。

第11章　宮脇俊三『私の途中下車人生』を読む――中央公論社の編集者時代

　ある日、中央公論社で編集者として活躍し、若くして幹部となり後に作家として活躍したお一人の文献をたまたま見つけたので、前稿を補足する意味で報告しておこう。

　平成二十八年四月初旬、久しぶりに地下鉄、千林大宮駅を上がったすぐ近くにある小さな古本屋、尚文堂書店に立ち寄った。（千林へも、ごくたまに商店街に三軒ある古本屋を訪れていたが、昨年末か、その迷路の奥にあった山口書店が閉店してしまい、さびしくなった。）この店は老店主がいつも店番しているが、狭いながら各ジャンルごとにしっかり棚の本が整理分類されていて、文学書や詩歌書も多い。まず店頭の文庫本均一コーナーを眺めていたら、宮脇俊三『私の途中下車人生』（角川文庫、平成二十二年）がふと目に止った。

　私はとりたてて鉄道ファンではないので、宮脇氏の本はまだ殆んど読んではいない。しかし、鉄道をテーマとする数々の紀行の著作は高く評価されていて、人気が高い作家であること位は編集者として知っている。元、どこかの社の編集者であったこともうすうすは耳にしていた。『私の……人生』というタイトルだから、きっと自伝的なエッセイだろうと見当をつけ、中身をのぞいてみる。すると、目次の第三章に「中央公論社のころ」とあるではないか。そうか、宮脇氏は中央公論社にいた方だったのか！と初めてはっきり知り、喜んで入手することにした。今回の唯一の収穫である。

　文庫のカバーには、おそらく昭和後期の時代だろう、どこかの地方の木造駅舎の出口で、駅員と話を交している宮脇氏の姿を写したセピア色のノスタルジックな写真が使われている。私は早速、著者には失礼ながら、一、二章はざっと飛ばして、第三章から読み始めた。なお、氏は一九二六年、埼玉県川越市に生まれている。本書は、氏が聞き手

の草壁焔太氏に語ったロングインタビューを一冊にまとめたものであり、大へん読みやすい。読者には、本書の一読をお勧めすれば、それでこと足りるわけだが、せっかくの機会なので、下手な要約をしながら紹介しておこう。

宮脇氏は昭和二十年四月（十八歳）、東大理学部地質学科に入学。元々は地図や地形に興味をもっていた氏は、あちこち旅行できる学問かと勘違いして入ったところ、期待とは大分違っていた。戦争も末期で、空襲やらでなかなか大学へ行く暇もなかった。終戦後、昭和二十年末に家の事情で熱海に移り、その地で演劇や辰野隆先生を始め有名文学者たちの講演会の開催など、文化活動に熱中する。氏は若いうちから、企画力、交渉力があったようだ。昭和二十三年、二十一歳の時、東大文学部西洋史学科に再入学。モーツァルトに凝り、卒論のテーマは「モーツァルトから見た一八世紀の音楽家の社会的地位」であった。

就職活動は、ジャーナリズムか出版社が志望で、ＮＨＫ、文藝春秋を受けたが落ち、河出書房、日本交通公社出版局には合格したが、結局、最後に受けた中央公論社に二十六年三月、入社する。当時、中央公論社は丸ビルの五階にあったが、応募者全員に論文を提出させるのが社の伝統だったらしい。ただ、氏だけはやはり異色で、短篇小説を書いて出したという。それは「汽車に乗っている女の子の手記」というものだった。早くも後年のテーマの芽生えが窺われるではないか。これは「中央公論」に載せるという話もあったが、氏が採用されたので立ち消えになったという。

最初の配属先は校閲部であった。当時の中央公論社の社員数は八十人位（それでも出版社としては中の上ぐらいの規模であろう）だったが、「中央公論」編集部は四人、「婦人公論」は八人位であったというのは、現在から見ると意外に少なかったという。その頃、夜学に通いながら経理部（？）に勤めていた澤地久枝さんが校閲部に時々質問に来たそうだ。その後、優秀だった澤地さんは「婦人公論」編集部に入り大活躍することになる。氏は一ヵ月程校閲部にいて、四月から科学雑誌「自然」の編集部に移る。編集長は岡山昭彦氏。（この雑誌は今は亡いが、私の若い頃目にした記憶があり、横組みの珍しい雑誌だった。中井久夫・飯田真氏のユニークな連載「天才の精神病理」が載っていたことを覚えている。（後にシリーズ自然選書の一冊として刊行された。）そこに半年程いたが、二十六年一〇月に「婦人公論」編集部に移る。無茶な仕事や生活ぶりがたたったのか、二十七年に肺結核にかかり、社を休職、しばらくして自然退職となる。その後一時は建築家をめざすが、挫折。そして昭和三十一年九月に再び中央公論社に戻る。その頃の社は規模が小さくて家族的なところがあり、社幹部の温情から復帰が可能となったそうだ。それから出版部に回されたが、当時の出版部は雑誌連載物の単行本化が主な仕事で、あまり活気がなかった。そんな中で、じっくりコツコツと本造りをしている高梨茂氏（後に専務を務めた。高梨氏が発行人になっている本も見かけたことがある。）と滝沢博夫氏からはいろいろ技術指導を受けた。氏も手仕事の本造りが性に合っていて楽しくなり、「自分の担当した本の見本ができ上ると、うれしくて、家へ持ちかえってなでさするようになりました」と語る。私も編集者時代、新刊が出来上ると同様の喜びは感じたものの、ここまでの本への偏愛ぶりはなかったと思う。とくにうれしかったのは氏が依頼して書いてもらった北杜夫氏の『どくとるマンボウ航海記』が好評で、ベストセラーになったことである。本書は紀行ものだから、氏はとりわけ力を入れて本造りしたにちがいない。私が大学生の頃、出ていたという記憶がある。

昭和三十四年に中央公論社は「週刊コウロン」（誌名はなぜか記されていない）を出すために、新入社員を一度に三十人位採用する（それまでは年に一、二人だった）。これが会社の規模の転換点となる。期待した週刊誌は売行きが落ち、赤字が累積していった。（「週刊コウロン」は昭和三十四年十月創刊され、三十六年八月に終刊となった。〔註1〕）社は起死回生策として、シリーズ『世界の歴史』を企画し、文春の池島信平氏にも監修者に加わってもらい（これは珍しいケースだ）、一般読者に読みやすく面白い話を書いてもらうよう執筆者にお願いした。その結果、『世界の歴史』は全十七巻刊行され、一巻目は一〇万部を越える売行きで成功する。氏はこの実績を買われ、三十四歳でノンフィクション部門、第二出版部の部長に昇任する（部員は八人）。そして「中公新書」創刊に参画し、会田雄次『アーロン収容所』、三田村泰助『宦官《かんがん》』など、ベストセラーを連発した。私も若き日、広告を見て中公新書初期のラインアップの新鮮な内容には一寸興奮したことを今でも憶えている。

〔註1〕本稿を書き上げた頃（平成二十八年春）、水口義朗氏の『「週刊コウロン」顛末記』が中央公論社より刊行さ

れた。残念ながら私は未読だが、サンケイ紙に載った山田順氏（山田氏も元、「女性自身」編集部にいた人）の書評によれば、水口氏は二十代前半の頃この週刊誌の編集部にいた人で、当時の活躍する作家や文化人などが次々登場し、多くのエピソードが歯切れのいい文章で紹介されているという。週刊誌としては珍しく、「スキャンダルは扱わない」「人を傷つけない」という方針を貫いた由である。編集方針が良心的であったが故にかえって売れなかったという、皮肉なケースであろう。

続いて、『日本の歴史』シリーズも企画し、昭和四〇年二月、氏自身が担当した第一巻、井上光貞『神話から歴史へ』が刊行され、たちまち一〇〇万部に達した。このシリーズも全二六巻刊行され、大成功を収める。ただ、成功のあとの虚脱感にも襲われたらしい。

その後、「中央公論」編集長を一年半務め、次に「婦人公論」編集長に移ったが、こちらの方は部数が下がる一方であった。そのうちに世に知られた中央公論社のストライキ闘争が昭和四十三年十二月に起こり、氏は二〇〇人を越す組合員との全員団交の会社側委員長を務める破目となる。前稿で紹介した和田恒氏もこのとき、良心的な中間職として日々苦慮したことだろう。しんどい団交の日々、趣味の時刻表を眺めることと酒が、精神的安定剤になったという。やっとストライキが収まって後、氏は四十二歳で最年少の取締役に昇任し、「開発室」の室長となる。ここでも「世界の映画音楽」全十二巻を企画して出版、各巻平均一〇万部位売れたという。

その後も、五人の社員による業務妨害の騒動が続き、氏は又も会社側の対応のリーダーシップをとり、日夜苦労している。日曜日に自宅に押しかけられ、「宮脇俊三、出てこい！」と連呼されても、割合平気だった、というから、氏は精神的に相当タフな人物だったようだ。しかし、そんなこんなで、さすがに嫌気がさしたのか、昭和五十三年、五十一歳で中央公論社を中途退社する。その年に『時刻表2万キロ』を初出版して日本ノンフィクション賞を受賞し、旺盛な執筆活動を開始する。

私がとくに興味深く思ったのは、氏は出版社時代は全集の「刊行のことば」や担当の単行本の宣伝文を沢山書いたこと、また、とりわけ学者の書いた面白くない原稿のリライトで苦心したことが氏の文章修業になった、と語っていることだ。私の場合は、唯の平編集部員として終ったが、出版社時代は私も一篇のエッセイすら書いたことがなく、やはり新刊案内のパンフに担当本の短い紹介文を書いたり、カバーそでに載せる内容紹介文の作成に苦心したことが多少の文章修業になったのかもしれない、と思う（むろん著作者としての格は全く劣るけれど）。氏は二〇〇三年に亡くなっている。

中央公論社のキーパースンの一人であった宮脇氏がまとめた本書によって、私はごく大まかではあるが、戦後の中央公論社編集部の内部の歩みを改めてたどることができたように思う。むろん、社員各々の立場によって、その経験した様相は異なるのだが。

例えば、後に人気作家になる村松友視氏は文芸部門の「海」編集部にいて、その頃の体験を『夢の始末書』や『ヤスケンの海』で描いている。私は以前、この二冊をとても面白く読んだ。村松氏は十九年近く在社した。また宮田毬栄《まりえ》さんは一九五九年、早稲田大学仏文科を卒業して中央公論社に入社し、「海」編集長や出版部部長、中公文庫副室長などを歴任。一九九七年に退社後、担当した作家たち七人の想い出を『追憶の作家たち』（文春新書、平成十六年）で興味深く描いている。新人の頃の松本清張との取材協力の伴走ぶりや、作品も人間も難解で、にがてだった石川淳との、緊張に満ちた出版までのいきさつがとりわけ迫力があって印象深い。平成二十八年には『忘れられた詩人の伝記　父大木惇夫の軌跡』を出し読売文学賞を受けるなど、高い評価を得ている。

さらに、宮脇氏も自伝で一寸ふれている澤地久枝さんは、著書の略歴によれば、昭和四十九年に入社し、昭和六十三年、「婦人公論」編集部次長を最後に退社している。

もうひとり、『斬』で直木賞を受賞した歴史小説作家、綱淵謙錠《けんじょう》氏も東大英文科卒業後、昭和二十八年、中央公論社に入社し、出版部や「中央公論」の編集者として勤務し、四十六年に退社している。綱淵氏はエッセイ集『血と血糊のあいだ』（文春文庫）の中で、編集者時代の仕事のことも回想している。なかでも、谷崎全集を担当した折、谷崎の作品年表作成の過程で、斎藤昌三の『現代日本文学大年表』（改造社、昭和六年）に記載された谷崎の幽霊作品が誤りであることを苦労して追跡して突きとめた推理小説のようなエッセイがとくに興味深い。（斎藤氏は雑誌の予告広告だけで記載しており、実際は書かれなかったのである。）「編集者からみた尾崎先生」（筆者注・尾崎士郎）もある。「中央公論」編集部にいた頃、後にやはり作家となった利根川裕氏も同じ部員だったという。

また、綱淵氏は『歴史の海　四季の風』（新潮社）でも、一部分だが、「中央公論」の編集者として氏が担当した大宅壮一氏や福原麟太郎先生、それに入社して早々、校閲部に回されたとき先輩編集者として接した本郷隆氏——詩人でもあった——の追悼記を書いている。校閲部の部長は

『本と校正』（中公新書）を出した長谷川鉱平氏だった。私も昔、興味深く読んだ本だ。また氏は英文科出身だけに、大のT・S・エリオット好きで、同好の本郷氏の協力を得て、その全集を企画し全五巻を手がけている。自身でもやりがいのあった編集者時代の中心的な仕事のうちにあげている。

【追記1】　以上の原稿を書いて一ヵ月足らずしかならない平成二十八年五月初旬、梅田の紀伊国屋書店をのぞいた際、私は例によって「本の雑誌」6月号の坪内祐三氏の好評連載「読書日記」を立ち読みした。すると、その中で、坪内氏が古本で入手した和田恒氏の追悼集『野分』（第10章参照）を紹介していた。中公紛争に巻き込まれた頃の和田氏の日誌も少し引用している。そして錚々たる人たちが追悼文を寄せている中でも、宮脇氏の一文は泣かせるものだと、書いている。そうだったのか！

前述の宮脇氏の自伝には同社にいた和田氏のことは出てこなかったが、氏はちゃんと心のこもった追悼文を書いていたのだ。

第Ⅲ部　神戸文芸史探検抄

第12章　エディション・カイエの編集者、阪本周三氏の生涯と仕事――幻の詩集を見つけるまで

私が故、阪本周三氏のことを知り、気にかかるようになってから、早くも八、九年の歳月がたってしまった。二〇〇六年に『関西古本探検』を出した折、その一篇に「黒瀬勝巳、その人と詩集」を書き、不充分ながら紹介した。黒瀬氏は京都の若い詩人で、生涯に三冊、『ラムネの日から』『幻燈機のなかで』（以上、編集工房ノア）、『白の記憶』なる素敵な詩集を遺したが、昭和五十六年、惜しいことに三十六歳の若さで自死された。氏は同志社大法学部を卒業し、十五年間、京都の世界思想社に勤めた編集者だったので、ほぼ同時期に大阪で編集者をしていた私は大いにシンパシーを感じて取り上げたのである。

出版後、私の本を読んでくれたらしい何人かの読者が、黒瀬氏の詩集を熱心に探しているとの噂を時々耳にし、その反響に驚くとともにうれしい気持にもなった。何しろ、すぐれた詩人に再び関心が高まるのは喜ぶべきことだから。

その黒瀬氏の死後、遺稿詩集『白の記憶』を一九八六年（昭和六十一年）に出したのが神戸の小出版社、エディション・カイエの社主、阪本周三氏で、京都の詩人、故大野新氏の追悼文などから阪本氏自身もたった一冊『朝の手紙』（蒼土舎）という、いい詩集を遺して亡くなった詩人だと知ったのだ。実は前述のエッセイでも書いたように、私がまだ創元社に在社中に、一度元町にあった氏の事務所を訪ねたことがあるのだが、どうも記憶があいまいで、その場所も日時もはっきりと覚えていない。その折、奥様も一緒に話をされ、「月刊エスプリ」の編集も請負ってやっている話など伺った気がする。氏の『朝の手紙』を以来、ずっと探し求めているのだが、未だに私の前に姿を現さない、幻の詩集となっている。

ただ、関連する文献、資料が大分手元に蒐まってきたので、今回、厚かましいがそれらをもとに一応まとめてみる

ことにしたのである。阪本氏はわが郷土、神戸で出版活動を行なった数少ない編集者なので、一度は拙い筆ででも記録に留めておきたいのだ。

まず、いつのことかは覚えていないが、「街の草」さんで、雑誌の山の中から思いがけなく一冊だけ見つけたのが、『ペルレス』という詩同人誌（4号、一九九〇年四月発行）であった。これは主に姫路市、赤穂市に在住の詩人、田村周平、大西隆志、本庄ひろし、それに阪本氏らが参加して出していたもので、この発行所がエディション・カイエ（住所、神戸市中央区栄町通一―二―十三、福岡ビル）になっている。井上雅史の表紙写真とタイトル構成も魅力的だ。残念ながら、同号には阪本氏の作品は載ってなかったので、私は思いついて巻末の同人一覧の中から、相生市在住の尾崎美紀さんにお便りして、厚かましくも他の号に載っている阪本氏の作品コピーやあわよくば『朝の手紙』も何とか入手できないものかとお願いしてみた。

しばらくしてお便りとともに届いたのが、尾崎さんがエディション・カイエから出した詩集『いとしのスナフキン』[註1]（一九九三年）と「ペルレス」四冊であった。彼女はその当時、児童文学の創作で御多忙で――後に『ハローこんにちは』や『くじらがとんだひ』などいろいろ出版していることが分った――、コピーはそちらでして返送を、と書かれていた。詩集の方は贈呈して下さった。とても喜び、感謝したのは言うまでもない。私は早速、表紙を写真にとり、阪本氏の詩やエッセイをコピーさせていただいたが、その際、本文が三十四頁と薄く、背幅がごく狭いので、製本割

れしないかとヒヤヒヤしながらコピーしたのを覚えている。なお、尾崎さんも阪本氏の詩集は持っていないとのことだった。尾崎さんの詩集は社が東京へ移ってからの出版で、奥付住所は「東京都杉並区西荻北五‐七‐十一‐七〇九」となっていた。

今、保存しているコピーを見ると、同誌一号に阪本氏が誌名の由来をエッセイに書いている。興味深いので、簡単に要約しておこう。

イギリスの詩人、W・H・オーデンは一九三九年、アメリカに亡命後、十五年間、ニューヨークのイースト・サイド・サウスの安アパートの二階にひとりでひっそりと暮していた。そのアパートの一階のかつての住人がペルレスで、ひとりの印刷工か、印刷所の所有者名が〈ペルレス〉というのだった。ここは一九一七年にトロツキーが「ノーヴァ・ミール」を出していた歴史的な場所なのだ。（出典は長田弘の『見よ、旅人よ』所収のエッセイ「影の住人たち」による由）

阪本氏は最後に次のように書いている。

「イースト・ヴィレッジの一点と播州の一点と。どんなふうにつながっていくのだろう。人の名前を――それもなんのかかわりもない人の名前を――雑誌のアタマにもってくるなんてねえ。そんな（内部の）声もあった。けれども、その時にはぼくらはすでに走っていた。ほんとうに走っていたのだった」と。

誌名の由来を知ると、それが世界に開かれたタイトルで、ユニークな発想だなと思う。

「ペルレス」はコピーに印したメモによると、一九八七年十月に創刊されている。尾崎さんから送ってもらったのが六号までで、五号が一九九一年十一月の発行。（六号はコピーがないので、発行年不明）以後何号まで出たのかは分らない（【追記1】参照）。五月号の阪本氏の「覚え書き・一九九〇年九月」によれば、氏はその日、神戸の生活を切りあげ、独り寝台列車で東京へ旅立ったようだ。そのせいか、「ペルレス」に載っている氏の作品は過渡期の心情を吐露したものが多い。ここでは創刊号に載っている「大至急！」のみ、少し長いが全文を引用させていただこう。（コピーした作品すべてを紹介したいが、そうもゆかないのが残念だ。）

沈黙の
沈黙の方法を教えてくれ
植物や鉱物の
沈黙によって語るという方法を
大至急ぼくに

敗北だ逃避だと
ウッセキをバネにしてしか
日々を生きていけないぼくに
呼吸のしかた睡眠のとりかたを
きょうという一日にあたいする
ぼくの生のために大至急

笑いをひきおこす沈黙
恐怖をよびおこす沈黙
さまざまな沈黙のなかで
力を溜め、からだをため
屈託のない快活を信条とするような沈黙を
大至急！

夏の終わりの一日
ぼくは南の海を前にして立っていた
カニの歩行と
変幻する波の侵蝕
小石の抵抗
藻の揺らぎ

午後八時
闇が波をのみこむと
ものすごく巨大な沈黙が
波とぼくと夜の上をよぎっていった
そうだ、沈黙が
朝の方へ、広大で巨大な、そう
とてつもなく巨大な
夜明けに向かって
ゆっくりと

この同人誌の編集責任者の一人、大西隆志氏は一九五四年加古川市生れの神戸の詩人。詩集『綽名で呼ばれた場所』『近距離の色』（以上、紫陽社）、『オン・ザ・ブリッジ』（思潮社）など数冊の詩集を出し多彩に活躍している人だ。バンドを結成して音楽活動もしている。公務員をやめ、二〇一一年五月、姫路で古書店、風羅堂《ふうら》を開いたが、残念ながら二〇一三年店は閉じ、現在はネット販売のみになっている。私は閉店の数日前にようやく念願だった店へ大阪からJRで一時間かけて出かけた。さすがに、いい詩集が並んでいたのを覚えている。大西氏とは、迷ったが、人みしりの私はついに話を交せなかった。氏は出版もやり始め、自身の詩集『祭儀に寄せる引用』や二〇一二年には大橋愛由等の詩集『明るい迷宮』を出している。噂では阪本氏の詩集の復刊も計画しているらしいとのことなので、その遺稿詩も含めての出版を私は待望している。

その大西氏が、神戸モダニズム詩史の研究でも全国的に知られている神戸の詩人、季村敏夫氏が出している冊子「瓦版なまず」22号（二〇〇七年六月）に貴重なエッセイ「エディション・カイエと阪本周三」を書いている。連載とのことだったが、続きはまだ見ていない。簡単に要約しよう。氏は「神戸の詩人がやっていた出版社というと、僕にとっては君本昌久の「蜘蛛出版社」と、出版数はそんなに多くはない阪本周三の「エディション・カイエ」が思い浮ぶ」と書き出している。二社には直接的な関係はなかったようだが、「時代状況に違和感を覚え続けていた二人の詩人の言葉と精神がどこかで交差しているように思える」と。蜘蛛出版社については君本氏自身がその出版の軌跡をたどった貴重な本『蜘蛛出版九十九冊航海記』〔註2〕（一九九〇年）を自社から出しているが、ここでは省略しよう。

エディション・カイエは一九八四年に誕生し、七年後に東京へ拠点を移した。最初の事務所は、神戸旧居留地にある神戸朝日会館ビル〔註3〕の二階にあった。このビルは現在再評価の声が高い建築家、村野藤吾の弟子、渡辺節設計の重厚な洋風建築で、天井が高く空間的にゆったりしたフロアーである。（ちなみに、村野氏はすぐ近くの大丸神戸店も設計している。）そこに、当時はデザイン事務所やコピーライター、フォトグラファーのスタジオなどが同居していて、それらの人々の交流も盛んであった。最初に出版されたのが、前述の黒瀬勝巳『白の記憶』である。阪本周三・京子夫妻による出版物は、外へ外へと開かれた、瀟洒でありながら、手仕事の確かさを感じさせるものであった、と記し、「これらの名前を奥付に持った新しい書籍には出合えないことが、誰かが継ぐこともない極小出版社の宿命だと納得しているのに、とても残念でならない」といかにも詩人らしい感慨をもらしている。私が昔、エディション・カイエを訪ねたのは、朝日会館ではなかったので、次に移った事務所だったようだ。

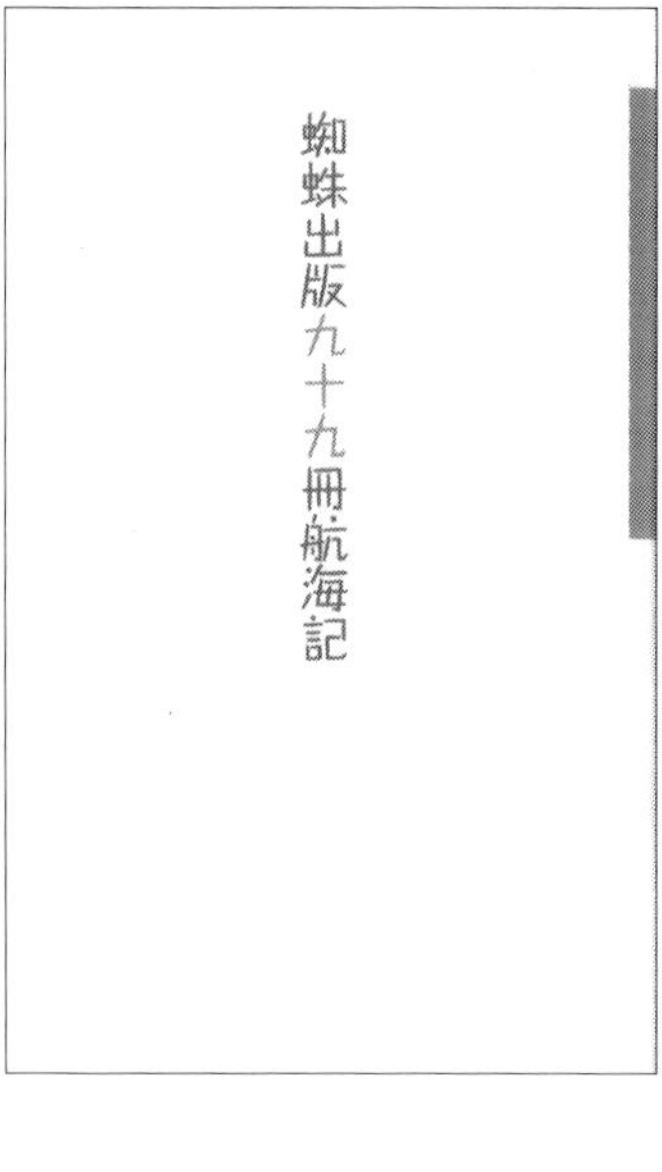

さて、私が阪本周三氏に関心をもっていることを畏友、

林哲夫氏から伝え聞いた「スムース」同人、扉野良人氏（京都の僧侶で、とてもセンスのいい文章を書くエッセイスト。古書漁りの達人でもあり、文学や古い詩集、詩人にめっぽう詳しい。私の『古書往来』にも跋文を寄せていただいた）から、京都から発行されている雑誌『虚無思想研究』第17号（二〇〇一年十二月）に阪本周三追悼集があることを教えていただいた。（阪本氏はそれまでに同誌に何度か詩を発表している。）林氏の京都での個展の折、扉野氏にもお会いして発行人（？）の連絡先を教えていただいたので、早速連絡して、送っていただいた。雑誌を見た私は興奮した。そこには阪本氏とつきあいのあった十五人もの方が各々心のこもった追悼記を寄せており、略歴も一頁だけだが記載されていたからだ。阪本氏に関する第一級の資料なのである。

これらを読むと、氏の生涯や仕事、人柄、人間関係などがかなり詳しく明らかになってきた。この追悼文集から、生涯の歩みの時々に使わせていただきながら、私なりに氏の略歴をたどってみよう。

一九五三年、九州、熊本県に生れる。私より七歳年下の方だ。一九七六年、国際基督教大学を卒業後、福村出版で学術書の編集に携わる。ここは心理学が中心の出版社だから、後に「月刊エスプリ」（至文堂）の心理学関係の編集を請負っていたという話が腑に落ちる。私も創元社で、その頃臨床心理学の企画を立てていたから、その意味での接点はあったわけだ。

一九八〇年、京都に移住し、編集者生活を送る。この頃の具体的な仕事は不明である（註5参照）。関西へ移る前、当時、枚方市牧野の学生アパートに独居していた川崎彰彦氏のもとに突然、阪本青年が訪れ、日頃から敬愛する詩人、菅原克己氏から、川崎氏の出した『竹藪《たけやぶ》詩集』（第一詩集、大阪、VAN書房）のことを教えられ、その詩集がほしくて東京から来ました、と言われたという（川崎彰彦「逆立ち詩集」から）。それで、川崎氏は『竹藪詩集』を本棚から一冊抜き出して進呈した。その後、いつのまにか阪本君は関西に移住しており、ある時谷町六丁目の「うれしの」で、隣り同士で飲む機会があったとき（おそらく「大阪文学学校」の授業の帰りだろう）、阪本君が「この前、牧野のお宅でいただいた詩集は表紙と中身がひっくり返っていました」と言ったので、氏は恐縮してすぐ取り替えますと申し出たが、「阪本君はそんな珍しい『竹藪詩集』を持っているのは世間広しといえどもぼくだけのはずです。貴重な本ですから、あのままでいいです」と答えた。川崎氏はそれを聞いて「繊細な外見に似ず、スケールの大きな男らしいぞ、と感じた」と記している。愉快なエピソードではないか。

そういえば、阪本氏は前述した「ペルレス」2号の『海』のゆくえ」という短いエッセイでも、次のように書いている。氏は菅原さんの家を何度か訪れ、ある夜菅原さんが朗読してくれたドブザンスキー、長谷川四郎訳の詩集『海』が気に入り、わざわざ版元の飯塚書店を訪ね、その倉庫に一冊しかなかった、奥付が剥がれた不良本をゆずってもらった。ところがそれを新宿のバーで隣り合せた美しい女性に不用意に貸してしまい、二度と戻ってこなかった、と回想している。氏は気に入った詩集は何としても手に入れる知恵と行動力をもった人だったらしい。確かに古本好きの中には、探求する本が出版社の倉庫に一冊だけでも残ってないかと問い合す人もいるようだ。

一九八一年九月に、東京の蒼土舎から、『朝の手紙』を出版。この出版のいきさつは不明だ。大月健氏は「幼い子供に対して向けられたやさしいまなざしを感じる詩篇が多く収録されている」と本書を紹介している。ますます読みたくなってくるではないか。

「一九八二年、神戸市灘区に居を移し、後に須磨区に転居、この間、大阪へ編集者として勤務する」と略歴にある。ほぉ、私が結婚まで住んでいた灘区に氏も一時、住んでいたとは！ 大阪で勤務していたというのは、川崎氏や中西徹氏が証言しているように、涸沢純平氏が創めた編集工房ノアのことであろう（ノアさんは一九七五年創業）。本誌には、詩人の長谷川雪子さんも追悼記を寄せているが、その中で「阪本さんとは、彼が30歳の頃、ほんの一年ほど職場を同じくしていた」と書いている。年代的に三十歳の頃というと、一九八三年の頃だから、彼女がいたのも編集工房ノアのことではなかろうか（はっきりとは確認できないが）。実は、私は以前古本で入手した長谷川さんの詩集『伝言』〔註4〕を持っている。これが当時、阪本氏も一緒に働いていた編集工房ノアから出ており、そのあとがきでも、跋文を寄せてもらった清水昶氏、装幀の粟津謙太郎氏と並んで、ノアの涸沢純平氏、そして阪本周三氏にも感謝のことばを述べているのだ。それ以前に、長谷川さんと阪本氏はどちらも詩学社の新人推薦を受けて知っており、その二、三年後「阪

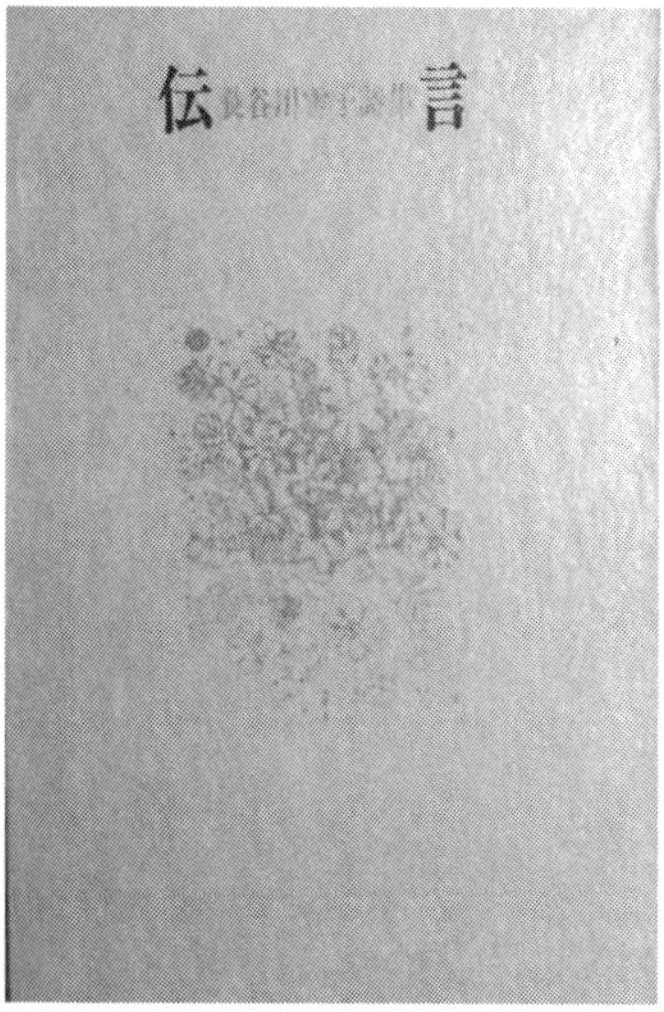

本さんと机を並べることになろうとは思いも寄らないことだった」と回想している。さらに「阪本さんは、職場では物静かで（編集作業中だから、誰も喋らないので、よけいそう感じたのかも）、でも無口ではなく、お昼休みや仕事終わりにはけっこう話していた。知的で、クールで、静かに話していた」とその印象を語っている。

その頃、演劇に興味をもっていた彼女は、梅田のオレンジルーム（演劇や文芸講演会などがよく行われていたステージだが今はない。）で奥様と一緒に観にきていた阪本さんとバッタリ会ったこともあった、などとも書いている。編集工房ノアの初期には二人の編集スタッフがいた時期が短くあるのをこれで初めて知った。

再び略歴に戻るが、「この頃、友人達と同人誌を発行し、又転形劇場の手伝いをする」とある。劇団の女優、安藤朋子さんの一文によると、関西公演の際、五回程、ポスターやチラシ、パンフレットを阪本氏に作ってもらったという。この同人誌とは、本誌で大西隆志氏が再び書いている追悼記の中に出てくる「四階」のことであろう。一九八三年一月に、涸沢純平、阪本周三、倉本修（装幀家で、私も創元社在社中に、何度か装幀を依頼した方だ。現在も砂子屋書房を中心に詩歌本の数々の装幀などで、味わい深い仕事を続けている。最近、『美しい動物園』（七月堂）という幻想的な画文集も出版した。二〇一六年六月、京都のギャラリー「ヒルゲート」で、御自身の装幀した150冊を展示したユニークな個展を開き、私も拝見した。）と大西氏の四人で、月二回（！）出すペースで始めたという。つくづく幸運と思うのだが、私はこの「四階」第一号を以前、「街の草」さんで見つけ、入手しているのだ。

涸沢純平氏の後記によると、四人で酒を飲んだ機会に話が盛りあがり、出すことになったという。[註5]「誌名については、四にこだわるところから「四階」となった。これは発案者の意図から言うと「しかい」と読んでいただきたい。四人でつくる四階建の視界である」とも。表紙絵は倉本修。昔、仕事を頼んだ頃はよく知らなかったが、倉本氏も元々文学青年であり、「シャイム・スーチン物語1」と題する、ユダ

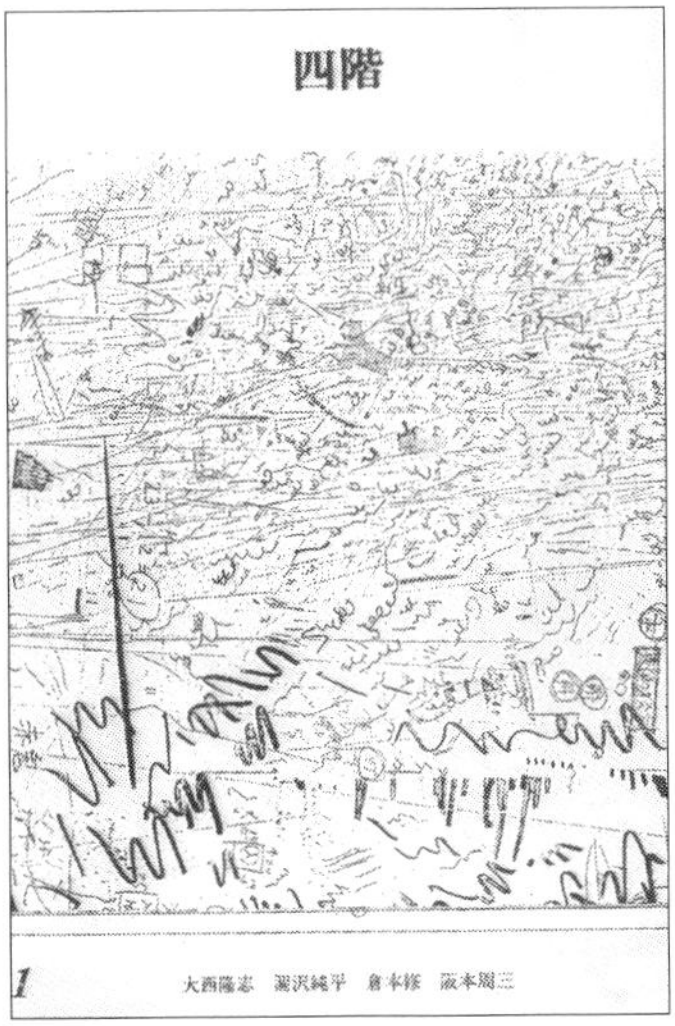

ヤ人狩りにおびえる画家をめぐる脚本による物語を載せている。「四階」は何号まで出たのか分らないが、一年未満で終ったようである。

大西氏は一九八一年の冬、倉本氏を通して、大阪の画廊か酒場で阪本氏と初めて出会った。阪本氏と飲むと、書籍、映画、レコードの話を多くした。二人とも植草甚一が好きで、フットワークは軽かったと言えると、書いている。そして「身なりのセンスの良さと言葉のセンスの良さが自然と身に付いているような、生まれながらの存在感を漂わせていた」とその印象を語っている。

なお、「四階」同人の住所を見ると、阪本氏の住所は「神戸市東灘区森北町六—六—一二」となっている。とすれば、略歴に灘区とあるのはまちがいかもしれない。

せっかくの機会なので、「四階」1号からも、阪本氏の「レモンをたべるひと・日々の断片1」を全文引用させていただこう。

水をはれ、
夢の水を
てのひらいっぱいに。
きょうも皿から
レモンひときれすくって
口にくわえているひと、
カリフォルニアの
木の根の味がするか、
空と海は見えるか、
仄暗い一月の
神戸の長屋から。
ぼくはきのう見た、
きみがしゃぶりつくした
レモンの皮のように
公園の樹の下でうずくまるひとを。
沖縄ガラスのようなきみよ、
ぼくとは無関係に
レモンくわえて
水をはれ、
からだいっぱい
骨のまわりに
夢の水を。

さて、いよいよ一九八四年、神戸で京子夫人と〈エディション・カイエ〉を立ち上げ、出版活動に入る。元町、朝日会館の二階に事務所を設け、まず前述の黒瀬勝巳『白の記憶』を一九八六年に出す。発行所は「神戸市中央区浪花町五九朝日ビル二二二号」にあった。

話は前後するが、私は阪本氏の詩集が手に入らないのなら、せめてエディション・カイエから出された出版物だけでも見てみたいと思い、困ったとき頼みの書友、前橋市在住の医師、津田京一郎氏にネットでの検索をお願いした。Faxで送ってもらった古本であげられたリストのうちから選んで（資金不足でむろん全部はムリだが）幸い数冊を入手することができた。津田氏にまたも感謝。

手元にある本だけだが、少し紹介しておこう。まず尾崎与里子詩集『風汲《かぜくみ》』（一九八六年十月、装幀・山本容子）。尾崎さんは滋賀県彦根市在住の方だが、略歴がないのでどんな方か知らない。第三詩集とのことでレベルが高い詩集と思うが、私には一寸難解なものだ。〔註6〕

本岡典子『ある朝、突然に——若年離婚の女たち』（一九八八年）は離婚した七人の女性の各々の物語を追ったドキュメンタリーである。本岡さんは関西学院大社会学部でマス・コミュニケーションを専攻した方で、執筆当時はサンテレビのアナウンサーをしていた。その後はルポルタージュ作家として活躍している。（私は、脱稿後、ブックオフで『魂萌え！の女たち』（岩波書店、二〇〇六年）を手に入れた。また、『ダイアナ・コンプレックス』を古書展で見かけた。）

本書は総頁の真中に、有野水露氏（当時、大阪芸術大学助教授）の、西欧都市を舞台にした外国人女性たちを写したセンスのいいモノクロ写真が十六頁挟まれていて、本文に興趣を添えている。本書は二ヵ月後に早くも増刷している。おそらく、テレビでも宣伝したろうし、女性読者にアピールするテーマだったたからだろう。

巻末の、とくに示唆を得たという参考文献の中に、木下清『結婚モラトリアム』と、ユング派の分析家、グッゲンビュールークレイグ『結婚の深層』が挙がっていた。実は、この二冊は私が昔、創元社で企画して出した懐かしい本なのだ。（木下先生や後者の訳者、樋口和彦先生も今は亡い。）かすかに私とのご縁もあったのだ、とうれしくなった。

本書は本岡さんの初めての出版であり、テーマが女性向けだけに阪本氏の奥様も力を入れて本造りされたことだろう。実は本岡さんも追悼記を寄せていて、「阪本さんは、神戸でアナウンサーをしていた私に一冊の本を書かせてくれた。中華街の編集工房に原稿を持参するたび、本を書く作業がどういうことかを彼は根気強く示してくれた」と書いている。そして「彼は生来の「詩人」だった。ちっぽけな競争心や功名心を持ち合わせず、静かに、深く、冷めた熱情を持った「魂の詩人」だった」とズバリと氏の本質を突いている。書き手にとって初めて本をつくってくれた編集者のことは生涯心に残るものらしい。これは私が以前、編集して出した『原稿を依頼する人される人』（燃焼社）でも、様々な著者の方が印象深く同様の感慨を語っている。編集者にとっては、身に余る光栄なことである。

本書の奥付を見ると、社の住所は「神戸市中央区栄町通一丁目二番13号福岡ビル」となっている。これで、やっとはっきり分った。私が昔、訪ねたのはこの場所だったことが。

次は、『モリオ・アガタ一九七二～一九八九』（一九八九年）で、言うまでもなく、「赤色エレジー」で一世を風靡したポップス歌手、あがた森魚《もりお》の詞（詩）集である。カバーの白地全面に横に銀のタイトルを箔押ししたシンプルな装幀。序と目次だけグレイの別紙に印刷されている。あがた氏の序によれば、打合せのために、新幹線で「新神戸」駅に降り立った、と書き始めている。氏はデビューして十七年たつが、出版はエッセイ集『ひとり暮らし』を一九七七年に青春出版社から出して以来、久しぶりである。四十歳になった一区切りに自分を裸にしてまとめたかったという。（氏は後に『獲物の分け前』も白水社から出している。）自分を紹介すれば、「少年としてのニヒリズムとしての博物主義者」だと言う。さらに「言葉」そのものを考察し、「私にとって『最初にありき言葉』とは、言語そのものではなく私の音楽そのものである。私の歌う歌声そのものである」と記している。

私は正直いって、「赤色エレジー」以外、あがた氏の歌を殆んど聴いていないが、本書の歌詞の数々を読むと、さすがに氏が自分でも文芸好き、書物好きと書いているだけに、なかなか新鮮で面白い。ここでは音楽著作権の関係で紹介できないのが残念だ。氏は後年、「夢千代日記」などで俳優としても活躍している。阪本氏は追悼記によると、あがた森魚の歌のファンだったというから、とりわけこの本には力を入れたにちがいない。

本書も、福岡ビルの事務所から発行されているが、この事務所については、娘さんである阪本歩《あゆむ》さんが追悼記「とても、明るい風景について」の中で具体的に記している。彼女が小学生の頃、「元町にある『エディション・カイエ』

の事務所にもよく行った。南京町の南門の傍にあった細長いビル。両親の作業を覗きながら、ペーパーセメントで遊んだ。ころんとしたシャープナーのくすんだ黄色。カッターで削った青エンピツの先端。カッターボードのゴムの弾力。トレーシングペーパーの手触り、カーボンの匂い。その場所には、私が今でも好きなものたちが、ちゃんと揃っていた」と。阪本夫妻の〝手作り〟の編集作業が垣間見える詩的な描写である。福岡ビルも一度探して再訪したいものだ。（後日、それを果たしたので、現在のビルの写真を掲げておく。）

歩さんの追悼記は、亡き父を想う心情があふれるように率直に綴られていて、胸を打たれる。しかし同時に、彼女がその悲しみを乗り超えて、前向きに生きようとする決意も示されていて、いっそ清々しい。少し長くなるが、私が感銘を受けた彼女の文章も引用させていただこう。

「父は、私が見る景色の全てに、不在という形できちんと存在していて、もうどこへも行かない。（中略）たくさんの『思い出』の中で私はこれからも毎日を消化して、時間を蓄積して、自分の目に映る風景に確かに父がいることを知るのだ」

「私はただこの風景の中で、前を向いて立っていれば良いのだと思う。そうしていつか、自分が両親にしてもらったのと同じやり方で、誰かの心に自分を刻み付けることを覚えるだろう。そうすればきっと父が喜んでくれることを、今はそれで充分だということを、私は小さい頃から知っていたのかもしれない」と。父親から受け継いだ詩人的な文才のきらめきを感じさせる文章である。妻と娘を六年前に続けて亡くした私には、心にズシンと響く文章だ。ともすれば落ちこみがちの私に、そうか、こういう見方をすればいいのだ、と随分教えられた気がする。歩さんが現在も元気で活躍されていることを心から願う。（父上のこと、拙い紹介しかできず、ごめんなさい）

さて、最後は田窪与思子『メリーゴーラウンド』（一九九四年、五月）で、表題作と「サボテン」を収録した小説である。田窪さんも一九五三年神戸生れ、上智大学外国語学部を卒業後、長く外国で働いていた人で、本書がデビュー作。小説はヨーロッパの街々を舞台に主人公の若者の孤独を、軽やかな文体で描いたもの。オビのキャッチコピーに「人生には冬も必要さ。」とある。

本書は、事務所を東京へ移してから出したもので、住所が「東京都杉並区南荻窪二―七―一七」となっている。

本岡さんや田窪さんの本を見ると、阪本氏は新しい才能の持ち主を見出し、果敢にその人を世に送り出そうと努力した編集者のように思える。もっとも、反面、冒険の要素も大きかったとは思うが。

再び阪本氏の歩みに戻ろう。略歴では省略されているが、前述のように一九八七年、田村周平、大西隆志らとともに同人誌「ペルレス」を創刊する。一九九〇年に東京、荻窪へ移住する。一九九一年、雑誌「フロント」の編集長となり九六年まで勤める。前述の『いとしのスナフキン』が一九九三年、『メリーゴーラウンド』が一九九四年刊行なので、出版活動を続けながら、雑誌の編集も引受けてやっていたのだろう。エディション・カイエがいつ頃閉じられたのかは今のところ不明である。私は残念ながら、「フロント」という雑誌は目にした記憶がない。ただ、編集者の福井信彦氏の追悼記に次のように記されている。

「程なく周三氏は『Ｆｒｏｎｔ』という雑誌で東京での仕事をスタートさせた。狭い世界である。私は『Ｆｒｏｎｔ』を偶々彼が関わる前から知っていた。そして彼が手がけてからどんどん進化していくこの雑誌の姿に驚かされた。それは素晴しい展開であった。知的興奮を刺激する企画、複雑にして端正なレイアウト、校正の確かさ、いずれをとっても当時の水準以上のものだった」と。また板橋雅則氏の追悼記によれば、七年前、一冊の「水」に関する総合雑誌を阪本氏から送ってもらったという。これは「フロント」のことだろう。この雑誌も探求してのぞいてみたいものだ（【追記4】参照）。

福井氏の一文によれば、上京後、京子夫人の方は当時福井氏が勤めていた神田の零細な編集プロダクションに入ってきて、スタッフに大いに歓迎されたそうだ。数年後退社して、フリーとして活躍しているという（追悼記執筆の時点だが）。

一九九七年、阪本氏の人生を大きく転換させた痛ましい事件が起こる。夏の夜、路上で通り魔に襲われ脳挫傷で入院。死の淵をさまようが、故郷の熊本で療養し奇跡的に快復する、と。私はこれを読むとすぐ、大阪の文芸史上で名高い、藤沢桓夫氏らが出した同人誌「辻馬車」の編集人、波屋書房の宇崎祥二氏が、路上でアナーキストたちに襲撃された事件を連想した。宇崎氏もそれがもとで早逝している。

私もまた、四十歳過ぎに大病で延べ二年近く入院していたが、幸いにも回復して現在、ペースメーカーを入れながらも何とか生きながらえている。幸運というしかない。

一九九八年、氏は三度目の上京をし、阿佐ヶ谷でバー〈ワイルド・サイド〉を開店。店名はルー・リードの曲から取られたという。その店は、佐藤一成氏が阪本氏の詩から借りた一節によれば、氏が名づけた「東京ブルックリン（阿佐ヶ谷）」の駅近く、「木造モルタル二階建て十三階段をのぼったつきあたり」にあった。（実際に十三階段あったのだろうか。氏のジョークかもしれないが。そういえば、詩書出版社ユリイカへ上がる昭森社ビルの階段も十三段あった。）とても居心地のよい空間だったと多くの人が語っている。

高安正道氏は、そこは洞窟のような空間であったが、見通しのよい広場でもあった、と書き、永井ふむ氏はカウンターのなかの阪本氏はそのしぐさがとにかく格好よかった、と。前述の板橋氏は「彼の自我はなべて距離を隔てる「橋」によって守られていたのかも知れない。橋のこちら側と向こう側、カウンター越しの関係、彼が愛してやまなかったものは〈きっと恐れていたものも〉すべて橋の向こう側にあったものだろう」と鋭い観察をしている。親しいお客、友人とはよく本の話を交したそうだ。高安氏は、ある晩は『南天堂』（寺島珠雄）から『詩人たち・ユリイカ抄』（伊達得夫）にまで話が及んだと記している。

大西隆志氏が二〇〇〇年十一月に上京して最後に店を訪ねたとき、阪本氏は詩集を出そうと思っている、と語ったという。それ以前にも、詩の同人誌をまた出そうと二人でよく話していたそうだ。とすれば、二冊目に構想中の詩集が未刊に終ったわけで、残念でならない。

二〇〇一年一月二十日、阿佐谷のアパートで脳内出血で死去する。四十八歳、あまりにも早い突然の死であった。

大西氏は阪本氏の風貌について、アンジェイ・ワイダ監督の「灰とダイヤモンド」に出てくるマチェックのように「優しさと激しさを内に秘めていたからか、阪本クンはサングラスが似合っていた。見た目とは違った表情をサングラスと微笑で隠していたのかもしれないが、彼がとてもよく女性にもてる要素の一つでもあった」と述べている。確かに、略歴に添えられた阪本氏の写真からも、そんな感じがよく伝わってくる。

私は長い間気にかかっていた阪本周三氏の生涯と仕事のことを、まことに不充分ながらもこうしてまとめることが出来、正直、ホッとしている。最後に、これも難波の小羊ブックスで偶然見つけた「文学学校」220号（一九八三年五月）に載っていた氏の作品「夕暮れの散歩」を長くなるが、全文引用させていただきたい。もしかしたら『朝の手紙』の対で、第二詩集のタイトルにもなったかもしれない詩かも、と思いつつ……。編集工房ノアにいた頃の作品であろう。

春の風ふく夕暮れの北摂《せっ》を
ぼくら四人、それから
上野のおじさんおばさんヨーちゃんが
歩いている
夏には螢が群れとぶ
そんな名をもつ池のほとりを
ボーイングの轟音にたちきられながら
言葉をかわし歌をうたい
口笛をふき
そう、これは春休みの畦道ではないか
ぼくらは蓬《よもぎ》の若草を摘み
その匂いを肺に吸いこみ
よどんだ池に浮き沈みするカイツブリの
おどけた飛翔をながめていた
飛ぶのが達者じゃないんだあの鳥は
飛ぶこと好きじゃないのかもしれないね
怠けものの鳥かもしれない、ウン
そんなこと話しながら
五、六秒間隔で浮上しては呼吸し
ふたたび（みたび）頭から水中にもぐる
鳥類からすっかりはぐれてしまった
なつかしいかんじのするこの鳥を
夕暮れのこちらがわに
ぼくらは見ていた
遠くでは鶯が鳴いたようだった
もうすぐ一歳のヨーちゃんは
ストン！
と眠りに落ちて天を仰いだ
スピノザ学者の父親がその眠り顔を
スピノザ的に見つめているようだったが

どうだろう
たぶんスピノザなんかとはむかんけいに
ヨーちゃんはヨーちゃんの
眠りを眠っているのだ
夕暮れみちを
歩いていたのだ

〔註1〕私は尾崎さんのこの詩集も大へん気に入っている。本書から「夢の中」と題する一篇だけ全文、紹介させていただこう。（／で改行。以下同）

夢の中にあなたが出てきたので／目覚めてしまった私は／必死で夢の出口を塞いでいる／「さよなら、さよなら、さよなら」／と、映画解説者のように／手を振るあなたを／裸にして楡の木に縛りつけてしまった／私が原生動物だった頃に／別れてしまったから／顔の輪郭さえ思い出せないのに／声だけは／内耳の襞がはっきり覚えていた／触れるとなにか思い出しそうな髪は／繊毛みたいに揺れながら／私の嫌いな演歌を歌っている
夢の入り口と出口は／同じ扉だから／あなたは／私の夢の中からもう出られない／こみあげる笑いを押さえながら／しっかりと錠前を下ろすと／出掛ける用意をする／会ったこともないあなたの恋人に／お悔やみを言うために

尾崎さんの詩は総じて、軽やかだが、洗練されていて、ウィットにも富んでいる。引用はしないが、「魚の言葉で」なども愉快な発想の詩だ。私は何か直感的に、黒瀬勝巳の詩がもつふんいきやスタイルにどことなく通じるものを感じる。

なお、尾崎さんのその後の仕事も気になっていたが、後日「街の草」さんで偶然、「湾」（16号、二〇〇〇年六月、高須剛発行）を一冊見つけた。中を見ると、播磨の詩人たちの季刊同人誌で、尾崎さんや田村周平氏も参加していて、彼女は三篇の詩を発表していた。「街の草」さんの教示によれば

「湾」は二〇〇八年四月、27号で終刊したという。（なお、尾崎さんの略歴や彼女の詩の師にあたる高須剛氏の生涯と仕事については神戸の雑誌「ほんまに」18号で、簡単に紹介した。）

尾崎さんのあとがきによると、タイトルにもなった作品のスナフキンは、「ムーミン」に登場する贔屓のキャラクターで、彼はいつも浮世離れした思索に耽っていて、ふらりと旅に出てはまたふらりと戻ってくる気紛れものである。それでも気がかりな存在で、そんなスナフキンが彼女の周りにも何人かいる、と。

さらに、後日、「半どん」（140、141合併号、平成15年十二月。）の児童文学特集で、尾崎さんの作品「『幸や』のねこ」を見つけて読んだ。これは、近くにスーパーができ、二階にレストラン街がオープンしたせいで今まで人気のあったうどん屋の主人が、開店休業気味でゴロゴロしているところへ突然「まねき猫」いや実は「まねし猫」が現れ、その猫をまねしているうちにやる気が起こり、再び商売が繁盛するといったお話だが、ユーモアがあって、とても面白い。また、『あ・し・あ・と』という童話は、福井県勝山市の「恐竜文化賞」第一回受賞作品になっている。

なお、同人の田村周平氏も詩集『アメリカの月』を出している。

＊＊＊

その後、平成二十八年三月、元町のトンカ書店で開かれた故伊勢田史郎氏の旧蔵書の一部を展示した「詩人と本棚」展（即売会）で、私は尾崎さんの詩集『パリパリと』（大阪、彼方社、二〇〇三年）と青少年向けの詩集『らいおん日和』（らくだ出版、二〇〇三年）も偶然見つけ大喜びで入手した。自伝的な作品が多い、いい詩集だが、前者を読んでいると、「届かなかった詩集」というタイトルの作品が出てきた。どこかのバーで二人でお酒を飲んでいる情景が描かれており、その詩の最後は「路地で／うずくまる人／もう吐く言葉もなく／迷う道もない／サカモトが／いちばんサカモトらしい町／寒波がやってきて／届かなかった詩集がある」と結ばれている。

これは「ペルレス」で同人だった阪本周三氏のことを回想して綴った詩なのではないか⁉ 私はそのことを確認したくて数年ぶりに再び尾崎さんにお便りしたところ、そうです、とのお返事をいただき、やはり彼女にとっても、阪本氏は強く印象に残る人だったのだと思った。

『らいおん日和』は、動物や草花、果物、魚などがユーモラスに寓意性をもって描かれている。尾崎さん持ち前の機知とユーモアに富んだ楽しい詩集だ。どの作品も面白いが、ここでは私が彼女の独自の発想にほうっ、と感心させられた詩を一つだけ引用させていただこう。

　　キリンのかなしみ

心で感じたことが／言葉になるまでに／時間がかかるのは
／この長い首のせいかもしれない

それとも／体中に／張りめぐらした／迷路のせいか

すきだよ

ようやく言えたときには／もうだれもいない／夕暮れのか
げぼうしが／遠く伸びて／きりんの悲しみが／すこし遅れて
やって来る

なお、『パリパリと』の〈著者略歴〉によれば、第一詩集に『夜の黒《ブラック》』（神戸新聞出版センター、一九八四年）もあるという。それで私は前述したように尾崎さんにお便りした際、この詩集もぜひ読みたいのだが、と書いたところ、わざわざ探し出して贈って下さった（御親切に感謝！）。阪本氏と同様に、私も気に入った詩人の詩集を厚かましく手に入れるために手段を尽す人のようである。この詩集は「あとがき」によれば、若い主婦であった尾崎さんが、日常の家事の合い間に、夜ふけの台所のテーブルで「決して表には見せないおもいを、水彩画のように描」いた二十年間の「ことばのあやとり」の成果である。「蛇口」という詩など、象徴的で奥深い作品である。吉田純一氏による装画やカットもとてもおしゃれなものだ。尾崎氏は二年前から相生市から神戸の元町へ移住されたので、私も初めて一度元町でお目にかかり、ささやかながら交流を始めている。

　尾崎さんは現在、数々の児童文学賞の選考委員を務めたり、第1章でふれた播州の文化雑誌「バンカル」の編集スタッフとしても活躍している。

〔註2〕　本文では省略したものの、私はこの機会に君本氏の本を一気に再読した。（これは以前、天満にある高山書店で幸運にも入手し、一度はざっと読んだ記憶もある。）

　この本は縦長の一二〇頁足らずのものだが、中身は実に充実している。君本昌久氏が一九六一年から八九年まで、神戸において独力で出版活動を続け、計九十九冊を世に送り出した次の百冊目に出した自著である。巻末にすべての出版リストをあげ、その中でもとくに印象に残るものをピックアップして、その著者との出版のいきさつやエピソードを躍動感あふれる筆致で次々と綴ってゆく。これらを読むと有名、無名を問わず各々の個性的な著者たちの人生のドラマが垣間見える。詩集は大半が自費出版だが、少数ながら企画出版もあり、戦前日本のシュルレアリスムの先駆的な〝幻の詩集〟、次の三冊を現代によみがえらせた仕事は貴重である。即ち『楠田一郎詩集』『永田助太郎詩集』『棚夏針手詩集』だ。古くからの仕事仲間であった中村隆の最後のすぐれた詩集『詩人の商売』も企画出版だった。(中村隆の生涯と仕事については、私も『古書往来』でごくあらましを書いている。中村氏の『全詩集』も没後出ているが、もっと全国的に評価されてほしい詩人だ。)後に全国区で活躍する安水稔和や季村敏夫の初期詩集もここから出ている。

また詩集だけでなく、小説や評論も少数ながら出しており、次の三冊も企画出版であった。山田幸平『トレドの稲妻』(小説)、『ドストエフスキイのすべて』、小島輝正『アラゴン・シュルレアリスト』。いずれも大冊で、先約の出版社が社の事情で出せなくなったのを君本氏が意気に感じて引受けている。これらについては校正や本造り、そしておそらく資金繰りにもかなり苦労したようだ。その後、小島氏の類書のない評論『春山行夫ノート』も出しているが、小島氏の「文学する闘い」を生涯にわたって貫いた、そのおもかげを追悼した部分は痛切に胸に響く。また、一冊、飛びこみで引受けて作った詩集が盗作事件を引き起した一件も正直に告白している。いずれにせよ、本書のような神戸出版史の、しかも肉声で生き生きと語られた記録は、全国的にみても珍しく、貴重な一冊だと思う。

〔註3〕 現在の、神戸朝日会館は地下に映画館があり、上階にはレストランや事務所がある。今年(平成二十六年)、入口前の広場で初めて古本展が開かれ、私ものぞきに行った。

〔註4〕 長谷川さんの『伝言』からも一篇「届かないぶらんこ」の第一連を引用させていただこう。

ぶらんこがゆれる/風景が一瞬身をひく/あなたがゆれる/ぶらんこは/あなたへ/限りなく近づき/決して/あなたにふれることのない/一点を頂点に/抛物線を描いては/元にもどる/近づこうとすればするほど/あなたから/遠くへ/大きく/ゆれかえすぶらんこ/届かない/ぶらんこに/乗ってしまったのはいつのことだろう

恋愛中の一方向なコミュニケーションのもどかしさをブランコに託して唱っているらしいところが実にユニークではないか。

余談になるが、長谷川雪子さんは、あの中原中也と深いかかわりのあった長谷川泰子さんゆかりの人ではなかろうか。というのは、詩集のあとがきの最後に「今は果せない約束になってしまいましたが、この詩集を中原中也・中原思郎氏の霊前にささげます」と書いてあるからだ。

長谷川さんの詩集はその後見かけないが、今も詩作活動を続けているだろうか。

〔註5〕 私は、涸沢氏が発行していた同人誌「夢幻」17号も、昔「街の草」さんで見つけて持っている。一九八三年夏の発行だから、丁度、阪本氏と長谷川春子さんもノアで机を並べていた頃だ。そのためか、本誌には阪本氏の「夕暮れが」、長谷川さんの「待つ」、涸沢氏の「夢の中で」他、各々印象深い詩が並んでいる。巻頭には、私が『ぼくの古本探検記』（大散歩通信社）で紹介した敬愛する清水正一氏が「フィルムのまわる響《おと》する夕刊」を寄稿している。今から見ると豪華なメンバーだなと思う。同じ社のスタッフが三人も参加して発行した珍しい例である。これも手持ちの「新文学」162号（一九七八年九月、大阪、葦書房）にあった涸沢氏へのインタビュー記事によると、「夢幻」は一九七〇年一月に創刊、四号でいったん分解し、後は氏の個人誌として十一号まで出したと語っているが、その後も続いたようだ。このように涸沢氏は出版業のかたわら、若い頃から様々な同人誌を発行している。また、書友、松岡高氏からの情報によれば、若い頃、自身の詩集『愛欲曼陀羅』（一九七一年）、粟津謙太郎との詩画集『旅のノート』（一九七八年）などを自社から出している由だが、私は残念ながら入手していない。ぜひ読みたいものだ。

涸沢氏は編集者としてつきあいのあった詩人や文学者の著者たちの味わい深い追悼記を沢山書いているので、いずれそれらを本にまとめて下さるのを私は以前から待望しているのだが……。

後日、自宅の雑誌の山を崩していたら、以前、『関西古本探検』に私が書いた黒瀬勝巳についての一文を読んで下さった書友、津田京一郎氏からわざわざ贈って下さった貴重なコピー、小冊子にした「夢幻」14号（一九八一年九月）も出てきた。それにしても、津田氏の恐るべき蒐書には感嘆するばかりだ。そういえば「ノッポとチビ」49号、黒瀬勝巳追悼号、もコピーして贈って下さった。（これについても、紹介したいが、ここはその場所ではなかろう。ここで改めて津田氏に感謝します。）中身をあまり覚えてなかったので、今、改めて見直してみると、鶴見俊輔、天野忠、小笠原信、そして涸沢氏らの痛切な追悼文の他に、何と、長谷川雪子さんの詩、阪本周三氏の一文も載っているではないか。涸沢氏の後記によれば、阪本、長谷川氏はこの号から参加したという。

阪本氏の追悼文によれば、氏は黒瀬氏の最後の四ヵ月、（京都で）昼休みの一時間や帰宅前に親密につきあった仲のようである。小笠原豊樹訳のプレヴェールとオーデン、菅原克己の詩の話をよくしたという。とすれば、氏の京都時代は、黒瀬氏と同じ職場、世界思想社で一時働いていた可能性が高い。同じ社内でなければ、昼休みにもしょっ中つきあうことなど出来ないはずだから。断言はできないが、阪本氏の経歴の不明部分が一つ明らかになって私はうれしかった。阪本氏はそこで、「一種独特のユーモアとシャレでケムに巻きながら」「シリアスさを隠す、というのが黒瀬さんの詩作上の手法であり、生活上の態度でもあった」と記しているが、私にはこれは阪本氏の生き方にも共通しているような気がする。だからこそ、お二人はウマが合い、親友づきあいできたのだろう。エディション・カイエの初出版が黒瀬氏の遺稿詩集だったわけが、この一文で腑におちた。

〔註6〕後日（平成二十七年）、春の神戸、サンボーホールの古本展に出かけ、「街の草」さんのコーナーで尾崎さんの『夢虫』（編集工房ノア、昭和五十六年）を見つけた。オビ文を大野新氏が寄せていて、「尾崎与里子は、『夢虫』一巻において、まさしく「いい女」になった」と書いている。本詩集には恋（性愛）のなまめかしい情念が伝わってくるような詩が多く、同時に湖北に住む女たちの民俗的想像力の賜物とも思わせる作品たちだ。私はこちらの方がずっと魅力的な

詩集だと思った。又『城のある町』（滋賀、草原書房）も、その後街の草さんの店で見つけた。立ち読みだが、滋賀の地域ごとの散文詩のようである。

【追記1】　註があまりにも長くなったので、追記を書いておこう。脱稿後二ヵ月程たった平成二十七年一月末、神戸、サンチカの古本展に出かけた。初日からすでに三日後だったのであまり期待せずに会場内を見て回った。ある店のコーナーでふと一冊だけ目に止ったのが「半どん」128号（平成七年八月）である。〈阪神・淡路大震災のあとさき〉という特集で、震災への随想がいろいろ寄せられている。本書の別稿で紹介した青木重雄氏が「もらい風呂」を書いている。パラパラと中身を見てゆくと、後半の兵庫の各地域別の中の「半どん播磨通信」の一篇に「ペルレス　本庄ひろし」を見出したので、「おお、これは！」、とすぐさま小脇に抱えた。この一冊だけでも見つけられたのは、神戸へわざわざ出かけたかいがあったというものだ。四段組み、一頁程のエッセイである。帰りの阪神電車の中ですぐに読んだのは言うまでもない。

本庄氏は、最近、三浦哲郎の短篇集をおもしろく読んだという感想から書き出している。そして「同人雑誌ペルレスも十年近い歳月が流れようとしている」として今までをふり返り、「第一号発刊当時は、大西隆志、阪本周三、田村周平、本庄ひろしの四人でスタートした雑誌も時を重ね七号まで辿り着いた」と記す。しかし、氏はネオリリシズムを掲げた雑誌としての一応の成果をあげたとしながらも、発表詩が佳品ゆえの何かもどかしいものと感じ、自戒をこめて「粗雑でもいいから鷲づかみにくるもの」を今後探ってゆきたい旨、エッセイを結んでいる。

ところが、その「付記」を大西隆志氏が書いており、本稿入稿後、急な事情で「ペルレス」は廃刊になったと報告している。これによって、どういう事情からかは分らないが、（阪本氏が上京したからだろうか）「ペルレス」は七号（平成七年頃か）までで終ったことが確認できた。短いエッセイながら「ペルレス」について書かれた貴重な資料である。

ちなみに、「ペルレス」廃刊後、同人だった田村周平、尾崎美紀は前述のように高須剛主宰の詩同人誌「湾」に参加している。私はその後「街の草」さんで「湾」を十数冊手に入れた。「湾」は一九九六年創刊だが、少数精鋭の詩とエッセイが大へん充実している。毎号二、三枚添えられている同人の写真家、黒田信次によるモノクロの相生湾や樹木の風景写真も何とも雰囲気のある素晴しいものだ、と言い添えておこう。

【追記2】 なお、入手した「湾」19号（二〇〇一年三月）の田村周平氏のエッセイによれば、前述の本庄氏は一九五二年赤穂市生れで、田村氏とは同郷の同級生。十九歳のとき、第一回ユリイカ新人賞を受賞している。本庄氏が出した詩集『颱風一家』を田村氏がこのエッセイで紹介してエールを送っており、もっとも共感を覚えたという最後の一篇を引用している。私も一読し、とても面白くて感嘆したので、ここで再度、全篇引用させていただこう。

傘

酒場の片隅には
必ずといっていいほど
だれかに忘れ去られた傘がある
天気の良い日にも
小雨に煙った日曜日にも
傘はそこに置かれたままで
月を想ったり
陽炎を想ったり
ときに緑の丘にかかる虹などを
想ったりしているのかしら
出会えたものと
出会えなかったもの
だれよりも一番てのひらの温もりを知っていながら
ほんの些細な行き違いから
手放されて
干からびた小首を空壜の山に寄りかけている
まるで天から垂れた釣り針のように
自らを罠に閉じ込めて
時に大きく傾きながら
見えない糸を引き合っている

傘が、まるで人間みたいに生き生きと語りかけてくるではないか。傑作だと思う。

さらに、どういうわけで入手できたのか、もはや覚えていないが、私は姫路在住の詩人、衣笠潔子さんが出している個人誌「ＣＡＳＣＯ」4号（二〇〇一年三月）を一冊だけ持っている。林哲夫氏によるインパクトある表紙だ。（この雑誌についても不詳。）そこに衣笠さんが「夜の電話——故・阪本周三さんに」という詩を載せているのだ。それによると、十年以上前、彼女は大西氏に誘われて、「ペルレス」に三号から参加した。阪本氏の亡くなった日の夜、大西隆志氏から突然連絡を受け、ショックを受けたこと、阪本氏のことはむろんはっきり覚えていて、「ホタルが冬のキチンを……」の詩が急に思い浮かんだという。

「ＣＡＳＣＯ」には大西氏、田村周平両氏も詩を寄せている。ちなみに、同号には林氏や「街の草」の加納成治氏も興味深いエッセイを書いている。加納氏の一文は、尼崎の下町で古本を売る姿勢や店に本を売りにくる様々なお客との誠実な向きあい方などを綴った味わい深い文章である。加納氏があちこちに書いたエッセイも、まとめてぜひ読みたいものだ。（後日、私は「街の草」さんで偶然、衣笠さんの処女詩集『怪物くん』（紫陽社、一九九〇年）を見つけ、喜んで入手した。「ペルレス」同人の詩集として貴重なものだ。彼女の三十代に書かれた詩集で、初出一覧を見ると、「ペルレス」に発表された詩も四篇入っている。

怪物くん、ランボー、ニーチェになぞらえられた身近な人々や、彼女のお父さんも登場する。ういういしくも親しみ深い詩集だ。詩の中に梅田の「大丸ミュージアム」が二度出てくるのも懐かしい。カバーに、一九五二年姫路市生れとあるが、それ以外の経歴は不明。

【追記３】　最後に読者に大へんうれしい報告をしておこう。前述の【追記１】を書いて二十日程たった平成二十七年二月七日、午後三時頃のことである（私にとって、忘れられない〝古本記念日〟となることだろう）。

久々に難波の近鉄南海線沿いにある古本屋の一軒、山羊ブックスへと足を伸ばした。（以前、今はない大阪球場の地下にあったなんばん古書街の古本屋がその後三軒移ったビルの中にある。）ここの店主の方はいつも一寸声をかけて下さり、古本屋の情報など教えて下さる親切な人だ。ビルの入

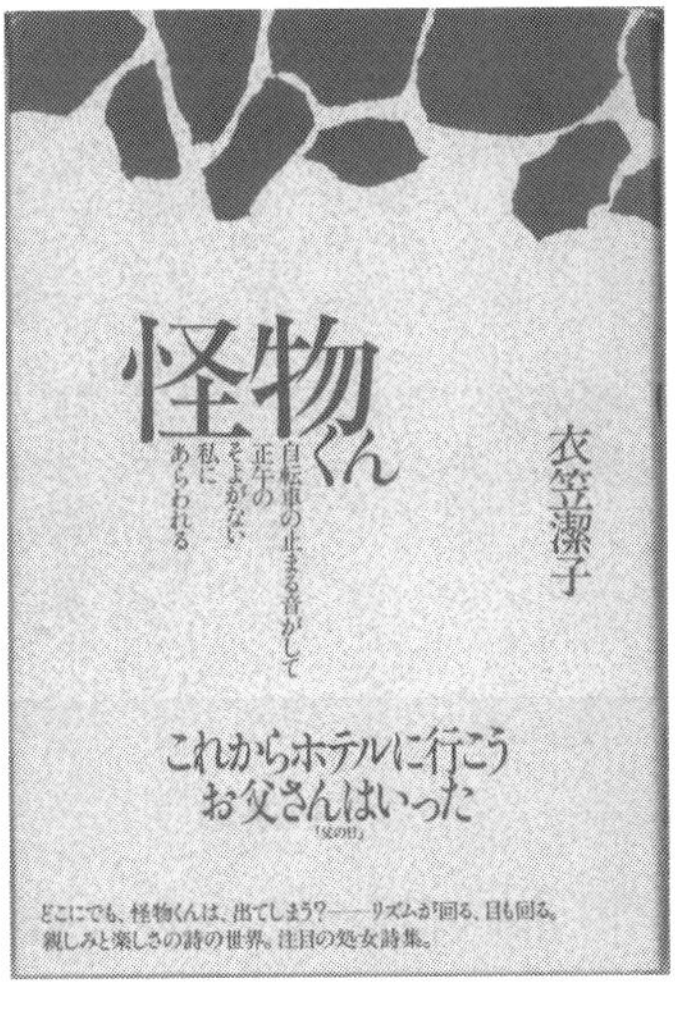

口を入ったフロアのすぐ隅に一脚の百円均一の小さな平台があり、上に背を見せた古本がつまっているが、その下にもヨコに四つに積まれた本の山がある。時々面白いものが見つかるので、例によってゆっくりチェックする。上部の本の中に詩集も二冊程あったので、ひょっとして下にも？と思い、床にしゃがんで、本の山を崩して二、三冊ずつ取り出して見てゆく。……と、その中に三冊、詩集が出てきた。そのうちの一冊を眺めて、私は一瞬、「おお！」とわが目を疑った。何と、そのカバーには『朝の手紙　阪本周三』とあるではないか！　奇跡が起こった瞬間であった。もうとっくにあきらめていた阪本氏の詩集がいきなり、目の前に出現したのだ！（やっぱり古本の神様はいるんだ、としみじみ思った。）私は内心、狂喜しながら、がっしり本を捕えた。同じ台で、瀬尾育生詩集『らん・らん・らん』（弓立社、昭和五十九年）と武野藤介のコント集『人間百話』（文学社、昭和二十一年）もあり、面白そうなので、三冊一緒にしてできるだけ冷静さを装って（これも古本好きの読者ならお分りでしょう）レジに持っていった。収穫本の入った袋と重いカバンを両手に下げながら、「やっぱり探している古本は足で回らんとなぁ」などとつぶやきつつ、駅への道を〝らん・らん・らん〟と歩いてゆく。帰宅するまで、本が紛失しないかと心配したものだ。

それにしても幸運、の一語に尽きる。阪本氏について原稿を書いたのを知った氏が、冥界から私を呼び寄せてくれたのだろうか。

カバーデザインはシンプルなもので、グレーの地に、横

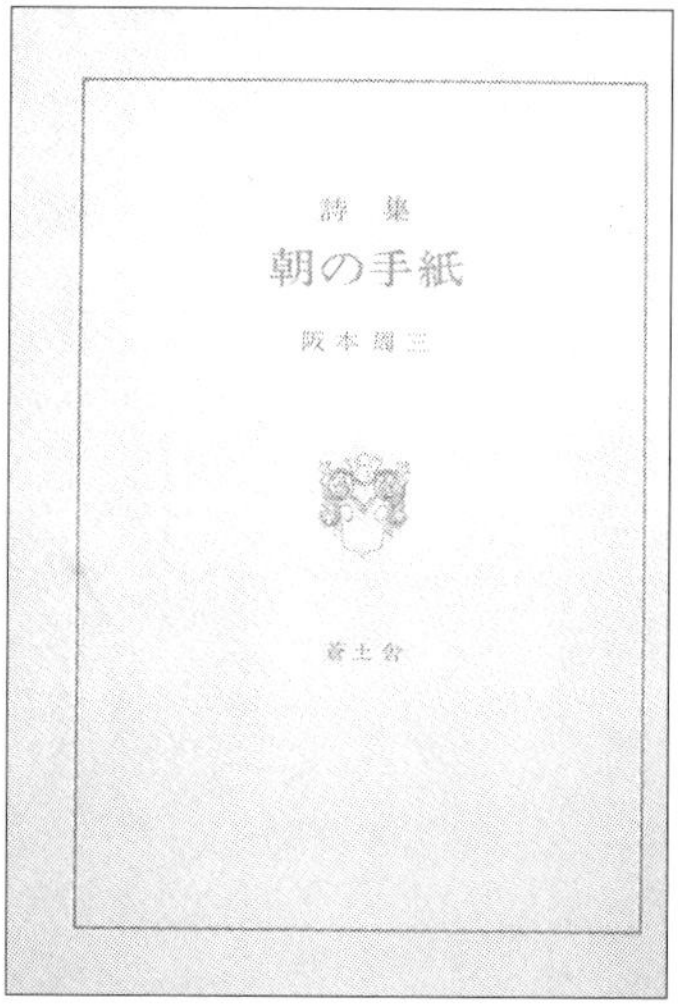

にタイトル、著者名、出版社名（蒼土舎）が並び、回りをブルーの罫《けい》で四角く囲んであり、中央に何かのシンボルマーク（?）が飾ってある。装幀者は菅原克己（!）である。

跋文「『朝の手紙』にそえて」も菅原氏が寄せており、「阪本君にはじめて会ったのは、六年ほど前だったと思う。ある日、彼はぼくの詩集を持って、だしぬけにわが家を訪ねてきたのである」と書き出している。私は前述の川崎彰彦氏との出会いをすぐに思い出した。それから楽しいつきあいが始まり、よく二人でお酒をのんだ。阪本君はアランやリルケ、母校の先生だった森有正氏のことをよく話題にした、という。阪本君はながいあいだ、詩集の出版を夢みていたが、自費で出す余裕もなかった。「今度、蒼土舎の知人から、若い無名の人の詩集を、という話があったとき、ぼくはまっさきに、汗ばんだ阪本君の顔を思い浮べたのである」と菅原氏は書いている。これで、出版のいきさつが分った。それ以上具体的に記していないが、おそらく氏の紹介で幸運にも企画出版できたのであろう。阪本氏はよき詩の先輩に恵まれたと言えるだろう。

さらに作品「朝の手紙」の一節を引用して、「この詩集をひもとく人は、ぼくが語るよりも、これらの詩篇にあふれるやさしい感性というものを、呼吸するように、自然に受けとめてくれるだろう」と語っている。

阪本氏の短いあとがきにも「はじめての詩集がこのような形で出版されるにあたっては、生きかたの態度にかかわることをぼくに教えてくれた菅原克己さんにとてもお世話になりました」と感謝のことばを捧げている。

私も一気にこの詩集を読了したが、菅原氏の的確な紹介通りだと思った。いずれも平易なことばで、日々の生活のかけら（氏のあとがきによる）を唱っている。季節や時の移ろいの中で、自己の心象風景を自然に投影した作品が多い。氏はあまり具体的に書いていないが、仕事や人間関係、思想の問題などで内部にいろんな葛藤や倦怠、憂うつを抱えていた人だったようだ。ナイーブで、繊細な神経の持ち主だったのだろう。詩全体を眺めてふと気づいたのだが、そんな中で自然の中の海や光、例えば朝のすがすがしい光、ふりそそぐ夏の強烈な太陽の光、海の波にきらめく光、樹もれ陽、月の光にふれ、内面のうっくつが徐々にほぐされ、癒されていくことが多かったように思える。

もちろん、家族へのやさしいまなざし――幼い子どもへの深い愛情や疲れている妻へのいたわりなどがよく感じられる詩も含まれている。また、本書は阪本氏の京都時代までにつくられた詩集なので、その後半には「京都西九条倉庫にて」（世界思想社の倉庫かもしれない）や鴨川のゆりかもめに託して自己の心情を吐露した「ゆりかもめ」、そして淡路島を眼前にする海景色が出てくる「夕景」などが収められていて、関西に住む私には見覚えのある情景が唱われている。後者は、阪本氏が須磨に移ったのはその何年か先なので、京都から家族で遊びに行ったのか、それとも奥さまの実家がその辺にあったのか、などと推測してみた。

　本稿では、すでに阪本氏の詩集未収録の詩を三篇紹介しているが、せっかく入手した貴重な詩集なので、ここからも一篇だけ引用させていただきたい。（どこかの出版社から復刊されない限り、読者の眼にふれることはないのだから……）

　前述した娘さんの追悼文とまさに照応するような、印象深い詩だと思う。（他にも父親のあふれるばかりの愛情が語られた「みっつになったきみに」もあり、どちらを引用するか選択に迷ったが）

淡路島の見えるあたり

この道をくだっていったところ
水平線に白い波よせ
太陽はいつでも残る
おまえが大きくなって
この道をくだり
浜に降りようとして　陽が沈んだとき
ふいにとまる風に　おまえは
遠く耳をすまし

いつかきいた人々の声と潮風と
おまえにささやく母のつぶやきを
もういちどきいたような気がするのだった
闇が波の向こうからひたひたとしのびよれば
おまえは
いつか見た漁船の小さなあかりをおもいだすのだった
その向こうに「あわじしま」という緑の島があるのだ
と教えられた
　ことも

おまえがくだる道はどこへ行くのだろう
おまえの見る島は
いつかの島とはちがうかもしれない
その時きいたこと見たこと
すべて忘れて
夜と朝をむかえればよいのだ

ことばと風景は沈んでいる

おまえのからだのなか
それは
いつも　おまえの呼吸によみがえっているのだから
淡路島が海に浮く
朝のたたずまいに白く輝いている

私は本稿を肝心の阪本氏の詩集が手に入らぬまま、長々と書いてきたので、うしろめたさと読者への申し訳なさを感じていた。それが、思いがけず、こうして拙いながらその詩集も紹介することができたのは、大きな喜びである。

【追記4】さて、ここまで長い原稿を読んで下さった有難い読者に、続けてもう一つ、うれしい報告をしておきたい。

私は、阪本氏が編集していた雑誌「ＦＲＯＮＴ」を一冊でも見てみたいと、古本屋を巡る度に気をつけて探したが、一向に見つからず、なかばあきらめていた。二十七年三月のある寒い日、緑地公園駅近くの天牛書店をのぞいた折、ふと思いついて二階のレジの女性店員の方にネットでの検索をお願いしてみた。すると、「ＦＲＯＮＴ」ではないが、東京、千代田区にある財団法人、リバーフロント研究所から季刊で「ＲＩＶＥＲ　ＦＲＯＮＴ」（現在は休刊）が出ていたことを教えて下さった。この雑誌かもしれない、と胸が高鳴り、自宅に帰ると早速、Ｆａｘで研究所に問合せてみた。翌日返信があり、季刊になる前の月刊「ＦＲＯＮＴ」で、やはり阪本氏が「editor in chief」をしていたことが分ったのである。ただ、バックナンバーは現在全くないとのことで、がっかりしたが、念のため電話してみると、返信して下さった女性が、当時阪本編集長のもとで一緒に働いていた山畑泰子さん（フリー編集者、ライターの方で、現在も研究所に籍を置いている。）に連絡をとって下さった。私は喜んで、山畑さんにお電話して事情を説明すると、彼女が今も所蔵しているバックナンバーの中から、阪本氏が執筆もしている号など三冊を選んで、すぐに送って下さっ

た。御親切に感激したのは言うまでもない。

　その三冊とは、一九九二年三月号（特集、バリ島）、一九九三年三月号（特集、ヴェネツィア）、一九九五年一月号（特集、横浜・神戸）である。本誌はA5倍判で表紙は毎号、全面が迫力ある美しい写真で飾られている（ヴェネツィア特集号は奈良林一高の写真）。内容は、「水」や「川」に関する総合的文化情報誌といえるもので、多彩な文章とグラフィカルな誌面で構成されている。執筆者も様々な分野で活躍中の文学者や研究者が多い。例えば、連載コラムを文化人類学の西江雅之氏、詩人の佐々木幹郎氏が各々書いている。中でも興味深いのは連載「川を歩く」で、毎回、一つの川をめぐって、その流域にゆかりのある文学者が味わい深いエッセイを寄せていて、三冊では広瀬川を司修氏、夢前川を池内紀氏、釣川を高橋睦郎氏が書いている。見開き一杯の川の写真が見事で、迫力満点である。いただいた最後の号ですでに76回目とあるので、相当長期にわたる連載である（なお、池内紀氏の単独連載は後に『川の旅』（青土社）として出版されている）。

　阪本氏は特集のバリ島とヴェネツィアに取材に行き、とくにバリ島の歴史と現状を詩人らしい色彩豊かな文章で綴っている。「横浜・神戸」特集では「神戸のモダニズム」と題する囲みコラムを書いており、短いながら、稲垣足穂、中山岩太（再評価著しい芦屋に住んだ写真家）、竹中郁を簡潔に紹介し、その系譜上に詩人の多田智満子さんや生田耕作氏、さらに伝説的編集者、南柯書局の渡辺一孝氏[註7]の仕事を挙げている。本号の「編集後記」にも、阪本氏は「「街の音」に興味がある」と書き出し、神戸で八年間を過ごした氏は「坂道や山を音がのぼったり、海に吸収されたり。港町には、ちょうどいい感じの「雑音」があった」などと記している。やはり、私などには到底持ち合せない、詩人らしい感性の持ち主だったのだな、と思う。この号は氏にはとくに思い入れの強い特集ではなかったろうか。

　山畑さんは、阪本氏のもとで一緒に長年、「FRONT」編集の喜怒哀楽を文字通り経験してきた方で、氏の後任で「FRONT」休刊まで編集長も勤めている。そもそも、この編集部に入ったのは、阪本氏の奥様がいた編集プロダクションに彼女も働いていて、阪本氏を紹介してもらった縁からだと言う。彼女は以前、私も面識がある神戸の詩人季村敏夫氏にも原稿依頼したことがあるそうで、その他二人共知っている文学者の話で一寸盛り上がった。

　電話なので、阪本氏の思い出は詳しく伺えなかったが、彼女は昔、京都にも住んでいたので時々今も訪れると言う。その折にでもお会いできたら、ゆっくりお話を伺いたいものである。

最後につけ加えておくと、山畑さんのお話では阪本氏の息子さんは大学生時代、東大文学部（？）のアメリカ文学者でユニークな翻訳者としても有名な柴田元幸氏のゼミで学んだそうだし、娘さんの方はどこかの出版社で編集者をしているようだという。やはり御両親の才能を受け継いだ仕事をされているのだ、と私はうれしく思った。

〔註7〕渡辺一孝氏については、残念ながら私はまだわずかの情報しか得ていない。

以前、古本で手に入れた「Book REVIEW」（京都、エディション・アルシーフ、一九八一年八月創刊号）に渡辺氏へのインタビュー記事があり、そこで山田一夫や野溝七生子の著作について語っている。これは神戸、南柯書局の頃で、新開地の山手に編集室があったという。また追記を書いた後で、神戸、岡本の古本屋で私が持っていなかった「浪速書林古書目録」第40号（平成十七年十一月）を格安で分けてもらったが、その巻頭に高橋英夫氏とともに渡辺氏も「南柯の夢」という興味深いエッセイを寄せている。そこで今まで氏がやってきた出版の仕事を率直にふり返っている。コーベブックス、南柯書局、雪華社、読売新聞社、研文社などで本造りをしてきたという。コーベブックスには昭和四十七年に入り、昭和四十九年から昭和五十二年までのわずか三年間に六十六冊も出版したというから驚きである。（コーベブックスの本も今後探求してみたいものだ。）ただ最初の頃は編集者として素人でとくに人文書院の小林ひろ子さんから、様々な造本の基本を教えてもらった、と感謝しているのが印象的である。（こういう会社を越えたつながりは、とくに関西では珍しいと思う。）

その他「幻想文学」にも時々エッセイを発表している。渡辺氏のまとまったエッセイ集も私は待望している。

【追記5】　もはや余談となるが、ぜひ書いておきたい。その後、富士正晴記念館の中尾務氏からいつも送って下さるフリー・ペーパー「大和通信」（奈良、海坊主社発行）が百号に達したと知り（山田稔氏も本号に書いている）、お礼のハガキを出し、ついでに本稿を書いたことも伝えたところ、何と、阪本歩さんには、中尾氏編集のユニークな伝説的個人雑誌「ＣＡＢＩＮ」（残念なことに十二号で終刊した）の五号と六号にエッセイを書いてもらったという御返事。私も一度だけ、七号に「ぐろりあ・そさえての編集者たち」を書かせていただいたが、その二冊の方は入手できず、全く気がつかなかった。中尾氏も、本稿で一寸紹介した「虚無思想研究」の歩さんの文章を読んで気に入り、早速原稿依頼したというのだ。（中尾氏の編集者としての眼識の高さに感心する。）私はすぐに中尾氏にそのコピーをお願いしたところ、即座に送って下さった（感謝！）。

ごく簡略に紹介しておくと、第五号（二〇〇三年三月）のエッセイは「おとな計画」で、元々「人と相対して会話することが得意ではない」という彼女が、初めて一人暮らしをするようになり、人と積極的に関わってゆく諸場面にどのように入っていくかをとまどいながら自己分析している。第六号（二〇〇四年三月）のエッセイは「風邪とリンゴ幻想」で、夏風邪を引いて弱気になった彼女がふと思い出したのが、小さいころ母親が食べさせてくれた擂《す》りリンゴのもたらす特別な安心感であった。それがかなわない今は、「自分の手で自分を勇気づける」いろんな方途――例えば、ベッドでゆっくり普段読めない本を読む――を模索するしかないのだ、などと語っている。どちらも自身の内面の微妙な動きが的確に描かれている好エッセイである。この一文中に「私が作っている雑誌の書評欄で」という一節が出てきたので、やはり編集者をしている方なのだと分った。それにしても、今回も意外な人と人のつながりの不思議さをつくづく感じさせられる経験であった。

【追記6】 最後の最後にもう一筆。平成二十八年二月、私は阪本遼との関連にも言及されている神戸の詩人、高橋夏男氏の『西灘村の青春――原理充雄 人と作品』を読みたくて注文しようと、版元の尼崎市にある風来舎の伊原秀夫氏に直接電話をした。風来舎は、林哲夫さんの初期美術評論集や鴨居玲の『踊り候え』、それに〝兵庫県地下文脈大系〟という神戸文芸史上のエッセンスを同人誌ごとにまとめた貴重なシリーズを出している所だ。詩集も出しており、私は最近も古本屋で西井めぐみ『田尾さんの耳』を見つけ、手に入れている。伊原氏も以前、小説を書いており、前述のシリーズの一冊で「七曜」に載った三つの短篇を一寸読んだことがある。たしか、友人の尼崎の古本屋の店番を手伝いながら仕事の校正もしている主人公の日常を、ユーモラスな語り口で描いた私小説的な内容で、私にはとても面白かったのを憶えている。私が注文のついでに、阪本周三氏についてまとめた原稿のことを一寸もらしたところ、思いがけなく伊原氏も昔、阪本氏とつきあいがあり、尊敬していた編集者だったと懐かしい口調で聞かされ、驚いた。神戸時代、阪本氏は京都の同朋舎の仕事も請負っていて、忙しいとき、伊原氏も手伝っていたという。東京のバーにも訪れたことがあるそうだ。電話なのでそれ以上の詳しい話は伺えず残念だったが、編集者同士のつながりの妙をここでも感じたものである。

第13章　戦後神戸の詩誌「航海表」の編集者とその同人たち――竹中郁と藤本義一、海尻巌を中心に

昨年（二〇一五年）の年末に「街の草」さんに伺った際、棚の前に積まれた本の山の上に新入荷だという「輪」（神戸の詩同人誌）の一まとまりが目に付いたので、例によって順々に中をのぞいていった。「輪」は今までにもけっこう入手しているのだが、未入手の号も多い。この雑誌には目次が付いておらず、いちいちパラパラと中身をチェックしないといけないので、ヒマがかかる。私は旧著『古書往来』（みずのわ出版）で、「輪」の数冊をもとに、「中村隆と『輪』の同人たち」を書いており、以来、この雑誌には関心をもち続けている。中村氏は神戸の兵庫区で金物店を営みながら詩作活動を続け、『詩人の商売』や『金物店にて』などのすぐれた詩集を残している。足立巻一氏も高く評価した詩人だ。「輪」は中村氏、伊勢田史郎氏らによって昭和三十年五月に創刊され、平成十八年七月、一〇〇号で終刊となった。ただ、店主、加納さんも中村隆と氏発行の「輪」を高く評価しているせいか、他の同人誌より幾分高い値を付けている。私は他の本も買いたいので、慎重に選んで、今回は20号（一九六六年四月）と23号（一九六七年七月）の二冊だけ求めた。というのは、この二冊には私がかつて大へん気に入って今も愛蔵している二冊の詩集の著者、海尻巌氏の連載「私小説的詩論」が載っていたからだ（海尻氏の詩集についても前述の一文で少し紹介している）。これは少々硬いタイトルだが、氏の自伝的詩史ともいうべき興味深いエッセイである。「輪」での中村隆氏の紹介によれば、海尻氏は一九五七年、「輪」4号から参加し、この連載は15号から八回にわたり続いたという。今後も残りをぜひとも探求したいものだ。（この連載をまとめて本にしては、という期待を「輪」同人の赤松徳治氏（ロシア文学者）や、林喜芳氏もその一文で述べているが、実現できなかったのはまことに残念である。）

まず連載（六）では、海尻氏が今も大切に保存している、妻や息子が「お父ちゃんの恋文」と名づけている紙包みがあり、中には氏が参加していた昭和十二年頃から終戦の二十年頃までの、詩の原稿とザラザラの仙花紙にガリ版で刷られた同人誌の類が入っている、などと書き出している。それらは、太平洋戦争が始まり、思想、言論の自由が奪われた中で、人間らしい生き方をしたいと願う無名の人たちが軍需工場での長時間労働で疲れた体と空腹を励まし合いながら、闇物資を入手して必死に手づくりしたもので、奥付も印刷されていないという。氏にとって、まさに青春の形見なのだ。その内の「星辰」（昭和十六年）と「草苑」（昭和十七〜十八年）を取りあげ、そこに集まった無名の詩友たちとその作品を思い出して感慨深げに語っている。

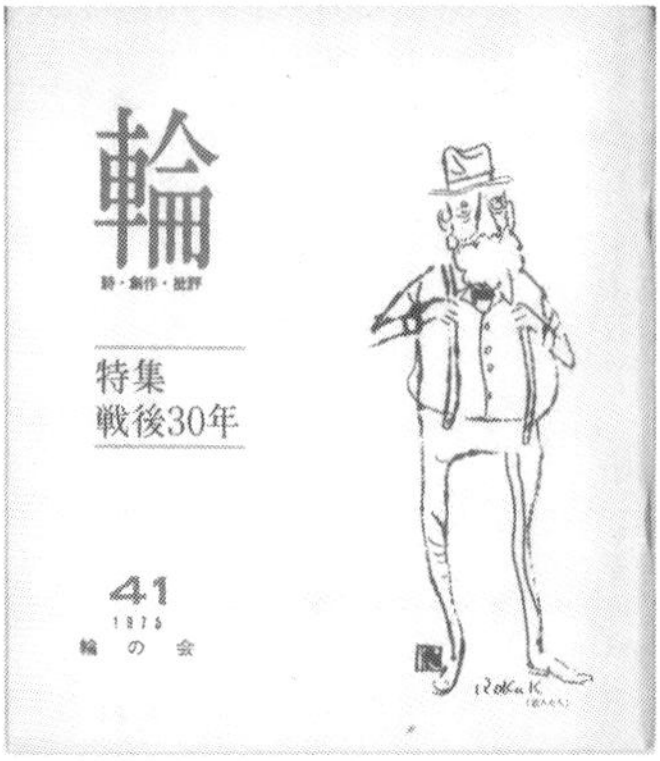

「草苑」は「頁毎に形式、字体、インクの色をかえ、いかにも都会風な新鮮な感じの詩誌」で、メンバーは六十名を超えていた。誌名が示すごとく、そこには戦争の影はひとかけらもなく、かたくななまでに戦争を拒否する姿勢がみなぎっていた、と記す。当時、著名な詩人たちの多くが戦争協力詩を発表していたのとは対照的だと思う。同人たちのその後の大半の消息は兵隊にとられたり、神戸大空襲で亡くなったりして分らないという。

連載（八）では、若き青年、藤本義一によって編集、発行されていた神戸の詩同人誌「航海表」について回想している。ここで念のために断っておくが、この藤本氏は直木賞作家、故藤本義一氏と同姓同名だが、別人である。

今回はこの同人誌と藤本氏を中心に少しだけ紹介してみよう。

海尻氏はまず、藤本氏が「航海表」32号（昭和二十七年四月）に書いた「回想の航海表」から引用する。孫引きになるが、紹介すると、「昭和二十一年の始め、新聞紙上に出た三行の広告《神戸自由詩研究会、須磨区離宮前町七七竹中郁宅〈炭三個持参〉》が今日の航海表を作りあげたのである」。最後の〈炭三個持参〉がまさに戦後すぐの物資不足の世相を物語っている。この竹中氏の呼びかけによって、それ以来毎月一回、月見山の竹中氏の自宅で詩の勉強

会が開かれるようになり、海尻氏も毎月欠かさず参加した一人であった。執筆のために、氏が今は横浜在の藤本氏に会発足までの詳しいいきさつを問合せたときの返事によると、志願した軍隊から帰ってきた藤本氏は当時、「パルモア学院の夜学に通っており、同級生に伊勢田史郎、各務豊和、常深花枝、黒石澄などがおり、この連中とはかつて文芸誌『ゆりかご』を出した。（中略）その『ゆりかご』と、豊崎聡平が出していた『香枦』と、神戸自由詩研究会のメンバーが参加し、この三者によって竹中郁先生の指導を受ける『航海表詩話会』が誕生した」という。伊勢田氏、各務氏は後に「輪」の主要メンバーとなった人だ。とくに伊勢田氏は若き日、『幻影とともに』（装幀・貝原六一）を創元社から出しているので、私にも遠いご縁がある方である。

また豊崎氏については、今回改めて『続・海尻巌詩集』（編集工房ノア、一九九四年）を見直してみると、「友逝く　四章」と「死んだ友への便り」がいずれも、豊崎聡平を追悼した哀切な作品[註1]であることを知った。海尻氏の註によると、豊崎氏は昭和五十五年十二月二十二日、脳腫瘍で五十九歳で亡くなっている。それ以外の豊崎氏の経歴は不明だが、海尻氏の詩によれば、晩年は京都の嵐山にひっそりと住み、短歌も沢山つくっていたという。また、本詩集の跋文でも、伊勢田氏が、パルモア学院で藤本、各務君と初めて出会い、藤本氏が海尻氏を「輪」同人に紹介してくれたと書き出している。各務氏はその後郷土史家、シナリオ・ライターとしてラジオ関西などで活躍していると紹介している。

〔註1〕「香枦」時代の思い出が唱われている「死んだ友への便り――故豊崎聡平へ」から、その前半部分を引用しておこう。

☆

君と始めて会ったのは
この国のいくさのさなか
君は〃詩〃を書き

〝香炉〟を出し
僕らはそれを唯一の城にした
喰べるものは無かった
のむものもとぼしかった

だけど僕らは目をかがやかし
〝詩〟を語り〝詩〟に酔い

恋をするにはおさなく
はかない〝愛〟だけをうたった

あの城はいくさに焼かれ
新しい浪に押し流されてしまったが

僕らの胸の内では
今でもそびえ立っている

まぶしい程の
金色にかがやいて

＊「香炉」阪神若草会の機関誌

海尻氏は続けて、「航海表はこのようにして生れ（筆者注・昭和二十二年八月創刊）、昭和三十一年十一月通巻五十号を最終号として、その幕を閉じるまで実に十一年の長い年月を、ただ一人の手、藤本義一によって、編集し発行されてきたのである」と書いている。（後述の藤本氏の著作にある略歴によれば、正確には五十一号まで出たようだ。）

神戸では戦後、いち早く昭和二十一年四月に「火の鳥」（小林武雄主宰）が創刊され、四号まで出、綾見謙編集の「兵庫詩人」も同年出ているので、それに次いで早い創刊である。〔註2〕

〔註2〕　戦後神戸の詩同人誌の流れについては、君本昌久氏が、自身創刊した「文学塹壕」創刊号（一九七一年八月）の「神戸の雑誌戦後二十五年」の中で詳述している。これは君本氏の単行本には収録されていないようだ。

藤本氏の雑誌編集の孤軍奮闘ぶりも海尻氏が伝えているので、長くなるが労をいとわず写しておこう。

「藤本は『航海表』が発行されると間もなく、生活のほとんどすべてを『航海表』にそそぐようになり、遂にはお母さんを始め、二人の妹さんまで、引きづり込んでしまった。港川公園からほど近い彼の家の、玄関先のせまい部屋はい

つの間にか編集室にかわり、人の誰彼が出入りするようになった。（中略）
それでも『航海表』を毎月出すとなると、さすがに原稿の集りはよくなく、編集〆切日がせまると藤本はいつも夜もいとわず自分の足で原稿を集めてまわった。会費は月額二十円であった。しかしその会費もきちんとは集まらず、足らずめはいつも藤本一人でひっかぶっていたようだ。この負担のためか、私は彼が新しい背広を着ている姿を一度も見かけたことはなかった。」

「そのように彼は私生活さえ『航海表』のために犠牲にしたが、そのことは決してマイナスにはならなかった。彼は『航海表』という土壌の中で、摂取するものは悉《ことごと》く身につけ、そして巣立っていった」と。よほどの詩への愛着や情熱がなければ、いわばボランティア活動ともいえる詩同人誌の刊行は続けられなかったにちがいない。

次に海尻氏は「航海表」の特色であった表紙絵とカットを描いてくれた豪華な神戸の画家たちの顔ぶれを挙げ、毎号私たちを楽しませ、絵画への目も開かせてくれた、と語る。藤本氏に美術へのセンスもあって、その熱心さに負けて活躍する画家たちが協力してくれたのだろう。その内、私の知っている画家だけ挙げても、吉原治良、川西英、枡井一夫、小磯良平、小松益喜、中西勝、田村孝之助氏などがいる。これは、親友の小磯氏を始めとする画家たちとも交友のあった竹中氏の口添えがあったのかもしれない。これらの現物をいつか見てみたいものだ。

藤本氏は同誌の編集者として独特の才能を発揮し、その十一号（昭和二十三年一月）には、安西冬衛、竹中郁、井上靖、杉山平一の詩、足立巻一、小林武雄のエッセイを一挙に載せた。このとき、氏はまだ二十歳を少し越えた頃だったというから、その企画実行力には驚く。

続けてよくつきあった同人の大江昭三[註3]、内田豊清（後に「鋳」を主宰）、和歌山の上井正三、九州の弥富栄恒、当時、兵庫の上郡から毎日、神戸へ通勤していた森弥生[註4]などの作品と思い出を語っている（大江氏の詩集はタイトルを失念したが、神戸の古本屋でかつて見たことがある。戦後、詩誌「手帖」を発行した。内田氏の詩集『動く密室』〈神戸、高田屋書店、昭和五十二年〉は高速神戸駅近くの上崎書店で最近見つけた。後日、「街の草」さんで『影の歩み』〈同、昭和五十三年〉も見かけたが、サイン付で少々高く、入手しなかった）。同人は最盛期七十名を越す集団となり、その中には織田喜久子（後に浜田知章、長谷川龍生らの「山河」同人を経て、個人誌「響」を主宰、第一詩集『遺跡』〈文童社、昭和五十年〉は昔、見つけて入手している。私は一冊だけ古本展で入手した「響」20号をもっているが、天野隆一、清水正一の詩、小野十三郎のエッセイなど載っている充実した号だ〔註5〕、和田英子（後述）、丸本明子（「輪」同人）、港野喜代子、貝原六一（「行動美術」の画家で「輪」創刊時からの同人。「輪」の表紙画や同人たちの詩集の装画を描き続けた）など後に活躍する詩人、画家も含まれている。「航海表」は〝無性格の性格〟ともいうべき雑誌であり、厳密な意味でのエコールを形成しなかったという。

〔註3〕「半どん」159号に載った詩人、伊勢田史郎氏が連載中の回想記によれば、大江氏は戦後、神戸市の社会教育課に勤めていた。余談になるが、氏の長兄が後に『絶唱』や『アゴ伝』などを出した作家、大江賢次氏で、当時神戸で「壁新聞」を経営しており、月三回発行していた。繁華街で掲示板を設けていて、伊勢田氏の小説も載ったことがあるという。ただ、伊勢田氏の記憶はあいまいで、賢次氏は戦後、東京在住の人なので、別の兄かもしれない。

〔註4〕後日、神戸市立中央図書館に出かけた折、郷土資料室の詩書コーナーで、森弥生詩集『跛行のとき』（神戸、日東館出版、一九九九年）を見つけた。唯一の詩集のようで、あとがきによると、還暦過ぎに大病で手術したのを機に三十～五十代の詩をまとめ、「航海表」時代の旧友、各務豊和氏（奥付によると、当時、日東館の発行人）のお世話で出版したという（森さんの住所は埼玉になっている）。和田英子さんもエッセイに書いているように、青春時代の「航海表」同人の友情は生涯続いたもののようだ。

〔註5〕故織田喜久子さんについては和田英子さんのエッセイ集『行きかう詩人たちの系譜』（編集工房ノア）の二篇で、少し先輩である彼女の生涯や人となり、作品について詳しく紹介している。織田さんは一九一五年、京都に生れ、京都府第一高等女学校、東京女子高等師範学校（現・お茶の水女子大）を卒業、戦前は教師をしている。二〇〇一年に亡くなった。織田さんは伊東静雄を敬愛し、「航海表」に伊東静雄論を発表している（詩集『遺跡』にも「伊東静雄を哭す」を収録）。また安西冬衛とも交流があり、度々安西氏の思い出も書いているという。たまたま、私の持っている「関西文学」163号（昭和五十一年五月）安西冬衛特集にもエッセイを寄せており、『韃靼海峡と蝶』の二度開かれた出版記念会の思い出を考証して語っている。

織田さんは昭和二十一年の暮れに、阪急電鉄に入社し、事業部でPR誌「K・O・K」（キョート・オーサカ・コーベの略）の編集をしていた折、安西氏に「リラの夜」という軽快な詩を書いてもらい掲載したという。「K・O・K」（未見）は数年後休刊したが、その折の編集経験が後の「響」発行にもきっと生かされたことだろう。「響」は一九六一年に創刊、二十年間続け、一九八一年終刊した。（『遺跡』のあとがきによると、常連の小野十三郎を始め、井上多喜三郎、坂本遼、深尾須磨子なども寄稿していたようだ。）

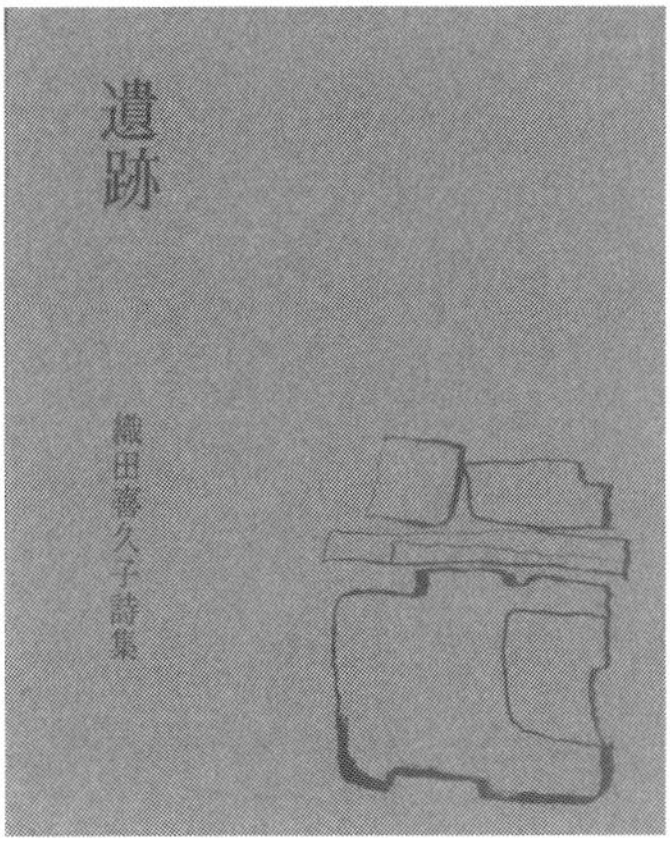

さて、「航海表」を止めてからの藤本氏の仕事や人生の歩みを少しでも知りたいと思った私が、すぐ思いついたのが、以前古本で入手しておいた和田英子さんのエッセイ集『朱の入った付箋』（編集工房ノア、二〇〇五年）であった。

和田さんは一九二六年神戸で生れる。昭和十九年、神戸市立第一高等女学校を卒業し、すぐ就職した。そのエッセイによれば、三菱重工神戸造船所に定年まで勤めながら詩作活動を続け、詩集『点景』（摩耶出版社）で小熊秀雄賞、『釦の在処』『単線の周辺』などを出している。秋山清の「コスモス」にも参加していた。そのかたわら、交流のあった神戸の詩人たちのおもかげや精力的な文献探索に基づいて神戸の詩史を発掘する様々なエッセイを書いている。不勉強な私には多々参考になる仕事である。私はエッセイ

集『単線の終点』（浮游社、一九八九年）を古本で入手しているが、ここには秋山清、足立巻一、杉山平一、林喜芳などとの交流や彼らの本のことも出てくるので、興味深い。この〝単線〟というのは、JR兵庫駅から出ている三菱重工のある和田岬線のことである。和田さんは二〇一二年、八十六歳で亡くなった。「現代詩神戸」の発行実務も四十年余り続け、その二四〇号は、和田さんの追悼特集となっている。

エッセイ集『行きかう詩人たちの系譜』（編集工房ノア）の続篇でもある本書でも、後半に戦争中、神戸詩人事件で受難した「神戸詩人」の詩人たちや「火の鳥」や「MENU」の詩人たちの作品を発掘して紹介している。前半には様々な詩人の追悼的エッセイが収められているが、その一篇に「『8の会』のこと――竹中郁・藤本義一」があった。

和田さんも、藤本氏が「神戸っ子」（三九七号）に書いた別の「航海表」誕生の思い出を語った一文から、月見山の例会では「客間で七、八人が原稿を持ち寄り、先生の批評を受けた。会費は不要で、お茶とお菓子が出た。キミ夫人がおもてなしをしてくださった」と引用している。竹中氏は以後も藤本氏の就職の世話、結婚の仲人をし、子供の名付け親ともなった。

「8の会」は、藤本氏がサントリー宣伝部に入って三年目の一九六二年に、竹中郁氏を世話人代表として企画した神戸文化人のパーティであり、以来二十年にわたり、御影の小原会館で夏の一夜を楽しむ会が続いた。いつも竹中氏の洒脱な司会で進行し、大勢の神戸の画家、小説家、詩人、写真家、学術関係者、それに京都の依田義賢（脚本家）、宝塚の天津乙女、鴨居羊子なども集まった、という。

一九八二年、竹中氏が亡くなり、「8の会」は幕を閉じた。「四年余り前、藤本さんを川崎のホスピス病棟に訪ねると竹中さん遺愛の帽子が壁に並んで掛けられていた。一ヵ月後藤本さんは竹中さんの傍へ旅立った」と和田さんは記している。藤本氏と師、竹中氏との生涯にわたる暖かい交流が窺われるエピソードだ。そういえば、『続・海尻巌詩集』でも、師である竹中氏を追悼する数篇の詩が収められていて、心を打たれた覚えがある。（海尻氏の第一詩集に竹中氏は暖かい序文を寄せている。ちなみに生涯の師友、中村隆氏の跋文も、海尻氏の人柄と詩の本質を余すところなく捉えている。）

昔、「航海表」に属していた和田さんは、各務豊和、森弥生、藤本さんの妹晃子さんらと長年、会の受付を手伝っていたと最後に書いている。

巻末に「付記／詩人と詩誌」があり、本書に登場する詩人たちの略歴が一覧で掲げられており、読者に大へん親切な欄となっている。その中に藤本義一氏の項もあるので、全文引用させていただこう。

「神戸市生まれ。（一九二七—九九）一九四七年竹中郁指導のもとに詩誌『航海表』を創刊。児童詩誌『きりん』の編集部に入り、竹中郁、井上靖のもとで働く。スモカ歯磨宣伝部、さくらクレパス宣伝部を経て一九五九年、サントリー宣伝部制作室に入社。ワイン相談室長を十年間ほど兼ねた。洋酒、ワインに関する著書多数」とある。

「きりん」編集部にいたことは私はうかつにも知らなかった。（「きりん」編集には足立巻一も深くかかわったが、ここでは省略されている。）「きりん」を最初、発行していたのは、大阪、堂島にあった尾崎書房であり、戦後二十五年頃まで、文芸書なども出版している（私の旧著『関西古本探検』参照）。その後、企業の宣伝部に入って、そのもちまえの詩才がコピーライターとしての仕事に存分に生かされたことだろう。サントリーに入ってからは、若き日の開高健とも一緒に仕事をしたのだろうか、怠けていて、その辺は未確認である。著作を千里図書館で調べてみると、『洋酒伝来』『洋酒物語』『ワインと洋酒のこぼれ話』など数冊があった。実はこのうち、『洋酒伝来』は一九七五年、私のいた創元社から出ている。分厚い本だった記憶がある。私と同期入社の谷川豊氏が担当した本だ。洋酒にさほど興味のない私は、ちゃんとその本を見ていないので、今となっては残念である。これから古本屋で探求してみよう。（その後、見つけた『洋酒夜話』東京書房社版は函入りの限定本で、りっぱな本だった。）

さて、最後にもう一つ、とっておきの報告をしておこう。実は私、昔、たしか神戸の古本展で見つけた「航海表」31号（昭和二十七年三月）を一冊だけ大切に保存している。裏表紙がちぎれかけ、表紙の端も破れがある汚れた代物だが、B5判の表紙の意匠が雰囲気のあるもので気に入っている。表紙の装画は目次によると、神吉《かんき》定氏描くものだが、この画家については残念ながら不明である。[註6]実は、全32頁の頁の間に本号を旧蔵していた会員へのガリ版刷りの案内状が挟まれており、「航海表詩話会3月例会　16日午后1時　コスモポリタン　会費110円コーヒ・ケーキ（コーヒだけでは借りれなくなりました）」などとある。当日は小林武雄氏を迎えて航海表の詩人たちのお話をお願いする旨、予告している。また二ツ折の裏面には原稿〆切日の他、「同人は会費を滞納しないこと、例会へはたまには顔を見せること、なるべく毎月作品を出すこと」（傍点は筆者）などと付記されている。傍点部分に細かい神経をつかった苦心が読みとれる。これを見ると、当時の藤本氏の毎号の編集・発行の苦労が生ま生ましく伝わってくるようだ。

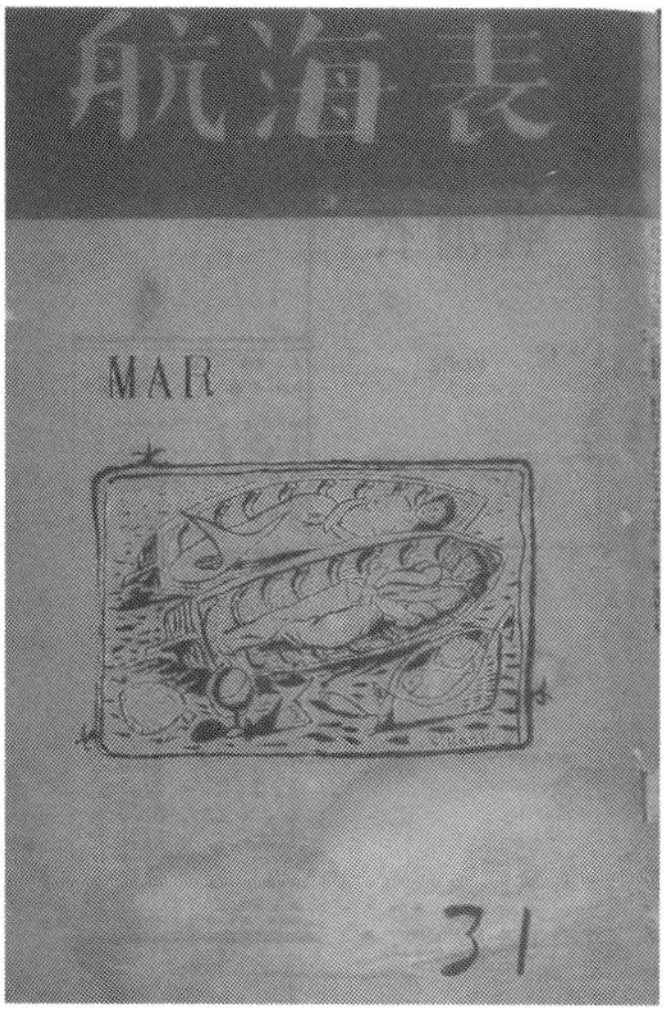

中身は二段組みで、かっちりと読みやすいガリ版で刷られている。八戸弘〔註7〕、各務豊和、森弥生、大江昭三、上井正三らの詩作品の他、大江氏の論争的書簡「怒りについて」、小林武雄「『航海表』詩作品月評」――これは「『航海表』の掲載作品をみていると、恋の歌には恋しいという言葉だけがあって恋の中味のない恋の歌に出合う」という文章で始まる、相当手きびしい作品評である。後には杉山平一氏も指導されたようだ。巻末に編集者、藤本氏が「兵庫県の詩壇地図」をまとめており、三段組み、三頁にわたって、当時の詩グループとその同人誌三十四、五項目をあげ詳細に紹介、展望している。調査の行き届いた貴重な資料である。これを読んだだけでも、並々ならぬ力量をもった編集者だったことが分る。戦後七年目だが、神戸の詩人グループがいかに盛んに活動していたかがここにも窺われる。

そこからほんのわずかだが、紹介しておこう。

◎戦前「牙《きば》」「以後」を出していた岬絃三、亜騎保、足立巻一、米田透はこれを復刊し、清新なスタイルと内容で「カタルシス」と改題した。しかし復刊と同時に岬絃三が急死し、間もなくその発刊を停めたが、その後「天秤《びん》」と改題して既に三号を出した。

◎創作がその殆んどであるが数名は詩を併せ書き、詩だけしか書けない詩人をおびやかしている種族に「ＶＩＫＩＮＧ」がある（筆者注・「ＶＩＫＩＮＧ」の創刊も「航海表」と同じく昭和二十二年である）。先ほどから活版となり、確実な月刊を守って現在三十七号を重ねた。岸本通夫、富士正夫、鵜高博、小川正巳などと共に詩を発表していた今井茂雄は嘗て「航海表」のベスト5として活躍していたが、最近退めた様子である。彼に代って久坂葉子が再乗船。竹中郁から「地底の鉱石」と最も期待をもたれている彼女である。詩人としても伸びてほしい人。三十人の同人が帆船をあやつって酒の海を乗り切るさまは壮麗である。（A5判活版四〇頁月刊）

的確で巧妙な紹介ではないか（とくに「VIKING」の項）。竹中氏の久坂評は初耳のような気がする。竹中氏からの直接の会話から採《と》ったのだろうか。

さて、私は「バイキング」の項を引用しながら、あっと、気がついたことがあった。この中に出てくる今井茂雄氏はたしか見たことがある名前だと……。そうだ、思い出した！　もはや記憶はあいまいだが、大阪のある古本展の均一本コーナーで数年前にふと見つけた小詩集の著者であることを。それは『夜の誕生』（一九五一年、非売品）という詩集で、タイトルやいかにも手づくりらしい、38頁、横長の造本——背は黄色いひもで綴《と》じられている——、雰囲気のある装幀（千田肇）も気に入り、全く知らない詩人だったが、気まぐれに買っておいたのだ。私は急いで、あちこち乱雑に積んだ古本の山を必死で探したら、幸いにもその詩集が姿を現した。（この原稿に書かれるために、長いこと待っていてくれたのだろう。）

奥付には「著者　今井茂雄　大阪市西成区岸松通一丁目二七番地　発行　五一・三・三〇」とある。トビラには自筆のペン文字で、ある女性にあてた英文の献辞が書かれている。私は早速、この詩集を改めてざっと通読した。それにしても、古本とのこのような原稿に関係する偶然の出会いには本当に驚かされる。

本書はそう簡単には紹介できない内容だが、一九四七年から一九五〇年につくられた作品で、前半では海に通じる汚い都会の運河を自分が舟になって流れてゆく、といった

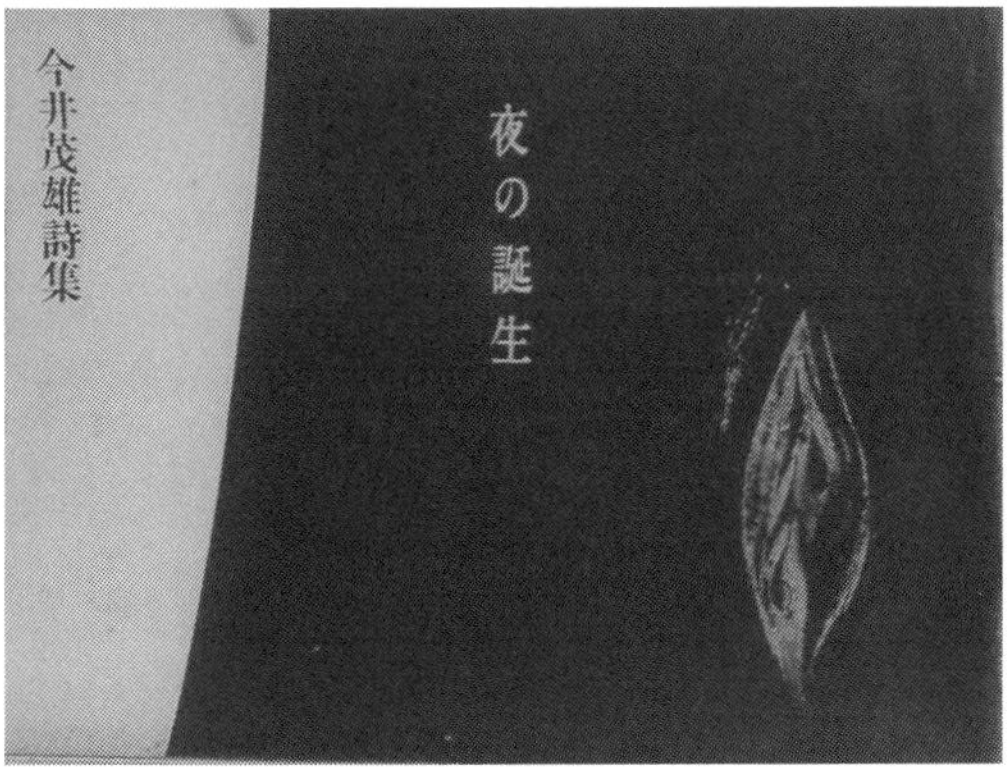

類いの重い心象風景が唱《うた》われている。「河口」には「井上靖へ」、「旅愁」には「伊東静雄へ」という副題がついている。交流があったのだろうか。だが、後半では、婦人や恋人、少女を見つめる詩が出現し、ついには「勝間教会」や「顫えるマリア」といった作品へと至る。確かに全体に暗く、少々難解なところもあるが、格調高い言葉で唱われており、そこに死から再生へと至る何か宗教的心情（具体的にはキリスト教だろう）が汲みとれる深味のある詩集だ。〈夜の誕生〉とは、即ち〈新しい私の誕生〉と同義のようである。絵画でいうと、丁度鴨居玲の暗い画面からズシリと受けるような印象に似ている。

せっかくの機会なので、ここでは最後の詩「梨」を全文引用させていただこう。

梨

　　ライナ・マリア・リルケに

びょうぼうはてしない空間のなかに
そっとさしあげられた腕のうえで
いっぱいにひらかれたちいさなてのひら

そんな盆のうえに
肩をよせあって
今もなお
それらがかつて懸っていた枝々　それを透けてみられた
あの耀しい蒼穹のほうえ
固くひきしまったからだをのばし
うちは讃歌にみちあふれた
これらの梨

あたりのすみとおってつめたい
けれどやわらかな朝の空気にとけこんで
ほのぼのとしている　その輪郭

どうかすると
はじめて知ったかなしみに耐えている
少女の頰が
こんなときがある
きっとそれは
あやうい際涯で支えられているからなのだ

憧れは
なぜかく私をやみくもに焦《や》くのか！

耐えねばならぬ

そして
希いは　疑いもなく成熟する
成熟の果てに　落ちて　死ぬ
みずみずしい朝に

今井氏はその後、どのような生涯を送ったのだろうか。詩集は他にも出ているのだろうか。これから探求したいものである（とはいえ、手がかりは今のところ何もないのだが）。少し寄り道をしたが、前述の「航海表」31号に、藤本義一氏も「ある詩集」という小作品を寄せている。これも気に入ったので、紹介させていただいて、この一文を終ろう。

私の本棚に
贈られた署名入りの本は多い
あるものは友に読みきかせ
あるものは貸しあたえた

いま
この小詩集
ペン書き
千代紙の表紙――
私はポケットに新しい本棚をもうけよう

小さな写真立てをそえて

最後のフレーズが、粋で気が利いているではないか。私がかつて紹介した黒瀬勝巳の詩、「文庫本としてのおふくろ」をも連想させられる。

藤本氏は洋酒関係の本以外に詩集も残しているのだろうか。もしあれば、ぜひ入手して読みたいものである。

〔註6〕　唯一の一寸した情報としては後にトンカ書店で入手した「輪」98号（貝原六一追悼号）で、同人の丸本明子さんが、貝原画伯も属していた戦後神戸で結成された「バベルの会」の会員中に、神吉氏の名前もあげられていたことだ。著名な画家、中西勝、西村功も会に入っていた。

〔註7〕　八戸弘氏は大正十三年生れで、昭和五十七年、五十八歳で没。「詩片」を創刊、三号まで出した。遺稿詩集に『夜』があり、私は神戸古書倶楽部で見つけた。

【追記1】　私はその後、「街の草」さんで、再び海尻氏の連載（七）が載った「輪」22号（一九六七年二月刊）を多くの「輪」の中から時間をかけてやっと見つけ出した。ここにも、川崎造船の仕上工をしている吉川孝由によって昭和十八年一月から一ヵ年、発行されていた詩同人誌「新雪」の思い出と、「香枦」のことが回想されていたのだ。この一文によると、「香枦」は豊崎氏が住んでいた西宮近くの香枦園にちなんで名付けられた。当時、竹中工務店に勤めていた豊崎氏一人が編集発行し、昭和十八年六月に創刊され、昭和二十一年初めまで発行された。同人にはその頃宝文館から発行されていた「若草」の投稿詩壇の常連が多く（選者は堀口大学）、作風も「都会的な、あかるさと、あかぬけした感覚派のより集りで」あった。同人の中に、京都の伝説的詩人、北山冬一郎、柳原一郎、後に俳優になった楠義孝〔註8〕などがいた。海尻氏は五号から参加している。

〔註8〕後日、私は明石市にある兵庫県立図書館に依頼し、「輪」29号の海尻巌追悼特集の部分をコピーして送ってもらった。（ここは「輪」の全バックナンバーを所蔵している。）この特集には「輪」同人はもちろん、「航海表」時代の和田英子、森弥生、「香枦」時代の同人、桜井政雄、柳原一郎各氏も追悼文を寄せており、各々海尻氏への痛切な哀惜の念を吐露していて、胸を打たれる。その中に楠義孝氏の一文「海尻さんはもういない」もあった。

楠氏は、昭和十八年に大阪での「若草」の例会で海尻氏に初めて出会った。氏が復員して昭和二十一年にＮＨＫの大阪放送劇団に入ってからも、交友が続き、君の放送を聞いたよ、とよくハガキをもらったり、仕事で落ち込んだ時やいろんな悩みを抱えた時、「電話をして神戸へ飛んでゆき、話を聞いて貰った。静かでゆっくりした口調で、温かくきびしく答えてくれた。」そして「海尻さんと会って話していて、僕はよく泣いた。肉親以上の情を感じ、嬉しさに泣くのだった」と率直に書いている。詩友たちからこんなにも真底慕われた詩人を、私はほかに知らない。

私は楠義孝氏のプロフィールを図書館でいろいろ調べても分らないので、ふと思いついて別稿でふれた「別冊関学文藝」の中心的同人で元、ＮＨＫのラジオ、テレビドラマのプロデューサー、和田浩明氏にお手紙で問合せてみた。すると、すぐお返事を下さり、楠氏をよく知っており、和田氏が演出した昭和三十年代のラジオの子供向け連続ドラマに数多く出演していただいた。今でも年賀状だけは交換しているという。これも不思議なご縁であった。ただ、テレビドラマ、映画などの出演歴については不明のままである。また、テレビドラマ「部長刑事」や清張ドラマなどに出演して活躍した楠正明氏は義孝氏の実弟であると教わった。私は初め、姓が同じなので、こちらの方の楠氏をイメージしていて、あやうくお二人を混同して記すところであった。和田氏に感謝したい。

昭和十九年九月発行の「香枦」はわずか六頁しかないが、

そこに豊崎氏の詩一篇が載っているという。貴重なので、再引用させていただこう。海尻氏は「豊崎は都会的な明るさと、天性の詩人らしく神経がみなぎっていて、戦争の暗いかげはおもてに出さず、いかにも堀口大学好みの、若草派的詩人であった」と書いている。

珈琲店〝ゆり〟　A・F・URYÛ

かつて。――
このあたり〝ゆり〟てう珈琲店ありき。

わが若き日の夢の墓地
よろこびの
かなしびの
若き詩《うた》どもの墓地なりき。

大御戦たけなわにして
家屋疎開せりとか
こゝ
夏草のしげるあたり

かつて
〝ゆり〟てふ珈琲店ありき。

また「輪」17号（一九六四年）の同人名簿によると、豊崎氏は初期に一時、「輪」同人だったことが分った。海尻氏に誘われて参加したのかもしれない。住所は宝塚市になっていた。しかし、おそらく詩観の違いで、（「輪」はどちらかというと、社会的リアリズム派の詩人が多い。）しばらくして脱会したのではなかろうか。

なお、海尻氏については、伊勢田史郎氏や内田豊清氏などが一様に、数々の人生の苦難を乗り越えてきた人だけに、感情があたたかく、人に優しく、包容力豊かな人だったと、その人柄を伝えている。これは私共が詩を読んでも、すぐに感じとれることだ。

【追記2】　私はまたもや文献上の幸運に恵まれた（古本の神さまに感謝!）。本稿を書き上げて一ヵ月ほどたって、他の本を探すために自宅の古雑誌の山を崩していたら、中から神戸の文化雑誌（発行人・小林武雄）「半どん」88、89合併号（昭和五十七年七月）がひょっこり出てきた。30周年記念号で、たしかロードス書房さんで以前手に入れたものである。一度は目を通したらしく、三、四カ所に付箋も貼っているのだが、今まで全く忘れていた。その一つに、「半どん」会員追悼の頁があり、十河巌氏、〔註9〕冬木喬氏ら四人と共に竹中郁氏への追悼文があった。二人が書いており、その一人は神戸の詩人で「天秤」同人、静文夫氏（この方も『彩眠帖』『季節』『天の罠』などすばらしいモダニズムの詩集を残している）で、もう一人が藤本義一氏なのである。「お別れです　先生」と題して三段組み、二頁近く書いている。全文引用したいくらいだが、そうもいかないので、私なりに要約して紹介しておこう（「　」内は引用）。

まず、先生との出会いは、前述の、竹中氏が呼びかけた新聞の三行記事を見て、詩の勉強会の初回、冬の日曜の午後、おずおずとお宅へ伺ったことから始まった。以来、「先生とのご縁は私の戦後史のなかでしばしば太い繋りをもち、とだえることがなかった」と。

藤本氏はサントリー宣伝部へ入るまで、七回も職場を変えた、と述懐する。前述の略歴でも紹介したが、氏の洋酒関係の本の略歴によれば、尾崎書房の次に太陽社編集部にも勤めていたという。この太陽社は、吉行淳之介が昭和二十二年から六年間、編集者として働いていた「モダン日本」の発行元、新太陽社のことだろうか。いや、戦後、大阪にも太陽社があり、大衆文学など出していたので、別会社かもしれない。「はじめは楠町六丁目交叉点そばでバラック建ての古本屋、十九歳の店主である」とあるので、おそらく戦後、竹中氏と知り合った前後であろう。そういえば、私が「輪」の発行人、中村隆氏の仕事を中心に紹介した『古書往来』の一文中にも書いたように、戦後すぐの神戸では詩人や歌人の数人が古本屋を一時開業していたことを興味深く思い出す（例えば、中村氏が「クラルテ書房」を、小林武雄氏が「火の鳥書房」を、山本博繁氏が「文有書林」を、詩村映二氏も港川で小さな店、「山彦書房」を開いていた）。藤本氏も初めは自分の蒐めた蔵書だけで棚は埋めたものの、入った古書組合での落札は玄人にまじってむつかしく、商売はうまくいかない。そんな苦況を見かねたのか、あるとき先生は「藤本くん、京都の古本屋を回って、値打ちのあるのを抜き買いしてこよう」と言われ、二人で出かけ、先生のおっしゃる本を相当買った。京都は空襲がなかったから、神戸、大阪に比べ、まだ古本屋の棚が充実していたのだろう。二人共ズッシリと重い本を両手にぶら下げ、京都駅前の喫茶店でひと休みしたとき、先生はこう言われた。「きみとはこれからずっと付き合っていくのだから、今日、いままで使ったおカネを計算しなさい、割り勘にしよう」と。氏は「こんなありがたい先生って、あるものだろうか」と書いている。それにしても、京都のあちこちの古本屋をセドリして回るお二人の姿が目に浮ぶようだ。

月例会でも、先生にお礼をお渡ししたことはなく、当日の会費（喫茶代）も必ず支払われたという。藤本氏が横浜へ移ってからも、神戸へ帰省するとき、先生の好きな横浜のケーキをお宅に持参すると、とても喜ばれ、氏が自宅へ帰りつくかつかぬうちに、デッサンを添えたお礼のハガキが届いていた。

また「先生からの封筒は、いつもよそから来た封筒の裏返しだった」とも。多忙な先生なのに、と感銘したと記す。

先生が亡くなる二年ほど前か、お宅に伺ったとき、「藤本くん、このごろ頭がちいそなってなあ。この帽子ぼくに合わんようになってきたさかい、きみにあげるワ」と言われて、先生愛用の抹茶色・コーデュロイ製の中折れハットを下さった。〔註10〕以来、ほとんどそればかりかぶり続けている。前述した、和田英子さんが、藤本氏の最後に入院中の病室に見舞った際、壁に掛けてあったあの帽子である。葬儀のあとで、海尻巌さんにその話をしたら、海尻氏も「ぼくはそのころ、モンブランの万年筆をいただいたよ」と言った。推測だが、竹中氏はその頃体調不良から、近づきつつある死期を意識して、とくに親しい愛弟子に形見の品として贈ったのではなかろうか。

藤本氏は次の文で追悼記をしめくくっている。「これをかぶっている限り、先生はいつも私の頭にいてくださる。私も誰かに自分の帽子か何かを贈る日まで、先生に恥じない生き方をしたい。そして棺には先生の帽子を入れてもらう」と。これを引き写しながら、私は思わず落涙した。

〔註9〕　私は十河巌氏についても『古書往来』の一文で、氏が大阪朝日会館館長時代に出会った沢山の内外の芸術家の横顔やつきあいを各々のデッサンとともに語ったエッセイ集『あの花　この花』を中心に紹介している。

〔註10〕　二〇一六年七月の、三宮サンチカでの古本展で、竹中郁『私のびっくり箱』（神戸新聞出版センター、昭和六十年）が安く出ていたので、私は随分遅ればせながら入手した。以前から気になっていた随筆集である。竹中氏の没後、三年目に足立巻一氏が苦労して編集し、出版したものである。竹中氏が育った神戸の昔の記憶を懐かしく綴った洒脱な散文が多い。（カットも竹中氏の一筆描き。）その中に「帽子いろいろ」もある。これによると、氏は幼少期以来、沢山の帽子をかぶりつぶしてきて、大人になっても、様々な種類の外国製の帽子を愛用しており、大の帽子好きだったことがわかる。（ボルサリーノなど、銘柄を七つも挙げている。）とくにウィーン製のハビッヒはことのほかお気に入りで、見つけると大枚はたいても手に入れたという。又、竹中氏らしく、帽子をよく描いた画家、レンブラントやマチスの絵についても言及している。

本書には「堀辰雄の記念地」もある。昭和七年十二月二十三日から、来神した堀辰雄が竹中郁と同行したときの思い出が堀辰雄の小説「旅の絵」に詳しく描かれているが、その折竹中氏が案内して三晩ほど堀氏が泊ったのが、現在の生田神社裏にあるレストラン「ふじい」――現在もあるのかは未確認――のあたりにあった「エソヤンホテル」であったと指摘している。「木造二階建、日本瓦葺き、鎧戸両びらきの窓が表側二階に四つくらい刻んだ小柄なホテル」といい、その記憶画スケッチも添えている。神戸文学史の証言として重要であろう。

【追記3】　後日、私は「街の草」さんで、「輪」54号（一九八二年六月）――竹中郁追悼含む――を入手した。といっても、全部がその特集でなく、藤本義一氏と海尻巌氏のお二人が追悼文を各々寄せているものである。藤本氏の一文は前述の主旨と殆んど変らない文章で、少し「きりん」にふれている所が新しい位であった。どうやら二、三の雑誌から同時に追悼文を依頼され、やむなく少しずつ文章を変えて提供したものらしい。

海尻氏の一文は「竹中先生と私」と題し、お二人の交流の歩みが切々とした文章で綴られていて胸を打たれる。氏は昭和十五年に旧満州国に現地入隊したが、病気で現役免除となり、兵庫県三田療養所に入所、その折に詩作に目覚め、先生の詩にとりつかれたのが始まりであった。昭和十八年に療養所を退所し、思いきって詩篇を持って初めて先生の御自宅に伺った。そのとき「先生は三十代であったが、すでに銀髪であった。先生は初対面の若者に一人の人間として接して下さり」、「友達にでも話しかけるように気さくにお話しくださった」と述べている。「私はそのお言葉の一語一語が電流のように私の脳髄を通りぬけ、胸に痛いほどひびいたことを、今でもありありと覚えている」とも書いている。

竹中氏が戦災で一切合財を失い、大世帯もかかえ苦しい時期、海尻氏が米をもって伺うと、「受取ろうとはせず、その米でせとものを探しにゆこうとおっしゃった」。こうして先生と一緒に出かけ、壷や皿の〝本もの〟を見る目を知らず知らずのうちに教わったという。これは前述の藤本氏が先生と古本の仕入れを共にしたことをすぐ連想させる。又、亡くなる前年の秋、氏がおそらく古本でやっと手に入れた先生の処女詩集『黄蜂《くまんばち》と花粉』（神戸海港詩人倶楽部）に「署名をお願いしたら先生は破れた見返しをご自分でわざわざつくろわれ、お得意の絵を描きサインしてくださった」と。一方、詩の指導では厳しく、氏は五十五歳のとき、やっと先生のお許しが出て処女詩集を出せた。そのとき、「先生は始め表紙を描いてやるよとおっしゃっていたが、思いがけなくも序文を書いてくださった」ので、感激して身の縮む思いだった、とも記す。

藤本氏にしろ海尻氏にしろ、このような人格高潔な師をもてたことはまことに幸せであったろうと羨望の念を禁じえない。

竹中氏が愛用の帽子をかぶって熱心に絵を描いている横顔をとらえた迫力ある一頁大の写真と、海尻氏と竹中氏が家の門前で出会っている写真が添えられている。おそらくお二人が提供されたもので、貴重である。

【追記4】　平成二十八年四月初旬、恒例の三宮、サンボーホールで開かれた古本展の初日に相変らず出遅れてしまい昼から出かけた。まっ先に「街の草」さんのコーナーで神戸関係の同人詩誌が大量に積まれた山々をチェックしてねばり、結局その日は閉館までこの店でしか漁れなかった

竹中　郁

（苦笑）。そのかいあってか、原稿資料となりそうな雑誌を二十数冊見つけることができた。殆どが一冊百円なのが有難い。

中でも「輪」の別冊として出されていた小冊子「輪通信」四冊は初見で、珍しいものだと思う。詩や、同人刊行の詩集への沢山の私信などが載っている。「関西文学」（昭和四十六年十二月号）には私が以前紹介した清水正一の「『崖』論――若き小野十三郎」が載っていた。とくにうれしかったのは、どういうわけか、京都で山前実治《やまさきさねはる》が天野忠や荒木利夫らを同人に発行していた「骨」45号が一冊のみ紛れこんでいたのを見つけたことだ。表紙一杯に独特の「骨」の墨書があり、迫力がある（誰の筆かは不詳）。

さらに、「バイキング」（こちらは千円）もかなり積まれていたが、その中から177号を入手した。というのは今までも感心していろいろ読んでいる国文学研究者、上垣青二氏の未読の小説「守宮（やもり）のいる家」が載っていたからである。これから読むのが楽しみだ。

さて、収穫の報告はこの位にして、ここからが本題である。これも一冊だけ見つけた「年刊手帖」31号（神戸詩話会、一九六九年三月）も初めて見た同人雑誌である。表紙の上部にある目次内容の表示によれば、「松平隆哉追悼特集」となっており、その執筆者中に本稿と関係のある大江

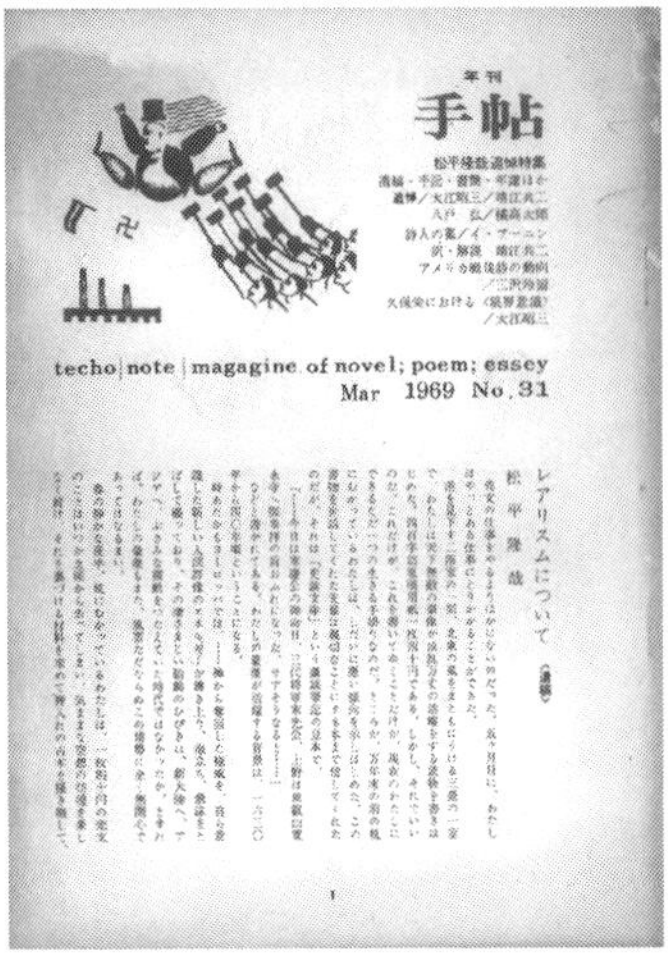

昭三氏と八戸弘氏の名もあった。急いで中身を点検してみると、この同人誌は大江氏と靖江共二氏が中心になって編集していたらしい。最後の方の頁をのぞくと、大江氏の「最後の手紙のことなど」という四段二頁程の余録的エッセイがあり、その文中に「航海表」の文字も出てきたのだ。これは資料として役立つではないか！　と喜んで収穫の一冊に加えた。帰りの車中でまっ先に読んだのはいうまでもない。ごく簡単に紹介しておこう。

大江氏は四十九歳で病気で亡くなった文学・思想上の仲間であった松平隆哉氏（この人の追悼特集の本文も興味深いが、今は本題から逸れるので省略する）から最後にもらった手紙と一緒に送ってもらった海尻巌氏の前述の連載エッセイの「航海表」の思い出を語った一篇を読み、「航海表」同人時代、親密につきあい、終刊後久しく交流が途絶えていた海尻氏のおもかげを懐かしく思い出している。大江氏はこの時点では「輪」グループの存在を知らなかったという。氏はこう書いている。

「（前略）私には、丹波弁を体であらわしているといったはったりのない海尻君の人柄は、千家元麿と百田宗治の詩的エートスを源にあわせ抱いていると思われる衒いのない観照的な同君の詩とともに、忘れ難い一人である」と。海尻氏の人と詩風のイメージを浮彫りにする文章だ。

さらに海尻氏の書いていた「航海表」は「エコールでなかった」という一節を紹介して、氏も「航海表」の一面を任されていた一人として共感した上で、「航海表」は誰にでも門戸を開いたが、その普遍的な主題は「コトバにおける「戦後」のオリジンを追求する」ことにあった、と述べている。そして、「航海表の解体を促した事情はいろいろ考えられると思うが、内部的なエコール分岐がその一つの働きを果したのではなかったか」という見方を提示している。さらに、「同人が接することの最も多かった竹中郁氏も、航海表とのつながりを「指導」というふうにみられることをきびしく避け、初期には口にも出してそれを戒めていたと思う」とも。この点で少々、藤本氏と対立することもあったようである。

氏は「航海表」の神戸詩史における位置づけに独自な考えをもっているようである。

なお、本誌の大江氏の別稿、松平氏との出会いをふり返った「持続の人」によれば、一九五〇年当時、氏は神戸市教育局の社会教育課に勤めており、全国的にも初めてのユネスコ係の仕事を担当していた。傍ら、その年の三月から開かれた「神戸博」の文化館専任としても働いていた。私など、まだ四歳の頃である。ユネスコのパンフレットに小熊秀雄の詩「耳鳴りの歌」を引用して載せたという。役所が作ったパンフレットとしてはユニークなものだったらしい。これを読んで感心されたことがきっかけで松平氏とのつきあいが始まったという。

また八戸弘氏も、病気の松平氏を最後まで支えた友人として「訣れのために……」という痛切な追悼文を一頁寄せている。

以上、「航海表」同人の余話として紹介した。

【追記5】　平成二十八年四月下旬、日曜の午後、私は例によって尼崎の「街の草」さんに立ち寄った。加納さんにあいさつするやいなや、彼は「いいところに来はった」と言って、雑誌「棚」の束を二つほど示された。「棚」は志賀英夫氏が主宰している大阪府豊能郡能勢町にある詩画工房から長年、発行している詩誌である。これに、林喜芳氏や山南律子さんなども詩やエッセイを寄稿している。「棚」は、詩作品の他に、関西の詩史に関する資料的に重要なエッセイの連載もいろいろ載せている。志賀氏も「戦前の詩誌・半世紀の年譜」を図版入りで連載、後に本にまとめている。（詩集も数多く出している。おそらく自費出版であろう。）これを所蔵していた西宮の詩人、今村欣史氏〔註11〕から提供されたものを、街の草さんが特別に無料で分けてくれる、と言う。比較的初期の号が多いとのこと。私は御親切に感謝したものの、「棚」は紙質がよく一冊が厚いので、近年重い荷物をもつとすぐ肩がひどく凝る私は、その中から慎重に選んで六冊だけ頂だいし、他の収穫本とともに持ち帰った。

〔註11〕　詩集に『コーヒーカップの耳』がある。ここ数年、氏は「月刊神戸っ子」に、出石アカル名で神戸文学史の生き字引、宮崎修二朗翁からの聞き書をもとに、神戸ゆかりの様々な文学者のエピソードや裏話を綴った興味深いエッセイを連載しており、いずれ一冊の本にまとまるのを私は期待している。

その53号（一九九一年五月）を見ると、エッセイの部に

「井上靖さんを偲ぶ」という小特集があり、伊勢田史郎、志賀英夫、そして藤本義一も「大阪をお忘れでなかった」と題し、エッセイを寄せているではないか！　これは、藤本氏が井上靖氏の想い出を語りつつ、「航海表」以後の氏の仕事の遍歴をふり返った貴重な自伝的文章なのである。私としては、本稿を補う意味で、要約して紹介せざるをえない。（読者には最後の忍耐をお願いします。）

まず藤本氏は「「きりん」の尾崎書房で」という見出しを付け、「井上さんにはじめてお眼にかかったのはハタチのとき、それから一年間はしばしば同じ部屋で同席させていただいた筈なのだが、いま思い出せるような強烈な印象はほとんど残っていない」と書き出している。

周知のように、児童詩誌「きりん」は戦後、大阪市北区梅田町三五にあった尾崎書房から一九四八年二月に創刊されている。当時、毎日新聞学芸部副部長であった井上靖のすすめで、竹中郁を中心に、足立巻一や坂本遼が加わって発行されたが、編集スタッフとしては藤本氏や社長、尾崎橘郎の弟の星芳郎、後に「具体」の画家として活躍する浮田要三がいた。

実は私は、尾崎書房のラフなスケッチを、かつて出した『関西古本探検』（右文書院）で試みたし、『書影でたどる関西の出版100』（創元社）でも、尾崎書房刊行の竹中郁詩集『動物磁気』を中心に一寸紹介しているのだ。しかし藤本氏がそこで一年間働いていたことには触れていない。

氏はこう書いている。「竹中郁詩集『動物磁気』をこの版元で刊行したとき、私は先輩の星芳郎さん、浮田要三さんと一緒に廃品の染色見本カタログの布表紙を剥ぎ、ボール紙を回収して詩集の表紙に活用したりした」と。苦労した本造りの具体的証言である。また氏は社屋の空間についても、「社屋は、といっても倉庫が広く、事務所は数人で動きのとれないような狭いスペースで、毎日定時に勤務するのは若い三人だけ、あとのみなさんは「きりん」編集に応じて、または仲間の溜り場、情報交換の場として利用しておられたに違いない」と述べている。

ここから文芸書の単行本も出していて、私も前述のエッセイで古本で見つけた範囲で紹介したが、とくに林芙美子は三冊の小説を出している（『宿命を問ふ女』『野麦の唄』『舞姫の記』）。そのうちのどの本のときかは不明だが、藤本氏は社長の使いで、西下して「つるや旅館」に泊っていた林さんのもとへ、その当時は貴重なサントリー角瓶一本を届けたことがあるという。翌日、林さんは織田作之助未亡人の昭子さんを伴って尾崎書房を訪れたそうだ。尾崎書房では一時、競馬が猛烈に流行したとも語っている。

その頃、自宅で編集発行していた「航海表」では二十三年の十一月号で井上氏は詩「人生」を載せ、のちの第一詩集『河口』のトップを飾った、ともあり、それを引用している。

尾崎書房は、藤本氏によると、昭和二十五年九月に閉鎖になったという。私も、最後の単行本の発行日から、同年夏ごろまでは活動していた、と推測して書いておいたが、これではっきりしたわけである。

次に、氏は井上さんから伺った面白い話を思い出している。それは、敗戦直後、神戸、三宮のジャンジャン市場(本書でも18章で一寸紹介した)辺りで幅をきかしていたというズベ公たちの親玉、「井戸のお尻《けつ》」という若い美人の女の話で、これがやがて、井上氏の小説「三の宮炎上」にまとまったのだと。これには後日談があり、氏は、その後、太陽社(大阪)編集部、スモカ歯磨宣伝部、サクラクレパス宣伝部を経て、一九五九年一月にサントリー宣伝部に入った。そこで、週刊誌へのシリーズ広告を毎週、三年間担当し、一流の実業家や料亭の女将、バーのマダムらを選んで全国を取材に飛び回った。その一人として、この小説の主人公に偶然再会したのだという。私は未読なので、探してぜひこれから読んでみたい。ちなみに、彼女の妹も、宝塚のトップスターになった人で、後年、ファン雑誌「宝塚」の裏表紙に載せたワインのシリーズ広告で、宝塚まで彼女に取材に行ったことがあるという。

さらに、サントリー宣伝部では、〈突出し推薦広告〉の原稿依頼も担当し、新聞五紙に毎週一回掲載した。今まで一八七〇人ほどの著名人から、サントリーウィスキーについての70字ほどの文章を書いてもらったが、その中に井上氏もいて、意外にも原稿をいただき、それを図版で再録している。氏は「私はどんな著名人でもにが手に思うことは稀だが、井上靖さんは近よりがたかった」と述懐している。これは私にも何となく分る気がする。井上氏は、記者時代もあまりジャーナリストらしくない、とっつきにくい人だったようだ。最後に一九八〇年三月十三日、大阪のホテルプラザで盛大に開かれた竹中郁詩集『ポルカ・マズルカ』と『井上靖全詩集』の合同出版記念会で足立巻一氏に急に指名され、司会の大役を果した喜びを吐露して、このエッセイを終えている。

藤本氏の「航海表」以外の仕事の実態の一部をこの一文で垣間見ることができ、私にはうれしい収穫であった。なお、最近ブックオフで見つけた氏の『洋酒物語』(広済堂文庫、平成四年)の略歴によれば、サントリーは一九八七年に退社している。

【追記6】 私は前述した「輪」のバックナンバーの内、

100号（終刊号）も未入手で、探求していたところ、平成二十八年十二月に元町のバルで開かれたトンカ書店、口笛文庫の合同古本展に出かけた際、明石市在住の「輪」同人、渡辺信雄氏とお会いし、氏所蔵の同号を譲っていただいた（渡辺氏に感謝！）。内容を詳しく紹介する余裕はないが、冒頭で伊勢田史郎氏が、「輪」の歩みをふり返り、同人たちの仕事を各々簡潔にまとめていて、資料的にも価値がある。又乗船してしばらくして下船した人たちも挙げていて、その中に本稿でふれた豊崎聡平の名もあった。同人たちも各々「輪」との出会いと別れを熱く語っていて、読みごたえがある。

第14章　林喜芳氏らの同人誌「少年」44号を読む——青山順三氏、佃留雄氏の追悼を中心に

最近は一ヵ月に一度くらいは訪れている尼崎の「街の草」さんに、平成二十七年六月下旬出かけた。例によって店先の本の山々をあちこち探ってから店内へ。棚の前に雑然と積まれた本の中に神戸の同人誌も十冊程あるので、順々に見てゆくと、その中から「兵庫詩人」35号（綾見謙発行）と「少年」44号（限定300部、一九八三年三月、編集・松本翠耕、発行・林喜芳）の同号が二冊ずつ姿を現した。おそらく同人かその家族が手放したものだろう。後者は「それ、『少年』ですよ」とレジにいる加納さんから声がかかり、あっと気がついたのだ。表紙タイトルの漢字が達筆で、一見では分らなかったのである。私は神戸の民衆派詩人、林喜芳氏が晩年、老年の文学仲間と出していた「少年」は知ってはいたものの、今まで一冊も現物を見たことがなかった。実にラッキーな時に来たものである。これは貴重なものだ、とすぐ悟り、「街の草」さんにしては少々高かったが、「兵庫詩人」とともに買うことにした。

「少年」全体の書誌については、たかとう匡子さんの林喜芳の評伝『地べたから視る』（編集工房ノア）にその詳細を紹介していたと思うが、手元に今見つからないので、参照してほしい。ただ季村敏夫氏の『山上の蜘蛛』の巻末にある興味深い「兵庫文学雑誌事典」によれば、「少年」は林氏六十六歳の折「昭和四十九年創刊。同人は、青山順三、小田猛（たかとう匡子の父）、戸田巽（筆者注・探偵作家）、佃留雄、林喜芳、松本翠耕ら。発行、兵庫区馬場町五四－一　林喜芳」となっている。私の入手した44号の奥付には、「発行・林喜芳　兵庫区馬場町一一―九」となっているので、その後林氏の自宅が転居したのだろう。同人には他に、詩人の板倉栄三[註1]（唯一の詩集『歯抜けのそうめん』を遺す）、伊田耕三、小説家、竹森一男、多木伸、演劇人で詩も書く北村栄太郎、「東海道四谷怪談」や「生きている小平次」な

どで有名な映画監督、中川信夫（貴重な詩集『業』を遺した）、鳳真治、中川汀、仲野姜馬氏らがいる。44号の巻末記によると、神戸の画家、小松益喜も本号（？）から同人として参加し、表紙に異人館のスケッチを提供している。

〔註1〕林喜芳氏と板倉栄三氏の詩集と二人の生涯にわたる友情については、私も『古書往来』で少し紹介しているので参照してほしい。

帰宅して早速読み出したが、本号は「佃留雄・青山順三追悼号」であり、興味津々で一気に読了した。

佃留雄氏は、神戸詩人事件で受難した詩人の一人であり、私は昔、氏の遺著『暗い谷間のころ』（一九八三年、遺稿集刊行委員会、代表林喜芳）を「街の草」さんで入手し、引き込まれて読んだことがある。本書は氏の一年近い留置場体験や取調べの様子が生々しく書かれているとともに、戦前の神戸の詩史についても自身の詩歴とともに詳しく紹介されている。本書も、元々は「少年」に連載されたものという。

青山順三氏についても、以前、古本で入手した「半どん」に載っていた、一九二〇年代の神戸での青春時代を回想した好エッセイなどを読んで関心をもち、氏の遺著『なつかしの一九二〇年代　築地の新劇・浅草の歌劇の人びと』（一九八一年、グロリア出版）を取り寄せ、ざっと面白く読んだことがある。ただ、青山氏は『日本近代文学大事典』になぜか立項されていない。

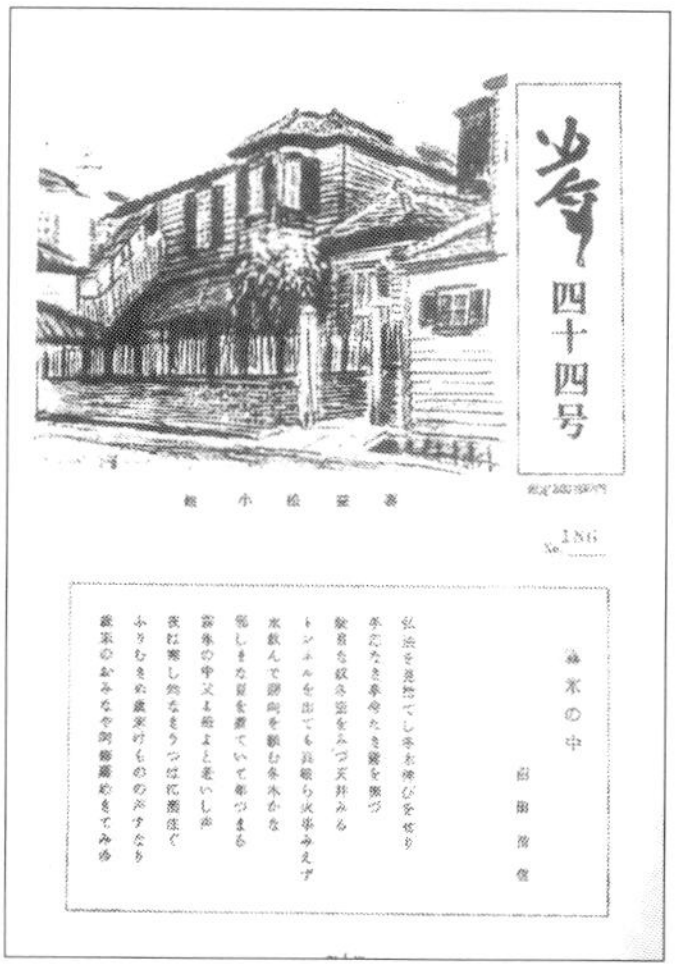

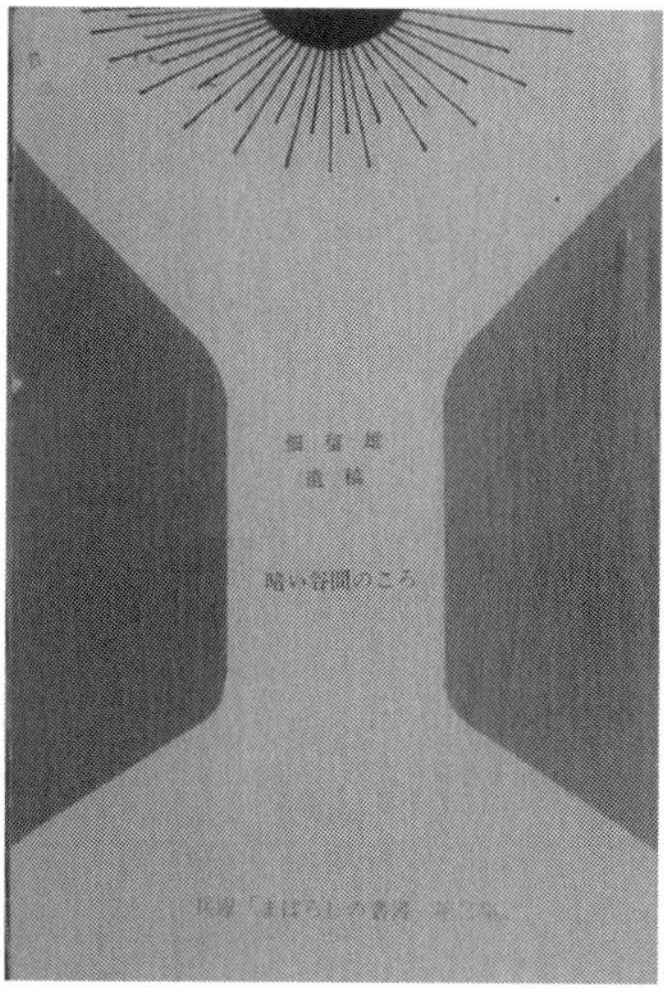

本誌の林喜芳氏の「道連れを見失うて」によれば、昭和五十年初め頃、「半どん」の主宰者及川英雄氏からの手紙の紹介で淡路島在住の青山氏と三宮で初めて会い、11号（昭和五十一年一月）から同人になってもらった。以来、月に一、二度来神の度に、中突堤の喫茶店「キャビン」で会い、氏の博識で蘊蓄ある話を一語も聞きもらすまいと耳を傾けたという。青山氏は五十七年十月、七十八歳で亡くなった。佃氏とは、岸百艸（俳人で、戦後元町で古本屋を営む）の百日忌で初めて会い、19号から参加してもらい、編集もお願いしたという。青山氏の亡くなる一ヵ月前、五十七年九月に死去した。それ以前に同人の林氏の親友・板倉栄三氏、竹森一男氏も亡くなっているので、編集人の松本翠耕氏は後記で、「追悼記はそうたびたび特集したくありません。（中略）もうこれっきりにしましょう」と記している。これは同人雑誌で同人の追悼特集を編集する人すべての抱く感慨だと思われる。残念ながら「少年」元同人で今も健在な方はごくわずかであろう。詩人、たかとう匡子さんの『神戸ノート』（編集工房ノア）中の「B級巨匠中川信夫」の項によると、同人の中川氏も昭和五十九年六月、七十九歳で亡くなり、「少年」五十号は「中川信夫追悼号」になったという。ただ、皮肉なことに、追悼号はその亡くなった文学者の生涯や交友関係がよく分るために、古書ファンに人気があるようだ。

本誌はお二人の遺稿を巻頭に掲げ、同人たちの追悼エッセイはもちろんだが、交流のあった足立巻一、飯沢匡、岡本唐貴、小島輝正、土方重巳、森銑三各氏らのエッセイも寄せられていて、知られざる神戸文学史の貴重な文献にもなっている。「少年」の現物がめったに見られない現在、この追悼特集で私の印象に残ったところをアトランダムだが紹介しておくのも意義があるのではなかろうか。

まず、青山氏の短文「そのころ」は次の文章で始まっている。少し長くなるが引用しよう。

「そのころ、神戸の三の宮の神社の境内にあった盛り場の一隅に、カフェー「ガス」というヨーロッパあたりにありそうな、おっとりかまえた店があった。よき時代の神戸とはいえ、よくまああんな素敵な店があったものだ。「アクション」の同人だった浅野孟府と岡本唐貴の一味がここで精力的に、東京の「マヴォ」の村山知義らと呼応して前衛美術展を行っていた。アナーキストの三谷寛一（筆者注・大杉栄の一番弟子で、ファーブルの翻訳本もある）、和田信義（筆者注・『香具師《やし》奥義書』を遺している）らがたむろして、夜毎のように乱闘が起っていた。」と。そして、

「何もわきまえない私は、浅野、岡本らの諸君に連れられていったクリスマスの夜のことをよく思い出す。あるじの

秋元さんが金モールでピカピカ飾った大礼服をきこんで、まるで伊藤博文みたいな恰好で、しかもナポレオンのような帽子をかぶって、上気嫌で店内を歩きまわるのだった」とも。

　カフェ「ガス」については、すでに林喜芳氏の間接的な回想（『神戸文芸雑兵物語』）や林氏の装画に使われた岡本唐貴氏の店内と客の人物像を描いた油絵による再現（「ある日のカフェ・ガス」）があるが、この青山氏の文章は当事者として店内の雰囲気や店主のおもかげも伝えている貴重なものと思う。〔註2〕なお「そのころ」というのは遺稿を整理した仲野姜馬氏によれば、青山氏十九歳、関学大文学部学生の折、関東大震災の年のクリスマスの頃という。

〔註2〕　平井章一氏（当時、兵庫県立近代美術館学芸員）の大変刺激的な論文「岡本唐貴、浅野孟府と神戸における大正期新興美術運動」を再読してみると、平井氏も青山順三の「半どん」連載、「古い演劇ノート」を参照しており、56号から、「カフェ・ガス」に言及した別の一文を引用している。その一節を孫引きだが、紹介しておこう。
「まるでモンマルトルにでもありそうな、古びたおっとりした坐り心地のよい店であった。どうかするとキキやマン・レイやフジタやモリヂャニ《ママ》が現れて来そうな雰囲気の店であった」と。なお、ついでながら、平井氏は、後述の灘にあった「化け物屋敷」の外観（?）をイメージ的に描いた岡本唐貴の油絵「灘の共同画室」の図版も掲げている。また季村敏夫氏も『窓の微風』所収の講演「尖端的なものの行方」の中で、多数の図版を掲げながら、広い視野から「カフェ・ガス」周辺を考察している。

　丁度、これと符合するように、岡本唐貴氏も「青山順三さんのこと」で次のように書き出している。「たしか一九二三年の関東大震災のあとだったと思うが、神戸市外原田村三百五十一番地にオランダ風木造のぼろ洋館があり、化物屋敷とあだなされていた。その家に浅野孟府と共同で画室をもち、東京のアクション――三科とゆう日本の近代美術革命の線につながって活動しながら、一つの拠点をつくったわけだ」と。さらに、「関西学院の文学部や社会学部の連中が、この化物屋敷によく遊びに来た。文学部の青山順三、竹中郁（筆者注・二人は同期生）なぞ常連だった」とも。

ここで私は思い出して、以前、古本で入手した「半どん」31号（昭和四十一年四月）をやっと探し出し、青山氏の長文エッセイ「あゝ青春――一九二〇年代の神戸――（上）」[註3]を再読した。その中に、「日夏百合絵」の項がある。当時須磨の離宮道のところに川口尚輝（早稲田大でドイツ文学を学んだ気鋭の演出家）が自宅で開いた「劇研究所」があり、ある時、その研究所でゲオルグ・カイザーの「ドイツ男ヒンケマン」の試演会が行われ、それに日夏百合絵が出演していた。その舞台装置が浅野孟府による構成派風の簡潔な美事な出来栄えだったという。そんな関係で、彼女も灘の古風な西洋館へ遊びにくるようになった。青山氏はこう書いている。

「その建物は明治時代の古風蒼然たるもので、だだっ広く、二階には岡本唐貴が、別室には飛地義郎も住んでいた。その家主というのがちょんまげを結った変り者だった」と。

この西洋館での、来神した前衛画家たちと関学大文学部学生たちの交流については、神戸文学史と美術史が交差する印象深いシーンとして、すでに平井章一氏が詳細な考証に基づいた前述の論文（〔註2〕参照）を発表しているが、青山氏の証言は実際に体験した人だけにより具体的で、西洋館の空間イメージもはっきりよみがえらせてくれる。引用が長くなってしまうが、興味深いので続けて紹介しよう。

「ある日学校の帰りに浅野孟府のアトリエを訪ねたら、窓からニュッと女の脚が二本ぶら下っているではないか。スリラー映画のひとこまのような不気味さである。

部屋の中へとび込んでみたら、浅野孟府が女の長いストッキングにつめものをして、女の脚そっくりの脹らみをこしらえて、御丁寧に窓から外にぶら下げておいたのだ。つまり構図のスケールを屋外にまで拡げた彼の造型作品だったのだ」と。浅野氏のアトリエ入口には「理髪せぬ理髪師浅野孟府」という赤と青のねじ棒が立ててあったという。

続けて、そこでの遊びで、女装した岡本唐貴と日夏百合絵があばずれの二人に、竹中郁と青山氏らは不良少年に扮したポーズをとり、浅野氏がカメラにとったが、「しかしその写真の出来上りは何とも不出来で、醜悪だったことだろう。われわれの芸術的意図とは程遠い奇妙なものであった」と述懐している。この写真はたぶん、足立巻一『評伝竹中郁』中にその一枚が出ていた、竹中氏所蔵のものであろう。

この青山氏の感慨は少々意外なものだが、考えてみると、現在遺されている当時のいろいろなシュールな写真は、村山知義のおかっぱ頭の半裸の踊り《ダンス》にしても、総じて芸術的にそれほど洗練されているとは思われない（これは私の主観だが、本音でいえば、気色わるい！）。それゆえ、青山氏の文章に私も共感する。なお、日夏百合絵は、その後すぐ東京に進出してみるみるスターになったが、あっという間にステージやスクリーンから姿を消してしまった、という。

余談だが、青山氏は同じエッセイの中で「青い錨《ランクル・ブルウ》」の項も書いていて、元町の伝説的赤マントの画家、今井朝路についても回想している。今井氏については、交友のあった竹中郁や今東光、及川英雄、青木重雄らも書いており、詳しく紹介したいが、今はその場所ではないので省略しよう（浅野氏とも親交があり、後に今井氏の「ライフマスク」を制作している）。

ただ、今井氏がすぐれた詩人でもあり詩集は遺さなかったが、彼の酒場「青い錨」開店時の挨拶状を青山氏が紹介しているので、貴重であり、それのみ再録させていただこう。

「青い錨」の開店

主人敬白

L'Ancre Bleue《ランクル ブルウ》は青い錨
L'Ancre Bleue《ランクル ブルウ》は青いインク
「青い錨《ランクルブルウ》」の御挨拶をどう書けばよいか
と、いま私は金ペンを
青いインクの中へ
沈めました。
青いインクは海の匂ひでいっぱいです。
そして又、異国の酒や
珈琲の匂ひでいっぱいです。
さて、私は徐ろにペンを拾ひあげて、意気な水夫
“KOBE”の腕へ、ほんのちょっとの刺青を彫りつけ
ました。
〈Ca c'est《サ セ》 L'Ancre Bleue《ランクル ブルウ》〉
〈これが「青い錨」です〉

L'ANCRE BLEUE
CAFE, THÉ & BAR
5 MOTOMACHI
KOBE

〔註3〕「あ、青春」（下）（「半どん」32号）も私は入手して持っている。これも大阪の有名な同人雑誌「辻馬車のこと」から始まり、関学大文科生たちの同人誌「木曜島」の

人々と、当時来神し二ヵ月程灘に滞在した草野心平氏とのエピソード、級友、高崎要氏が当時、上筒井の古本屋、白雲堂の二階に下宿しており、白雲堂主人は娘を高崎氏と結婚させたかったが成就できなかった話、青山氏がスペイン語を習いに半年間通った上筒井の阪急電車の近くに住んでいたピサロ氏（当時、大阪外語大、天理外語大のスペイン語教授）が、ガルシア・ロルカの友人だったことなど、実に面白い回想エッセイである。後述の青山氏のスペイン好きには年季が入っていたことが分った。

さて、再び「少年」誌に戻ろう。足立巻一氏は「恩人」なるタイトルでお二人を偲んでいる。まず「佃さんはわたしの最初の著書『宣長と二人の女性』を出してくれた。戦争末期の昭和十八年六月三十日の発行である」と書く。足立氏三十歳、一回目の徴兵から帰ってきたばかりで全くの無名の頃、二十九歳の佃さんが友情のみで出してくれた。佃氏はその頃、実兄の小説家、滝川駿が経営する東京の小出版社に参画していた。ところが足立氏もまだ出版に不慣れで「誤植だらけになり、表紙の題字も誤った。この間の詳しいいきさつを佃書房の編集者だった大弓正一氏が同誌に書いている。

大弓氏もおそらく関西出身の人らしく、日頃から東京に一人でも多く関西出身の人が乗り出してほしい、と企画を考えていたところ、たまたま足立氏が俳誌「六甲」に書いていた「本居春庭覚書」に目をつけ、佃氏に相談して足立氏に二〇〇頁以内に収まる書下しを依頼したのだという。（偶然だが、私も昔、「六甲」は古本で今までに数冊見つけている。戦前、昭和十八年の一冊には足立氏の春庭についての連載の一文が載っていた！）ただ、「あの時「宣長」と「宜長」の校正ミスで足立氏には大恥かかせ、装丁も佃自身でするなどの力の入れようも一時落胆の吐息ものでした」と。これは表紙の題字のことだったのだろうか。私は以前、三宮、サンボーホールの古本展で、「街の草」さんでその本を見かけ、迷った末結局入手しなかった憶えがある。一冊の本の出版にも、こんな秘められたエピソードがあるものだ。大弓氏はその後、足立氏の世話で、鳴神氏の『日本紀行文芸史』を出させてもらった。伊豆の旅館に川端康成を訪ねた際、「いい本を出しましたね」とほめてもらい、佃氏とともに喜んだ、と一文を結んでいる。

足立氏は続けて、青山氏からは『やちまた』を出した直後、初めて手紙をいただき、青山家所蔵の文法の写本らしい小冊子を進呈していただいた。専門家に見せて調べてもらったところ、これは本居春庭の門人、富樫広蔭の口授を小島秋が記述したもので、珍しい好資料であった。「この一事に、青山さんの親切で無欲で、文献を大切にする人柄がよくあらわれていると思う」と追悼文を結んでいる。

飯沢匡氏は、長年の仕事仲間、土方重巳画伯からの紹介で青山氏と知り合い、古い日本の新劇に関する面白い情報や古書をコピーして、よく淡路島から送ってもらい、随分お世話になったと記している。

次の小島輝正氏は佃さんの「神戸詩人事件」をめぐる回想の文章を愛読しており、何度かお会いしたり「少年」も送ってもらった。青山氏とは面識はなかったが、佃さんの紹介で一度手紙のやりとりをしたことがあり、その書簡を紹介している。それはフランスの放浪詩人、ヴィヨンの詩のある一、二行を小島氏に翻訳していただきたいとの依頼で、青山氏があるアメリカ青年の古いスペイン旅行記を原書で読んでいて、その詩のフランス語の意味が分らないためであった。その好学の念に小島氏は敬服したという。こんなスペイン紀行の原書までどうして読んでいたのかと、私はいささか驚いたのだが、次の森銑三氏の「青山さんと私」を読み、疑問が解けた。近世学芸史の泰斗、森銑三氏とのつきあいも私には意外だったが、氏はこう書き出している。

「青山さんからの来書は、一通残らず保存してある筈である。風格のある美しい文字で書かれた手紙である。しかし今私は病院にある身で、家までそれを見に行くことが出来ない」と。青山氏とは十年近くになる交際で、雑誌「ももんが」(筆者注・田中隆尚氏が主宰、発行する文芸同人誌)の仲間にも入ってもらった。五年前の雑誌の十周年記念の集まりに淡路島から出てきてもらって、親しく話を交した。その折「氏はそれ以前に、もう数回スペインを訪うてゐられたので、その国ののんきな状態の話など、いろいろ伺ふことが出来た」とあったからだ。あるとき、青山氏が小学校時代に担任の先生から教わった「加藤清正の告別」の全章を知りたいとの手紙をもらい、約を果たしたこともある。こう見てくると、青山氏は常に文献上の疑問を抱くと、その道の専門家に労をいとわず問合せる、好学心旺盛な人だったことが分る。森氏は青山氏のことを「その外貌よりしても、都会生活の長い人と思はれぬ純朴ともいふべきものをお持ちだった。それで私などのやうな旧い人間とも交を結ばれるやうになったものかとも思はれる」と実に謙虚に語っている。ここにも古い文献を愛する人と人とのつながりの妙を見出せる。

この青山氏のスペイン好きについては、鳳真治氏も書いており、「彼にはロルカの翻訳もあり、フラメンコをこよなく愛しておられた」という一節もある。

このへんで、青山氏の唯一の著書、前述した『なつかしの一九二〇年代（後略）』の内容を、主に土方重巳氏や北村栄太郎氏の一文に拠って簡単に紹介しておこう。（私も入手してざっと読んだことがあるのだが、今は大分忘れてしまった。）

　土方氏は、一九四六年以来、二人共勤めていた東宝での組合活動の同志として親しくつきあい、例のアメリカ占領軍と対決した東宝大争議のとき、組合の中心になって頑強に抵抗したが、結局二人とも責任をとらされて退社した。青山氏が淡路島に移ってからも「少年」や「半どん」の掲載文コピーなどを送ってもらい交流が続いた。青山氏の著書の出版の際、その装幀と挿絵を丁寧《ていねい》に依頼され、昔土方氏が描いた帝劇パンフレットの「どん底」三色刷りに彩色して表紙とした。カットも青山氏から以前いただいた築地小劇場の「大入袋」を使って数枚描いた、という。本書は青山氏の弟、四郎氏がやっている「グロリア出版」から出された。（本に挟《はさ》んであったパンフによれば、「グロリア出版」からは他にチャーチルの『葉巻とパレット』、青山四郎『土器と黎明』、野町裕『イスラエル聖地旅行ガイドブック』の他、キリスト教関係の本が出ている。）

　本書は青山氏の体験とともに様々な文献を駆使して一九二〇年代の新劇築地の俳優、作家、演出家たちの裏話やエピソードを巧みな文章で綴っている。東屋三郎、三浦洋平、山川幸世など皆私など知らなかった人たちだ。ただ、本書中に「ジプシー女と新劇役者」の章もあって、林芙美子と一時同棲していた新劇俳優、田辺若男との関係についても詳述している。平林たい子や村松梢風がその本の中で田辺

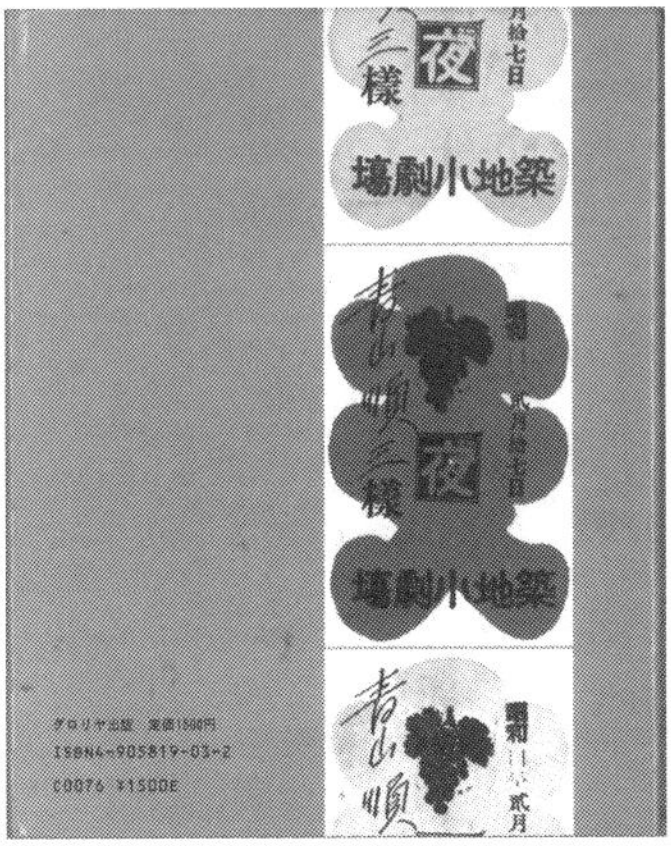

に罵詈雑言《ばりぞうごん》を浴びせているのに反論し、田辺が松井須磨子の「芸術座」の座員の中でも「最も新劇人らしい誠実な俳優だったし、同時に心やさしい詩人であった」と弁護している。もっとも、その根拠はそれほど実証的に示されていない。というのは、青山氏は、田辺も女性にかけては早業《はやわざ》師《し》で、芙美子が一時尾道に帰省していた留守に、田辺がつくった新劇団「市民座」の若い女優、三枝鐘子と浮気していた、と書いているからだ。

私もこの部分は今回、再読し、貴重な証言だと思った。青山氏も、一般読者はここに関心をもって読んでくれた、と北村氏に語ったという。

最後になるが、本書の奥付にある略歴と、本誌にある同じ淡路島在住の仲野姜馬氏の「青山さんと淡路」から、生涯の歩みも紹介しておこう。明治三十七年、大阪に生れる。昭和二年、関西学院大文学部英文科卒業。築地小劇場に小山内薫の死の前後、しばらく劇団員として働く。東宝映画に八年程在籍する。その後淡路島に閑居。仲野氏によると、青山氏とは十年以上のつきあいで、三原郡八木の近所に住んでいるので、洲本の喫茶店へ行く度にお会いして、長時間話を伺った。

淡路島八木村の広大な屋敷は、奥様（島田家、神戸女学院出身）の実家である。そこで牧場を経営し、牛や羊の世話をやいた。青山氏の祖父と父親は貧しいキリスト教の牧師で、各地の教会を転々とした。そのため、三男の順三氏は大阪で生れ、小学校は高知、中学は熊本の鎮西学院で学んだ。大学は関西学院大英文科を卒業したが、牧師の道は継がず、上京して好きな演劇の道に進んだ。その後の経歴は前述したが、晩年の十数年（?）は淡路島に住んだようだ。後半生の青山氏を理解し、何かと支えたのはもっぱら奥様だったという（子供はいなかった）。青山氏の母親はあの有名な洋画家、和田英作の実妹に当るという。

晩年、島田家が旧藩主蜂須賀家の姻戚に当る関係で、資料を揃えていて、「蜂須賀家の最後」という原稿を手がける意図があったのに病気になって書けず、残念がっていたし、古い長篇小説の翻訳数百枚（スペイン関係か?）や未定稿の大量の原稿も残されたままだった。スペイン紀行も途中まで書いていたという。豊かな文才があった人だけにまことに残念である。

青山氏の人柄については、元東宝俳優、深見泰三氏の書いている「いつも笑顔をたやさず、おっとりと静かな口調で話す人」や、元同人、川北奈加さんの「いつお会いしてもなごやかな柔和なお人柄でお話し致していますと、自然と心の和むのを覚えるようなお方でした」という述懐に尽くされていよう。

それにしても、青山氏が『近代日本文学大事典』はともかく、『兵庫県近代文学事典』にも立項されていないのはどうしたことか、と解せない。神戸文学史に関する貴重な著述を種々遺している人なのに、と思う。

なお、佃留雄氏については詳しくふれなかったが、佃氏の前述の本の林喜芳氏のあとがきや本文から簡単に要約して紹介しておこう。

一九一四年、兵庫県加古郡（現在、加古川市）に生れる。中学（不詳）を卒業後、神戸の外国商社へ入り働きながら、詩をつくり続ける。まず昭和七年に「散文詩人」、後に改題した「甲南詩派」の同人となる。そして当時の春山行夫や北園克衛らのモダニズム詩法に大きな影響を受け、静文夫らと「マダム・ブランシュ」にも参加。次に第四次「神戸詩人」に参加する。何ら政治的活動を行なっていないにかかわらず、「神戸詩人事件」で拘留され、昭和十六年二月まで一年近くにわたって苦しい留置場生活を送る。結局、起訴猶予となって釈放された。その後上京して、長兄滝川駿経営の佃書房を継ぎ、文学書を出版する。戦後、帰神後も神戸新聞出版センターで編集出版の任に当った。

以上、引用の多い一文となったが、神戸文学史の知られざる文献の一つとしてあえて紹介したしだいである。

【追記1】後日、以前、仕事部屋の引越しの際、本を詰めこんだまま長いこと開けなかったダンボール箱の中から、ひょっこり、たかとう匡子さんの『地べたから視る』が姿を現した。

早速見てみると、私に記憶違いがあり（もはや常態ですが……）、書誌的に詳しいのは「少年」の前身である、林喜芳が詩人、北野豪一と二人で出した詩文誌「藁《わら》」の方であった（むろん、私は現物を見たこともない）。昭和四十六年から四十八年まで隔月刊で十四冊が出ており、その総目次が紹介されている。そのうち、記念の10号が8頁、11号が6頁だが、他の号は4頁で100部発行された。

その代り、「『少年』43号前後のこと」というエッセイが収録されている。幸いなことに（？）私の書いた号の前号である。この一文によれば、「少年」は42号まで林氏が編集発行人だったが、43号からは編集人が松本翠耕、発行人が林喜芳となった。以後、それまで隔月刊だったのが季刊となり、発行部数も300部に減ったという（後日、大倉山の神戸市立図書館に問合せたところ、欠号多く、60号あたりまでわずかしか所蔵されてないが、創刊号は100部、18号あたりから200部限定と表記されている、という。だんだん部数がふえていったようだ。なお、明石の県立図書館には6号〜76号が所蔵されている。いつか出かけて探求してみたいものだ）。

巻末の37頁にわたる詳細な作品年譜（生前の林氏に何度も面談し、確認作業を行なった由）によれば、一九九四（平成六）年の六月、「少年」89号に最後の詩「非詩否詩」を発表し、その八月、八十六歳の生涯を閉じている。ただ、「少年」が何号で終刊になったのかは記されていない。90号は林喜芳追悼号になったのだろうか、未確認である。

この年譜を見ると、林氏は「少年」はもちろんだが、「文芸日女道」（姫路の文芸同人誌）や「柵」（大阪府、志賀英夫編集発行の詩誌）などにも単行本未収録のエッセイを発表しており、読んでみたい神戸詩人の追悼文も多い。いずれ県立図書館などで探求したいものである。

なお、前述した「少年」同人、鳳真治氏に詩集『好奇心の強い男』があることも、本書の一文中で知った。

今まで、知られざる神戸詩史の生き証人として和田英子さんや伊勢田史郎氏の著作やエッセイ、そして、たかとうさんの『神戸ノート』や本書から、多くのことを教えていただいた（その殆んどが編集工房ノアから出ているのも注目される）。ただ、和田さん、そして最近、伊勢田氏も残念ながら世を去った現在、たかとうさんにはますます、この分野にも健筆を振るって下さることを不勉強な後輩である私としては期待している。

【追記2】 私は電話で神戸と明石の図書館に「少年」についての情報を問合せたものの、いまひとつ、不確実なところもあったので、やはりこれは一度、現物でバックナンバーをざっとでも見ておかなくてはと思い、平成二十八年一月末、神戸、大倉山の中央図書館へ出かけた。それに、「少年」一冊だけで「少年」全体を語るのはあまりに乱暴だから……。午後二時頃から閉館の七時頃まで、ねばってバックナンバーに一通り目を通したり、ゆっくり読みたい連載をコピーしたりした。むろん、いつものように、そのあと神戸の同人誌や詩集も少々閲覧した。その収穫を少し紹介しておこう。

まず書誌的に明らかになったのは「少年」は一九九七年、十二月刊の百号で終刊したこと、最盛期、同人は延べ35人でうち女性は7人いたことである。三冊の合本にまとめられていたが、たしか半ばの途中に大幅に欠号があるものの、創刊号から終刊号までかなりそろっていた。合本の初めの一冊に挟まれていた図書館のメモ用紙には、あの「輪」の中心的詩人、中村隆氏の寄贈による、とあった。林氏から毎号献呈されていたのだろう。〔註4〕（中村氏は林氏の『半個詩集』の跋文も書いている。）部数は10号までは100部、11〜15号までは150部、16〜27号位までは200部で、それ以後終刊まで300部だった。林喜芳の追悼号は91号である。

「少年」創刊のいきさつを戸田巽のエッセイ「なよ女記」から簡単に紹介すれば、映画監督、中川信夫の発案で、三十五年ぶりで、昔の文学仲間、林、戸田、中川、竹森一男が箱根宮ノ下の温泉旅館「対星館」に集まった折、宴の席で同人誌を出そうという話になった（もう一人の同人、詩人の板倉栄三はその頃すでに寝たきりの病中にあった）。誌名「少年」は林、戸田、中川氏らが少年の頃、少年雑誌の熱心な投書家であったところから、すんなり決った。発刊の主旨は竹森氏が書いているように、「すべての老年が少年を内蔵している」ところにある、という。但し、同人は必ず明治生れというのが条件となった（後期同人はそうでもないようだが）。しかし、例外があって、その場に居合わせた宿の若い美人女中、なよ女も同人に誘った。創刊後、数号はなよ女も特別同人として名を連ねているのが愉快だ。

幸いなことに62号から五回にわたり、林氏が「『少年』史」を連載しており、軽妙、洒脱な文章で、「少年」の歩みをたどりつつ、同人たちの人物紹介やエピソードを紹介していて、読みごたえがある。それによると、「少年」は3号までB4八頁だったが、4号から十二頁となった。だんだんふえて、60号台は二十頁となっている。

中川信夫は6号まで詩作品を出稿していたが、その頃テレビ映画「プレイガール」や「破れ傘刀舟」の制作で多忙となり、「少年」からは姿を消し応援団の側に回った。代って、「少年」8号に青山順三が登場する。中川氏と青山氏の弟が友人同士で、二人が酔っ払って起したある事件のエピソードを青山氏が物して寄せている（正式に同人になったのは11号から）。

林氏のエッセイによると、中川信夫は新東宝のある男優が死んだ時、その妻君の愁嘆に胸を痛め、「これからの一年間、毎日ハガキを書いて君を慰めてやる」と約束し、それを実行したそうだ。いわゆる騎士道精神の発露であろうか。それにしても常人にはとても真似できぬ人情の厚さである。

青山氏は15号に「スペイン熱」を書き、予告なしに昭和五十一年八月五日、スペインに旅立ち、一ヵ月程滞在してきたそうだ。スペイン語はペラペラだったという。「七十才半ばの人とは思えぬ青春謳歌振りだった」と林氏は書いている。前述もしたが、青山氏は月に二度彼好みの食料品購入のため来神した折、林氏と会い、中突堤の喫茶「キャビン」で長話しのあと、元町通りを歩き「ハナワグリル」などで昼食をとった。その合い間の話の中には、いつも共通の旧友の話が出るので奇縁を感じたという。お二人の当時の、夢中になっておしゃべりする姿が目に浮ぶようだ。お二人は手紙やハガキも沢山交している。

その他、後期の同人、俳人の仲間姜馬、小説家の多木伸[註5]（当時、明石図書館に勤めていた。元来は謹巌居士が17号から「艶笑8話」を書き出しそれが延々続き、編集人の林氏を悩ませた（?）らしい）、竹森一男と旧友の中川汀、詩人の伊田耕三、大先輩、演劇畑の北村栄太郎、佃留雄らについても紹介しているが、長くなるので省略しよう。画家の大垣泰次郎も参加していたようだ。

なお、同人の鳳真治氏は計六十一冊もの詩集を出している人だとバックナンバーで知った。私の無知を恥じるしかない。

次に91号の林喜芳追悼号も最小限紹介しておこう。執筆者は次の十四名。鳳真治、寺島珠雄、加藤一郎、たかとう匡子、小林武雄、丸本明子（内田豊清主宰の「鋳」同人として、林氏と共に参加。その後「輪」同人に）、北野豪一、直原弘道、和田英子、玉川ゆか（「平野新聞」に共に寄稿していた。林氏は「子供の遊びと兵庫のことば」を連載）、土屋宣子、中川汀、仲間姜馬、松本翠耕。

ただ、各々の追悼文が一頁、二段組みのうちの一段位なので短く、全体でも10頁で予想外に少ないのは一寸さびしい。しかし、これはないものねだりなのだろう。第一、深くつきあった初期同人は皆すでに亡くなっているのだから。

寺島珠雄は、小島輝正に紹介してもらった仲で、林氏と十五年程手紙で交流があった。

伝えるのをずっと遠慮していたが、林氏の『神戸文芸雑兵物語』に書いていた雑誌『進メ』は『進め』だったと、いかにも寺島氏らしい細かな訂正をしている。たかとう匡子さんの一文では林氏の自宅が大倉山の中央図書館の裏手にあったのを初めて知った。私も先日訪れたばかりだったので、ほう、そうだったのかとうれしく思った。詩人の土屋宣子さんは、林氏が亡くなる前年の秋、林氏の視力が相当弱っているのを知っていたが、せめて手に取っていただくだけでもと、出版した第一詩集をお送りしたところ、

「思いがけずお返事を頂いた。きちんとホッチキスでとめたマス目の大きな七枚の原稿用紙。重なり合った文字を目で追っていく内に、林さんが歩いてこられた道が、林さんが越えてこられた峠が、林さんが渡ってこられた川が、忽然と現われた気がした。

――どうか詩を書き続けて下さい――

終りの一行は少し大きな字で結んであった」と記している。胸を打たれる印象深い追悼文である。

「少年」最後の編集人、松本翠耕氏の一文からも引用させていただこう。

「彼の文芸への執念はすさまじかった。（中略）視力が弱って書きにくくなっても、書いて書いて書きまくった。書

いた字の上へ、次の字が重なったり、行がねじれて重なったりしたが、それでもペンを折ろうとしなかった。死ぬまでペンを持ちつづけたのである」と。

そういえば、91号の表紙巻頭に林氏晩年の何かのエッセイ原稿の写真が掲載されていたが、たしかに蟻がはっているような文字の連なりで、行が斜めになったり、字も重なっていて、読解するのは難しい。執筆への執念を感じさせるものであった。

最後になるが、95号から100号まで連載された、松本翠耕氏の小説「青い果実」にも言及しておこう。

中心になる二人の登場人物は仮名だが、明らかに林喜芳と板倉栄三がモデルである。

年代もはっきり書いていないが、昭和初期、仕事を次々変えてフラフラしていた親友の板倉が突然、印刷所の文選工をしていた林に、「東京へ出て一花咲かそう」と誘い、それに同調して、林も母親にだまったまま、二人で東京行きを決行する。当時、神戸から上京して河合映画の撮影所に勤めていた文学仲間、竹森一男を頼って訪ねるが、そこでの就職はムリで、河合社長の世話で、神田の飯場から議事堂建設の現場で半日程働く。板倉は体が丈夫で平気だったが、林の方は体がすっかり根をあげてしまい労働に耐えられず、あきらめて板倉に駅まで送られ、四日間東京にいただけで神戸に帰る。留守の母親の配慮で又、印刷会社へ戻る。といったストーリーである。

林氏と板倉氏の若き日の人生の一コマを忠実に描いた興味深い物語と思われるが、『神戸文芸雑兵物語』や年譜を見てみると、板倉だけ上京したとある。それにしては細部が詳しく描かれていて――例えば上京時の服装や車中で乗り合せた人との会話など――、本当にあったこととして受け取れる。もっとも、四日だけの上京だから、年譜にあえて入れなかったのかもしれない。晩年の林氏に松本氏が知られざる体験を詳しく伺って聞き取った話を小説にしたのだろうか、私には少々謎として残った。[註6]

さて、「少年」をざっと閲覧し、一部のコピーもやっと終えたあと、いつものように神戸の詩書コーナーを眺めていたら、播磨（高砂）の詩人、松尾茂夫の詩集が数冊並んでいるのが目についた。私は『古書往来』の中で坂本遼のことを書いた際、古本で見つけた松尾氏の好評論『たんぽぽのうた』を少し紹介して以来、松尾氏の詩集も見つけしだい、手に入れることにしている（『微熱の日々』や『うさぎ・ウサギ』『河畔の四季』『記憶の現在』など。いずれも摩耶出版社刊）。「現代詩神戸」や次章で述べる「別嬢」を高橋夏男氏と共に編集していた人でもある。その一冊に『オズワルドさんの凧』（摩耶出版社、一九九五年）という一風変

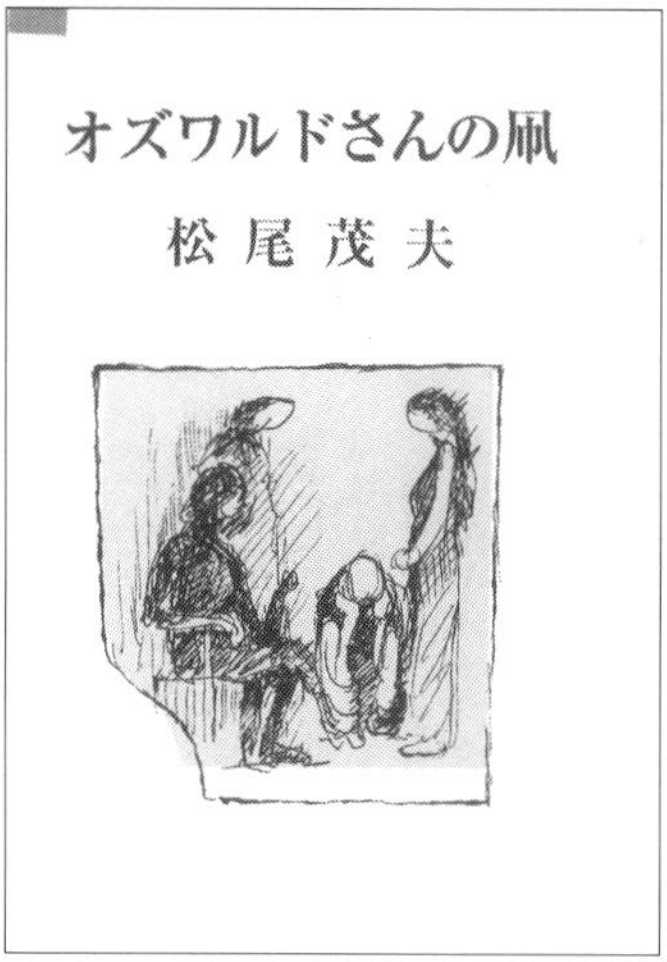

ったタイトルの背文字が見えたので、これも詩集かと思い、引出して中を見ると、エッセイ集であった。パラパラと中身を繰ってゆくと、最後の方に交流のあった関西の詩人たちの追悼記がいくつかあり、「一九九四年・終戦記念日のあとさき」の副題が「林喜芳氏を悼んで」とあった。他にも、桑島玄二や高島洋、小島輝正からもらったという「穴のあいた手ぶくろ」をめぐる追悼文もある。これは読みたい！と思ったが、すでに閉館が迫っていて読むのをあきらめた。

　翌日、私は早速友人に頼んで、ネットの「日本の古本屋」でその本を検索してもらったところ、一冊だけ埼玉の〝副羊羹《ようかん》書店〟が出品しているのが分った。店名が面白い。喜んで注文し、送ってもらった。

　まっ先に林氏の追悼記を興味深く読んだのは言うまでもない。

　松尾氏が初めて林さんの詩に印象深く接したのは氏が大学生のとき、「現代詩」（関根弘が編集長）に『露天商人の歌』全篇が転載されたときであった。これも異例のことだろう。それ以来、顔見知りになり、十年程前から親しくつきあってきた。氏も当時、『詩と思想』に〈上方町人詩人録〉を連載しており、林喜芳も取り上げようと、資料を借りに林さんの自宅を訪ねた（『神戸文芸雑兵物語』を出した前後で、林さん七十五、六歳の頃である）。後にその連載を『暮らしの中の現代詩』と改題し、出版。私も古本で入手して興味深く読んだ。

　氏はその後、それまでの林さんの詩の集大成の出版『林喜芳詩集』を企画し、氏がワープロで本文を打ち込み、三宅武（詩人）が版下をつくった。三宅氏が年譜を作成し、中村隆氏に帯文を書いてもらった。装幀も林さんらしい、質素なものにしたという（たしか、カバーなしのタイトルだけの表紙だったと思う）。

「何部刷ったか忘れたが、現代詩神戸研究会の会員や神戸周辺の詩の仲間たちに買ってもらって充分採算が合った」と回想している。

　本書は松尾氏らが中心になってやっていた組織体、摩耶出版社の企画出版だが、その後林さんは同社で自費出版で

『半個詩集』を出した（「半個」というのは自分と亡妻の二人で一個（一人前）という意味の由）。本書には詩作品と後半に〈わが心の自叙伝〉という長文エッセイが収録されている。中村隆が再び跋文を寄せている。

私は以前、たしか「街の草」さんで貴重な二冊とも手に入れ、長いこと大切に持っていたが、何かの折に手放してしまい、今はもったいないことをしたと悔んでいる。その後、神戸、冬鵲房から林さんは『わいらの新開地』を始め、五冊の興味深いエッセイ集を次々に出しているが、松尾氏は「これだけのエッセイ集を書かせた冬鵲房の存在はおおきかった」と記している。たしかに神戸文芸史に大いに貢献したと言えよう。

最後に氏は林さんの葬儀の様子を伝え、追悼文を終えている。

本書はタイトルになったエッセイもそうだが、氏が長年勤めていた二、三の貿易会社や商社での体験に基づいたエッセイが多く、海外の旅もいろいろ出てきて面白い。松尾氏の戦中、戦後の自伝を綴ったエッセイもある。本書を読むと、私の抱いていた旧来の詩人のイメージとは異なり、杉山平一、静文夫、海尻巌氏などと同様、氏も実業人としての豊富な経験をもっていて、広い視野から世の中を見、行動している方だと実感する。摩耶出版社の活動もその基盤に立ってのことだろう。ちなみに、和田英子さんのエッセイによると、氏は三枚目的な詩が好きで、氏自身の人柄も三枚目的なユーモラスなところがあるそうだ。

本書も氏がワープロで作成したものを印刷しているが、読むには全く気にならない出来栄えである。なお、松尾氏は一九三七年、神戸の長田区に生れている。大学は詩集『日々の硝煙』の略歴によれば、関西学院大文学部英文学科を出ているが、本当はフランス文学を学びたかったそうである。それにしても竹中郁、坂本遼、青山順三、池田昌夫を始めとするこの大学の英文科出身のすぐれた文学者は何と粒ぞろいなことだろう、と改めて思う。

〔註4〕　林喜芳氏と中村隆氏のつきあいの詳細は互いを語った文章をまだ見つけていないのでよく分らない。ただ、「街の草」さんで最近手に入れた「現代詩神戸」151号（一九九〇年二月）は後半が中村氏の追悼特集になっていて、その中に林氏も「中村隆さんを悼む」を寄せている。それは「中村さん　悲しいですよ。寂しいですよ。残念でたまりません。」という悲痛な呼びかけのことばから始まっている。文中に「私が最後にお店を訪れたのは九月二十日頃である」（筆者注・中村氏は一九八九年十月三十一日急逝された）とあるので、時々中村氏の金物店を訪ねて文学談義を交していた

のは確かであろう。中村氏は金物店を営むかたわら、詩作活動を精力的に続け、その上、神戸新聞に七年間にわたって二百冊余りの詩集評を連載していた。最後の面談の折、「彼は『賞めることの難事』を繰り返し語られた。賞めることによって容易に安心させてはならない事。言葉は双刃の剣となって己が身に返ってくる事」と林氏は書いている。「彼は怠りなく一冊の詩集評のために二度三度と読み進め評文の構想をまとめ下書き、更に推考添削して改めて清書した」とも。最後にこうしめくくっている。「どうぞお静かにお憩い下さい。やがて私も参りますから。そして話相手になりますから。では、その時まで左様なら。合掌」と。他にも、斎藤直巳、吉田草平氏が追悼詩を、谷田寿郎、和田英子、松尾茂夫氏が追悼文を書いている。松尾氏も月に一、二度「金物店に立ち寄ってよもやま話のなかから多くのものを教わってきた」という。このような文章を読むと、神戸の詩人たちは拠っている同人誌は各々違っても、「現代詩神戸」という共通の広場をもち、横断的なつながりや交流がとても密接なことが分るのである。

〔註5〕 私は数年前、たまたま神戸の古本展で、『碧空《へっくう》――多木伸遺作集』（多木一子発行、平成二年、非売本）を見つけ、所蔵している。タイトルは、多木氏がこよなく愛した〝青空〟から採ったと、あとがきで奥様の一子さんは記している。本書には「半どんの会」代表の小林武雄や、つきあいのあった黒部亭（作家）、青木実（詩人）らが序文を寄せている。

本文には、昭和九年、二十歳の頃、「サンデー毎日」懸賞小説に入選した「大学の虎」、昭和十二年、「週刊朝日」懸賞小説に当選した「四国遍路の手記」、そして昭和二十九年に一年間、オールスポーツ新聞（現・日刊スポーツ）に連載された「印度人の眼」を収録している。後者は兵隊時代、ビルマで戦った際、氏が師団長命令により劇団を組織し、脚本と演出を担当して各キャンプを巡演した折の経験を基にした小説である。

巻末の年譜により簡単に略歴を紹介しておこう。大正三年、現・加古川市に生れる。昭和六年、県立明石中学校（現・同

高校）を卒業、家業の行政書士事務所で働きながら、小説を発表。その才能を期待されながら、「キング」から注文が来た翌日、召集され、以来、昭和十三年から二十二年復員するまで、三度にわたり、応召、中国、北満、ビルマへと転戦する。序文で黒部氏は、「多木さんの一生の痛恨事は、〝戦争〟だったのではないか」と書いている。たしかに十年間も戦地にいなければ、もっと全国的に活躍できた作家であろう。戦後は及川英雄の世話で、兵庫県衛生課に勤め、後、神戸市衛生局に転任。かたわら、日刊スポーツに種々の小説を連載した。昭和五十年四月から「少年」同人となっている。昭和五十年からは明石市立図書館に嘱託として勤務している。平成二年、七十五歳で亡くなった。

私はせっかく入手しながら、まだ小説を読んでいないので詳しく紹介できない。ただ、氏は昭和三十九年に詩集『海底の譜』を出版していて、本書にそのタイトルとなった愉快な詩が挿まれているので、ここに全篇引用させていただこう。

私はこれを読んですぐ、何となく林喜芳晩年の長篇詩の傑作「深海魚　トツ――またはわが眼疾」を連想させられた（『古書往来』参照）。

どかん、どかんと鳴るのは青龍の寝息か／貝たちは嵐の日の感触を想記して／頬《ほほ》を染め急に妊婦のように肩で荒い呼吸《いき》をする。／和布《わかめ》は地味だが、厚ぼったい伊達巻／蛸はユーモラスな踊り手であろう。／縞鯛は　去年から口説かれている鰹の前を／ごく遠慮がちに擦りぬける。／老病の上にリゥマチス気味の／鱶はとみに元気を失った。／天狗の掌のような海盤車《ひとで》は／二年越しオールドミスの蝦を岩蔭に押しつけて／どうにもならない非難をする／どかん、どかんと鳴るのは青龍の寝息か、／貝たちは　今日も／白い鋸型の階段を見続けなければならない。

〔註6〕　前述したように、私は松尾茂夫氏の『暮らしの中の現代詩』（摩耶出版社、一九九三年）――これは魅力ある中身に比べてやや平凡なタイトルと思うが――を以前入手して読んでいたが、いつのまにか手放してしまったのか、探しても見当らなかった。ところが、平成二十八年三月、トンカ書店の「詩人と本棚」展の展示詩集の中に本書を見つけたので喜んで求めて帰った。本書は再読してみて、私にとって実に参考になる貴重な内容の本だと改めて実感した。私もかつて出した本で不充分ながら紹介した清水正一、林喜芳、中村隆らの生涯と作品を各々簡潔に紹介しながら的確な評価が述べられているからだ（他にも、足立巻一、寺島珠雄、高橋夏男らの詩集の書評も載っている）。

「露天商人の歌――林喜芳論」によれば、林氏は青年期、昭和四年に『創作月刊』新年号に室生犀星の選で、二篇の詩を発表している。二十歳前後の作といい、そのうちの一篇、「東京」を引用している。これを読んで、私はアッと声をあげた。その一節に「神田あたりのぬかるみには」とあったからだ。全体に、東京の印象を〝金属音のするとたん張り〟だと詠っている。まさに前述の神田の飯場で泊った折の経験から出てきた印象ではないか！　神戸へ帰ってからすぐ作った詩を投稿したのにちがいない。やはり、松本氏の小説は事実に基づいたものだったのだ。

第15章　兵庫の歌人、犬飼武『後夜』（雑文集）を読む——木村栄次、中村為治《ためじ》先生との交流を中心に

某月某日　尼崎にある「街の草」さんはいつのぞいても、店先や棚の周辺に雑然と積まれた本の山脈の中から何が出てくるか分らぬ、古本探検の醍醐味を味わわせてくれる店だ。今回もあちこちと漁っていた中から、犬飼武『後夜』（水甕叢書第二五一篇、明石文庫、一九七三年、限定三〇〇部）がひょっこり姿を現わした。これは、店主、加納さんによると、もう一冊の歌集とともに雑文集として函入りセットで出されたものらしい。私は歌集にはそれほど関心がないので、この一冊で充分である。手に取ったのは、造本がすべて和紙で出来ていて、渋くて好ましいたたずまいが目に付いたからだ。著者の後記によれば、本文は郷里岡山の備中紙、表紙、畳紙、外函も在住の播磨の杉原紙で、印刷所に氏のわがままを通して造らせたという。造本は佐藤春夫編輯『古東多万』（やぽんな書房）に原型がある、とも。タイトルの〈後夜〉は最終歌集であり、明日につながる〈前夜〉はなさそうだから、と書き、それでも画家のゴヤに通ずる語感を出したと記す。（もっとも、本書は著者七十歳の折の刊行だが。[註1]）なかなか含蓄のあるタイトルだ。略歴を見ると、兵庫県在住、英文学者で歌人とあるので、随筆もさぞ味があるものだろうと見当をつけ、買い求めたのだ。

　本書は五部に分かれ、今は亡き師や先輩歌人たちの追悼文集「水甕の人々」、書や絵をめぐる随想「歌連祷」、郷里の龍野をめぐる人と思い出を綴った「望郷篇」、恩師N先生への便りを集めた「てがみ」——一篇は国文学者で歌人の阪口保へのものだが。そして「雑綵抄」から成っている。

　文章は今どき大へん珍しく、句読点がなく、すべて一字アケとなっている。これは歌人である著者の独自の文章観に拠るものだとは思うが、それについての説明はなく、ふつうの一読者の私にはその理由がよく分らない。もっとも、全体にそれで読みにくいわけではないが。

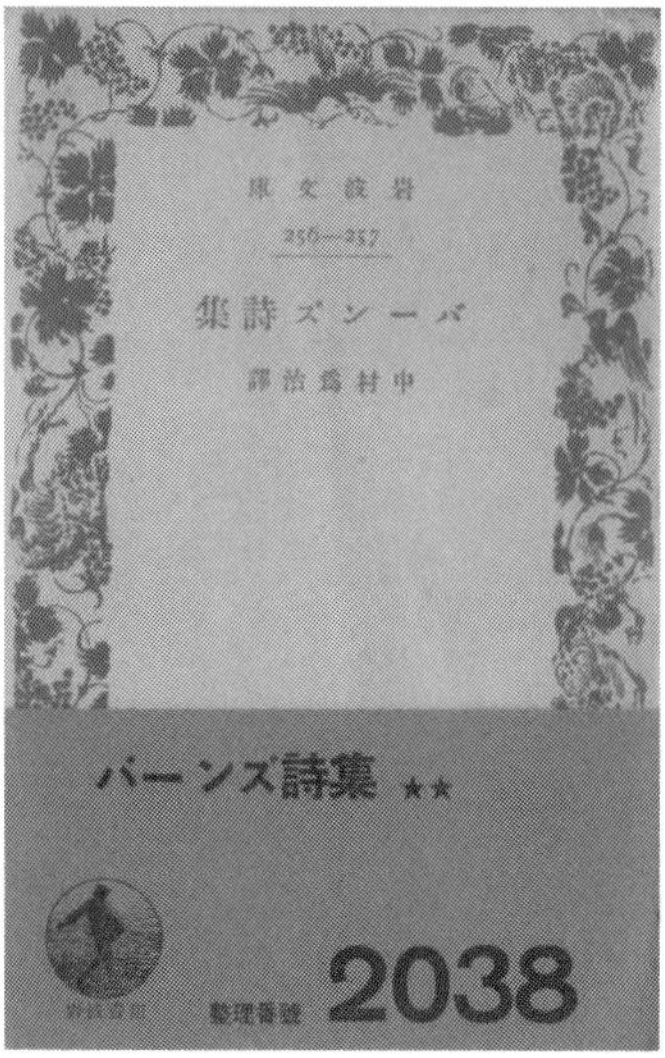

読んでみると、期待通り、テーマは地味ながら雅致に富む文章が多く、引きこまれた。

Ｉ部では、「水甕」の先輩、谷口武彦氏が出版業をやっていた時代があり、それが京都の明窓書房だったことを初めて知った。野間宏・富士正晴・井口浩詩集『山繭』や山上次郎『斎藤茂吉研究』（上下）などの版元である。前者は私も古本で手に取ったことがある。谷口氏の歌集に『真青竹』がある。元々豊かな家の出らしく、職業も銀行家、弁護士を経験している。Ⅱ部の「〈水甕〉五十年史稿」は、尾上柴舟が創刊し、石井直三郎、児山信一、風巻景次郎らが社員だった〈水甕〉の歴史を簡潔に紹介していて、短歌史に無知な私には参考になった。Ⅲ部の「てがみ」は、犬飼氏が関西学院大英文科で教えを受けたN教授に折々に送った手紙集だが、N先生とは卒業後も長く家族ぐるみで交流が続いていて、その書面には敬愛と暖かさがこもっており、ほほえましい位だ。別稿「N教授」によると、謹厳なキリスト教徒だったN先生に煙草や酒を飲み、花をひき、将棋をさすことを伝授したのは犬飼氏らの生徒連中であった。画も描き、もっぱら「聖家族」をモチーフにしていたという。心にしみるチャペルでの説教でじいんと胸に響いたのは、N教授の話だけだったとも顧みる。当時、N教授排斥運動が起り、犬飼氏ら大学四年生十二人が結束して反対したが、氏の卒業後二年して東京のS大の教授になって東京へ帰って行かれた。N教授は『抒情英詩集』をK社から、『ヴィクトリア朝の抒情詩』をT堂から、『バーンズ詩集』をI書店のI文庫から出している、とも。それで私は

N教授とは誰のことだろうと探索心を起した。I書店とは岩波のことだろうと見当をつけ、最近古本屋で手に入れていた文庫『岩波文庫の八十年』[註2]（二〇〇七年）をのぞいてみた。すると書名索引からすぐに分った。『バーンズ詩集』は昭和三年に出ており、訳者が中村為治となっている。岩波文庫創刊からまだ二年目の刊行である。当時すでに英詩研究の分野で高い評価を得ていた人であることが分る。ただ、なぜ匿名で通したのか、よく分からない。手紙はプライバシーにかかわる内容だからだろうか。

さて、本書でもっとも興味を引かれたのは、「少年のうた」と題する一文である。まず冒頭で、友人である本書の版元、明石文庫主宰の木村栄次氏[註3]とのエピソードを紹介する。木村氏はかれこれ四十年前、「明石港近くの樽屋町で、何代か続いた筆笥屋を飲みつぶし（？）歌書・歌集専門の古本屋をやっていた」という。戦後は新刊書店をやっていたのは知っていたが、そうだったのか。その木村氏、ある席上で「犬養健が短歌を作っていると思った」（犬養健は白樺派の作家）と告白した。実はこれは大正五年、「少年倶楽部」に犬飼氏が「犬養たけし」のペンネームで短歌を投稿して初めて活字になったのをうっかり勘違いしたのだという。「中学世界」にも、佐々木信綱選で「蜘蛛の巣にかかりて悶ゆ小虫をば救いてみたり淋しき心」が載った。「文章倶楽部」には金子薫園選で「代数の出来ぬかなしさふとみやる小庭の薔薇の紅の花」が。どちらも中学生の歌としては雰囲気のある見事なものだと思う。また「白樺」にも「地方詩歌欄」に投句した「わが町にたった一つの煙突が今日も煙を吐かぬさびしさ」が二等に当選して載ったのを忘れない、とも。この時の賞品は、長田幹彦『小夜ちどり』（新潮社、情話選集の一冊、大正五年、夢二の表紙）だったというから、当時の夢二人気からして小踊りして受け取ったことだろう。

さらに「短歌雑誌」（大正七年三月号）にも載ったが、これを後年、「銀行を辞めて古本屋「怺心荘書房」をやっていたポトナム同人、長谷川伝次のところで見つけたと記しているのも興味深い。歌人や詩人が若い頃、古本屋を営んでいた例は割合知られているが、前述の木村氏同様、長谷川氏もそうだったのだ。愉快なのは、氏が少女雑誌にも投稿していたことで、当時創刊された「才嬢文壇」に川路ももも代嬢として登場し、住所が載ったものだから、わんさか男性からのファンレターが押しよせ、中には「写真送れ」というのには参った、と述懐している。氏に限らず、大正、昭和の投稿欄のある文藝雑誌には、時に女性のペンネームで男性が投稿して、よく勘違いによる悲喜劇が起ったことは、木村毅なども書いていたと思う。[註4]

もう一つ、注目したのは、私がかつて企画して担当した『モダニズム出版社の光芒』(淡交社)で社の歴史を辿った、大阪発のプラトン社の雑誌も登場したことだ。「苦楽」の一周年記念号が永井荷風選で「軽文学」を募集したので、氏も桑野葭なるペンネームで小唄「せぬ約束」を投稿したところ、三等に当選、大枚三十円を賞金にいただけるはずだった。ところが、実はこの一篇、内藤銀策編輯の「かなりや」という詩の同人雑誌に四、五ヵ月前にすでに発表したもので、原稿料とてなく、道徳的に悪いとも思わず二重投稿したのだが、それをたまたま読んでいたある読者が「苦楽」に告発したため、賞金は結局もらえずじまいだった。「「せぬ約束」なんて題が悪るかった」と頭をかき、「世の中は実に狭かった　そしておせっかいが多かった」とも述懐している。こうした昔の投稿文芸雑誌への体験談はもっといろいろ読みたいものである(【追記5】参照)。

ところで、私は別稿でも、男性著者の追悼集には時たま、亡き人の世間での評価、つまり表の顔はよくても、家での裏の顔や影の側面がかなり違っていたことを、奥様があとがきで正直に暴露していることがある、と書いたが、本書は追悼集ではないのにかかわらず、奥様の〈編者のことば〉でまさにそれが立証されている。犬飼篤子さんもアララギ派の歌人であり、武氏との合同歌集も出している人だから、文才がある方だ。本書は犬飼氏が今まで書いた雑文を丸投げで奥様に渡し、その中から苦心して三分の一を採り、整理、編集して本に仕上げたのだから、ここぞとばかりに夫君への思いのたけを吐露するのもムリはない。小気味よいほどの啖呵を切って、夫の知られざる本性(?)を暴露している。のっけから『後夜』の著者のワースト・ハーフになって　今まで五十年とんだ巡り合わせで　今もってその動機に疑問をもち　よくもまあ辛抱したものだ　とつくづく述懐する夜もございます」と書き出している。続けて、夫は龍野市恐妻会副会長などと言いふらしているが、「家では全く正反対　典型的な暴君なのです　怒号頻発「百貨店の玩具売場に共に来て老いたる妻に怒号を浴びす(小径集)」を記憶にとどめます　又些やか事なのに　私に正座を命じ　諄々と垂訓する時もございます」などとも告白している。私共の親の世代以上の夫婦ではよく見られた、夫婦像の一典型と言えようか。他にも、わからず屋とか、ほとほと愛想も尽き果てます、といった強いけなし表現も見られる。

ただ、陰湿な書き方でなくカラッとしているので、ある種の逆説的な愛情表現なのか、とも受けとれるが、それにしても……という感じはする。最後は、夫君の数々の造本の東洋的貴族趣味についてゆけず辟易しながらも、読者への一片の共感を乞い願って筆をおいている。著者の〈後記〉ではそれらへの反論はない。度量の大きいところを示したのか……。

ここで、奥付前頁にある著者略歴から簡単に引いておこう。一九〇三年、岡山県高梁市に生れる。神戸市で一時小学校時代を過し、高梁中学卒業。関西学院大文学部英文科卒業。龍野高女教諭などを経て、神戸山手女子短大教授となる。〈水甕〉同人で選歌担当。歌集に『吉備川原』『愛哉』『小径集』などがある。

この略歴で省略されているのが、犬飼氏が大正十三年、関学大四年生の折、編輯人として大学の文藝雑誌「横顔」を発行したことだ。これについては、神戸モダニズム詩史に関する詳細な論考をまとめた詩人、季村敏夫氏の二冊の労作（『山上の蜘蛛』『窓の微風』）の中で表紙図版入りで紹介されている。その同人には竹村英郎、受川三九郎、川口尚輝（戯曲）、犬飼氏の一年後輩の竹中郁、そして学外から当時灘で活動していたアバンギャルドの画家、岡本唐貴、浅野孟府がいた。「横顔」は十号まで確認されている。表紙も岡本、浅野が多く担当し、表現派風のインパクトのあるものだ。川上澄生も一冊担当。当時の関学大の文芸グループと岡本、浅野らの前衛画家グループとの密接な交流については、兵庫県立美術館学芸員、平井章一氏の館の研究紀要（5号、6号）論文「岡本唐貴、浅野孟府と神戸における大正期新興美術運動」で詳細に考察されている。知られざる事実が次々と発掘される大へん貴重な論文だ。私はたしか季村氏の本からこの論文の存在を知り、私の企画でＮＨＫブックスのユニークな一冊『シュルレアリスム絵画と日本』を執筆していただいた同館の学芸員、速水豊氏（現在、三重県立美術館館長）にお願いしたところ、快くコピーを送って下さったのだ。竹中郁は「横顔」を四号まで離れ、その後福原清らと「羅針」を創刊……と続けるとどんどん話が広がり切りがなくなるので、ここで止めておこう。それにしても、私が育った灘区（原田村）で昔、こんな前衛的な文学・芸術活動があったとは、感慨深いものがある。犬飼氏にもし「横顔」時代を回想したエッセイがあれは、ぜひ読みたいものだ（奥様が採らなかった三分の二の雑文の中に含まれていたかもしれないが）。氏の若き日のモダニズム雑誌の編輯を顧みると、晩年は奥様も言うように、東洋回帰の傾向も見られたようである。

〔註1〕 古書通の中島俊郎先生から送っていただいたネット上の犬飼武氏の簡単な紹介によると、氏は昭和五十一年十一月、七十四歳で病死した、とある。そうだったのか！ 出版時、すでに体調不良で、近い将来の死を予感していたのだ

ろうか。
〔註2〕　本書に収録されている「岩波文庫略史」は筆者が無記名だが、まちがいなく岩波文庫創刊編集部の身近にいた人によるもので、昭和二年、その誕生のいきさつから昭和十三年二月頃、社会科学ものの多くが発売禁止に至るまでの軌跡を内部資料も駆使して生々しく回想した貴重な出版史の一記録と言えよう。昭和初期、岩波には二十人位の店員がいたが、編集の仕事をしていたのは岩波氏とK（筆者註・加藤千代三氏と思われる）だけだった、というのは意外である。当時の円本流行に対抗して岩波茂雄がドイツ、レクラム文庫に範をとって文庫を発案、三木清を企画顧問として計画を進めた。「Kは当時毎日原稿を獲得するために昼夜の別なく駆け歩く。N（筆者註・長田幹雄氏かと思われる）はKのもって来た原稿を本にするために、これまた昼夜の別なき有様であった。これも故人となった和田勇が校正の主任であった」などと。

文庫は、当初、大体初版一万部以上刷ったが、異例なのは創刊時昭和二年に出た『藤村詩抄』で、初版五万で、昭和七年までに計七万五千部刷ったという。ただ昭和三年後半には初版六千～八千部のものもあった。現在の岩波文庫は初版どの位平均で刷られているのだろうか。
〔註3〕　木村栄次氏は明治三十七年明石に生れる。明石で木村書店を経営。歌人で「水甕」選者。著書に『いしぶみ紀行』（のじぎく文庫、昭和四十一年）や歌集がある。かたわら明石文庫を主宰し、歌集出版や稲垣足穂の新版『明石』（昭和三十八年）も出している。
〔註4〕　本稿を読んで下さった書友、松岡高氏のお便りによると、小山内薫も婦人雑誌に妹の八千代の名を使って短歌を投稿し、それが一等に入選した話が岡田八千代『若き日の小山内薫』（古今書院、昭和十五年）の中に出てくるそうである。

また、後日神戸、六甲道の学生会館の古本展で入手した荒川洋治『ロマンのページにパーキング』（毎日新聞社、一九九〇）という、本についてのエッセイ集に、広津和郎の少年時代の習作「雪の夜」という短篇を紹介しており、「彼は十六歳の頃から「女子文壇」「万朝報」などへ主に女性名で投稿して次々に入選を果たしている」とあった。

【追記1】　私は脱稿後、中村為治訳『バーンズ詩集』が気にかかり、探し求めた。ようやく元町の神戸古書倶楽部で、旧い岩波文庫が並んでいるコーナーの中に見つけることができた。戦前の、今の文庫より少し縦長の判型である。奥付に著者略歴が載ってないかと期待したのだが、何も記されていないのが残念だった。奥付に昭和三年発行、昭和十四年第十刷発行とあり、かなり売れていたことが分る。その近くに思いがけず、中村為治選訳の『キップリング詩集』（昭和十一年発行）も見つけたのは収穫だった。『バーンズ詩集』が好評だったので続けて企画したのだろう。なお、改めて前述の文庫の人名索引を見ると、マーク・トウェーンの『ハックルベリィフィンの冒険』やキップリングの『ジャングルブック』も出しているのが分った。そうだったのか。私の不勉強を恥じるばかりだ。

【追記2】　犬飼氏については『兵庫県近代文学事典』（和泉書院）に載っているかもしれないと期待して、ジュンク堂へ出かけ、のぞいてみたが、全く立項されてなかった。私には少々不可解であった。

【追記3】　自宅の二階の床に幾山も積んである雑本を他の本の探しもののついでに山を崩して見ていたら、以前、ロードス書房の店頭均一本の中から入手した細長の小雑誌「あかいし」（三十四頁）が二冊出てきた。これは、明石市芸術文化センターが出しているもので、明石の文化を幅広く紹介している。編集人が谷村礼三郎。この人は小説集も数冊出している方だ。その折、「あかいし」が十冊位は並んでいたのだが、そのうち面白そうな「明石の文化」特集の二号（一九八二年、十一月）他一冊を買っておいたのだ（現在も出ているのかどうか分らない）。

今、改めて見ると、そこに木村栄次氏が「稲垣足穂断想」を二頁書いている。

「稲垣足穂（明治三十三年生）の家は、明石の駅前通り山陽亭の真向かいくらいにあった」と書き出している。続けて足穂の前半生の略歴を紹介し、次にこう述べている。

「私が、稲垣足穂と親しくしたのは、彼が昭和七年二月

（三十二歳）明石に帰省してから、昭和十一年十二月上京するまでの、数年間であった。

　当時、私は（二十八歳）現在の木村書店の位置で、主として古本と貸本屋を営んでいた」と。ある日、足穂に誘われて彼の部屋に上ると、小机の上に岩波の『理科学辞典』がでんと置かれ、サン・テクジュペリの『夜間飛行』の文庫本が畳の上に投げ出されてあったり、天体望遠鏡も異様に目についたという。その時、気軽に芥川龍之介の手紙をくれた、というから、古本屋の木村氏は大いに喜んだことだろう。このように足穂とは数年間友達づきあいがあったようだ。最後に、これらの交友をもとに「私だけが知っている明石時代の「足穂言行録」など、一冊の本になるだけの資料を持ち合わせているが、今はそれをゆるされないのが残念でならない」と結んでいる。

　木村氏が書店の仕事で多忙なのか、体調がすぐれなかったのか、分らないが、そのような本はついに出版されずに終ったようだ。もし書かれておれば、足穂研究に寄与する貴重な一冊となったに違いない。

　なお、本稿を活字化する校正中に、神戸へ出かけ、たまたま喫茶店で神戸新聞を見ていたら、「あかし　魚の棚界わい今昔」という連載記事が目についた。それによると、木村書店は今の位置に昭和九年頃建った。現在も、二代目の木村稔さんが店を続けているという。街の本屋さんとしては相当長い歴史をもっているのだ。

　さらに後日、以前手に入れた「半どん」37号（昭和四十三年二月）—特集・詩人・富田砕花の周辺—を自宅の床に積まれた本の山から何げなく取り出し、拾い読みしていたら、四十二年度の〝半どんの会文化賞〟の受賞者発表が載っており、現代芸術賞部門の小林武雄氏ら四人と共に、文化功労賞の部門で木村栄次氏が受賞していた。明石における長年の出版、文化活動や歌話会活動への貢献によるという。その〈受賞者の顔〉欄に短文だが、犬飼武氏が書いており、二人のつきあいがすでに四十年になる気のおけぬ間柄のせいか、歯に衣きせぬ口調で木村氏のことを紹介している。氏は歌会などでも、お互い、歌をほめあったことはない。また木村氏の周囲には主におばあちゃんのガール・フレンド（？）が多彩にいて、「そうハンサム翁でもないのに、ひきつけるものがあるらしいのは羨しい」と。木村氏は持病に喘息があるが、一生癒らぬのが「多弁症」である、とも。一寸電話をかけても延々五、六分はしゃべるので、犬飼氏はすぐ無慈悲に電話を切る。なぜなら、おしゃべりの後、木村氏に必ず喘息の発作が出るから、という。略歴を見ると、前述した足穂の本の他に黒部亭・上月乙彦、黒田隆合共著の『明石と芭蕉』他も出版した、とある。あっと思ったのは共著に『味のパトロール』『関西味覚地図』など、とあったからだ。後者は私が昔、勤めていた創元社で上司に当る東秀三氏がシリーズで手がけていた味覚のガイド書で、竹中郁や赤尾兜子《とう》なども執筆者に加わっていた本だ（後に、大阪、京都、神戸篇に分けて出版）。その中に、木村氏も入っていたのだ。とすれば氏は間接的ながら、私ともわずかに御縁があった方なのである。

また後日（平成二十七年一月下旬）、神戸、サンチカの古本展に遅ればせに出かけた際、会場隅の勉強堂のコーナーで、古い文学書や芸術書の良本（値段も高い）が並んでいる棚を点検していたら、その中に薄い一冊の歌集を見つけた。グラシン紙に包まれていて背のタイトルもよく見えないので引き出してみると、歌集『軽塵』木村榮次（昭和二十五年、木村書店）とあった。

私は歌集にはさほど関心がないのだが、さすがにこの著者の名前は脳にインプットされていたようだ。値段は千円。私は「しめしめ、また原稿に書けるぞ」と喜んですぐ小脇に抱えた。地元、神戸の古本展でなければ、なかなか出てこない本だろう。（わざわざ神戸へ出かけたかいがあった！）

本書は、後記によると、昭和五年から二十年間にわたって、主に「水甕」に発表した作品から約四百首を選んでまとめた第一歌集である。歌の師である松田常憲氏が丁寧な序文を寄せている。後記によると、氏の作歌の心情は「短歌は生活実感を根底とする詩精神によってつらぬかれた文学にほかならぬ」というものであるが、時には短歌形式に対する懐疑や表現のもどかしさにとらわれ、なかなか歌集を編む気にならなかった。ところが、昭和二十四年二月二十日、明石市の中心街が灰燼に帰す大火災が起り、氏の家は幸い奇跡的に類焼をまぬがれた。それで準備していた歌集出版のことも心すすまなかったが、松田先生の懇切をきわめた序文が届き、再び心に急ぐようになったという。最後の謝辞で「久しく友誼をいただいている」人々の中に犬飼武氏ももちろん挙がっている。口絵には神戸の画家、小松益喜氏が描いた明石駅前の大火災跡の写生デッサンが入っている。

本書は年代順に歌が配されているが、私がおっ、と注目したのは、昭和十年代の項目に「古本屋」があることだ。前述のように、やはり戦前は古本屋をやっておられたのだ。全部で十七首あるが、他の箇所にあるものも加え、私の気に入った七首をここに紹介しておこう。これだけまとめて店主自身が古本屋の生活を歌った歌集も珍しいと思う。（句集では、山王書房、関口良雄の『銀杏子句集』が思い浮ぶ。）

○ひとくくり十銭二十銭に売られゆく雑書を惜しみ言ふ人もなき
○争ふごとく競りおとしたる歌書幾冊つみかさねもちて市よりかへる

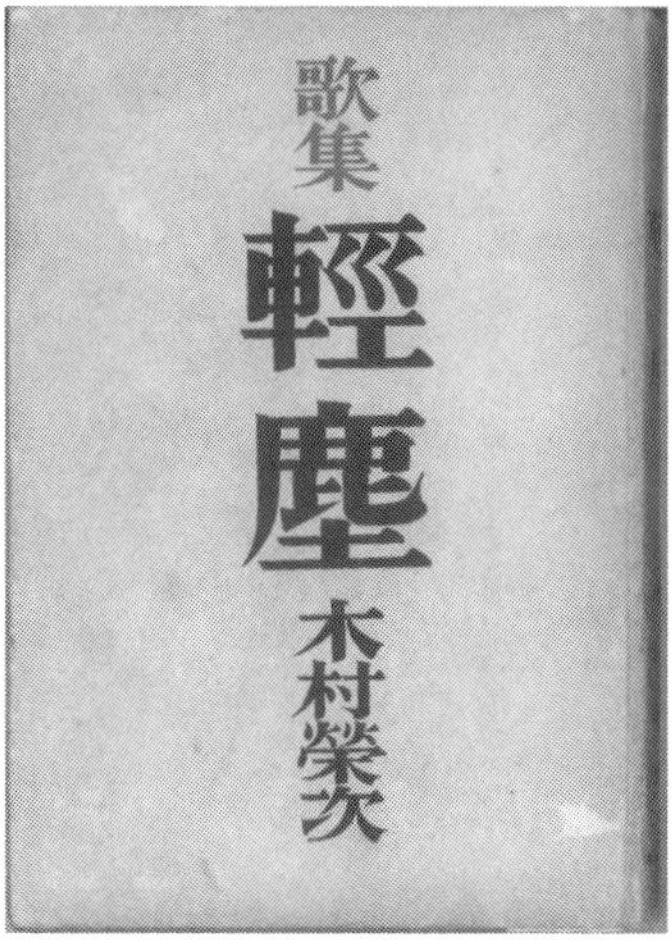

『歌集輕塵』口絵

○売行にぶき歌書をあつめて商へるわが店をあやぶみ言ふ人のあり
○あしたより心ふさぎぬ幾人か入り来し客の只見して出づ
○聖《ひじり》の書盗みゆきたる者ありて慰みがたし今日のひと日を
○狭き店内に客たちこむる昏れがたのひとときが過ぎてしばし安けし
○来る日来る日古き雑誌をつくろひていつやすらぐといふ時はなし

最後に、犬飼氏との交友のひとこまを伝える昭和九年代の二首も引いておこう。「龍野・山崎行」の項目中に入っている。

○夜をかけて君とかたらむたのしさを心にもちてわれは来つるに
○訪ね来て拙《つたな》くわれの見舞ごとのべたるのみに君が家を出づ
（犬飼武病めるに）

本書の校正中に、神戸古書倶楽部で木村氏が八十歳を越えてまとめたという句集『余端の歳月』（昭和六十一年、雪華社）も見つけた。病気をもちながら比較的長生きされたらしい。

【追記4】 うっかりしていた（いつものことですが）。ひょっとして『日本近代文学大事典』に中村為治《ためじ》氏が立項されているのでは、と思い千里図書館で見てみると、やはり、ありました。ごく短い記述である。要約して紹介しよう。

明治三十一年、東京銀座の貿易商の家に生れる。東大英文科で市河三喜の指導を受け、大正十二年卒業。東京商大予科専門部の教授となる。となっており、若い頃一時、関学大で教えたことは省略されている。

著作では岩波『バーンズ詩集』が絶版（?）後、戦後三十四年『バーンズ全訳詩集』として角川文庫に入ったこと、著書に『イエスの生涯とその教え』（山本書店、昭和四十一年）があることが新たに分った。前述の英文学の専門書は省略されている。

いずれにせよ、犬飼氏の随筆は中村氏の人柄やその家族のことをも伝えるものとして貴重なものであることが改めて分った。（中村氏については次章でその生涯を改めて紹介しているので参照してほしい。）

【追記5】 後日、昔入手した喜志邦三のエッセイ集『木曜詩話』（交蘭社、昭和十四年）を別稿執筆の参考にしようと改めて何げなく見ていたら、「秀才文壇投書の頃」が目に付いた。この一文から簡単に少し紹介しておこう。当時、投書雑誌として「文章世界」（博文館）と「秀才文壇」（文光堂発行）があったが、後者は前者に比べて何となく見劣りがした。大正三年「秀才文壇」二月号に四月特別号の原稿募集広告が出たのを当時十七歳の中学生だった喜志氏が見て、初めて詩二篇を早速投稿した。次の三月中旬、心斎橋のほとりの駸々堂で四月号を買い求めた氏は、その詩が堂々と本欄に、しかも第一席で載っているのを発見した。氏は「私の今までの詩作生活に於いて、此の時ほど嬉しかったことは無かったが将来に於いても恐らくこんな喜びは再び経験し得ないであろう」と述懐している。選者は山村暮鳥氏だった。賞として三円程度の図書券をもらった。こ

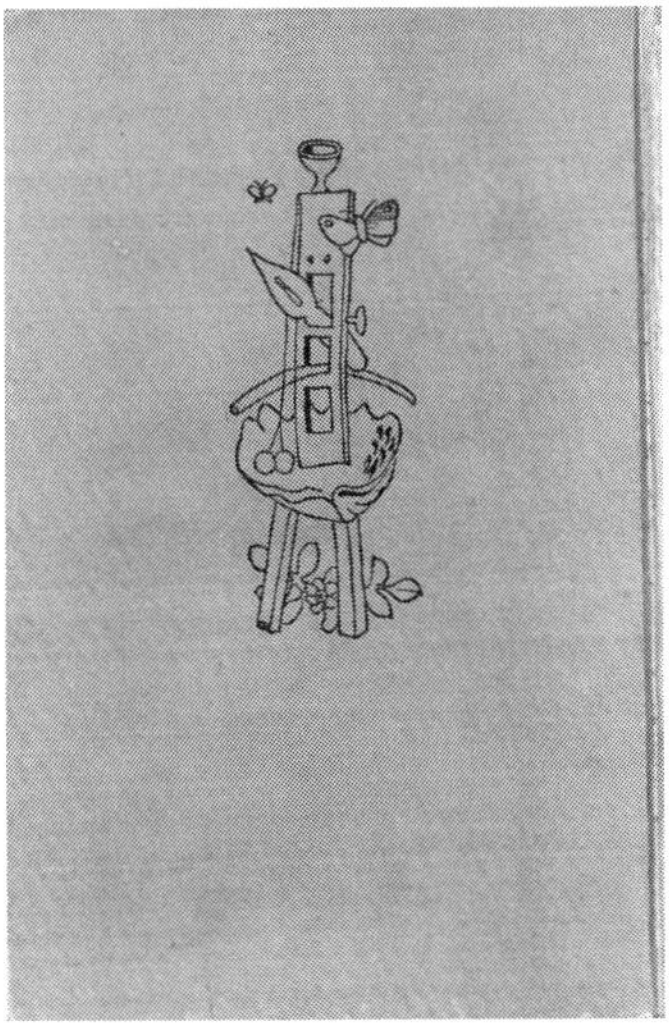

の「秀才文壇」の投稿欄からは結城哀草果や赤松月船（詩人）、後に短歌雑誌「六甲」を主宰する坪田耕吉などが出ているという。

　喜志邦三は明治三十一年大阪生れ、早大英文科卒の詩人。長らく神戸女学院大で教えた。詩集『堕天馬』や『交替の時』などいずれも交蘭社から出している。戦後は「交替詩派」「灌《かん》木」を主宰し昭和五十八年に亡くなった。なお、本書（『木曜詩話』）には「詩集の献詞」「出なかった詩集」「書物と詩」など魅力的なテーマのエッセイが数多く収録されている。古い詩集の資料としても大へん参考になる本だ。交流があったとみえ、京都で「青樹」を主宰していた天野大虹（隆一）氏が本書を装幀しているのも興味深い（前頁の表紙絵参照）。あきつ書店目録によれば『交替の時』も天野氏の装幀である。

　この、日本画家で詩人でもあった天野氏については私の『関西古本探検』で、その長きにわたる編集者としての仕事を少しだが紹介している。戦後は長く詩誌「ラビーン」を主宰し同人たちから慕われた人だ。氏の編著、文庫判の『京都詩壇百年』（文童社、昭和六十三年）は口絵に詩人たちの貴重な写真や豊富な書影も載っていて、書誌的に大へん貴重な労作であり、私も愛蔵している。詳しい評伝が待たれる人である。さらに、もう一つだけ読者に情報のみ提供しておこう。後に、難波の地下道にある天牛堺書店（現在は閉店）をのぞいた際、私は初めて、六社共同オン・デマンド出版《リキエスタ》の会発行の木村毅『明治文学余話』と柳田泉『明治文学研究夜話』（以上、二〇〇一年、両書とも筑摩書房編集）を見つけて入手した。どちらも『明治文学全集』の月報に連載されたものをまとめたもので、貴重な出版である。木村氏の本の中に、氏が初め博文館の『少年世界』に雷音の号で投書し、後には『文章世界』（田山花袋が選者）の投書家として活躍したことが詳しく回想されている。後に文筆家として活躍する投書家仲間のこと、とくに『文章世界』に載った内田流石（百閒）の写生文にはひどく感心したことなどが書かれていて面白い。谷崎潤一郎も中学一年生のとき、『少年世界』に初めて文章を投

書しているという。『少年世界』には、他に平林初之輔、百田宗治、舟木重信なども投書していた。

実は、これには後日談もある。木村氏の前述の回想記にふれて書いた一週間程あと、平成二十八年四月末、四天王寺の古本祭り初日に出かけた。その折、ネット専門の新顔の参加店、「一冊堂」のコーナーに「少年世界」が二冊、各五百円（激安だ！）で出ているのが目に止まった。私はもしかして、と思い、二冊の中身をのぞいてみた。すると、明治四十二年七月号の巻末の方にある「少年文壇」欄に、乙賞（甲賞一名、乙賞二名、丙賞三名）に「杜鵑」のタイトルで、岡山県（後略）木村雷音、とあり、七行の文章が出ているではないか！　引用は控えるが、（評）は「亡妹と月と杜鵑とを以て一篇有聲の画となしたる手腕敬服」となっている。前述の木村氏の号が雷音と知らなければ、全く気づかなかったことだろう。（木村氏によると、当時の選者は編集者の木村小舟だったという。）巻末の「投書規則」によると、乙賞には「八十銭の書籍」が贈呈された。一寸した発見にすぎないが、これも「本が本（雑誌）を呼ぶ」一例として、私にはうれしい収穫であった。ちなみに、浅岡邦雄氏の出版史研究によれば、当時の「少年世界」は六万五千～八万部の発行部数を誇った雑誌であった。

【追記6】　平成二十七年十月初め、久々に本町の堺天牛書店をのぞいた。ここは数日ごとに均一額が変わるところで、その日は三〇〇円均一だった。順々に見てゆくも、これといって面白い本はない。そのうち、句集や俳句本が割に多いコーナーにさしかかり、その中に二、三冊、ふらんす堂の「現代俳句文庫」が並んでいた。その一冊、『加藤三七子句集』を何げなく取り上げてみた。むろん、私は俳句には素人なので、ほんの気まぐれからである。裏表紙に、著者の優しそうな顔写真とともに略歴が表示されていて、大正十四年兵庫県龍野市に生まれる、とあった。続いて目次をのぞくと、俳句作品集の後ろにエッセイが一篇収められ、それが何と「犬飼一家の中で」とあるではないか！　私はピンとひらめいた。犬飼一家とは、犬飼武氏の家族のことだろう、と。とすると、加藤三七子さんは犬飼氏の娘さんではないか。私はそう思い込んで、ホクホク顔ですぐレジに足を運んだ。

帰りの地下鉄で座れたので、早速そのエッセイを読み始めた。すぐに、前述したのが私の早とちりだったことに気づいた。即ち、加藤さんが犬飼氏の娘さんではないことに……。

一文の出だしは、犬飼氏の『後夜』収録の、氏が中村為治先生に送った、家族写真に添えて一家の近況を伝えた手紙の一節を引用している。その子供たち、長男K、長女Y、次女K、三女Kのうち長女Y、つまり雍《よう》ちゃんと加藤さんが、女学校の同級生だったのだ。

続けて、「学校の裏門の坂道をおりたところに犬飼家はあった。三木露風旧居に近かった」と書いている。

女学校で、雍ちゃんとは石川啄木の話や中原淳一の絵の交換、宝塚の人気スター、小夜福子の話などを交してたちまち仲よくなった。それから犬飼家によく出入りするようになり、長男や妹さんとも仲よくなった。みんなと同様に犬飼夫妻を「パパ、ママ」と呼んでいたという。

「犬飼先生は、女学校一年生の私には素晴らしい先生で」あった。「英語も何も教えて貰わなかったが龍野高女では人気のあるまばゆい存在であった」とも。

お正月には毎年、一家そろって百人一首の「かるたとり」をした。加藤さんも参加したが、礼儀正しくそのくせどこか無頼で、「さっと早く札をきれいにとばすパパに、ママは子供のように口惜しがってたのしかった」と。

パパの処女歌集『吉備川原』には、「神社の一人娘のママとはげしい恋のすえ学生結婚されたころに詠まれた相聞」の歌が含まれており、その一首を引いている。

「神職の娘なりし妻が少女期に横笛吹きし社殿が蒼し」

犬飼氏が関学大英文学科学生の頃、すでに結婚していたとは。お二人は情熱的なカップルだったのだ。

さらに早くから文学好きだった加藤さんにとって、犬飼家が何より魅力的だったのは二階のパパの書斎とその蔵書で、その書架には芥川や鏡花の全集、佐藤春夫、室生犀星、上林暁、里見淳などの初版本のいいものがびっしりならんでいた。それらの本を貸してもいい、とパパから初めて許されたときの感動は生涯忘れない、という。

少し長くなるが、彼女の犬飼夫妻への人物評も引用しておこう。

「パパは「水甕」の歌人。ママは「あららぎ」の歌人。パパはサンチマンタリスト（筆者註・情緒性豊か、の意味か?）でダンディで、シャイで、ママは化粧っ気のない美人で素朴で、童女のようであった。まっすぐにものを言うママが好きであった。見ているとパパの方がやさしそうに見えながら暴君であった。神経質でわがままにママを叱っているパパは、ママにだけ心を許しているという風であった」と。

彼女は続けて「いい夫婦で、私には理想の家庭であった」と記している。前述の老年期の奥さまの夫君評とさほど違っていないが、それでも、夫妻のライフ・サイクルのもっともよき時代を彼女はいくぶん理想化して眺めていたのではないか（あくまで私の推測ではあるが）。

加藤さんは戦争中に女子校を卒業して国民学校の先生に

なったが、初出勤の日、パパに頼まれたといって、雍ちゃんが色紙のたとうと香水の包みを持ってきてくれた。それには細いが動きのある綺麗な字で、

「三七子嬢教壇に立つを祝いて」
菊の香のいづくにかして秋うらら君教壇に少女さびたつ　武

と綴られていた。

戦争が終って、彼女は二十二歳の折、犬飼門に入り、短歌をつくるようになる。その頃、犬飼家は、十文字川《どちがわ》沿いの国木田独歩ゆかりの家に移り住んでいた。犬飼サロンでいろんな文人と出会い、学んだようである。（犬飼家は晩年は明石市に住んでいる）

パパの死後、ママが詠んだ歌の二首を紹介しているが、その一首を孫引きしておこう。

甚平を着て夕散歩に行きし姿さびしげなりき八月なりき　篤子

加藤さんはこのエッセイを書く前に、ママが亡きパパを偲んだ歌五首を詠み、泣いたという。

以上、引用だらけの紹介となってしまったが、ありし日の犬飼夫妻のおもかげを著名な歌人が懐かしく回想している貴重な一文であり、本稿を補完するものと思う。

なお、加藤さんはその後、「ホトトギス」に拠って句作を始め、昭和三十二年より「黄鐘」を主宰。句集に『万華鏡』『螢籠』『恋歌』などがある。

最後に、せっかくの機会なので、本書から私の気に入った加藤さんの句を少しだけ引用しておこう。

草笛のきこゆるごとき手紙かな
読みあさる鏡花集あり春の風邪
夕焼け濃し芙美子の海を去らんとす
初螢信濃の闇を濡《ぬ》らしけり
新豆腐ふるへ貴船の川床濡らす
水澄むや誰もが胸にある佛

【追記7】後日、例によって昔入手していた「半どん」60号を見ていたら、「半どんの人々」と題する人物紹介の小さな半頁のコラムに、犬飼武氏が「青山順三のこと」を書いていた。その一文によると、犬飼氏は関西学院大文学部英文科に入って、大学の原田の森の療（？）で三年間青山氏と同居していた（青山氏は後に東京へ出て映画、演劇畑

で活躍した人で、晩年は淡路島に住み、「半どん」に回想記を種々書いているが、ここでは詳細は省略する。第14章参照）「その文学部の一年下に、青山順ちゃんや竹中郁さんがとぐろを巻いていた。青山氏とは大の仲良しであり、三年まで一緒に謄写版雑誌「朱欒《ザンボア》」を作った。そこで、犬飼氏は「鼻もちならぬ少女讃美」の文を書いた。四年になって本当の活字による雑誌を出して卒業しようと「横顔」を出したという。その頃、大阪のプラトン社から出ていた「苦楽」へ「仲間（傍点筆者）が小説を載せたり小唄を書いたりしたのが、青山順三、竹中郁、坂本遼ら純芸術派の忌避するところとなり、上級生をやっつける檄文を学部学舎の玄関に大きく掲げた」一幕もあった、と犬飼氏は述懐している。この仲間とは、前述で紹介したように、小唄を投稿した氏自身を含むのではなかろうか。ともあれ、「横顔」発行前後の事情の一端がわずかながら伺える興味深い一文であった。

【追記8】【追記7】を書いておそらく一年以上たった平成二十八年一月、「街の草」さんで積まれている本の山の中から、神戸の詩同人誌などが数種類束ねられているのを二山見つけ、店主の加納さんに声をかけて、雑誌をざっと点検していった。「半どん」一冊や名詩集『地球の水辺』で著名な以倉紘平主宰の「アリゼ」も数冊あった。京都のヴェテラン詩人で、山前実治《やまさきさねはる》の文童社に勤め、関西の詩人の多数の詩集出版を手がけた大野新も「アリゼ」の初期同人だったらしく、その追悼特集号（137号）もあったのはうれしかった。また、私が知らなかった詩人で、『黄金の秋』など三冊のすぐれた詩集を遺し、若くして（五十五歳）世を去った桃谷容子さんの追悼号（91号）も入手した。（書友、津田京一郎氏もこの詩人の大ファンだと伺った。）

その中で初めて見たのが、播磨の詩人、高橋夏男・松尾茂夫編集の「別嬢《べつじょう》」という、加古川市から出ている平均50頁に満たない同人誌である。加納さんの調べによると、タイトルは播磨の地名から採られているという。私の見たも

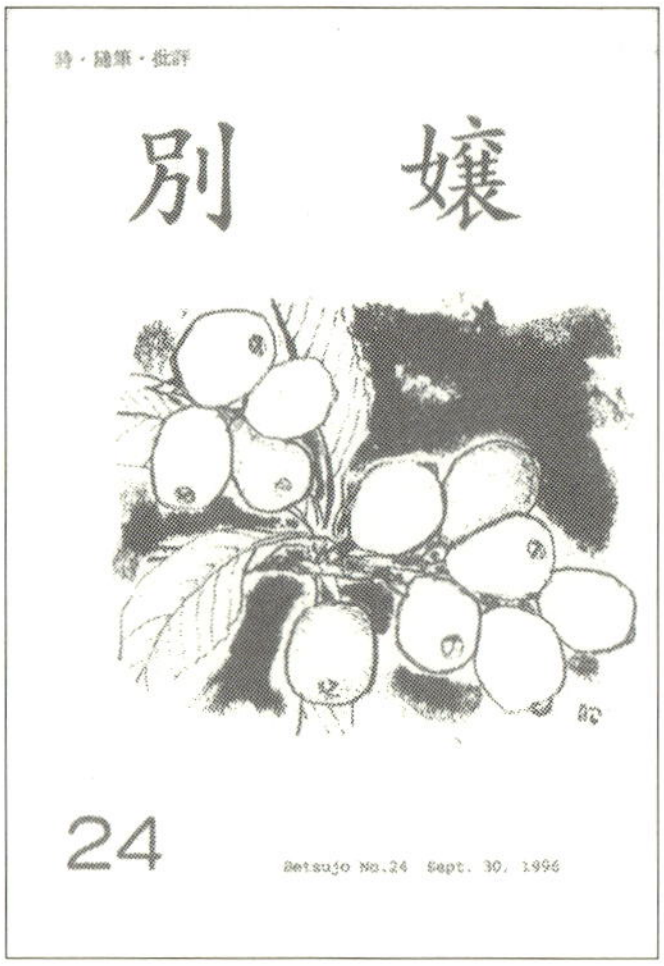

のでは、二〇〇九年十月刊の時点で、すでに76号出ている。目次をのぞくと、詩の頁に私が好きな詩集『船着場』など何冊かもっている須磨に在住のユニークな詩人、在間洋子さんの作品が出ているし、何より高橋夏男氏の「おかんはどこへ行った」という連載エッセイが76号の時点で17回まで続いている。このタイトルから私はすぐ、これは坂本遼をめぐるエッセイにちがいない、と直感した。というのは高橋氏はすでに坂本遼についての実証的な評伝エッセイ『おかんのいる風景』（神文書院）や、草野心平を中心とする「銅鑼」の詩人たち（坂本遼を含む）についてまとめた『流星群の詩人たち』（林道舎）などの好著を出しており、私も、見つけたそれらの古本を参照して、『古書往来』で坂本遼のことを若干紹介したことがあるからだ。おそらく、それ以後の探索の成果を連載で綴っているのにちがいない。しかも「別嬢」は一冊、百円という格安なので、私は喜んで五冊買い求めた。

帰りの阪神の車中ですぐ読み始めたが、毎回、二段三頁のものながら、新しく得た坂本遼をめぐる知見が次々と報告されている興味深い内容であった。中でも私が注目したのは「西湖村の青春」と題する40、41号の連載で、副題に「青山順三の回想」とあったからだ。（これは39号から始まっているが、残念ながら未入手。）

その文章によれば、高橋氏は何かの機会に（39号に書かれているらしい）青山氏とお会いして以来、青山氏の晩年、二年半ほど手紙などでの交流があり、青山氏のもっている坂本遼の資料や記憶をすべて提供してくれたという。（青山氏については前章でも紹介しているが、晩年淡路島に住んでからも、このように多くの文学者と交流している。）ここでは私がとくに興味深かった坂本氏の『たんぽぽ』出版時の装幀の裏話を次に引用しておこう。

「坂本は、詩集の装丁を浅野孟府に頼んでくれと青山にもちかけ、エルンスト・トルラーの戯曲『独逸男ヒンケマン』の表紙みたいに真っ赤にして貰って、真ン中にマッチの軸を一本描いて貰ってほしいと注文をつけたという」と。

坂本氏は大正十二年（十九歳）に関西学院大文学部英文科に入学。同級生に青山順三、竹中郁がいて、前述のように犬飼氏が一年上級にいたのだ。（三年下にアメリカ文学者で詩人の池田昌夫がいた。）池田氏も当時の詩人たちのことを『昭和詩の回顧』（編集工房ノア）で回想している。前章でも書いたように、その頃、東京から来神した岡本唐貴と浅野孟府が西灘の西洋館にアトリエを設け、そこを拠点に前衛画家としての活動を盛んに展開していた。当時、関学大は西灘の上筒井、原田の森にあったので、青山順三や竹中郁はその西洋館によく遊びにいき、画家たちと交流していた。青山氏は浅野氏ととくに親しかったようだ。「独逸男ヒンケマン」は当時須磨で「劇研究所」を開いていた川口尚輝がそこで試演した戯曲で、その舞台装置を浅野氏が担当している。表紙とあるので浅野、青山、坂本氏もその原書を見たのだろう。

さて、この連載（76号）から、もう一つ本稿に関連する私にとっての新発見があったので紹介しておこう。

坂本氏は在学中にその詩「お鶴の死と俺」が「日本詩人」（一九二五年二月、新潮社）に入選し、一躍クラスの人気者になった。全国的にも知られるようになり、二十一歳の折、草野心平の誘いで「銅鑼」同人になる。大正十五年、草野氏が来神してしばらく滞在した折、関西学院の大学生だった坂本氏が夏休みに入ったので、草野氏と一緒に郷里の実家へ帰り「銅鑼」七号を謄写版でつくったりしている。心平氏の回想エッセイには、その折、妹のあまりの寡黙ぶりに驚いたことが綴られている。昭和二年二月、関学大を卒業し、おそらく草野氏のすすめで、同年九月『たんぽぽ』を銅鑼社から出版する。高橋氏の一文によれば、その出版記念会が東京で開かれ、「銅鑼」13号（一九二八（昭和三）年二月）の後記に、草野氏がその出席者四十名程の名前を列挙している。会の開催日と場所は明記されていないが、後の秋山清の回想によれば、新宿駅のそばの「本郷バア」で、昭和二年十一月某日開かれたという（高橋夏男氏の著書による）。

交友の広い草野氏の呼びかけで、多くの詩人たちが集った。その顔ぶれの中には高村光太郎、小野十三郎、尾形亀之助、土方定一（後述）、浅野孟府、尾崎喜八、岡本潤、秋山清、萩原恭次郎など錚々たる人たちが見られる。

私がアッと驚いたのは、その中に、中村為治の名を見つけたからだ。

中村氏については次章でその生涯と仕事を簡単に紹介するが、一九二三（大正十二）年東大を卒業。甲府中学教師を経て、九月に関西学院大学文学部に赴任した。丁度、坂本氏や青山氏が入学した年である。その後二年半程、英文学を講義しているから、犬飼氏と同様、坂本氏もその授業を受けたはずである。中村氏は一九二六年春にはすでに東京へ帰り、東京商大講師になっている。おそらく、坂本氏は東京在住の恩師として会に招待したのだと思うが、それだけ懐かしい教師として印象に残っていたからにちがいない。いや、年齢も近かったから、文学を愛する者同士のもっと親しいつきあいがあったのかもしれない。

これは何ら実証的裏付けのない推測だが、後半生、乗鞍岳山麓で農業生活を送った中村氏と、農民出身で朝日新聞社に就めるジャーナリストとなり、詩、小説、児童文学を創作した坂本氏とは、その後も折にふれて交流があったのではないかという気がする（犬飼氏が卒業後も家族ぐるみで長く中村氏と交流したように）。中村氏も『たんぽぽ』をむろん読んでいるのだから。

なお、高橋夏男氏の本によると、心平氏と坂本氏は晩年に至るまで親しく交流を続けたという。

それにしても、こういう一寸した古雑誌上の発見は私をワクワクさせる。

もうひとつだけ発掘した成果を報告しておこう。

前章でさらに詳しく述べたが、私は神戸の民衆詩人、林喜芳が六十六歳から昔の文学仲間五人と出し始めた文芸同人誌「少年」のバックナンバーをざっと閲覧しようと、平成二十八年一月末の寒い日、かなりの号を所蔵している大倉山の神戸中央図書館へ出かけた。書庫から出してもらった合本三冊を創刊号から順々に繰ってゆくと、18号に、同人だった青山順三の「中村先生」と題する随筆が目に止った。私は「あっ、これはあの中村為治先生のことだな」と直観した。三段組み一頁少々の分量だが、私にとっては貴重な情報である。全文引用できたらいいのだが、そうもゆかないので、要約しつつ紹介しよう。

冒頭で、青山氏は関学大時代、一級下にいた荻田庄五郎氏が坂本遼君について書いた文章を送られ、少し引用している。（この文献も分かれば読みたいが、残念ながら出典は不明である）そこに中村為治先生の思い出も書かれていたのだ。

その文章に触発され、青山氏も中村先生の思い出を語っている。「昭和三年の暮か四年の始め、築地小劇場（筆者注・氏は卒業後上京してしばらく劇団で働いていた）で案内係の娘が「お友達のかたがご面会です」と告げにきたので、表に行ってみると、イガグリ頭に紺がすり、袴姿の中村為治先生が学生を一人連れて、ニコニコしていられた」という。少しも変らぬ昔通りの先生であった。概して教師は、赴任して初めて受けもったクラスの生徒たちの印象が強く残り、愛着も大きいようだ。その逆もしかりである。

続いて大学時代に思いを馳せる。先生は堅苦しい東大での学生生活を終え、卒業して、自由で、明るく進歩的な私学の関西学院においでになり、友人、石川欣一氏から灘の美酒を手ほどきされ、「自由の妙諦を体得された。」――これは犬飼氏の証言と一寸くい違うが。それ以来外国船員がたむろする「ダイヤモンドバア」で夜毎痛飲された。そのせいか、授業でも「ゆうべ酔っぱらって下調べしてこなかったよ。おい、この字辞書をひいてくれよ」などとおっしゃることもあった。「天衣無縫、気取りや見栄のみじんもない、そんな時の先生がぼくらは嬉しかった」とも。続い

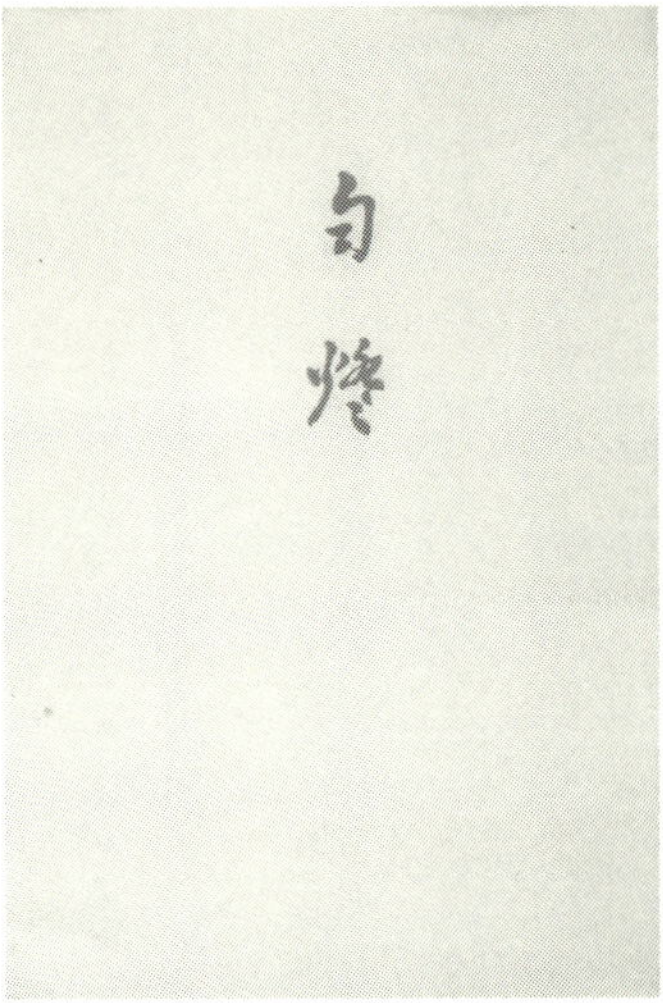

て、先生が一部の学生による教師追放の槍玉にあがった事件の顚末も綴っているが、ここでは省略しよう。そして関学大を辞して東京商大に転出する際、先生を敬愛する学生たちからお金を集め、小ざっぱりした身の廻り一式を餞別に贈った、と述べている。別のクラスでは「ダイヤモンドバア」で送別会をひらき先生は泣きだされた。青山氏のクラスも六甲苦楽園でお別れパーティを行った。先生はベロンベロンになり、一人ひとりを抱きしめ頬ずりしたという。若き日の中村氏の姿を彷彿とさせる回想である。最後に青山氏は先生の岩波文庫などの著訳書を種々紹介し、「われらの碩学、中村為治先生は御壮健である」と結んでいる。

さらに後日、入手した「別嬢」80号の高橋氏の連載には、池田昌夫と坂本遼との関係にも探求が及んでいる。池田氏が大学一年生のとき、坂本氏の推薦のおかげで、学内誌の「関西文学」に詩二篇がいきなり載ったことを感謝をこめて回想しているという。

池田氏は昭和十年に出した私家版詩集『白燈』の中に「ほうほう鳥——坂本遼兄に——」なる作品を収録しており、ここに引用されている。坂本氏がほうほう鳥の詩を陶然とした口調で朗読した様が詠われている。実はこの詩集を私は以前、たしか三宮、サンチカの古本展で偶然見つけ、入手している。奥付を見ると、著者が池田正樹になっていて、未知の詩人だったが、住所は兵庫県揖保郡になっているし、序を竹中郁が書いているので、念のために買っておいたのだ。赤いタイトル文字だけのシンプルな略フランス装の装幀で、五十四頁の薄い本である（二百部限定）。ただ本文用紙は詩集にふさわしいコットン紙だ。しばらくして池田昌夫の旧名（?）と気づいたのである。

私もこの詩集から、いかにも海港都市神戸の詩人らしい短い二篇を引用しておこう。

坂

下りてゆく坂の向ふに
水平線は眼より上……

斜陽にきらめく街並みは
エメラウドの海の底にある。

朝

工場の汽笛は晴天の序曲だ
エメラウドの海は、
光のリズムを街いっぱいに反射する。

続いて、坂本氏や竹中氏が卒業後、後輩の岩崎悦治と谷村定治郎らが学内同人誌『木曜島』を創刊したことにふれている。後輩の二人共、農家出身で、先輩の坂本氏を敬愛しており、大きな影響を受けた。「木曜島」にも坂本氏の詩を寄稿してもらっている。高橋氏によると、二人共、わざわざ上京して坂本氏の出版記念会に出席している。岩崎氏は明治三十八年生れ。一九三六年に詩集『季節の風』を出したが、一九四五年病気で亡くなっている。一九六七年に、旧友、谷村定治郎によって遺稿詩集『雲』が出版されたという。

「木曜島」は初め、岩崎氏が編集発行人だったが、五号から谷村氏に移った。その後の「木曜島」の左傾化については省略するが、谷村氏は卒業後、郷里、豊中市の役場に就職し、かたわら「大阪作家」や戦後は「豊中文学」を主宰し、長く詩作活動を続けている。谷村氏も「たんぽぽ忌」という詩で「遼さんあんたは……」と呼びかけ、酒に強かった坂本氏の早逝を悼んでいる。

実は私は『ぼくの古本探検記』で、豊中出身のすぐれた俳人で「俳句公論」「俳句芸術」を長く出し続けた小寺正三を紹介したが、その小寺氏と谷村氏は「大阪作家」を共に出した文学仲間であった（本書でも、小寺氏の弟子、加藤とみ子さんを紹介した21章の中に谷村氏も一寸出てくる）。さらに『古書往来』では、やはり豊中の部落解放運動の指導者で、詩人、小説家でもあった寺本知氏を紹介したが、寺本氏は、「豊中文学」の編集発行人でもあり、谷村氏と長い交流があった人なのである。こうして、私は今まで書いた人々が次々とつながってゆく不思議さを感じている。

【追記9】　あと、もう少し、がまんしておつきあい願いたい。

前述の坂本氏の出版記念会に出席したメンバーの中に土方定一も見られる。一見、おや?と思われる読者もいるのではないか。土方氏は周知のように後年、美術史家、美術評論家として、また鎌倉近代美術館長として活躍した人だが、若き日、詩や童話も書いていたことは案外知られていないかもしれない。

平成二十八年の一月中旬、私はたまたま阪急百貨店の催し物コーナーで、金沢の物産フェアーが開かれているのに出くわした。その中に珍しいことに、当地のオヨヨ書林が出店していた。この古本屋は以前、東京に店があったが、数年前金沢に移り、当地で二店舗出している。最近は大阪の古本展にも時々店を出している。店名は小林信彦の小説タイトルから採られたそうだ。出品している本の中に、土方定一『トコトコが来たと言ふ　詩・童話』（平凡社、昭和五十三年）を見つけ、私はこれは珍しい本だと、喜んで買って帰った。実はこの本は昔、石神井書林の目録で一度見かけた記憶があるが、買い損ねていたのだ。装幀はシンプルな略フランス装で、136頁の薄い本である。さすがに美術

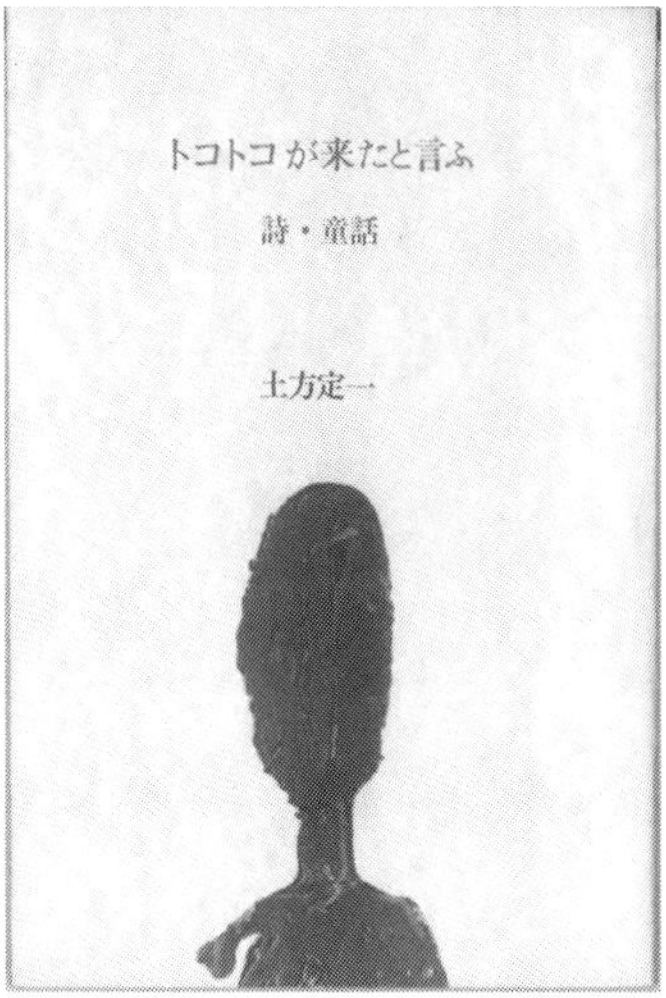

評論家の本だけに、朝日閑右衛門（私は未知の画家）の一筆描きのような面白いカットや、印刷だが浜田知明と秀島由巳男の雰囲気のある銅版画が豊富に挿まれていて楽しめる。これは土方氏の著作集完結の記念に出されたものらしいが、定価表示がないところを見ると、私家本として出されたもののようだ。編集は、平凡社の丸山尚一氏が担当している。
収録の詩も、もちろん土方氏独特の文体とリズムをもった面白いものが多いが、私がさらに引き込まれて読んだのが、本書に二篇寄稿されている親友、草野心平の回想エッセイである。「土方定一の詩に就いて」はこう書き出されている。
「土方定一に初めて会ったのは一九二五年（大正十四年）の十一月頃だったと思ふ。以来半世紀、最も古いつき合ひの一人である。しかもコンスタントな交渉としては彼は一番長くそして近い」と。坂本遼の出版記念会が開かれたのが昭和二年だから、土方氏が参加したのはけだし当然であろう。
土方氏が旧制水戸高校生の頃、舟橋聖一などと発行していた同人誌「彼等自身」（土方氏のあとがきによれば、その前に「歩行時代」も出していたという）に詩を寄稿しないかと、中国から帰国後、近衛館という下宿にいた心平氏を訪

ねてきたのが最初の出会いであった。

そういえば本書収録の詩の大部分は大正十四年〜十五年に「彼等自身」に発表されたものだ。

土方氏はまもなく「銅鑼」同人となった。心平氏によると、「銅鑼」は大正十四年四月に創刊され、四年間、年平均四回発行され、昭和三年六月、十六号で終刊となった。終刊号の奥付には編輯兼発行者、寺田鄭となっているが、実は土方定一なのだという。土方氏はその前に、東大美術史科の学生の頃、人形ギニョールやマリオネットで公演するテアトル・ククラを主宰し、昭和三年の前半、心平氏も一晩だけ、紀伊国屋（当時、牛込若松町辺りにあった）二階ホールで石川五右衛門と馬の役で指を使ってセリフを言った、と書いている。

土方氏によると、高校生の頃は劇作家兼舞台装置家になりたかったそうで、その流れで大学生になって人形芝居を友人と四人で始めたという。私がまたしてもアッと驚いたのは、心平氏の次の一文である。「初めの頃は彫刻家の浅野孟府も一緒だったようだが、私はそこでは一度も会っていなかった」と（傍点筆者）。そこでは、ということは、土方氏はもちろんだが、心平氏も浅野氏と交流があったわけである。人と人とのつながりの妙をここでも感じてしまう。

そういえば、私は旧書『古書往来』でも、古本で見つけた浅野氏の遺作展の図録『浅野孟府彫刻作品集』（東宝画廊）を一寸紹介したが、今、改めてその年譜を見てみると、昭和三年の頃には小野十三郎、土方定一らと交流、とあるし、昭和四年、神戸から大阪府東野田に移ってからも、彫刻制作のかたわら、人形劇、新劇運動にかかわる、昭和五年、人形劇大阪トンボ座創立に参加、昭和十年にも、大阪人形座の設立に参加、小山内薫作「二つの願い」ギニョール制作、とあった。浅野氏の人形劇とのかかわりは年期が入っているわけだ。

こうして、私は本稿で、犬飼武から始まり、中村為治―青山順三―坂本遼―浅野孟府―草野心平―土方定一といった人間関係のつながりの図の一端を図らずも明らかにしたことになる。一方、犬飼氏は木村栄次とも短歌関係の親友であったが、木村氏は稲垣足穂とも明石時代に交友している。足穂氏もそういえば、関西学院出身である。同級に詩人で小説家、衣巻省三がいた。やっぱり古本探索は面白きかな、の感が深い。

なお、私は土方定一氏についても、『古書往来』で、見つけた「歴程」の土方定一追悼特集号に基づいて少しだけ紹介している。（今、改めてその箇所を見てみると、「テアトル・ククラ」が「テアトル・クララ」となっていた。今まで気づかなかった誤植である。この場を借りて訂正しておきます。）

　最後に、そこでも紹介したのだが、心平氏も傑作と評価している土方氏の初期の詩、「トコトコが来たと言ふ」を、知らない読者のために再び引用させていただこう。

　トコトコが来たと言ふ
　トコトコが朝と一しよに来たと言ふ
　まんぼのやうにねむつたら
　トコトコで眼が覚めたと言ふ
　何だかうれしいと言ふ

　心平氏によれば、トコトコは「茨城県那珂川を上下する川蒸気船のこと」で、土方と一夜を明かしたお女郎さんのことばを詩にしたのだという。まんぼは「殺さるるも知らずねむると言ふ魚を言ふ」と詩句末に注釈がある。意味があいまいでも、何だか素朴で楽しい気分にさせてくれる詩である。

　収録されている童話「牛」によれば、土方氏はその川の近くで育ったらしい。

第16章　英文学者・中村為治の人と生涯――照山顕人氏の論文から

私は第15章で、犬飼武氏の関学大時代の恩師、中村為治先生のことをわずかながら紹介したものの、それ以上のことは解らなかった。ところが、ふと思いついて、日頃から古本談義で楽しく交流させていただいている英文学者、中島俊郎先生（甲南大学文学部教授）に書き上げた原稿をお送りしたところ、早速一読して下さったばかりか、私には入手できない貴重な論文を二篇もプリントして送って下さったのである。いつもながらのご親切に感謝するばかりだ。お便りによれば、実は先生ご自身も、昔から中村為治の翻訳の大ファンで、その訳書はほとんど全部架蔵して読み込んでおられるという。ご縁があるものだなと思う。

その一篇とは、一橋大学の照山顕人氏による「東京商科大学教授中村為治の生涯とロバート・バーンズ」（一橋大学紀要「人文・自然研究」第二号、二〇〇八年）である。この論文は照山氏も所属する日本カレドニア学会（スコットランド文化全般を研究する学会で一九五八年に設立された）の十六人のメンバーで『ロバート・バーンズ詩集』を翻訳出版するのに際し、先達のバーンズ研究の第一人者、中村為治の訳を一番参考にした関係で、中村氏に大きな関心を抱いたのがきっかけで、それまでよく分らなかった氏の生涯を苦労して調査した成果なのだという。たとえばカレドニア学会の会報、一橋大学在職（当時は東京商科大学）中の資料、かつての教え子たちの回想、中村氏のご子息お二人からの聞き書き、さらに何よりも氏自身が晩年にまとめて出した『楽しい自叙伝』（私家版、山本書店）――いつか私も入手出来たらいいがなあ、と思ったが中島先生のお話によると、手書きのものをそのまま印刷したごくわずかの部数らしいので無理だろう――などを駆使して詳細にまとめている。巻末に詳しい年譜もついている。

ここでは、この論文に基づいてごく簡単に私が紹介できなかった経歴や出版にまつわる話などを要約して書いておこう（論文に倣って敬称は失礼ながら省略します）。

為治は一九一〇年、東京高師付属中学に入学。同級生に、後に国際基督教大学教授（聖書学、ギリシア語学）になった神田盾夫、堀内敬三、渋沢敬三らがおり、とくに神田氏とは後にも親しく付き合った。一九一六年、一高に入学。同級に川端康成がいた。「川端とは一緒にゴムまりベースをした。後年の同窓会の写真に為治らと一緒に写っている」とある。「ゴムまりベース」とは草野球のことだろうか。川端氏は意外にも学生時代は投手で鳴らしたとは何かで読んだことがある。

中学三年の時、内村鑑三の文章を読んで感動し、聖書に関心を持つようになる。聖書をギリシア語で読みたい一心で、ギリシア語とラテン語の勉強を始め、これは一生続けている。

東大を一九二三年卒業し、すぐ自分で決めて山梨県甲府中学に就職するが、四ヵ月後辞めて恩師、市河三喜の斡旋で、関西学院大文学部に就職する。東京が九月一日、関東大震災にみまわれた数日後、神戸にやって来たのだ。その直前、八月三〇日、内村鑑三門下の黒崎幸吉の姪、山添孝《こう》さんと結婚式を挙げる。関学大では二年半ほど教えたが、一九二六年、再び市河氏の推薦で東京商科大へ転任。関学大を辞するとき、「学生たちは盛んな送別会をしてくれた」と為治は回想している。洋服一式から帽子、靴まで作って贈ってくれたそうである」。これは、前章でふれた犬飼武らの仲間によるものにちがいない。こういう記述に出会うと、なんだか嬉しくなる。

東京へ戻った為治は西荻窪に、しばらくして大学のそばの国立にも家を建てて住むが、そこでいろんな動物をたくさん飼っていたことが、家の前を通学する学生たちの間で有名だった（当時、国立一帯は一面の雑木林だったので飼えたのだという）。大学へ赴任したとき、弱冠二十八歳だった。ということは神戸時代は二十六歳のときだったのだ。そのせいか、学生たちに抜群の人気があって、教え子たちの回想でも一様に「兄貴分」という感じで、「為さん」の愛称で呼ばれていた、と語られている。陽気で元気な講義で、よくバーンズの詩に自己流のメロディをつけ、歌うといった楽しい教室風景だった。

しかし、為治自身はのちに自伝で、学校は全く自分の性に合わず「教えることも好きでなかった」と述懐しているのが少々不可解である。恩給が付くようになった一九四三年、四十五歳で大学を辞めている。これには様々な理由が考えられるが、照山氏は学内での人間関係の軋轢――例えばその数年前に起った教授と助教授が対立した事件に端を発するもの――が大きかったのでは、と推測している。同僚の唯一の友人が、後に西洋史の権威となった上原専禄で、上原氏とは家族ぐるみの交友があった。

　為治がバーンズの詩と出会ったのは中学四年のときだったが、中学を出た直後、三年先輩の、のちのジャーナリスト、石川欣一からのハガキで、バーンズ詩集（原書）の存在を知り、さっそく丸善へ出かけて求めている。石川氏からはいろんな影響を受けたようだ。私も石川氏の随筆集は若干、古本で入手して読んだことがあるので、人と人のいろんなつながりの不思議さを感じる。

　そしてバーンズ詩の翻訳にとりかかったのが、神戸時代なのである。仕上がったものを毎日新聞にいた石川氏の紹介で春陽堂に持ち込んだが、断られる。東京へ戻ってから、再び岩波書店に交渉したところ、すぐ岩波文庫で出してくれることになった。これは前章でもふれたように、岩波文庫発刊二年目のころで、原稿もどんどん集めていた時期だし、担当編集者も島崎藤村に師事し、詩歌にくわしい加藤千代三[註1]で、企画ブレーンに三木清がいたのだから、いいものだと即座に判断されたのではないか。

　〔註1〕この人については、『関西古本探検』に収めた「続・回想記は面白い！」の中で、『追悼加藤千代三』に基づいて、一寸紹介している。もう本の中身はよく憶えていないが、岩波文庫創刊時の様子が社内の動きとともに生々しく描かれていたと思う。

『バーンズ詩集』の「我はバーンズを愛す」で始まる為治の序文は有名になったそうで、自身でも気に入っていて、銀座の「キリンビール」でビールを飲みながら書いた、と自伝で語っている。岩波の資料によると、この文庫は二〇〇三年の時点で十九版出ており、累計で四万三千部印刷されたという。その後しばらくして絶版になったのかもしれない（詳細は不明）。

　為治は一九五九年、角川書店から『バーンズ全訳詩集』を出した際、岩波版を踏襲することは一切せず、すべて新たに翻訳しなおしている。徹底的にこだわって逐語訳をしているので、多少の違和感がある、と照山氏は言う。例えば、複数形なら生物、無生物にかかわらず「たち」をつけている。照山氏はバーンズの一つの詩の数行の原文と、岩波版、角川版の為治訳を引用・比較して、「『詩を味わう』という観点からすれば岩波版に、訳の正確さからすれば角川版に軍配があがるだろう」と述べている。長くなるので再引用は省略するが、確かに素人の私にもその見解に同意できる。元々バーンズの詩はスコットランド語で書かれた難解なものであり、翻訳が困難で、為治はできる限りの正確さを意図したのだろう。

さて、為治は東京商科大を突然辞し、二年ほど民間企業に勤めたのだが、一九四五年、家族と共に乗鞍岳山麓に移住する（この経歴は例の『日本近代文学大事典』にも全く書かれていない）。もともと自然志向が強く、農夫の生活に夢と希望をもっていたという。バーンズと同じ農夫の生活への憧れもあったようだ。その頃、友人の大蔵大臣、渋沢敬三が訪れ、乗鞍の借り小屋に一泊したが、そのあまりのあばら屋ぶりに驚いている。一年後、乗鞍に最初の家を建て、喜々として農作業に没頭した。農業も熱心に研究して、野菜の作り方など様々に工夫した。七十歳のとき、高齢で農業を引退してから、『イエスの生涯とその教え』の書下しやギリシア語、ラテン語からの『羅和対訳ズピノザ倫理学』などを山本書店から出版している。またオルガンで作曲して鹿持雅澄の『萬葉集古義』全歌の『萬葉集古義乃譜』も山本書店から私家版で出した。これらはあのベストセラーになった『日本人とユダヤ人』、実は著者イザヤ・ベンダサンその人ではと推定された山本七平氏の出版社である。どういういきさつかは不明だが、晩年、山本氏と出会ったことは出版社に恵まれていた方だと言えるだろう。

為治は一九六七年から五年半ほど、新設された岐阜県の中部女子短期大学に請われて再び教えている。奥様は一九七二年に亡くなった。それから十九年を生き、一九九一（平成三）年九十三歳で波乱万丈の生涯を閉じている。以上、下手な要約に終始したことを照山氏にお許し願おう。

最後にせっかくの機会なので、『バーンズ詩集』の岩波文庫版から為治訳をたった一作だけ短いものを全文引用させていただこう。

我が恋人は紅き薔薇

我が恋人は紅き薔薇、
　六月新たに咲き出でし。
我が恋人は佳き調べ、
　調子に合せ妙へに奏でし。

斯くも美はし、我が乙女、
　斯くも深くぞ我は愛する。
而して我は変らず愛せん、
　海悉く涸るるまで。

海悉く涸るるまで、
　また岩陽にて溶くるまで。

而して我は変らず愛する、
　我に生命のある限り。

いざさらば、我が又無き君よ、
　いざさらば、暫しが程そ！
我は再び帰り来らん、
　千里の道の隔つるあるも。

この論文からもう一つ教わったことは、米英との戦争後期でも、一橋大学では週に二、三時間は英語の授業が続けられていた、という元名誉教授の証言である。英語の授業が禁止されたのはもっと下部の中学校などの教育機関であったようだ（全国規模ではどうだったのか、よくわからない）。もっとも、一方で神戸詩人事件に見られるような官憲による滅茶苦茶な思想・文化への弾圧があったことも決して忘れてはならないが。（執筆に際し、照山氏には連絡してとくに断っていない。もし失礼があれば、どうかお許し願いたい。）

第17章　「一九二〇年代の関西学院文学的環境の眺望」を読む――大橋毅彦氏の論文から

中島俊郎先生からいただいたもう一篇の論文は、大橋毅彦氏による右のタイトルのもの（「関西学院史紀要」第16号、二〇一〇年所収）で、15章の後半でわずかに触れた、犬飼武氏が関学大の学生時代に編集していた学内雑誌「横顔」に関連するものである。これも私は全く初見の資料で、貴重で重要な内容なので、大へん興味深く拝読した。ここではとくに私が注目した点を簡単に紹介するに留めたい。

この論文は、初めは関西学院大内部で生まれた文学同人雑誌「関西文学」や「想苑」、竹中郁が命名したという「木曜島」などが、しだいに外部からの寄稿も取り入れるようになり、一九二〇年代日本の時代思潮の急激な転換の影響をもろに受け、どのように変貌していったのかを、当時の雑誌を丹念に当って調査しながら、実証的に、また巨視的に展望している。

例えば、「想苑」は一九二二年（大正十一年）六月に文学部文科研究会から創刊されたが、二号に文科の学生、小松一朗方の「想苑社」に移り、三号からは「大阪市北区梅田町三二一」にある上田長文堂内「大阪想苑社」に変っている。これは「想苑」の中心になっていた英文科教授、佐藤清が上田長文堂から私家版で『西灘より』（一九一四年）『愛と音楽』（一九一九年）、『海の詩集』（一九二三年）を出した関係からという。（編輯は一貫して学生の小松一朗が当っており、自身も小説や短歌を毎号書いている。）上田長文堂はその後、上田書房と改称している。

「想苑」は学内執筆者の他、三号から当時、大阪時事新報記者であった詩人、竹内勝太郎と喜志麦南（即ち喜志邦三、詩人で後に神戸女学院大教授となる。戦後、「交替詩派」、「灌木」を主宰）、大阪朝日新聞神戸支局長、藤木九三（後に『屋上登攀者』など山岳書の名著を数冊出している。『雲表』など詩集もある。）、後期には大阪郵便局にいた原理充雄（ペンネームは岡田政二郎、アナーキストの詩人）も寄稿し、文学的、思想的広がりを見せてゆく。

学内ではアメリカ文学の教授、志賀勝が小説や散文、俳句など多才な作品を毎号精力的に載せている（後に志賀氏はアメリカ文学の研究書を数冊出しているが、小説集は出ていない）。寿岳文章も一篇、ブレイクについて寄稿しているが、あまりこの雑誌に深くはかかわっていないようだ。私が注目したのは、後にチェロの名手となり、海港詩人倶楽部から『樹木』など三冊の詩集を出した一柳信二が、一柳信路の筆名で詩を発表していることだ[註1]（志賀、一柳氏については大橋氏は言及していない）。

また、後期の号に小品や短編小説を発表している米谷子路は、季村敏夫『窓の微風』の一文によれば、稲垣足穂の一級下だった米谷利夫のペンネームである。実は私も『ぼくの古本探検記』（大散歩通信社）所収の「神戸の同人誌『首』を見つける」で、山村順の作品と生涯を紹介したが、その中で、米谷利夫の「点鬼簿」という回想エッセイも紹介した。米谷は『首』休刊後、昭和三年に「薔薇派」を創刊している。これに前述の「想苑」編集者、小松一朗も寄稿している。こういう一寸した発見も私をワクワクさせる。竹内勝太郎と知り合った、当時まだ中国、嶺南大学の学生であった草野心平も二度、詩を寄せている。心平氏は一方で、当時、神戸の灘区に下宿していた坂本遼（『たんぽぽ』の農民詩人として有名だが、実は朝日新聞論説委員にまでなった大インテリでもあった。坂本氏も関学大英文科出身の人。）とも親しい友人となり、坂本氏は心平氏の「銅鑼」同人になっている。「銅鑼」には宮澤賢治や三野混沌も参加しており、心平氏をキーパースンとする人的ネットワークは全国規模のものだった。

さらに、私があっと思ったのは、海港詩人倶楽部の詩人で、「羅針」に作品を発表したが、一冊の詩集も出さずに亡くなった富田彰が「想苑」（大正十二年四月号）にも詩を一篇発表していることだ[註2]。一柳信二と友人だったので、執筆を誘われたのかもしれない。同号には、「羅針」同人の福原清も詩を載せている。

「想苑」の歴史とその執筆者たちについては、私が昔、古本で入手した喜志邦三『木曜詩話』（交蘭社、昭和十四年）中の「想苑の思ひ出」でも詳しく回想されている。なお、本書には喜志氏の若き頃の古本屋巡りの回想「詩書漁り」なども収められていて、楽しいエッセイ集である。（これは私が編集したアンソロジー『古本漁りの魅惑』（東京書籍）にも収録した。）

大橋氏はさらに、同時代に大連で発行された安西冬衛、北川冬彦らの「亜」や「銅鑼」、竹中郁、福原清らの「羅針」の巻末にある受贈雑誌一覧から、それら同人誌間の交流を確認したり、巻末広告を詳細にしらべてもいる。後者からは例えば三宮神社境内にあった「カフェ・ガス」—詩人、林喜芳『神戸文芸雑兵物語』の表紙装画がプロレタリア系前衛画家、岡本唐貴画の「ある日のカフェ・ガス」で、資料的にも貴重である——を始め、西灘の原田神社近くの水道筋際にあった喫茶店「銀」——ここは毎号、「横顔」に広告を出していた——。元町通り三丁目山側にあった喫茶「エスペロ」——若き日、印刷工であった林喜芳が立ち寄り、後の舞台装置家で川端康成の『感情装飾』や『浅草紅団』の装幀もした吉田謙吉が個展を開いた会場でもあった——、さらに元町、三星堂二階の喫茶室〔註3〕——「木曜島」同人のたまり場で、画廊喫茶の皮切りともなった——、あの竹中郁とも親交のあった赤マントの画家、今井朝路が元町五丁目でやっていた「青い錨《ランクル・ブルー》」などを次々にあげ、「これらのカフェを舞台として、関学系の動きを含めてどういった文学、演劇、美術に関する交渉や衝突のドラマが、どのような重層性を帯びて形成されていったかを精査することを後日の課題としたい」と述べている。こうしたアプローチの先駆的な仕事として畏友、林哲夫氏の『喫茶店の時代』(編集工房ノア)も重要である。

続いて大橋氏は一九二〇年代後半の「木曜島」や「文芸直線」に生じてきた左傾化の傾向にも言及しているが、ここでは省略しよう。

私がもう一つ注目したのは論文末の詳しい註で、それ自体読んで大へん参考になるが、中でも以前私も『関西古本探検』の一文で紹介した、足立巻一『親友記』にしばしば描かれていた関学大近くの上筒井商店街にあった古本屋(プロレタリア系の雑誌や本が充実していた白雲堂や、足立氏、亜騎保、岬絃三らがよく集って、小さな店の奥で同人誌「青騎兵」造りに励んでいた博行堂など)を取り上げ、神戸の文学的ネットワークの実態を探る上で重要視していることである。このようなカフェや古本屋での資料や証言は今後も出てくる可能性があり、今のところ方法の提示に留まっている気味もあるとはいえ、ユニークなアプローチだと思う(季村氏によると、「カフェ・ガス」の内部写真はいまだ見つかっていないという)。

その意味では、時代はぐっと下がるが、戦後すぐ、小林武雄を中心に神戸の詩人たちが集って「火の鳥」創刊の場となった長田の湊川トンネル東側にあったロマン書房や、詩人、中村隆氏が始めた古本屋、クラルテ書房、その後経営した金物屋も、詩同人誌「輪」の詩人たちのキー・ステーションになっていたし、俳人、岸百艸が戦後、元町一丁目、南京町入口に開業した古本屋、百艸書屋、戦前毎日新聞記者だった中村智丸が戦後、三宮に開いたアオイ書房も、神戸の文学者たちの溜り場であった。アオイ書房には、久坂葉子もよく来ていたという。（以上の店については、私の『古書往来』で割に詳しく紹介している。）

また、本書の「神戸文芸関係の古本探検抄」で簡単ながら紹介した林五和夫の私家本『白蘭のような女』で描かれている、戦後しばらく繁盛した三宮センター街東口北側にあったジャンジャン市場の酒場の一軒や、神戸新聞記者で後に美術評論家になった青木重雄が私家本で書いている型やぶりの水墨画家、鎌田糸平経営の三宮の鰻屋も、文化サロンとして注目される。

大橋氏がこの論文を書く上で、大いに参考になり刺激を受けたのが、私も以前読んで私なりに紹介したことのある、足立巻一『親友記』、林喜芳『神戸文芸雑兵物語』、青木重雄『青春と冒険』、そして季村敏夫の二冊の神戸詩史の労作、15章でふれた平井章一の論文などである。大橋氏はこれらの成果を踏まえ、広い歴史的、社会学的視点から鳥瞰し、整理している。一方、今までに私が折々に書いてきた別々の雑文も、大橋氏の論文のもつ強力な滋力に吸い寄せられて、いつか神戸文芸史の大きな地図の上に年代誌的に位置づけられたら、とてもうれしいのだが。

〔註1〕　一柳信二の「想苑」に載った詩は氏の詩集に収録されているかもしれないが、今ではめったに古書目録にも現れない。むろん私も未見である（堂々と言うが）。それで、「想苑」の数篇の作品から一篇だけ引用しておくのも意味があろう（大正十二年九月号）。

はればれしい情趣

花ざかりである／どこにもむらさきの花が咲いて／川原の湿地ははでやかな情趣にみちてゐる／ここにすむものは／みなずぶぬれた花簪をさして／おかしな戯れをするのだ／凄艶な厚化粧をした蟇蛙のひとむれは／たえず法螺を吹き、笛も吹き／なにか淫惨なものがたりをしてゐるではないか

どうしたのだ、心像《いめいじ》はほそくほそく痩せてしまひ／ひどく疲れて　この川原で睡ってしまった／なにもかもすて丶／はづかしい裸肉體となり／ぼうと落ちる汚物を洗ってやらう／そうだ、そしておしつぶれそうなこの心胸を／ああまたきこえる法螺のひゞき／いつまでしてなにをふれまわってゐるのだらう／花さかり、このむらさきににじむだ花のしたで／しばらくはあのなまめかしいものがたりをきいて／ゐよう

〔註2〕　富田彰の詩は、季村敏夫氏が『窓の微風』で「羅

針」から七篇引用しているが、「想苑」の詩は珍しいものではないか。資料として念のために引用しておこう（大正十二年四月号）。

光の前に

もう夜は明けてゐるに違ひない、／然し、私の心は／まだ、／光を懼れ、／窓掛を開けるのをためらふ。

外には鮮やかな朝が、／まぶしい暁の光を踊らせてゐるだらう。／それに私の心は／何故に斯くも／光を懼れるのか。

深緑の窓掛は、／窓から光を遮って、／私の心に、／夜への執着を、／その薄闇の中に、／残り惜しげに抱きすくめる。

　偽瞞と苦悩の夜は、／跡かたもなく／光に追はれ／わづか茲に残されて、／次第にその身を細らせる。

窓掛を開けやう、／外には、／新らしい朝が／もろ手を挙げて、／空にのび上ってゐるに違ひない。／おゝ、／朝の匂ひがする。（一二・二・一九）

〔註3〕　たまたま昔、コピーしていたのが残っていたのだが、森まゆみさんも「ちくま」の連載、「南天堂漂流」中に一項目設け、四頁にわたり「神戸三星堂のこと」を書いている。後にまとめた単行本を見ていないので参考文献は不明だが、寺田匡宏氏から提供された資料をもとに書かれており、おそらく『三星堂七十年史』などを中心に参照したのだろう。神戸元町にもわざわざ来て取材している。その一文によれば、明治三十一年に熊田佐一郎が、元町通六丁目一一三番地に薬舗三星堂を創立。まもなく同一三四番地に移転した（今、その跡地が小公園になっている）。大正十二年には、東京銀座、資生堂のソーダファウンテンに次いで関西第一号のソーダファウンテンを併設して好評だったので、翌年二階に洋風喫茶を設けた。写真から内部の豪華な様子も描写している。
「二階からラセン階段を上っていくと、森川豊三の洋画がかかり、客は馬蹄形のテーブル、革張りのソファーに案内される。窓から見える屋上庭園には枯山水を作り、網を張ってカナリアが放し飼いにされていた」と。当時としては珍しく、清潔なトイレに消臭剤が使われていた。森川豊三は中村不折に師事した当時二十代の画家で、三星堂の商標やマッチラベルもデザインした。ここに、映画人、画家、詩人、作家などが集まり（名前も数多く列挙しているが省略。ただ古川緑波、村上華岳、水越松南、稲垣足穂、竹中郁、及川英雄、林喜芳の名はあげておこう）、コーヒー（十五銭）、アイスクリーム

（二十銭）、クリームソーダ（二十五銭）などを注文してゆっくり談論風発した。後に、神戸で育った映画評論家、淀川長治も中学二年生以来、よく行っていて、氏が書いたエピソードを引用している。同じ人々が三宮神社境内にあった「カフェ・ガス」を往復した。（「カフェ・ガス」については私も別稿で紹介している。）この喫茶室は、戦時中に砂糖の統制の影響で閉店したという。

【追記1】後日、同じ関学大出身で創元社にいた故東秀三氏と『別冊関学文藝』で親交のあったご縁で知り合った神戸のヴェテラン作家、和田浩明氏から、思いがけず貴重な「想苑」バックナンバーの合本復刻版をいただいた。（同時に『日本近代文学大事典』合冊版も。）最近亡くなれた同じ関学大の後輩の文学仲間の遺族の方からダブって寄贈されたので、と言われる。まことに有難く、感謝して頂だいした。その一部は本稿に織り込んで書いているが、これらを丹念に見ていけば、まだまだいろんな発見がありそうだ。しかし、怠けていて本文はまだわずかしか読んでいない。

【追記2】〔註3〕を書きおえてから、私は神戸のヴェテラン詩人、和田英子さんにもたしか、三星堂の喫茶店について書いたエッセイがあったのをぼんやり憶い出した。丁度そんな折に、元町トンカ書店で催されている故伊勢田史郎氏の蔵書の展示販売会（オール500円！）に期待して出かけた。この展示には詩人の小野原教子さん——ファッションを記号学的に研究したユニークな著作『闘う衣服』がある——と渡辺信雄氏も協力されている。渡辺氏は「輪」の元後期同人で、伊勢田氏とは詩の恩師として親交があった方である。『冬の日の私信』や『宙吊りの夏』などのすぐれた詩集を出している。氏の所蔵する詩誌「神戸詩人」と「火の鳥」が数冊、参考資料として展示されていて、垂涎の的であった。戦後の比較的近年の詩集が大半だったが、その中に和田さんの『行きかう詩人たちの系譜』（編集工房ノア、二〇〇二年）を見つけ、これだ……と思った。のぞいてみると、やはり「神戸・三星堂ソーダファウンテン」が八頁にわたって収録されている（初出は「騒」42号）。私は早速、帰りの車中で興味深く一読した。これによれば、驚いたことに当時、季村敏夫氏の震災ボランティア仲間であった大学院生の寺田匡宏氏が三星堂に取材して得た資料を来神中の森さんに渡し、同じものを和田さんにも提供した由。だからお二人は同じ資料をもとに各々執筆したわけで、おおむねは同主旨の文章になっている。ただ、細かい点で森さんがふれていない事実もあるので、ここで一寸補足しておこう。

　まず、三星堂のあった場所だが、和田さんは元町通りの西入口十六軒目の山側にあった、と記している。ところが森さんはその跡地が今の小公園と書いているが、ここは海側の店沿いにある。どちらが正しいのだろうか。実は、後から分ったことだが、お二人とも間違いではなく、当時、三星堂は元町商店街の南北両側に二店舗あったのである。二階の喫茶店は七十名収容の広さであった。神戸文学界のリーダー、及川英雄（18章で紹介）も出入りしたが、及川氏のエッセイによると、昭和初期の元町通り付近の喫茶店では、「オアシス」に神戸探偵作家クラブの連中が、「イビシ」には小劇場関係者が集っていたという。なお、私の別稿にしばしば登場する青山順三は戦前、築地小劇場解散後、神戸に帰り、昭和十年前後、元町で夫婦でしばらく喫茶店を営んでいた（その後、東宝へ入社する）という事実は和田さんのエッセイで初めて知った。その場所や店名は不明とのこと。そこに元町の古書店主で俳人の岸百艸も出入りしていて、当時のアナキスト連中の印象を記している。常連だった赤マントの画家、今井朝路のことも紹介されているが、ここでは省略しよう。（大橋氏には執筆に際し、連絡してとくに断っていない。失礼があればどうかお許し願いたい。）

第18章　神戸文芸史関係の古本探検抄——林五和夫、妹尾河童、青木重雄、及川英雄のことなど

某月某日　灘区六甲道にある「文庫六甲」を久々にのぞいた折、棚の前に積まれた本の山の中からふと見つけたのが、林五和夫『白蘭のような女——三宮ジャンジャン市場美人伝』（私家版、平成八年）だ。横長の四四頁の小さな本で、つい見逃してしまいそうな冊子だったが、赤字の副題に興味を引かれ、手に取ったのである。本書は刊行時、神戸新聞で大きく取り上げられており、そのコピーも挟まれていた。著者は絵を描くのが趣味と見え、異人館や須磨海岸などの神戸の風景を緻密に描いた鉛筆画も数点添えられている。文章も明快、簡潔で、情感豊かである。

昭和三〇年前後の話で、林氏が二十歳代半ばの頃、三宮センター街の東寄り北側の一角に、バラックの大衆酒場がひしめいていた。ここがジャンジャン市場であった。その一軒で両親と高校を卒業して働いていた娘が、気品と知性にあふれた白蘭の香気ただようごとき美人で、当時、大宅壮一も『文藝春秋』の随筆で「思わず唸った」と書いたほどであった。この娘見たさに多くの文学者、記者、芸術家、俳優らが集まり、文化サロンにもなっていた。しかし当の娘は無愛想、無口で、アプローチする男たちの誰も相手にしなかった。林氏もその一人で一日に七回、顔を出したこともある。長く通いつめ、帰り際に握手に応じてくれるまでになったのだが、足かけ四年通ったが、ある日突然、店は他店に変わり一家は姿を消した。しかし氏は青春の一時期の貴重な体験として今でも彼女との出会いに感謝している。と結んでいる。著者略歴によると、氏は昭和五年神戸に生まれ、神戸大学卒業、兵庫県庁や淡路の生活文化部長など歴任し、現在は兵庫県文化協会の理事長、とある。

本書を読んで一週間もたたないある日、上映中の、神戸を舞台にした、庶民だがインテリの洋服仕立て業を営む一家の、戦争に疑問をもちつつも戦中、戦後を懸命に生き抜

いた軌跡を描いた妹尾《せのお》河童原作の映画「少年Ｈ」を見た。神戸大空襲もリアルで迫真的に描かれていて感銘を受けた。その余韻に浸りつつエンドロールを眺めていた私は、アッと声を出しそうになった。撮影協力者のなかに林氏の名前が出てきたからだ！　氏は今も御健在で、神戸の文化活動に貢献しておられたのだ。これも不思議な共時性《シンクロニシティ》ともいえる体験であった。

某月某日　私は以前、林哲夫編『書影でたどる関西の出版１００』（創元社）で、青木重雄『青春と冒険』（中外書房、昭和三十四年）を取り上げたので、青木氏のお名前は記憶に刻まれていた。たしか二、三年前の四天王寺古本祭りの均一本コーナーで、緑色の紙装の薄い本を何げなく拾い上げ表紙を見ると『小説　ラストダンス　あおきしげお』とあったので、ひらめくものがあり奥付を見ると、はたして、青木氏の私家版であった（平成十七年刊）。本書は自伝的小説で、氏が関西学院大を卒業し、ジャーナリストを志望しつつも就職難でやっとユダヤ系ドイツ人経営の商館に入社、その職場での人間模様、中でも美人タイピストのロシア女性をめぐる外人部長同士のピストル決闘事件、三宮のダンスホールでの旧友との再会、そして召集、戦地キスカ島からの帰還まで、巧みな筆で描いたもので読みごたえ充分だ。

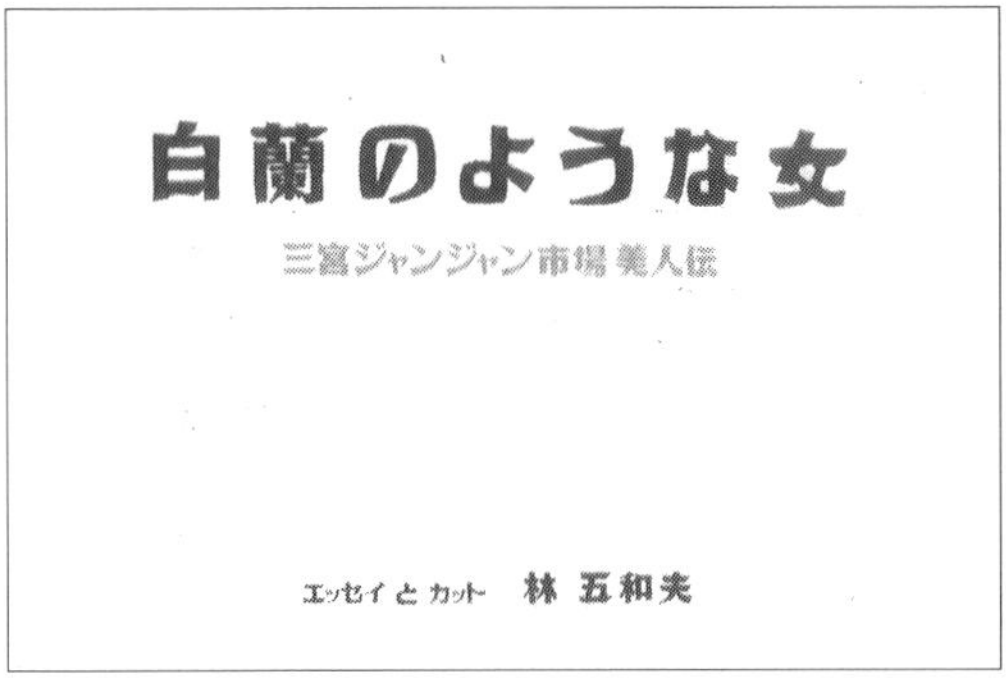

　巻末の著者略歴によれば、氏は明治四十四年生まれ。昭和九年に関西学院大英文科を卒業、前述の商社勤めを経て、昭和二十年神戸新聞記者となり、翌年、藤野克巳らと同人誌「自我」を三号まで出している。昭和三十年学芸部長となって活躍し、アンドレ・マルローの来日に同行して取材したりした。昭和四十一年からは兵庫県陶芸館の参与、翌年白鶴美術館主事に。その後『兵庫のやきもの』他を刊行する。長らく文学からは遠ざかっていたが、平成十二年、八十八歳の記念に念願の小説『苺狩りの手毬唄』を執筆、

刊行する。前述の『ラストダンス』は平成十四年に刊行した『最後の舞踏会』をより小説的に改稿したものという。もう一冊、『最も平凡な男』も平成十五年に出している。私は他の私家版も読みたくなり、以来、神戸の古本屋(展)を熱心に探し回った。その甲斐あって、サンパルにあったロードス書房の神戸本コーナーの中に『苺狩り……』をひょっこり見つけたときは小躍りしたものだ。本書は氏が小学三年から六年にかけて、一時住んだ大正末期の鳴尾村(今の西宮市鳴尾町)一帯にあった全国に先駆けた苺畑、競馬場、ゴルフ場などの大正モダニズム風景を一少年の眼から捉えたもの。小説以上に読ませるのは後半に収録された随想集で、氏が出会った神戸文芸史上の人々、例えば竹中郁や稲垣足穂のこと、林喜芳『神戸文芸雑兵物語』に触発され、竹森一男やフランス文学者、増田篤夫を慕って集まった従兄の九鬼一爾や石丸純らの回想が貴重だ。又三宮神社の東隣りにあった天衣無縫の水墨画家、水越松南の弟子である、鎌田糸平経営の鰻屋が前述の酒場同様、文化サロンになっていた話も面白い。もう一冊の私家版は新聞記者時代が背景の小説の由、ぜひ読みたいのだが、今のところ全く姿を現さないのは残念である。

【追記1】 読者に残念な報告をしなければならない。平成二十七年の五月初めに、私は実に久しぶりに神戸、大倉山にある市立中央図書館へ出かけた。主なる目的は別稿に書いた「輪」のバックナンバーに載っている海尻巌氏の連載エッセイの未入手分「私小説的詩論」を探索することにあった。ところが、郷土資料室の司書の方に調べてもらったら、丁度その連載時の分あたりが所蔵されておらず、がっかりした。全号そろっているのは唯一、明石にある兵庫県立図書館だけだという。改めて出直して遠出しないといけない。ただ書庫から出してもらった製本された「輪」の十号までが、大判のB5判だったのを初めて知ったのは収穫だったが。

せっかくの機会なので、私は半日、いろいろと本を探索して過ごした。以前、訪れた折にも実感したが、この館所蔵の神戸ゆかりの作家、詩人、歌人たちの本は大へん充実していて、珍しい貴重な本も多い。とくに私が関心のある詩書のコーナーはぎっしりつまって並んでいて、見あきることがない。今回も、珍しい林喜芳の小詩集『露天商人の歌』や詩村映二のモダニズム詩集『海への距離』(昭和九年、神戸詩人協会)――これはブルーの活字で刷られた珍しいもの――、静文夫の薄い詩集『季節』(昭和四十五年)、『旅行者』(昭和四十七年、以上、天秤発行所)などを棚から見つけ出し、一とき机に置いてパラパラと拾い読みすることができた。いつかこんな本を古本屋でもし見つけられたら、どんなにワクワクすることだろうと夢想しながら……。

　さらに、神戸で発行されている詩、短歌、俳句、文学の同人誌も網羅され、最近の二、三号が一堂に展示されていて閲覧できる。私の知らない、ふだん目にすることがない同人誌がいかに神戸には多いかが痛感される。

　その中に私におなじみの文化・芸術雑誌「半どん」163号（二〇一四年十二月）も一冊あったので、中をのぞいてみた。すると、巻頭に「林五和夫追悼」の一文が詩人、伊勢田史郎氏によって書かれているのが目に入ってきた。「そうか、林氏は昨年、亡くなられたのか！　合掌」。それによると、氏は二〇一四年十月に亡くなられた。せめて、私が「ほんまに」に書いた前述の一文が生前の氏の目にふれておればよいのだが、今となっては確かめる術もないのが残念である。晩年、「半どん」の顧問もしておられたという。伊勢田氏とはよく酒席をともにした仲であった。様々な神戸の文化活動を積極的に支援、協力されたのは「無心の奉仕精神」に支えられた氏の強い意志だった旨述べている。私がこの一文で初めて知ったのは、ベストセラー『少年H』の著者妹尾河童氏とは神戸二中以来の長きにわたる親友であり、[註1]妹尾氏が初めて書く小説『少年H』のための資料を林氏が何度も妹尾氏に送りつづけたという話である。映画化に協力したのもなるほどと合点がいった。林氏は『神戸の風』という画文集も出している由、これから探求してみよう。なお、本号には、編集工房ノアの涸沢純平氏も「杉山さんの時間」と題する杉山平一氏の追悼エッセイを寄せている。私は早速興味深く読んだ。

　念のためにと、最近の「半どん」バックナンバー三号分も書庫から出してもらったところ、159号に林氏の『少年H』の映画化を紹介したエッセイ、160号には再び「三宮ジャンジャン市場美人伝」なるエッセイが載っており、私は喜んでその部分をコピーして帰った。前者では、映画の神戸空襲や焼跡場面が韓国でロケが行われたこと、主演の少年に、全国の一五〇〇人の中からオーディションで神戸の小学生、吉岡君が選ばれたこと、そして「河童さんの七十年来の親友の林少年（筆者の子役）も数場面登場させて貰っている」との一節が印象に残る。そうだったのか！

　後者は大体は本にあった通りだが、「身長一六二糎、明眸皓歯、肌目《きめ》美しく色白」と〝ミス・ジャン〟のより具体的な容貌描写も見られる。

　文末に付せられた二句の俳句をここに引用させていただこう。

思い出のある嬉しさや春の宵

カウンターの奥にこころあり玉子酒

〔註1〕　後日（平成27年11月）、神戸で友人と会った後、久々に三宮センター街ファッションビルの奥にある清泉堂倉地書店に立ち寄った。ここは、神戸関係の本も豊富な店だ。まず均一台に目を向けると、「月刊神戸っ子」の十年程前のバックナンバーが二十冊程積んであるのが目に止った。「神戸っ子」は案外、まとめて古本屋に出ることが珍しい。それで何か面白い記事が載っている号はないかと順々に目次頁をのぞいてゆく（この雑誌、目次頁を探すのに骨が折れる……）。すると、中に特集「石阪春生の世界」と「震災10年記念号」（二〇〇五年一月、43巻8号）を見つけた。この二冊と他に均一台にあった村中秀雄詩集『夢の見方』、備前芳子詩集『欹席』（跋・杉山平一、いずれも編集工房ノア刊）を買って帰った。「神戸っ子」の後者の目次に「神戸文学散歩・「少年H」同窓生と神戸を歩く」妹尾河童、とあったので、もしやと思い、その頁を開けると、やはり私のカンは当っていた。

妹尾氏がこう書き出しているからだ。

「林五和夫君から「『神戸っ子』の文学散歩というページに登場してくれないか？『少年H』に出てくる所を歩いてもらうという企画なんや」と電話がかかってきた」と。それに応じて、妹尾氏が神戸へ講演に来た前日、もう一人の同窓生、小倉宗夫氏と三人で、彼らゆかりのトアロードの広東料理の店『千代』や『防災センター』、兵庫高校や須磨海岸、大正筋などをめぐった際の印象記が書かれている。訪れた場所で写された御三人の写真も六枚添えられていて、若々しいお元気な姿を初めて拝見した。仲のよさが直に伝わってくる写真である。

一文中に妹尾氏は次のように書いている。

「林五和夫といえば『少年H』を読まれた方には「横綱」というニックネームで登場していた少年だとお判りだろうか。彼とは六十八年来の友人である。長楽小学校から、神戸二中（現在は兵庫高校）の卒業まで、十一年も一緒だったから、もう半世紀をとっくに越えた付き合いになる」と。

これで、お二人の、より具体的なつきあいの実態が判明した。

ちなみに兵庫高校には、全国でも珍しい校内美術館があり、二中出身の画家、小磯良平、東山魁夷、古賀新、田中忠雄らの作品がズラッと並んでいるそうである。

【追記2】　その後、私は以前、神戸の古本展で手に入れた伊勢田史郎氏が主宰・編集していたエッセイと詩の雑誌「階段」（発行・編集工房ノア）四冊を改めてパラパラと眺めていたら、その21号（二〇〇〇年）に林五和夫氏が「妹尾河童と私」というエッセイを書いているのが目についた。

この一文から前述できなかった話を紹介しておこう。

妹尾氏は神戸二中を卒業後、美術学校をあきらめ、「小磯良平先生のお世話でトア・ロード近くの看板屋で見習いをしながら絵の勉強をした。そのうち、小磯先生が彼の絵は商業美術向きだからと大阪の朝日会館（筆者註・私の『関西古本探検』でもこの会館について書いている）を紹介し、ポスターやチラシを描く仕事についた」。

そのポスターが、朝日会館で公演したオペラ歌手の大御所、藤原義江の目に止り大いに評価され、上京して藤原氏宅に居候した。ある時、某舞台美術家の失踪で急拠、代役で舞台づくりを命じられ、その舞台装置が大評判になったという。これが河童さんのその後の活躍の端緒となった。

河童さんは『少年H』の執筆中、原稿を一枚ずつＦａｘで林氏に送り、検証や意見を求めたという。やはり緊密な共同作業だったのだ。私は残念ながら見ていないが、この本を原作に、平成十一年の芸術祭参加作品としてテレビドラマもつくられており、津川雅彦が河童さん役、林氏も氏自身の役で迷演させていただいた、と書いている。

「半どん」は160号で六十周年を迎えた由、こんなに長く続いている文化・芸術雑誌は全国でも珍しいのではなかろうか。

それを記念してだろう、一五八号から伊勢田史郎氏の連載、「「半どんの会」につながる文人たち」と題する回想記の連載が始まったのを知り、これもコピーして帰った。伊勢田氏の回想記は『神戸の詩人たち』（編集工房ノア）でもそうだが、氏が体験してきた現場の臨場感が生き生きと伝わる好エッセイで、神戸の文芸史に関心をもつ私にとって見逃せない仕事である。今後の連載が楽しみだ。
一、二回目は、昭和二十七年に発足した神戸の芸術文化団体、「半どんの会」の初代代表で、その命名者でもある及川英雄氏の思い出や人となりをエピソードを交え、語っている。伊勢田氏は戦後、神戸新聞社をやめ、昭和二十四年頃、神戸春秋社（編集長、小林武雄、デスク、中村隆）に入って駆け出しの記者だった頃、当時、兵庫県衛生部の庶務課長だった及川氏と初めて出会った。及川氏は豪放磊落、懐の深い人で、しかも面倒見がよいので、その周りには多彩な分野の人々が集まってきていたという。若い、無名の物書きの原稿を世に出す手助けをよくされたようだ。実力ある郷土の作家、多木伸氏の就職の世話なども戦後している。
ある時、灘区篠原中町にある及川氏の自宅へ中村隆氏と一緒に何かで謝りに行った帰り、三人とも酔っぱらい、送って来た和服姿で下駄ばきの及川氏が近くの通りの「助産婦」と書かれた看板を外せと言うので中村氏と二人ではずし、近くの理髪店の入口脇に立てかけたという、やんちゃな悪童ぶりのいたずらなど、愉快な（？）エピソードも披露している。一行は及川氏なじみの小さな古書店へ行き着き、そこでも店の主人に歓迎され、一献酌み交わしたというから、古本好きには楽しいエピソードだ。

及川氏は戦前から神戸文芸史の生き証人とも言うべき人だが、口さがない連中からは地方の文化ボスなどとも呼ばれたらしい。むろん、実際は伊勢田氏が書いているように、文学上のリーダーシップを発揮した、よい意味でのボスであったろう。私は及川氏が「半どん」で連載されていた「書き流し神戸」での戦前の元町通りの文学者たちの回想記を旧著で一部利用させていただいた。また、氏は神戸「人とまち」編集室（今はない）、池本貞雄氏発行の貴重な聞き書き集『神戸と文学』（一九七九年）にも、十五頁にわたって「鈴蘭灯回想」を寄稿している。（ついでながら、本書で詩人の林喜芳氏も「神戸での戦前文学状況部分」を書いている。林氏の貴重な労作『神戸文芸雑兵物語』にも及川氏が時々登場していたと思う。）

私が今までに古本で見つけて入手した及川氏の著作は随筆集『俗談義』（昭和三十四年、神戸、みるめ書房）、『風流紳士読本』（昭和三十九年、のじぎく文庫）、神戸詩人事件についてまとめた貴重な豆本『暗い青春』（一九八七年、明石〝灯〟の会）、それに短篇集『環覧車』（昭和四十八年、みるめ書房）である。奥付によれば、『戦う人生』（昭和十八年、

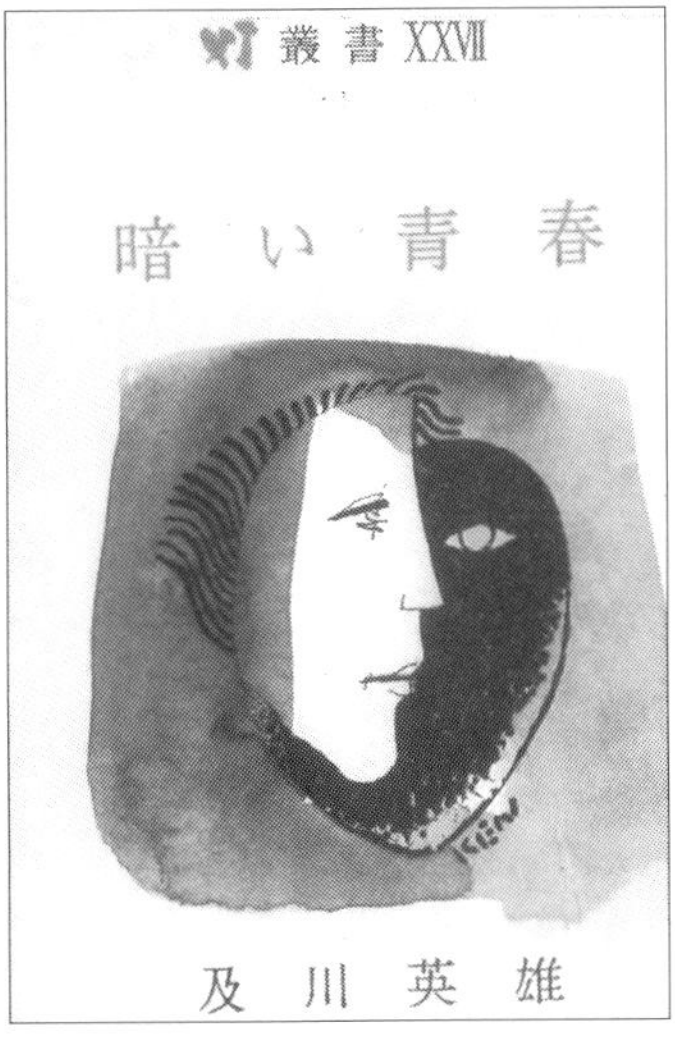

大阪、隆文堂）という小説他三冊も出しているが、私は見たことがない。及川氏の回想によれば、前者は青春もので、二万部位売れたという。

『環覧車』中のタイトルの作品は小説ではなく、長文エッセイで、氏が昭和四十一年、還暦過ぎに病室の窓から環覧車が見える新須磨病院に入院し、四年あまり闘病生活を送った折、今までの自己の文学生活をふり返り、今後の生き方を探った興味深いものである。友人だった阪本勝、白川渥、竹森一男なども登場する。

本書の巻末には、「小さな足跡」と題して一頁、氏が参加した同人雑誌歴一覧が同人名とともに載っている。ごく一部をあげると、昭和三年からの「玄魚」（十河巌、中川信夫、戸田巽など）、中山義秀に誘われて昭和四年から『芸術共和国』、昭和六年から『新早稲田文学』（石川達三、中山義秀など）、戦後も昭和三十八年から『自我』（藤野克巳、馬場貴司男、陳舜臣、黒部亨など）他があり、計十四もの同人誌に参加しているのには驚かされる。

及川氏の経歴もまだ詳しくは調べていないが、著書の奥付頁略歴によれば、明治四十年、兵庫県赤穂郡に生れ、関西学院大神学部修了、兵庫県民生部長、人事委員長を歴任。昭和五十年に亡くなっている。及川氏の追悼本や本格的な評伝はまだ出ていないようだ。交流のあった伊勢田氏の仕事に期待しているが、私も可能なら今後の課題にしたいと思っている。（その伊勢田氏も今は亡く、全く残念だ。）

【追記3】　その後、三宮、サンパルにお店があったロードス書房から以前入手していた「半どん」101号、総目次集を改めて何げなく見ていたら、65号（昭和50年10月）に「及川英雄先生追悼号」があるのに目が止った。これには各界からの「百字文供養《くよう》燈」を始め、俳人、詩人、歌人の短い追悼作品、それに少し長めの追悼文集、年譜などが載っている。大へんな筆者の数である。

私は別稿の同人誌「輪」の件でもお世話になった明石市にある兵庫県立図書館に早速連絡して（ここは「半どん」全バックナンバーを所蔵している）、追悼号のうち、私の興味ある人が載っている所をピックアップしてコピーをお願いした。合計しても案外大したコピー代はかからず、とても助かった。

せっかく送ってもらった資料なので、その中から私の印象に残った部分を少し紹介しておこう。

まず、及川氏の本名は森英雄だったこと。年譜では大正十年に、西灘小学校を卒業していることが初耳だった。私は灘区の西郷小学校を卒業したので、近い小学校である。昭和五十年に亡くなった（七十歳か？）。

文学歴の欄に、同人雑誌とその主な同人名が掲げられているが、戦前のところで注目されるのは「新女性」を編集長として創刊したことで、これは同人雑誌ではなく、月刊で市販された。これが神戸刊で、新プラトン社発行となっている。ということは、あの大阪出身のモダニズム出版社、プラトン社が倒産後、その名義を引き継いだのだろうか？追悼文集の中で、詩人、須藤寿之輔氏（未知の人）はこう書き出している。

「昭和六年初頭、湊川神社裏の佐々好一（故人、当時メトロポリタン映画宣伝部長）の自宅を事務所にして、女学生向きの月刊誌「新女性」発刊に彼はその編集長としてその準備に忙殺されていた。その年の四月「新女性」は華々しく創刊された。その内容も極めて豊富で、福田正夫・白鳥省吾の大家を含め、民謡詩人の藤本浩一、作家の玉井紘二等錚々たるメンバーが顔を揃え及川の面目躍如たるものが誌面に溢れ斯界はこぞって活目する好誌であった」と。私はこれも初めて知ったが、この雑誌がいつまで続いたのかは不明である。

また、文人知事であった兄貴分の阪本勝氏から頼まれ、厖大な『赤穂義士事典』を編者として完成させたことも新たに知った。

氏の人柄や容貌については多くの人が、包容力があり、悠揚迫らざるものがあったなどと書いている。着ながしがよく似合い、写真に取って絵になる人だったとも。神戸新聞社社長だった朝倉斯道氏は「自分の名声などは全く意に介せず、新人の発掘、推進には一段と力を入れ、そうしたことのため、どれだけ自腹を切っていたか、とにかく義理人情に厚い相当なサムライだった」と書いている。足立巻一氏も「ケタはずれの包擁力。戦後ずっと鼓舞していただけたこと、忘れません」と記している。

同様のことは、追悼文で万葉集研究の権威で歌人の阪口保氏も、ごく若い頃、ある文芸雑誌[註2]に及川氏にすすめられて生れて初めて小説を書いたことがある、と告白しているし、詩人の静文夫氏も及川氏に小説を書くように勧められたことがあるという。静氏は戦時中、赤穂に疎開し、兵庫県厚生課長であった及川氏の下で働いていた。その頃、及川氏は酒に酔って家の近くの赤穂城の濠に飛び込んだという傑作なエピソードを披露している。このように編集者としての才能も大いに発揮した人だったことが分る。

ただ、私の印象に残ったのは、映画評論家の改田博三氏が、毎晩のように飲み歩いて別れたあとのうしろ姿がいつも寂しく見え、「本当は〝孤独な人〟ではなかったのか」と語っていることだ。役人の後輩、飯田周作氏も、役所で文学関係の来客の絶えることのなかった先生も「一人になると、虚、無、的であり、「人間というものは、孤独なものだよ、人間、一人ですよ」と言ってパチンコ屋に通われたものだ」と述懐している。人間の誰しもがもつ〝光と影〟を鋭く指摘したものであろう。

さらに私の心に強く響いたのは、当時、読売新聞大阪本社編集局次長だった藤野克巳氏の「降りなかった人」という追悼文である。

氏もまず、ある夏の夜、友人と二人で三宮のビアホールで飲んでいて、独りで入ってきた及川さんを目撃する。珍しくいつもの元気のいい取巻きがいない及川さんの、何かに屈託したような姿が「ひどく孤独に疲れて見えた」と書き出している。それは、戦後及川さんも誘って馬場貴司男氏と第二次「自我」を昭和三十九年復刊する以前のことだった。

藤野氏は、井上靖がある雑誌に、新聞記者時代の回想談として書いていた「毎日新聞に勤めながら、私は新聞記者というものから降りていた」という文章の、その「降りていた」という言葉にひっかかった。対して「及川さんは違う。及川さんは役人からも文学者からも降りなかった。よい役人であると同時によい文学者でありたいということの殆ど絶望的な人生上の仕事に、悪戦苦闘されたのではなかったか」と述べる。そして最後にこう結んでいる。

「思うに及川さんは上手な組織者、円満な統括者、世話好きな地方のボスであるよりも先に、やはり一個の真摯な文学者であった」と。この藤野氏も私が関心をもっている神戸の文学者の一人であり、その著書、小説集『実生』（昭

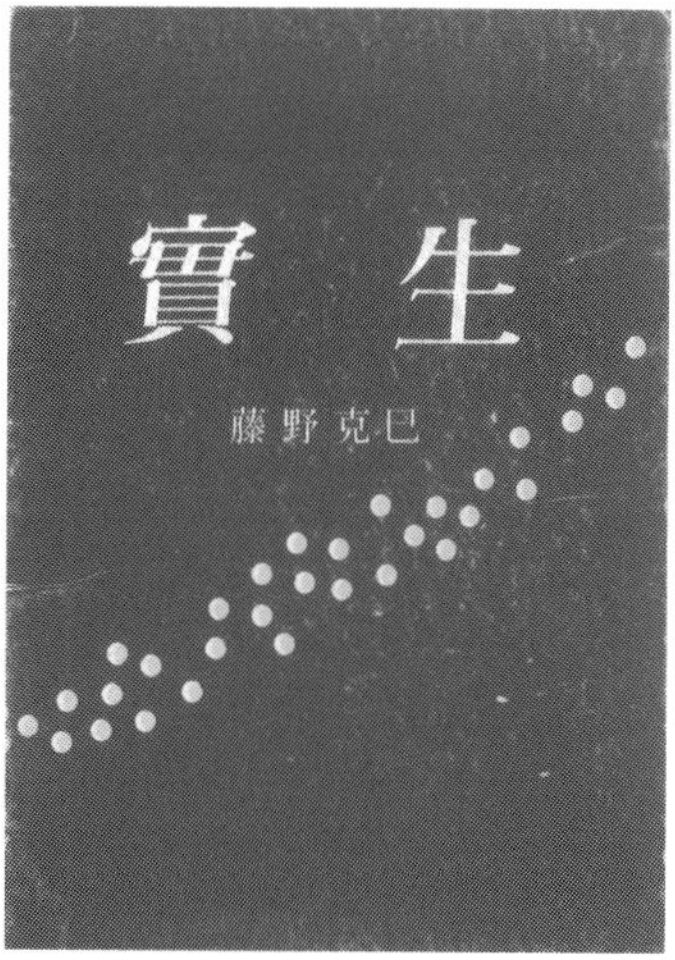

和五十八年、浪速社）と遺稿集『精神貴族』（平成二年、発行者、藤野みどり）は以前、古本で入手して興味深く読んでいる。とくに『実生』所収の「二人の詩人」は、藤野氏が井上靖氏と竹中郁氏各々とふれあった実体験に基づくエピソードを迫真的に描いたもので、とても面白かったのを憶えている。出身が私と同じ母校、大阪外大のフランス語科卒というのも身近に感じる（私は英語科だが）。氏は平成元年に六十七歳で亡くなった。いずれくわしく紹介したいとは思うが、ここでは省略しよう。

最後に前述の伊勢田氏の及川氏の回想記に出てくる愉快なエピソードにも関連する、中村隆氏の「アルコールの雲」と題する追悼詩を全文引用しておこう。

とって置きの洋酒だと言って
食用油を飲まされたり
酔った揚句　及川家の便所の壁を
突き破ったり
遠い昔の思い出には
いつも　アルコールの雲が棚引いている
いま先生が見ている西方浄土の空のように

〔註2〕　阪口氏は、その誌名を忘れたと書いているが、及川氏が関西学院大卒業後（筆者註・実際は中退）まだ間もない頃、二十歳代の意気軒昂たる青年のときだった、ともある。前述の「新女性」が丁度、昭和六年創刊で、及川氏二十四歳時に当るから、おそらく、阪口氏が小説を載せたのはこの雑誌のことだろう。その小説も、上海郊外の社宅の門前に捨てられていた女児を引きとって育てる、といった物語だったそうだから、女学生向きである。阪口氏によると、その雑誌は二号か三号で出なくなったというから、「新女性」は残念ながら短命に終ったようである。

校了直前に私は岡町の古本屋で、偶然「新女性」（第一巻六号、昭和六年十月）を発見した。本誌に玉井紘二や藤本浩一も書いているから前述した「新女性」にまちがいない。但し、発行編輯人は村上尚博となっており、発行所も、大阪市西区京町堀の〃趣味と女性社〃に変っている。おそらく及川英雄氏は五号までに編集人を退き、別の出版社が名義を引継いだのだろう。編集後記に次号特集のことも出てくるので、まだしばらくは続いたものと思われる。書影のみ掲げておこう。

口絵には32頁にわたり大阪の名家令嬢の写真と釣書が載せられている。

第Ⅳ部　知られざる古本との出逢い

第19章　海港詩人倶楽部の詩人と土田杏村・山村暮鳥往復書簡——橋本実俊『街頭の春』をめぐって

某月某日……今年の初春だったか、東京古書会館でのグループ展の目録で、九曜書房の出品の中に橋本実俊《さねとし》の詩集『街頭の春』〔註1〕（大正十五年、海港詩人倶楽部）を見つけた。意外にも思ったよりぐんと安い値段が付いている。この値段だと、おそらく数人から注文があるのでは、と心配しながら注文したところ、幸運なことに私共の所へ届けられ、大いに喜んだ。

私は神戸で育った者なので、以前から神戸関係の文芸史には関心があり、今までもいろいろ断片的に書いている。なかでも、竹中郁が関西学院大文学部英文科一年生の折、二歳年上の福原清と知り合い、意気投合して詩同人誌「羅針」を竹中の自宅から創刊し、第一次を十三号まで出し、第二次も十号（昭和十年）まで出したプライベート・プレス、神戸海港詩人倶楽部が刊行した詩集にはずっと注目してきた。

これについては私の旧著『古本が古本を呼ぶ』（青弓社）に短いものを書いたし、『関西古本探検』（右文書院）でも、足立巻一氏の『評伝　竹中郁』に依拠しながら少し紹介している。その折、海港詩人倶楽部（以下、同略）の詩人で日本の先駆的チェリストでもある一柳信二氏が昭和六十一年になって出した小説『緑の合掌』（樹芸書房）を入手して、合わせて紹介できたのは私なりの新たな収穫であった。（活躍中の著名な作曲家、一柳慧氏が信二氏の子息であることも知った。）

〔註1〕　私は後に二〇一六年四月、「街の草」さんから有難く頂いた志賀英夫主宰の詩誌「柵」53号（一九九一年四月）の中に、詩人富上芳秀氏の連載「竹中郁ノート⑪」を見出した。本号は、詩誌「羅針」について（中）で、「羅針」五号（大正十四年四月）から終刊した十三号（大正十五年十

一月）までの各号の詳細な詩人と作品名表示や竹中氏の知られざる詩の引用などがある貴重な評論である。（この連載はまだ本になっていないのではないか？）その十二号（大正十五年八月）は足立巻一氏も未見の号で、詩作品の他に福原清のエッセイ「孟夏贅言」も載っていて、紹介している。それによると、福原氏は同人の一柳信二詩集『樹木』、山村順詩集『おそはる』には手厳しい批評を下しているが、反して橋本実俊の『街頭の春』に対しては、手放しで絶賛している、として、その一節を引用している。福原氏という竹中郁と並ぶすぐれた詩人の筆だから、この一文から見ると、橋本氏は同人の中でも一目置かれる詩人だったようだ。

しかし、この海港詩人倶楽部刊の詩集は竹中郁のもの以外めったに目録でも見かけず、出ても皆、高価なので、実際に私が入手した詩集は今まで一冊もなく、まして「羅針」の方は実物を一度も見たことがない。だから、今回の入手は一入《ひとしお》うれしかったのだ。（後に私は矢野書房から一柳信二『軽気球』を格安で入手できたが、それは又、別の物語になるので、ここでは省略しよう。）装幀は、表紙にヨコ組み、題箋が貼ってあるだけのシンプルなもので、表紙に大分スレや汚れもあったが、私には大した問題ではない。

ここで再度、本書以外のそれらの詩集を列挙しておこう。竹中郁『黄蜂《くまんばち》と花粉』（大正十五年）、『枝の祝日』（昭和三年、装画、小磯良平）、一柳信二『樹木』『風琴』（以上、大正十五年）、『軽気球』（昭和五年）、山村順『おそはる』（大正十五年）、福原清『ボヘミヤ歌』（大正十五年、装画、小磯良平）、亀山勝『青葦』（昭和五年）、いずれも限定百〜百五十部のものであった（但し、『枝の祝日』は三〇〇部限定）。

また、神戸の詩人、季村敏夫氏による神戸詩史についてのすぐれた労作『窓の微風』（みずのわ出版）の一文には「羅針」に詩を発表し、その誌上広告に、詩集『窓の微風』の刊行予告まで出しながら、なぜか刊行できず、その後自死してしまった富田彰のことが書かれている。足立巻一の『評伝　竹中郁』に拠れば、富田氏は京都の旧家の息子で、やはり関西学院大英文科の学生であった。在学中、京都の天野隆一の「青樹」同人を経て、「羅針」同人となる。大正十四年、立教大学へ転学し、詩誌「航海表」を出した。（本書13章で述べた藤本義一編集の「航海表」に先立つ同名の詩誌である。これも竹中氏が命名したという。）酒好きの山村順〔註2〕とはとくに仲が良かったという。

〔註2〕　山村順の詩と生涯については、私の『ぼくの古本探検記』（大散歩通信社）で割に詳しく紹介している。脱稿後、たまたま読んだ京都の詩誌「ラビーン」27号の山村順の小文によれば、富田彰はモウレツなサムライで、関学大時代、パリッとした背広姿で京都、宮川町の御茶屋に入りびたっていた、という。

大学卒業後、森永キャラメルに入社して宣伝の仕事に従事している。没年は不詳。それ以上は詳しくは分からないが、略歴はこれで充分である。季村氏は「羅針」に載った富田氏の貴重な詩七編を転載している。一読して海港神戸の詩人らしい、モダンで清々しい印象を受けた。

今回、私の入手した詩集の著者、橋本実俊については、富田氏以上に経歴が謎で、足立、季村氏、それに神戸詩誌をめぐって季村氏と対談した詩人安水稔和氏もおてあげの状態である。ただ、さすがに足立氏は、橋本氏が大正十年に京都から出た詩誌「解脱」の同人であったこと、竹中郁より年齢も詩歴も先輩で、福原氏と親しかったこと、さらに「僧侶で諸寺を転々したのち加古川市で死んだと伝えられる」と述べている。むろん私にもそれ以上調べる何の手立てもないのが現状だ。唯一の情報として、奥付の著者名の横に、橋本氏の住所が小さく記されており、「兵庫県印南郡米田村船頭四〇〇九」となっている。ここは現在の加古郡に当り、明石市の西隣り、車で加古川を渡って2号線をしばらく西へ走った辺りらしい。

一般論だが、自費出版の多い詩集には、詩人の矜持《きょうじ》ゆえか、奥付に何の略歴も記されていないものが多い。宮澤賢治や中原中也を待つまでもなく、詩人の真の評価は亡くなってから高まる場合もあるのだから、後世の文学史家や詩集好きの読者のために、せめて最低限の略歴ぐらいは遺してほしいと思う。

橋本氏の刊行した詩集だけは分かっており、本書の他に『地平の春』（文武堂、一九一九年）、『幻楽』（神戸、自由詩社、一九二〇年）がある（「街の草」、加納成治氏の御教示による）。だが、以上の二書は目録でも見たことがない。

本書を通読したが、とくに痛烈な、まとまった印象は受けなかった。難解でもなく、モダニズムの詩が多いわけでもなく、土地柄のせいか、ときに土くさいところも感じられる。失った亡くなった恋人や思い出の中の少女を哀切《あいせつ》に唱った詩が多い。また全体を通して、神戸らしい海辺を舞台にその自然を背景にして、夜汽車や帆船、旧家跡、桟橋などが象徴的に唱われている。

せっかくの機会だから、ここでは短い詩のみ三篇、引用しておこう。

はがきにしるす

運命のやうに知慧のやうに
湛へてゐる海を
船が行く。

どこへ行くかをよく知ってゐるやうに、
又、どこへ行くかを少しも知らないやうに
一つの帆が行く。

樹

樹に潤ひがある、
人に渇きがある。
樹はいのる、人はねがふ。
私達何を願はうか、
うなだれて樹のやうに祈らうか。

小鳥

小鳥の声が何故あんなにうれし相なのか
小鳥の声がなにゆえ私をよろこばせるのか
落葉した雑木林で
何の屈托もなく勢よくうたふ。
小鳥よ、そのよろこびはどこから得たのか。
私はここで聞いているよ。

（以上、本書には長い詩が多いので、引用の選択を誤ったかもしれないが、お許し願いたい。）

自伝的背景が感じられる詩からは、橋本氏は学校卒業後（？）、朝鮮半島、台湾など（それも不確かだが）外地を仕事の関係で転々とし、その後故郷の兵庫の村へ戻ってきたらしいという推測はできる。それ以上のことは皆目分からない。

ただ、本書の序を、哲学者、思想家である若き日の土田杏村が十頁にわたって書いているのが注目される。橋本氏はあとがきで、出版に際し、詩友、福原清君、竹中育三郎（郁）君、詩人倶楽部（省略）の諸君とともに、序を下さった土田杏村君に感謝する、と記している。君というのは大体は同年輩の親しい友人を呼ぶとき付けるものだろう。だから杏村とも、割に親しい関係だったのか、とも思える。

私は土田杏村については、古書展でその著作は時たま見かけるものの、不勉強であまり関心も抱いていなかった。しかし、この序文を読み、少し調べてみようかという気になった。（むろん、一時の付け焼刃にすぎませんが。）

まず、序文の主旨を要約して紹介しておこう。土田氏は最初に、小泉八雲の著作に見られる生類の輪廻転生の思想を紹介し、橋本君の詩集を読んでいて、この思想を想起したという。「私は今橋本君の詩を読む、と、其の詩は人生の最も深いところに横はる輪廻の声だとしか感じられない。我々の人生は決して単独な、お互ひに離れ離れのものでは無い。ずっと深いところへ浸ると、其處では真如や無明の根源になって居ると信じられる生命の大海の波浪が聞かれる。其の波浪の音は屡々我々の現実の世界へ漏れ聞える。」と。

そして、詩の一節である、

「こんな月夜には／きっとどつかで歌う声か、／それとも笛の声がするものだ」を引いて、それが深いところから来る、我々東洋詩人すべてが予感する音だ、と記す。

「其の波浪を潜って我々は其の大海の中へ没入したい」とも。

このような思想は、私には深層心理学でいう、ユングの（東洋的）〝集合無意識〟の観点と共通するものではないか、と思う。当時、ユングの著作は日本にすでに入ってきていたのだろうか。橋本氏が僧侶であったとすれば、仏教的、東洋的無意識を自ら身に着けていたとしても当然であろう。

さらに、私が引用した前述の「樹」を引いて、「此の波浪から現実の中へ押し寄せて来る不思議な律音に悦楽し、誘惑せられて居るものの様に見えた」と言う。そして「君の生命の奥に湛へた哀愁は、センチメンタルと呼ぶには人間に余りに原始的なものだ。其れは永遠なる輪廻の持つ哀愁だ」と書いている。

このように、単なる一般論ではなく、橋本氏の詩の一節を四度も各々引用して杏村の主張を展開している。ただ、私見では、杏村の独自の思想に引寄せて、それを説得的に例証できるものを橋本氏の詩の中に多く見出したようにも思えるが。それにしても、ユニークな示唆に富む指摘に満ちた実に堂々たる序文である。

私は手始めに（安易ですが）まず、例の『日本近代文学大事典』で、土田杏村の項を見てみた。

杏村は明治二十四年佐渡に生れ、新潟師範を経て東京高師に進む。大正四年、京大哲学科に入る。そして引きつづき六年間、大学院に在籍した、とある。杏村は京都で十数年間、学生生活を送っている人なのだ。その頃から早くも著作活動を始めているが、若い頃は詩や文学にも関心が深い、いわば文学青年であったようだ。その後、杏村は生涯、在野の哲学者、評論家として活躍し、生涯に六十一冊の著作を遺している。その思索のテーマは実に広範囲にわたっており、専門の哲学の他に文学、短歌、国文学、美術、仏教、恋愛論にまで及んでいる。古本目録を見ると、昭和期の著作は第一書房刊行の本が圧倒的に多い。そのせいか没後、第一書房から全十五巻の全集が出ている。昭和九年、病気で四十三歳の若さで亡くなっている。初めて知ったことだが、日本画家、土田麦僊の弟、というのも興味深い。杏村自身も素人以上の絵を描いたという。

私は正直に言って、今まで一冊も杏村の本を読んだことがない。だから本稿を書くのはおこがましい限りだ。

それでも、ふと思い出したのが、今年の初めだったか、まだ三宮のサンパルにお店があった頃のロードス書房の店頭均一コーナーで見つけ、買っておいた論文別刷の冊子「土田杏村と山村暮鳥―往復書簡を中心に」のことである。著者は上木敏郎氏で、今みてみると、例の『大事典』の杏村の項の執筆者でもあり、どうやら杏村研究の第一人者の方らしい。（後に『土田杏村と自由大学運動』という杏村のすぐれた評伝を出しているのを知った。）往復書簡は、手紙を交わす両者の肉声や本音がよく窺われるものだから、面白そうだと思い、気紛れに入手しておいたものなのだ。それが思いがけなく、こんな形で役に立つとは思ってもいなかった。私は「おーい、雲よ」の詩で有名な山村暮鳥の詩集もイタミ本は一、二冊入手しているものの、じっくり読んでいないのだが、この際と思い、その論文を一息に読みおえた。

顧みると、ロードス書房で安く入手した本や雑誌、昔の神戸の古書目録などで、原稿のネタになったものは数多い。感謝するとともに、今後の目録販売での発展を祈るばかりだ。

さて、この論文は上木氏が両遺族の方々から借覧した二人の往復書簡を数通ずつ引用しながら、その背景や自伝的事実を五十二頁にわたって解読した貴重なものである。

最初の書簡は暮鳥宛てではなく、当時京都大学哲学科二年に在学中の杏村が大正六年に後の夫人となる波多野千代子さんあてに出したものだ。これによると、当時杏村は雑誌「第三帝国」（筆者註・民本主義の茅原華山が主宰・発行した社会評論誌）に詩壇の批評を寄せており、そこで山村暮鳥の刊行した『聖三綾玻璃』（大正四年）を取り上げて杏村が主張する「神秘的象徴主義」が具現化されたものをその詩の中に見出したことを述べている。又、上木氏によれば、杏村とともに萩原朔太郎も暮鳥の詩を高く評価し、大正六年に出た『月に吠える』の詩法には暮鳥からの影響がうかがわれる、という。

杏村は別の評論でも「山村氏の詩には宗教家の尊い安心がある」「氏の世界は全宇宙的であって自然の一草一石も氏と共通の生命を持って居る」などと高く評価している。杏村は続いて、暮鳥から依頼され、大正七年に出た『風は草木にささやいた』のために長文の跋文を執筆している。従来のいわゆるおざなりの序跋を脱した本格的なものであった。そこでも書簡の形式がとられているが、例えば、「僕の神秘的象徴主義が元来、大乗仏教の哲理からきたものだ」とか、禅宗のような超俗的内面的な宗教が示す偈の表現が「あまりに現代フランスの象徴派詩人のそれと共通しているのに驚いた。」などとも書いている。

このような杏村の思想は、後に寄せた橋本氏の詩集の序文にも一貫して流れているように思える。あるいは、橋本氏も杏村のこの跋文を読み、共感して、杏村に序文を依頼した可能性もあるが、これも私の憶測にすぎない。

杏村が京大大学院に在学中、大正八年の暮れ、暮鳥は二週間程、京阪地方を旅行したが、そのとき初めて二人は会い、一緒に奈良のお寺を巡っている。二人が会ったのはこの時一日限りだが、「二人の友情は終生変わるところがなかった」と上木氏は述べている。

杏村はその後、肺炎カタルに冒されながらも、日本文化学院を設立し、雑誌「文化」を創刊するのだが、次の上木氏の記述に私は釘付けになった。「大正九年一月から五月初めまで、杏村は明石にすむ知人の好意で、同地の海岸に一軒の家を提供され、家族とともにここに避寒し、健康の回復を計った」とあったからだ。

明石なら、橋本氏の住所にも近く、ひょっとしてこの知人が橋本氏かも、という妄想もわくが、少なくとも家を提供したのが神戸の詩人の一人だった可能性はあると思う。というのも、戦後はともかく、戦前、「羅針」に集まった詩人たち、竹中、福原、山村、富田氏らは皆、裕福な実家で育っているからだ。また明石に住んでいた間、神戸の詩人たちとも密接な交流があったのではなかろうか。もっとも、杏村は京都に十数年も下宿していたから、その間に橋本氏と早くに出会っていたかもしれない。京都で詩同人誌「青樹」を主宰していた天野隆一氏の回想文など読むと、その当時、京都、大阪、神戸の詩人たちの交流はなかなか活発だったようだから。例えば、竹中郁も「青樹」に一度、詩を寄せている。又、前述のように、橋本氏も京都の同人誌に参加していたから、往来はあっただろう。いずれにせよ裏付ける資料が全くないので、想像するばかりだが、あれこれ考えるのも何となく楽しいものだ。

書簡は大正十三年十月、杏村が暮鳥に送った病気見舞いの封書で終っている。その十一月に暮鳥の最後の詩集『雲』が校了となり、発行を待つばかりであった十二月に、暮鳥は亡くなった。

この往復書簡が私にとくに興味深いのは、二人の出版にまつわる話が多く出てくる点である。暮鳥は杏村を頼って、しばしば出版の斡旋を依頼している。暮鳥の長篇童話『鉄の靴』にも杏村は長文の序を書いているが、なかなか出版社が見つからず、杏村が「鉄の靴」会というのを組織して支援者を募り、その資金によって出版したという。また、小説「春」は四三四枚にも及ぶ長篇だが、杏村の努力にかかわらず、単行本としては出なかった。さらに特殊部落を描いた長篇「鼹鼠《もぐらもち》のうた」も脱稿したものの、雑誌発表場所が見つからず、暮鳥の死後、昭和三十七年に出た全集で、やっと活字になったという。

最後に転載された封書の中でも杏村はこう書いている。

「何かよい雑誌か本屋があればよろしいのですが、どうも困ったことです。小西なども（筆者註・論文の註によると、小西書店のことで、杏村はここから『新社会学』と『流言』を出している）僕の本、出しっぱなしで八百円すっかり倒されて了《しま》ひました。東京の本屋は不安でだめです。内外出版は印税はたしかですが、さて小説と来たら、全く経験がなく承知しません。」などと。

前述のように『鉄の靴』は杏村の助力で、内外出版社から河野通勢の挿画入りで刊行されたが、[註3]暮鳥は杏村あてのお礼の手紙の中で、こう報告している。

「印税を一割二分にまけてくれといってきたから、はじめの契約通り一割五分をかへないでくれといってやりました」と。これは私には意外であった。高名な詩人ではあっても、印税は最大でも一割がふつうではないか。（明治の漱石や大正期の籾山書店刊の荷風や鷗外の本（一割二分）は例外だが。）出版社の主が暮鳥の窮状に同情したためなのか、それとも、出版費用は「鉄の靴」会から出たので、その分、著者の印税に多く回したのか。それはともかく、暮鳥は生涯、出版では苦労したようだ。

以上、本稿は橋本実俊氏の探索というより、途中から杏村と暮鳥の関係に話が逸れてしまったが、これも「古本が古本（資料）を呼ぶ」一例話としてお許し願いたい。

〔註3〕その後、平成二十七年四月初旬、京都へ出かけ、河原町通りにある大学堂をのぞいた際、レジの奥の棚に『鉄の靴』函付（大正十二年第二刷）の部厚い本を偶然見つけ、アッと驚いた。ドキドキし、とてもほしかったが、まだ値段を付けてないとのことで残念ながら買えなかった。しかし、たまたまカメラを持参していたので、ふと思いついて御主人（高齢の女性）に表紙の撮影をお願いしたところ、快く許して下さった。それで珍しい本書の書影をここに掲げることができたのである。

【追記1】本稿を書き終えてしばらくたった平成二十六年九月二十日頃、交流させていただいている古書通の中島俊郎先生のお便りで、ロードス書房主、大安榮晃氏が亡くなられたことを初めて知り、ショックを受けた。私は大安氏が毎号の目録に書く随筆などから、どうも人への好悪の激しい方のような印象を受けていたので、敬遠してこちらから話しかけることをめったにしなかった。（いや、もともと私も社交べたの人間ですので。）しかし、御病気（手術？）後はどうも印象が少し柔和なものに変わったので、お店で何度か短い会話を交した記憶がある。そういえば昔、私の出した本も何度か御親切に買ってもらったものだ。店番の女性の方（奥様かも？）への丁寧なことば遣いも印象に残っている。漱石と播州とのかかわりを、資料を発掘されて「Ｓａｌａ」という歴史・民俗誌に「兵庫と漱石」として十六回連載していたのを私はお店で一寸のぞき見している。類書のないテーマだけに、生前、本にまとめられなかったのが残念である。今からでも出版してくれる奇特な出版社はないものだろうか。せめて本稿を最後に読んでいただけたらよかったのになあ、と悔やんでも後の祭りである。

――合掌。

平成二十六年十二月初旬、ロードス書房の最後の目録38

号が奥様名で送られてきた。巻末には長年仕事上の友人であった「街の草」の加納成治氏が、大安氏とのつきあいや仕事、目録などの歩みを丁寧に力を込めて書き、その死を悼んでいる。（後日、氏は奈良の「キトラ文庫」の目録８号にも、大安氏について再度、違った追悼の文章を寄せている。）「Ｓａｌａ」編集人、吉田ふみゑさんの書かれた氏との取材のエピソードや長女の大安羽生子さんの父親観も興味深いものだ。氏は「人生をいかに楽しむか」ということにこだわっていた、と羽生子さんは書いている。巻頭の大安立子さんの「ご挨拶」も、亡き夫君への愛情にあふれたもので、しみじみと読ませる。これらを読んで、私も一度位、食通であったという氏のお気に入りの神戸のお店で、食事をともにしたかったなあ、と思った。

【追記２】　本稿を書いてたぶん四ヵ月ほどたった平成二十七年一月に届いた中野書店の目録『古本倶楽部』に土田杏村の著作が十三冊も出ていた。中野書店は二十六年末に神田神保町の店を撤退し、杉並区西荻北に店が移った。書店主が十二月に六十歳で早く亡くなったことも大きいのだろうか。本号巻末には、多数のお客が各々の神保町店の思い出を感謝と惜別の情をこもごも記したコメントを寄せていて興味深い。私も昔、東京出張の際に何度か店をのぞいたし、その後も目録では安い本ばかりだが時々注文してきた。私が時々Ｆａｘで条件付きの注文をした折、女性店員から何度か、確認のお電話をいただいた折のていねいな応待が印象に残っている。日本の中心的な古本街でも古本屋の経営は現在大へんな状況にあるのだな、と思わせるニュースであった。

　それはともかく、私は杏村の本を一冊も読んでなかったので、せめて一冊ぐらいは、と思い、随筆集『草煙心境』（第一書房、昭和八年、重版）を注文した。届いたものを見ると昭和四年に同名で出た本の普及版、タイトルも薄くなり、かなりの汚本であった。（元版は函入り）

　注文したのは、随想集なので読みやすいだろうし、ひょっとして関西の詩人たちとの交流なども記されているかも、

と期待したからである。しかし、ざっと目を通したところでは、詩論をめぐる話はあるものの、具体的な人物との交流記は出てこなかった。

　本書は杏村の初めての随筆集で、いろんな雑誌に発表した随筆や小評論を四〇〇頁近くにまとめている。身近な生活にまつわる随筆もあるが、文学、美術、演劇、映画、建築、生花に至るまで驚くべき多様なジャンルにわたって発言した文章が並んでいる。少し読んでみたが、どれも私共にも理解できるような平易な文章が展開されていて興味深く読みやすい。舞台芸術を論じた「表現劇場」や「建築とシネマ」「モダン論」など刺激的な評論もある。今読んでも決して古びていない、と思う。杏村の著作が現在、学芸系の文庫にさえ一冊も見かけないのは、日本の出版界の奇妙な偏りを示す不思議な現象だ。もっと再評価されるべき思想家だろう。〔註4〕

〔註4〕　後に、書架にあった谷沢永一書評コラム集『紙つぶて（全）』（文春文庫）をたまたま再見していたら、「土田杏村の再評価」なる項目を見出した。さすがは谷沢先生である。一頁足らずの短い文章だが、上木敏郎氏発行の雑誌『土田杏村とその時代』も取り上げ、思想史の学ぶべき研究成果として高く評価している。

本書は年代順に配列されていないが、大体大正十五年から昭和三年位までに発表された文章で、京都に住んでいた頃のものが大半のようだ。前述の橋本実俊氏の詩集への序文も大正十五年執筆だから、同時代である。

　ごく一例だが、美術展覧会の感想記では、まず京都で従来開かれていた展覧会が近頃、大阪で多く開かれるようになったことを寂しい気がする、と述べ、京都の美術書肆画箋堂が開いた、フランスのロオトとビッシェールの作品展の面白さを語っている。その足ですぐ大阪へ出かけ、二科会の作品展を見て、前述の二人の画家の模倣が多いなどと嘆いている。その数日後にはまた、大阪の丸善で、ロシアの画家ミハナジアンの作品展を見ている。これらの画家はロオト以外私の知らない人だ。このように若き杏村は関西のあちこちに足を伸ばして美術、映画、演劇を精力的に見て回っていたことが窺われる。

　私がとくに面白かったのは、折々の生活随想の一文の中で、読書や本を蒐める楽しみを語った文章である。氏は夜の読書では、当面の研究問題に関係のない、広くのびのびした読書をする。「長い目で見てゐると、その読書が次第に結びついて来るのである」と。

　例えば、毎号取り寄せている「スタディオ」――こういう洋書雑誌の購入自体が当時先端的だったのではと思う。

――の「日本庭園」特集号を見て、生花と庭園の造形が同じリズムを使っていることに気づいたという。それで生花の本を出来るだけ蒐めたくなり、「東京と大阪の古本屋の目録も開いて調べて、それぞれ注文書を出し、大事なものを幾分か揃へることが出来た」と。この伝で、演劇や古美術の本なども蒐め、美術館に勤める知人（学芸員か？）に、大学の美学美術史研究室の蔵書よりよいものを豊富に集めている、とほめられたと書いている。

杏村も古本屋目録を熱心によく見ていたことが窺われ、私にもより身近な存在に感じられた文章であった。

【追記3】　校正中にたまたま、清水真木『忘れられた哲学者――土田杏村と文化への問い』が中公新書で出ていたことを知った。哲学、哲学史の研究者からのアプローチらしい。関心はあるのだが、もはや入手して通読する余力はなかった。一寸書店で立ち読みしたところ、国画創作協会の設立宣言書を起草したのも、杏村だったことを、初めて知った。いずれにせよ、タイトルに示された如く、戦後、杏村が忘れられているのはまちがいなく、杏村についてのまとまった単行本もわずかしか出ていないようだ。

第20章　鴨居羊子さん再び／田能千世子『金髪のライオン』を読む——付・港野喜代子さんのこと

私は七年前に出した『古書往来』（みずのわ出版）中の一篇で、鴨居羊子さんの遺した著作や絵について気ままに紹介している。その少し前から近代ナリコさんや早川茉莉子さん、女性評論家の方々が彼女の創造的な仕事を再評価する動きがあるのは知っていたが、それらとは別個に、一介の古書好き、又は犬好きの男性が書いた文章としては珍しかったのでは、と今でも手前みそだが自負している。最近、サンケイ新聞の大型連載企画「浪花女を読み直す」（月一回）でヴェテランの編集委員、石野伸子さんがまた鴨居羊子の生涯と仕事を三回にわたってくわしく紹介した記事を書かれた。それでふと思いついて、私の前述のエッセイをコピーして参考にと、送っておいたところ、連載後しばらくして石野さんからお礼の電話があり、一度お会いしたいとのことだったので、梅田で喜んでお会いした（私の方はいつもヒマですので）。石野さんは私も英語科を卒業した大阪外大の四年後輩に当る、ドイツ語科出身の方だった。又創元社の先輩編集者だった正路怜子さんにも以前取材して記事にしたこともあり、そのコピーもいただいた。いささかご縁のある人だったのだ。その二日後、彼女の「浪花ぐらし」という連載コラムに、「古書好きが出した知力の著作」という見出しとともに、私の仕事を巧みな文章で紹介して下さった。少々過大評価気味の内容かとは思ったが、正直、やはりうれしく思った。それにしても彼女の筆の速さには驚かされた（私の過去の新聞社からの取材の経験では大抵一、二週間先に載ったものだから）。

お会いした折、彼女のエッセイ集『女五〇歳からの東京ぐらし』（産経新聞出版、二〇〇八年）もいただいた。彼女が三年程、転勤で単身東京で暮らした折の様々な体験を折々に綴った連載エッセイをまとめたもので、実に面白い本だ。毎回、テーマを掲げ、東京のあちこちを持ち前の旺

盛な好奇心で飛び回って、軽妙でユーモラスな文章で綴っている。東京という大都会の特徴や大阪人との違いがよく分る。毎回のエッセイに付けられた佃二葉さんの独特のカラーのカットも楽しめる。

　さて、それから一ヵ月もたたない梅雨のむし暑い日、私は思い立ってまだ訪れたことがなかった近鉄、今里駅近くにある日之出書房（二軒並んでいる）を初めてのぞきに行った。比較的新し目の本が豊富な方の店先の均一本コーナーをまず眺めていたら、その中で背文字の『金髪のライオン』（田能千世子著、編集工房ノア、一九九一年）というタイトルがふと目に止まった。関西の文芸書出版社として定評のあるノアさんの本なので、どんな本なのかと何げなく引出して、オビやあとがきを見てみて、アッと驚いた。中篇小説が四篇収録されているが、巻頭のタイトル名の作品が、何と鴨居羊子をモデルにした小説だというのだ。それにカバーに載っている絵も鴨居さんによる自画像なのである。今まで全く知らなかった作家の本であった。

私は『古書往来』刊行後も、鴨居さん関係の本にはずっと関心があり、その後出た『前衛下着道』〔註1〕（川崎市岡本太郎美術館図録、二〇一〇年）も遅ればせながら古書目録から入手している。

〔註1〕私は不勉強で、鴨居羊子が岡本太郎とも交流があったことは全く知らなかった。この図録には、彼女の単行本に未収録のエッセイも数篇入っているし、後半に今ではめったに入手できない『下着ぶんか論』の全文が収録されていて貴重なものだ。ただし、カバーの下着写真は記録としては貴重でも、今から見るといかにも美的にダサいもので、私は感心しない。美術館学芸員の編集なら、鴨居さんのステキな絵画作品から選ぶか、愛犬と一緒の鴨居さんの写真かを使ってほしかったなと思う。

　巻末にある詳しい参考文献の中にも、この『金髪のライオン』は載っていないのである。だから、古本屋で本書に偶然出会わなければ、ずっと知らないままだったかもしれない。幸運に感謝しよう。

私はすぐに読み始め、ぐんぐん引きこまれてその中篇を二日程で読みおえた。他の三篇も面白そうで、ゆっくり読むつもりだ。登場人物はすべて仮名だが、鴨居さんの生涯を生彩ある筆致で生き生きとたどっている。奥付略歴によると、田能さんは一九二〇年生れで、現大阪女子大英文科を出た方であり、鴨居さんと同窓である。『人形天使』（芸立出版）、『寂明の庭』（編集工房ノア）も出しており、小説『瞑父記』で第十一回神戸文学賞を受賞している実力派の作家なのだ。

初めのうちはうじうじした性格の自分には鴨居さんと会うのに随分とためらいがあった。ところが友人の画家木村映子さん（仮名）に「会ってみてください。ぜったい後悔しないと思います」と再三誘われ、ようやく決心して一緒に肥後橋ビルにある彼女の会社へ面会に行くところから小説は始まっている。出だしの所を引用させていただこう。

「はじめて友井章子（筆者註・鴨居）はみねこ（著者）の想像どおり、いくらか重たげに姿を現した。

大柄なからだに黒いニットのゆるやかなワンピースをまとい、広くあいた胸にはワイン色の五連のネックレースが垂れている。黒いスパッツに踵の軽そうな靴。白髪のまじった粗い長い髪が、大きめな顔を乱れながら縁どっている。茶色の瞳の周囲に血管の走った二重まぶたの大きな目。真っすぐで存在感のある太い鼻。ぼったりした唇が黒ずんだ花びらのようだ」と。

このようにのっけから、鴨居さんにじかにふれた際の服装や容貌を詳細に描写して読者に伝えているので迫力がある。両人共、初対面の人とはなかなかうまく喋れない性質で、会話ははずまなかったが、みね子が章子の母上について尋ねると、十五年前に亡くなった、と答えたとたん、「大粒の涙がころがり落ちた」。鴨居さんが自伝でも語っている、保守的で彼女がつねに反抗し、戦ってきた母親に、である！　強烈に印象に残る場面だ。それ以来、みね子は決心して、章子の著作を多数読み込み、章子という名高い女性の複雑な人間像を探検し始めるのだ。その成果がこの小説に見事に仕上っている。主に鴨居さんの自伝的エッセイ『わたしは驢馬に乗って下着をうりにゆきたい』に書かれた文章を自在に駆使しながら、彼女の新聞記者を経て独立後の半生を中心に描いてゆく。

実は私もこの本から主に引用したのだが、うれしいことに田能さんも、鴨居さんの仕事上のターニングポイントとして私も注目した、独立して最初に開いた大丸デパートでの下着の画期的な個展、そして大阪南の映画館の幕間で行った下着ショーの様子を詳細に紹介している。鴨居さんとはおそらくその後も数回会い、彼女の絵の個展会場――日動画廊だろう――でも会っている。「章子がいつものゆっくりした、語尾のあいまいな口調で話しはじめる」という一節も、直接会った人でないと描写できない鴨居さんの話しグセであろう。

読んでいて、今まで私が知らなかった事実や独自の観察も出てきたので、ここに少し紹介しておこう。

その一つは、田能さんが彼女の著作を読んで何か欠けていると思ったのが、ずっと表面には出ずに、チェニックの共同経営者として彼女を支え続けた桐山氏（仮名）の存在であり、彼女の態度から質問も控えたという。桐山氏は彼女が勤務していた同じ読売新聞社で、美術記者から文化部デスクになった人であり、彼女と前後して新聞社をやめている。おそらく彼女の才能に注目し、その人間性にも共感したのであろう。しかし、章子のどの本にも一度も登場していない。「章子にとって桐山は書けない人なのだ。あるいは桐山が登場を固く拒んだのかもしれない」とある。私はおそらく後者の理由だろうと思うが。詮索するわけではないが、桐山氏とは、私が前述のエッセイで紹介した親友の亀井美佐子さんの愉快な労作『金髪と茶髪』（ビレッジプレス）には何度も出てくる、専務だった森島氏（失礼ながらお名前は不明）のことだろう。森島氏は美大出身で、田能さんの目撃談によると、フランスの有名な映画監督ゴダールにそっくりな人だったそうだ。鴨居さんの本の執筆にも参考になる文献をよく提供して協力したという。亀井さんによると、森島氏も鴨居さん同様、極端にシャイな人だったらしい。

もう一つ、彼女が長く髪を金髪に染めていた理由を本人に尋ねたところ、「ライオンの気持を知りたかったから」と答えたという。犬語や猫語はよく分った彼女でも、さすがにライオンの気持は測りかねたのだろうか。田能さんはこう解釈している。それはむしろ彼女の武器であり、初対面の人とは「ろくに物もいえない章子の必死の演技でもあった」のだと。下着の革命者として時代のスターになり、「街角で、プラットホームで、男性からも女性からも鋭い殺気が章子のからだにプスプスと突き刺さってくる。そのとき章子は、鏡獅子の毛振りよろしく金髪をさっとひと振りして、あたりに視線を刃のごとく切り返してやる。」と。なるほど！　私などは単に目立ちたがりやのきざな金髪なのかと思っていただけに、その偏見を深く反省し納得した。

あと一つは、私も少しだけ触れた弟の、真に魅了される画家、鴨居玲の愉快なエピソードである。評伝などに記されているのかもしれないが、私には初耳であった。若い頃、絵では食べていけないからと、一時映画界へ入っていたことがあるという。実際、写真を見ると、まるで西欧の俳優のような、いい男振りをしている。夙川太郎（当時、夙川に住んでいたので）という芸名で、鶴田浩二主演の映画にワンカットだけ出演したことがあるそうだ。

「あとがき」で、田能さんは校正も終え、本書の出来上るのを待っている最中に、鴨居さんが脳内出血で突然亡くなったことを知らされ、「しばらく言葉もなかった。もうあのような、不思議、複雑、含羞の女性に出会うことはあるまい」と記し、本書を彼女に捧げている。鴨居さんもこの出版を楽しみにしていたそうだ。だからこそ自画像も装幀用に提供したのだろう。本書を未読の鴨居ファンには、ぜひ入手して読んでみることをお勧めしたい。

【追記1】　なお、全くの瑣末事で本書の面白さを何ら妨げるものではないが、鴨居さんの初期の労作『下着ぶんか論』が「中春公論」から出されたことになっている。どう見ても、これは「中央公論社」を連想させるが、正しくは大阪にあった「凡凡社」からである。その元になった連載が「中央公論」に載ったための勘違いであろう。ついでながら、この小説で人名、出版社名、デパート名などすべて仮名にした意味がいまひとつよく分らない。はっきり鴨居羊子をモデルにした小説と記してあるからだ。足立巻一が安達寛一、『のら犬のボケ』は『のら犬のアンポン』で東京の草元社（創元社）から出版、などとなっていて、すぐに分ってそれなりに面白いのだが。（二〇一四年七月二十日）

【追記2】　平成二十八年二月の寒い日、私は天神橋筋商店街を南に歩いて古本屋を巡り、いつものごとく天牛書店にも立ち寄った。ここは店頭の100円均一コーナーにも時たま面白いものが並んでいるのでまずチェックする。今回は雑誌で「樹林」333号（大阪文学学校、一九九二年九月、発行人・長谷川龍生）――表紙の高橋善丸によるコラージュの装画も魅力的――と「彷書月刊」二〇一〇年九月号――追悼「大好きな木村威夫さん――が見つかった。前者は最近は

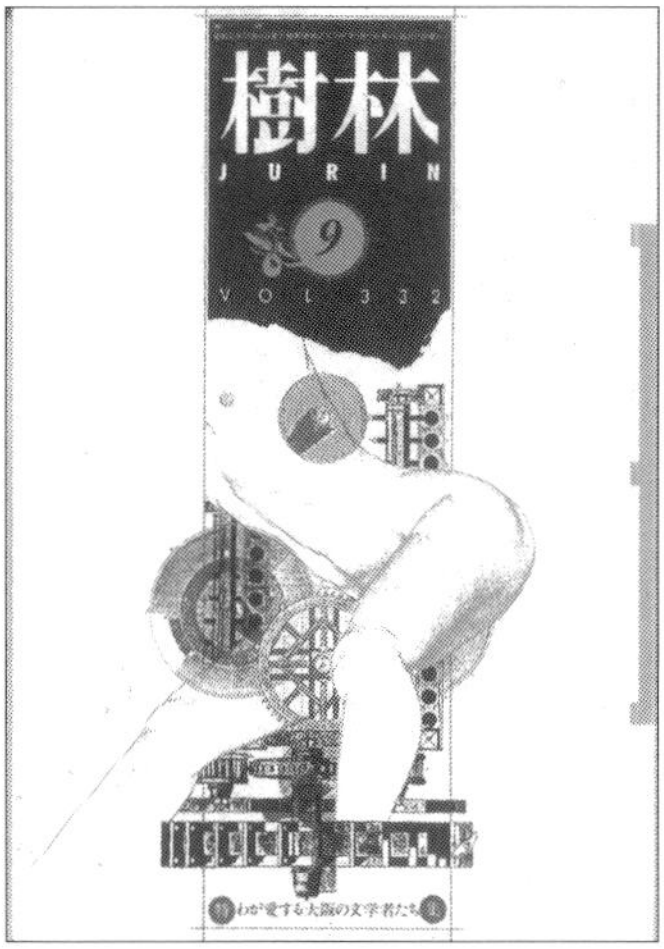

学校の内容案内だけの号が多いが、これは特集「わが愛する大阪の文学者たち」という大阪文学学校を卒業した人たちのエッセイが40頁も収録されている。司馬遼、宮本輝、開高、庄野英二についての他に、安西冬衛、福田紀一や阪田寛夫についての一文もある。その中でもっとも読みごたえがあったのは、大阪で文芸誌「てまり」（十冊）や手鞠文庫を創刊し、清水正一（大阪、十三でかまぼこ屋を営みながら、独自の風格ある詩とエッセイを書いた人で、私も『ぼくの古本探検記』で紹介した）の唯一のエッセイ集『犬は詩人を裏切らない』を出したり、エッセイ集『モナリザの微笑み』を始め自身の詩集や句集、小説集を多彩に出した喜尚晃子さんが、「露草の思い出」というタイトルで彼女が大阪文学学校の生徒として初めてその頃講師だった詩人、港野喜代子さん（一九一三―七六年）と出会って以来の交流の変遷を感慨深く綴っている。「そのピチピチした躍動的な動作に不思議な魅力があった」と初印象を記している。「露草」というのは、喜尚さんが初めて書いて提出した小説「まぼろしの喫茶店」を港野さんが読んでくれ、教室に入りざま、喜尚さんの机の上に一輪のあざやかな露草が浮いた水の入ったコップを置いたのだ。小説のモチーフの一つが露草だったから、という。何としゃれた読後のメッセージだろう、と思う。その後、いろいろと経済上の相談もされたが応じられなかった。その活躍ぶりや人気に反発も覚えたが、いまは悔やんでいると率直に告白している。港野さんは六十三歳で入浴中に心臓マヒで亡くなった。最後に彼女はこう結んでいる。

「わたしはいま、詩人港野喜代子との出会いの不思議を思い、ひたむきに生きた彼女に、深い共感を覚えるのである」と。その喜尚さんも今は亡い。

私は大阪の古本屋で、港野さんの詩集『魚のことば』などを見かけたことはあるが、まだ本格的に読んだことはない。しかし、このエッセイを読んで、港野さんの若き日のはつらつとしたイメージが生き生きと目に浮かび、これから詩集も読んでみようと思った。

思わず回り道をしたが、私がここで書きたいのはこの号に、前述の著者、田能千世子さんがエッセイ「鴨居玲――夢候よ――」を二段四頁にわたり載せているのを発見したからだ。私の脳も枯れつつあるが、さすがにまだ名前を忘れるほどには衰えていないようだ。

田能さんはこの一文で鴨居玲の生涯を簡潔に紹介しつつ、私などがまだ知らなかったエピソードもいろいろ披露してくれている。

まず、「写真を見ればハッとするほど二人（筆者註・鴨居羊子と玲）はよく似ている」とあるが、その次に「羊子は

「声も似とるんよ」というのは初耳である。戦死した長男はアラン・ドロンの風貌に似ていたそうだ。しかし、二人の性格はずいぶん違っていた、とも。ところが面白いのは、玲氏の絵が暗く重たいのに、彼の書く「文章の方はじつにおおどかでユーモラスである」と指摘していることだ。羊子さんの描いた絵の気分に似ているのだ。これは私も『古書往来』で一寸書いたが、全く同感である。玲氏はそれまでなかなか絵が売れなかったが、昭和四十年十月に日動画廊が大阪に支店を出し、羊子さんが初めて個展を開き、成功する。（このときの図録は私も古本で手に入れ、『古書往来』で紹介した。）その折、彼女が「弟も絵を描くねん」とお客に売り込んで頼み込み、玲氏のパステル画が売れたという。それがきっかけで絵が売れ出し玲氏も昭和四十三年四月、日動画廊で初の個展を開き、パステル画が百パーセント近く売れた。こうして羊子さんが玲氏の活躍のきっかけをつくったようだ。

玲氏はその後、裸婦のデッサンシリーズも描いたが、「日本人のモデルは気に入らず、外国人のモデルが「タブンアナタハ　マンゾクスルネ」と押しかけてきて、休憩時間ともなれば、生まれたそのままの姿で体操をはじめ、さすがの玲先生も目のやり場に困ったりする。」と。

何とおおらかで愉快なエピソードではないか。（正直、うらやましい情景ですなあ）

羊子さんが脳卒中で倒れたときは、玲氏は友人の前でこらえきれず声をあげて泣いた。他の友人に「僕、姉にずっと疑似恋愛をしているんだね」と言ったことがあるという。「LOVE」という個展を開いたときの「女性の貌は誰が見ても羊子そっくりだった」とも書いている。いずれも羊子さんと親しくつきあった人の言だけに説得力がある。あの有名な「一九八二年　私」の、空白のカンバスを前にして画家が椅子に坐っている作品は「玲氏の遺書なのだ」、という指摘にもなるほど、と納得した。

【追記3】　二〇一六年七月、異常にむし暑い日、私は自宅で何げなく、以前『関西古本探検』で、収録された文章を取り上げたことのある平野謙の『わが文学的回想』（構想社）を再びパラパラと拾い読みしていたら、時評的エッセイの中に前述した港野喜代子さんの名前が目に付いた。読んでみると、つい引き込まれてしまった。平野氏は、たまたま「新文学」（大阪文学学校）昭和51年7月号の港野喜代子追悼号を読んでみて、巻を描くあたわずという表現がぴったりするほど面白かった、と書いている。平野氏は港野さんについて、何も知るところがないにもかかわらず、である。

とくに、三十篇の追悼文はどれもこれも面白かったという、とくに杉山平一氏の一文を多く引用、紹介している。司馬遼太郎や田辺聖子さんも書いている由、追悼文には彼女の人柄のピュアーさや魅力を語ったエピソードが数々綴られているそうだ。それに反して、座談会では、港野さんの詩作品について厳しく評価されているという。平野氏は改めて、その人物の魅力と作品の評価は別物なのだと感じたという。逆の意味で太宰や荷風、しかりである。

私は平野氏のこの一文を読んで、ますます港野さんへの関心が高まり、『凍り絵』（編集工房ノア）など、その遺された三冊の詩集や「新文学」追悼号を今後探求してみようと思う。（『凍り絵』は最近、「街の草」さんで見つけ、喜んで入手した。見返しを見ると、何と、杉山平一氏宛ての献呈署名があるではないか。ラッキーな収穫であった。）

第21章　ある女性文学者の、師への類まれなる献身──小寺正三氏と加藤とみ子さんの深い交流

今回の探索に入る前に、私が旧著『ぼくの古本探検記』（大散歩通信社）で不充分ながら紹介した大阪府池田市在住の文学者、故小寺正三氏（大正三年─平成七年）のことを、知らない読者のために再び簡単に記しておこう。

私が小寺氏に初めて関心をもったのは、四、五年前の四天王寺での古本祭りで、氏の第一句集『月の村』を偶然手にし、その本と、以前、梅田地下街にあった萬字屋書店の均一台で見つけた同氏の随筆集『へそまがりの弁』が頭の中でふいに結びついたのがきっかけであった。

小寺氏は豊中市の熊野田（現在の岡町辺り）の大地主の家に生れたが、早稲田大学に入り、早大俳句会に席をおいた。卒業して昭和十五年、日本工業新聞（現在の産経新聞の前身）記者となり、そこで同僚の石上玄一郎（小説家）や高橋鏡太郎（俳人で詩人。この人については『古書往来』で詳しく紹介した）と出会って後々まで交友を続けた。昭和十九年、安住敦や鏡太郎氏が創刊した俳誌「多麻」に伊丹三樹彦（神戸の著名な俳人で後に写俳を開拓して活躍した）とともに参加する。新聞社を退社し、しばらく三省堂に務めたが、戦後、故郷へ帰った氏は豊中で、古本屋閑古堂を経営していた。そのかたわら、病床にある日野草城の指導のもと、伊丹氏らとともに俳句同人誌「まるめろ」を発行、そこから『月の村』も出している（私が最近、その句風がとても好きになった故桂信子さんも同人で、第一句集『月光抄』もここから出た。『女身』『緑野』などすぐれた句集を七冊遺している）。

その後、昭和二十六年から文芸同人誌「大阪作家」を主宰、発行し、小説「煙」や「玄関の孤独」を発表した。昭和四十九年、大阪初の月刊総合誌「俳句公論」を創刊、文化の中央集権的傾向に抵抗し、地方の新人を発掘し養成する仕事に心魂を傾けた。しかし毎月が赤字続きで経営が傾

き、続けて「俳句芸術」と改題して再出発したが、なおも赤字続きで、最後は病いに倒れた。著書は他に句集『熊野田』『淀川』『五月山』と小説集に『愛の記録』『玄関の孤独』、伝記に『五代友厚』がある。小説については私の前述の本で少し紹介した。私は、小寺氏は俳人、エッセイスト、そして編集者としても一流の人であり、もっと全国的に再評価されるべき人だと思っている。

なお、小寺氏は川端康成と親戚関係にある人で、終生、川端氏に師事した。戦前は織田作之助とも親交があった（織田作も一時期、日本工業新聞大阪本社の記者であった）。戦後も藤沢桓夫、田辺聖子、眉村卓といった関西在住の作家たちとも交流があったことはエッセイ集や氏の句にも窺われる。また、大阪の古書界でも著名で、とくに天牛書店の大番頭、尾上政太郎氏とは密な交流があり、その追悼記も書いている（『続紙魚放光』）。

ここに、せっかくの機会なので、所蔵の句集『枯色』（近藤書店、昭和三十四年）から、素人の私なりに面白いと思った句を少しばかり引用させていただこう。この句集は昭和二十二年から三十四年にかけてつくられた句を集めたもので、収録順は年代がその逆の配列になっている。「巻末に」によると、本書は自費出版ではなく、「石川桂郎氏の慫慂に遭《あ》って、図らずも公刊の機会を得た」という。全部で四百七十句収録。

ふと視れば蝶に翳あり淡き翳
花火完了群衆ぞろりぞろり帰る
きりぎりす野を越えきしかと憐めり
雨一過《か》わが哭くこゑを消しにけり
海をみず音きくのみで夜が明くる
善藏を読みて窓辺の椎若葉
馬の目の緑に映えて聡明に
草踏まへ尿曲り飛ばすこれも酔後
蟹逃ぐる水のありかへ狂ひなし
げんげ田に亡母つれきて肩を揉みたし
稿ならず星を見ぬ夜がつづきけり

揚羽蝶近付くとみえて遠のけり
子を負いつ吾れや愚かに句を案じ
牛吼えて百姓知らぬ貌で耕す
金策にいでて異郷といふべしや
骨壺はさらさらと泣き風に和す
戯れに雪が舞ひきて町つつむ
織田作逝くわが貌青く髪長し
腕太きをんな不貞や洗濯す
蓑蟲はいつも孤りきり天より垂れ
霜柱踏めば泣聲発しけり
蝶あまた生れるに神を信じ得ず
琴やみてあたり一瞬静止せり
春暁や三樹彦の寝顔愛満ちて
蓬髪や腹這ひてもの書き豆齧り

ちなみに六句目にある善蔵とは、葛西善蔵のことで、小寺氏の好きな私小説作家の一人である。

ここには私の好みで、物書きとしての自分を見つめたものや友人の文学者を詠んだ句も含まれている。少し多くなったが、それでも四百七十句中の二十五句にすぎない。偏った選択かもしれないが、お許し願いたい。

小寺氏は平成七年二月に八十一歳で亡くなったが、氏の晩年の文学上の弟子で小寺氏を深く敬愛していた加藤とみ子さん（当時八十四歳）が自身の句集出版の際、師の遺稿集出版への賛同者を募り、五十名の資金援助者を得て、『身辺抄』を平成八年に、続いて『小寺正三選集』を編集して出版したことを私は岡町図書館の所蔵本で確認し、そのエピソードも書き添えたのである。ただ、その折はあくまで小寺氏の紹介だったので、加藤さんのことは詳しく調べて書いたわけではない。以上がまえおきである。

さて、二ヵ月に一度位は思い出したように訪れる、阪急北千里線、関西大学前駅近くにあるブックオフに、平成二十七年九月中頃出かけた。例によって、百円均一コーナーの文芸書がアイウエオ順に並んでいる棚を順々に見てゆく。食指が動くほどの本はやはりなかったが、ふと、下の方の棚にタイトルも見にくい本が目についた。いつものくせで引出して表紙を見ると、『天のシナリオ』柚木ふみ子、とあった。タイトルが何か暗示的な気がする。カバーはこげ茶の紙に銀箔文字をのせただけのシンプルな装幀で、一七八頁の本。著者は私の全く知らない人だ。奥付頁に略歴がないかと巻末をのぞくが、何と、奥付表示が全くない（切り取られてもいない）。まるで地下出版本みたいである。

ついで、一頁ある「おわりに」を見ると、やはり自費出版の本のようで、文末に平成九年二月十二日、と記されている。その一文は「平成九年二月十二日、先生のご三回忌にとうとう間に合った」と書き出されている。

この著者の師に当る方の追悼記か、お二人の交流記のようなものかと一瞬思ったものの、無名の人の文章ではそう面白いものではあるまいととっさに判断してスルーし、他の棚へ視線を移していった。だが、これといってほしい本もないので、今回はあきらめて帰ろうとしたが、いや待てよ、と前述の『天のシナリオ』をもう一度だけ中身をチェックすることにした。それが大げさに言えば運命の岐路で、もしここであきらめていたら、この本を手に入れることはなかったにちがいない。危ないところだった（もっとも、手前味噌になるが、私以外の誰も見逃していた本かもしれない。偶然、見つけられたのも何かの御縁であろう）。

さて、そこで「はじめに」に続く本文の最初の頁に目を走らせてみた私は、あっと驚いた。

「先生の短篇「家」と処女句集『月の村』、第二句集『枯色』などを味読すると、恐懼ではあるが、私の処女歌集『白き石』『石から絃へ』との、世代的にも時代背景的にもどこか相似点を感じるのだ」とあるではないか。そうだったのか！　本文では「小杉先生」と仮名になっているが、この先生とは小寺正三氏のことなのだ。そして著者も歌集を出しており、同世代に近い人というから、柚木ふみ子さんとは私が『ぼくの古本探検記』でふれた加藤とみ子さんのことではないか、と直感した。だがまだ断定まではできない。俳句誌の主宰者として小寺氏を敬愛する女弟子の方は他にも沢山いただろうから。私の直感が当っているかどうかは本文を読んでいけば分るだろう。ともかく、ドキドキしながら本書を買い求めたのはいうまでもない。

その後、三、四日で一気に読了した。

本書は、著者の柚木さんが、師である小寺正三先生と交した書簡やお互いの本を書評したエッセイなどを引きながら、その出会いから先生の死による別れまでを回想して詳しくその心境の歩みをたどったものである。

お二人の出会いは昭和四十三年の早春であった。

ふみ子さんの生家は代々横堀の材木問屋だったが、祖父は商売を嫌って役人になり、父も大学の先生となった。一方、柚木家は代々曽根崎で紙屋をやっていたが祖父の代で鞄問屋に転業した。彼女十八歳の折、見合い結婚したが、商家の家風に縛られ、苦労する。やがて夫は出征、幼い息子は五歳で疎開先で病死する。戦後夫は柚木善（株）として会社を再建したが、火事で類焼に遭ったりして、昭和三十六年に倒産した（後に、彼女のエッセイから柚木善（株）は加藤忠（株）と判明した）。夫妻は帝塚山の家を手放し、苦労して転々と住居を移ったが、ようやく三十七年に刀根山の借家に落着いた。しかし五十三年に夫も肺がんで亡くなってしまう。

未亡人となった柚木さんは元々純文学志望の女性で、五島美代子門の同人としてすでに前述の歌集二冊や詩集『紘』（木下利玄賞受賞）を出していた。

刀根山に移ってから、同人雑誌『豊能文学』の発行者で豊中市収入役、詩人でもある谷山定治氏と知り合った。『豊能文学』とは「豊中文学」〔註1〕のことであり、谷山定治氏とは谷村定治郎氏のことである。柚木さんは「豊中文学」同人となる。谷村氏は小寺氏とともに戦後、「大阪作家」を十五、六年以上発行した文学仲間で、小寺氏とは交友が長い。関西学院大出身で、当時、詩集『北風』を出していた。本書に同窓の坂本遼氏が序文を書いている（谷村氏の情報は、以前、古本祭りで運よく手に入れた「大阪作家」（昭和四十一年、第十一集）の小寺氏の文章による）。

〔註1〕「豊中文学」の編集発行人を長く務めた寺本知《さとる》氏についても、私は『古書往来』で紹介した。豊中の岡町で十五年間、古書店文苑堂を営んだ文学者で、詩、小説も書いた。とくに小説「閑古堂日録」は体験に基づいた古本屋小説の傑作である。むろん小寺氏とも交流があった。

ここからはすでに判明した人名や雑誌名は本名で書いてゆく。柚木さんから手渡された彼女の著書や小説「骨拾い」の原稿を読んで大いに評価した谷村氏は友人の「大阪作家」の編集人、小寺氏にそれらを回し、小寺氏も早速読んで感銘を受け、「骨拾い」を「大阪作家」に載せることや例会への参加を誘う親書を初めて柚木さんに送ったのが二人の交流の始まりであった。小寺氏は、以後も柚木さんの私小説を次々と読み、「上林暁に似ていて、上林に劣らないほど、うまいのだ」とまで書いている。

その後、小寺氏にも原稿を見てもらい、昭和五十四年ミシンの洋裁で得た余分の収入で中篇小説『三重のお茶屋さん』、五十七年に彼女が夫と子の墓を北摂霊園に建てる話を中心に『六月の墓』の題名で三百部限定で自費出版して

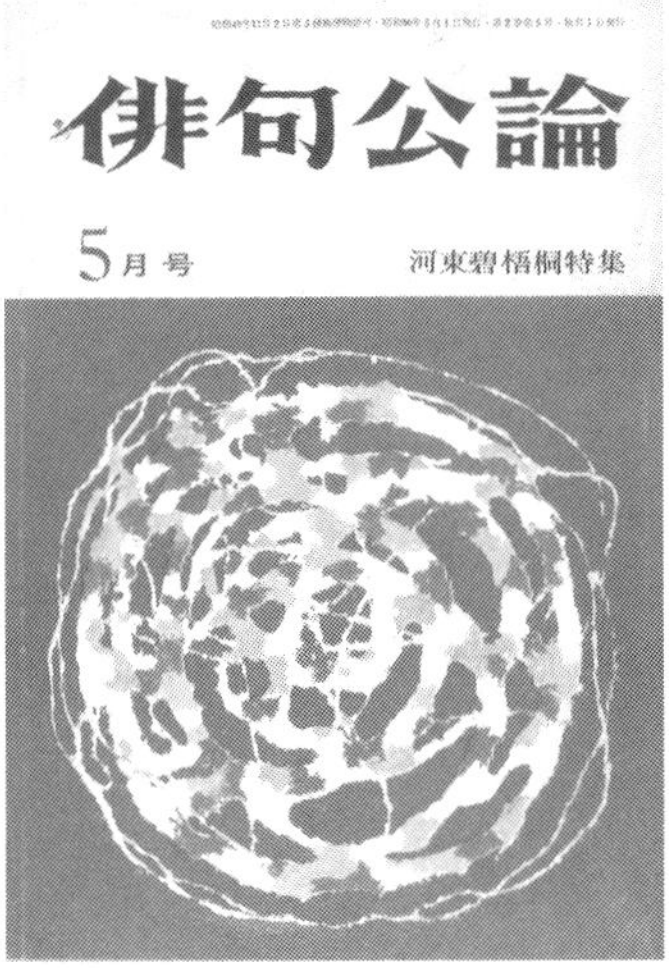

いる（後者は百二十万円で仕上ったと正直に書かれている）。

前者の序文を多忙な小寺氏に依頼して快く書いていただき、彼女は不幸の後でよみがえった気がして、泣いた、と記している。

小寺氏は『六月の墓』についても実に丁寧に評価した書評を十一頁も費やして「俳句公論」に書いている（これは氏の随筆集『北摂の地』（昭和五十九年）にも収められている）。

彼女は夫の死後、年金と夫の軍人恩給でつつましく暮していたのだが、五十六年の暮れに実家の父が遺した船場の土地が売れ、兄妹公平にお金が分配されたので、彼女もやや豊かになったという。

同人誌「大阪作家」を閉じた小寺氏は市販の月刊雑誌「俳句公論」を私財で創刊する。柚木さんによると、一頁分の印刷代は一万円位だった。売行きがはかばかしくなかったのか、年々の赤字が累積する一方であった。

彼女は自分の経済に余裕ができるようになってから、小寺氏の雑誌経営の実情を知った。子も孫もなく、「文学」の他に何の生きがいもない彼女は、「俳句公論」社をお社《やしろ》とみなし、毎月、そのお神体への貢《みつ》ぎを始める。柚木さんは自身が倒産経験者であり、自費出版も数多くしているので、雑誌発行の経済的困難が充分すぎるほど理解できたという。彼女は書いている。

「併し本を出版することは大きな散財であることは十二分に認識していた。自費出版してみれば誰でも分かることだ」

「総合文芸誌の経営は、一個人で賄えるしごとでは絶対ないのである。先生を底抜けの愚者とはいわないで戴きたい。それくらい純粋な大犠牲は、地方の私共無名作家をいか程満たし温めたことか。魂の贈りものは万金に換《か》えられない。私にとっても、わが人生にこよなき宝を、いのちを恵んでいただいていた訳である」と。

そう心から想う彼女は、毎月の支払いの不足分を先生に卒直に伺い、平均して月に五十万を援助してゆくのだが、平成五年からは彼女の経済事情で月十万〜十五万となった。しかしこれだけでも、並の人間にはとうていできない、無私の犠牲的精神による献金である。

さて、柚木さんは倒産以来二十三年ぶりに刀根山のマンションの一室に自宅をもち、移住したが、引用されている昭和六十一年一月十一日の先生からの手紙を見ると、新居移転のお祝いの言葉を記し、その最後に一句、「ひとり居に夜々の時雨を友とせよ」が添えてあった。

この句を見つけ、私は、ああ、やっぱり柚木さんとは、加藤とみ子さんその人だったのだ、と深くうなづいた。というのは、氏の句集『五月山』に、「加藤とみ子さんの新居落成」との前書きを添えて、まさしくその句が収録されているのを、私は『ぼくの古本探検記』でも引用しているからだ。私の直感は正しかった。

小寺氏は長年の雑誌経営の苦労からくるストレスもあってか、平成五年初夏、狭心症の発作が起り、それ以来、病院通いをするようになり、入院もしている。

彼女は先生の自宅にお見舞いに伺っているが、そのときのことを小寺氏が句にして、前述の句誌に発表したのを加藤さんは再び引用している。

柚木ふみ子さん見舞いにきてくれる

見舞ひ客粥と梅干共に食ひ

実はこの句も、私の前述の本で引用しているのだ。奥さまが加藤さんも消化器が弱いことをご存知で、おいしい粥を出して下さり、一緒に食べたのだという。

平成五年、十一月に又自宅にお見舞いに伺ったとき、小寺氏は奥さまや御子息を前にして、初めてこう語った。「ぼくは『文芸俳句』(筆者注・『俳句芸術』のこと)に柚木さんを縛りすぎて申し訳なかった。もっと有名になれた人やったのに……。柚木さん、あんたはほんとうによう、ぼくを助けてくれた。『文芸俳句』が今まで続いたのは、あんたのお蔭やと、合掌された」と(原文のまま)。

加藤さんはそれを聞き、転倒せんばかりに驚き、はらはらと涙を落とした、と記している。そして「先生は「文学」の技の人でなく魂の人である」と書いている。

「俳句芸術」は平成六年正月号でついに閉刊するが、その最後の支払いは加藤さんが詩友に呼びかけ、その募金を集め、印刷所と交渉して少し値下げしてもらい、きっちり二百万円を支払って完済した。また、自宅の広い邸宅を売って老人ホームへ移りたいという小寺氏の意向を伺い、それより閑雅なマンション住いが良いと勧め、加藤さんはあちこち探し回ってやっといい物件を見つけてきたが、直前になり四人いる息子さんのうちの独身の三男の方が相談して同居し、両親を支えてくれることになり、幸い沙汰やみとなった。さらに、雑誌経営維持のために銀行から自宅を担保に借りた七百万（！）を返済するために、以前加藤さんが小寺氏に贈った江戸期の由緒ある掛軸二つを、昔、加藤忠（株）に勤めていて現在は大成功している実業家Y氏に便箋五十一枚ものお願いの手紙を書いて、その結果快くその額通りで買ってもらい、氏に渡したりもしている。

彼女はその上、小寺先生の文学碑を御健在のうちに建てようと計画し、雑誌の全国の詩友に呼びかけて賛同を得、その候補の予定地もあげて先生に打診したのだが、氏からは代筆で「句碑は嫌いである。お断りする」との簡単なハガキをもらい、がっかりするのだ。これは、今にして想えば、私も実現してほしかった気がする。眼に見える形で何か遺さなければ、小寺氏の生涯にわたる、すぐれた文学の業績もやがて歴史の闇に埋もれてしまうからだ。ちなみに句は「烏瓜一つとなりて夢捨てず」の予定であった。いずれにせよ、師のためにといちずに献身的に行動する様子にはそこまでされるか、と感嘆するし、頭が下がる。

その後、先生が療養中の自宅にお見舞いに伺った際、氏が発作的に彼女の頭を数度殴打するという思いがけないハプニングが起り（すぐ謝っているが）、彼女は心臓が止るほど驚き、哀しむが、最終的には師を許し、事実を坦々と報告しているのみである。その後は遠慮して見舞いにも行けなくなった。このへんの小寺氏の心境変化の真因は私にはよく分らないが、病気による心身の衰弱が一番大きいにしても、加藤さんのあまりに一方的な様々な善意の献身ぶりが、弱った心にはかえってしだいに重荷に感じられてきた末の、突発的な行動だったのかもしれない。さらにいえば、加藤さんには少々酷だが、師をイメージの中であまりに理想化しすぎてはいなかったか、とも思う。彼女は文中で、「小杉先生は「俳星」、「星」なのである。並の人間ではないのである」とも書いているのだ。

そして、平成七年一月十七日早暁、あの阪神淡路大震災が起こる。小寺氏は二月十二日に逝去した。その間の小寺氏の終末までの様子は御子息の言葉で簡単に報告されている。

それにしても、加藤さんは本書全体を通して、自己の心の推移と行動をありのままに迫力ある筆致で綴っていて、最後までぐいぐい読ませるその筆力には感銘を受ける。小寺先生への長年の変らぬ献身は同じ文学者としての純粋な敬愛の念にもとづくものだが、彼女の詩や書簡を読めば、その深層に恋に似た感情（プラトニック・ラヴ）が少しもなかったとは言い切れないだろう、などとつい想像してしまうのは私が俗物だからだろうか。むろん御自身はどこにも明言していないのだが。それにもちろん、充分に抑制が効いていて言葉や行動に表わしていない、と断った上でだが、奥さまへの遠慮や気がねも大いにあったことと思われる。

加藤さんは「おわりに」で、本書の原稿は四ヵ月かかって懸命に書き上げたと言う。そして次のように述懐している。

「この文章を筐底に蔵して、私はあと幾許を生きることか。とても畏れがあり、他人《ひと》には見せられない。ご遺族にも一入に恐懼で、今なお心が揺れ止まないのである」と。最後に、それでも「さすがに文字の老化は醜く、やはり活字にしておきたい。心を許せる友の二人か三人かには、密かに贈りたい。今の私の齢にちなみ、八十五部の限定を、依頼しようか。その殆んどは残冊となり、いつの日か、市役所の燃えるごみ収集の車に積まれて、灰となるであろう」と結んでいる。

これを読んで、私は奥付表示がない理由が何となく分ったように思った。それでも加藤さんは師との交流を通して御自分が懸命に生きた証《あかし》を活字に刻みつけて遺したかったのであろう。いわばこれも文学者の業《ごう》のようなものではなかろうか。

本書がゴミとして捨てられる寸前か、それとも本を贈られた人からのルートか、謎であるが、いずれにせよ奇跡的にブックオフの一店へとたどり着き、それを偶然にも私が見つけて手に入れることができたわけである。私にとっては大へん価値のある掘出し本であり、加藤さんからの贈り物であった。ふと思ったのはタイトルの『天のシナリオ』とは、本書と私共との不思議な出逢いを指しているとも言えるのではないか、ということだ。これも何かの御縁と受け取り、私は本書の存在を再び心ある読書人に知ってもらいたいと、拙い筆で少しばかり努力してみた。ただ、この行為が本当に著者の意に添うものであろうか、かえってさしでがましいことにならなかったか、といささか悩みながら、筆をおくことにする。

【追記1】私は加藤さんの最後の私家本を少しくわしく紹介したものの、生涯に八冊程の私家本を他に出していると知ったので、それらもざっと見てみたい、と思い、例によって千里図書館の相談係の所へ出かけた。正直いって、あまり図書館にも入っていないのでは、と危ぶんだが、意外にもその殆どが豊中市内の図書館に所蔵されていた。貸出期間も限られているので、そのうちの以下の五冊を選び、予約して、一週間後借り出した。以下の本である。

○詩集『紘』（昭和三十四年）

○『六月の墓』（発行・豊中文学、一九八二年）（小説、エッセイ集。「骨拾い」正続含む）

○『寒の星』（発行・俳句芸術社、平成元年）（エッセイ集、序文・瀬川健一郎）
○『三つの短編／野の仏・ミンネの湖』（発行・神戸、みるめ書房、平成六年）
○『時と空と』（発行・みるめ書房、平成七年、跋・小寺正三）（故・小寺正三氏に捧げるエッセイ集。序文、石上玄一郎、表紙にエッシャーの絵を使っている。）

各々、相当ボリュームのある本であり、装幀も殆んどご自分で手がけている。

ただ、貸し出し期間も限られているので、じっくり全部を読めなかったが、とくに印象に残ったところのみ簡単に紹介しておこう。

まず、『絃』だが、ブラック、グレコ、ピカソ、ミロなどの挿絵も多数入っている楽しい詩集だ。これから見ても、彼女が美術への造詣も深かったことが窺われる。中年期の頃、加藤さんは谷口吉弘氏を師としてフラメンコギターを夢中で学び、演奏した。そのジプシー音楽の唄、カンテのために作詞した情熱的で哀切な恋愛を唱った詩が多く含まれている。魅力的な詩が沢山あるのだが、一作だけ、短いものを引用させていただこう。

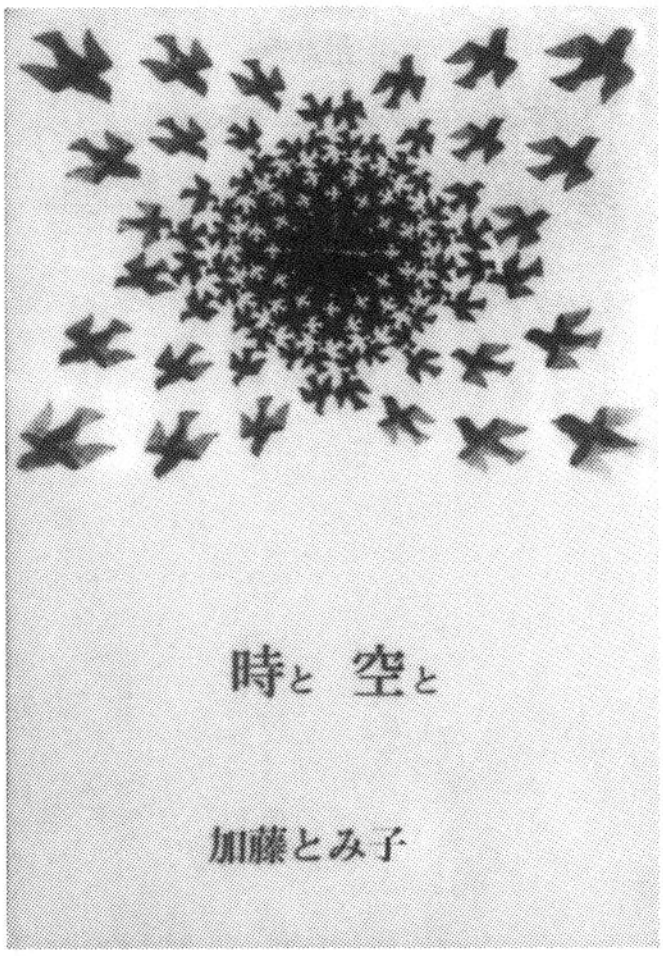

螢のやうに

うたふために

こがれはて　わたしは死に
露深い　墓にねむる

夜ともなれば　ほたるのやうに
燐ともし　舞ひ出て行つて
はじめて　わたしは触れよう
あなたの寝息に　あなたの髪に

『寒の星』には「俳句公論」に発表された数多くのエッセイが収録されているが、圧巻は「残照」「残照後日譚」の長文である。

これは、加藤さんが四十代後半の頃、関西歌壇の長老で、「野崎小唄」の作詞者としても名高い今中楓渓氏と関西の歌人の新聞社での記念集会で出会って以来、今中老に一目惚れされ（?）、以後お互いに自宅を訪問したりして親密な交流を四年間程続けているが、その間の短歌や八十通を越える今中老の書簡を引用しつつ回想したものである。むろん、お二人とも妻と夫がある身で、プラトニックな交流だが、加藤さんは「正直のところ辟易もしたが、その真摯《しんし》さ、卒直さに大きく打たれた」と述懐している。加藤さんにとって今中老は天衣無縫のユーモラスな歌人という印象を受けたが、例えば書簡は殆どが次のような調子のものである。

「とみ子さん、僕は一日としてとみ子さんを忘れたことはありませぬ。とみ子さんの存在は僕を生かしてくれます。幸福を与えてくれます。何という不思議の因縁でしょう。人生は愛です」と一寸こちらが気恥ずかしくなるような、純心であけっぴろげな愛の告白を毎通綴っている。短歌もわずかにあげておこう。

○やるせなきこの恋ごころ天の空にたゆたふ雲に通ふとや云わん

○甘えよるこゝろゆるせとわれの文字見つつ恋ふらく人のおもかげ

○君ありて吾ありと思ふ独り言あだに告ぐべき君のみに告げん

今中老は七十代後半の頃だろう、老いらくの恋といえようか。

なお、今中老は明治十六年、大阪府北河内郡に生れた。長年、寝屋川高等女学校で教えており、歌集『あかね』『白日』や『青潮』などを出している。女性短歌誌「若葉」を主宰した。昭和三十八年八十歳で亡くなった。

加藤さんは「残照」を発表して多くは好評を得たものの、あまりにも露わに二人の交流を綴ったため、数人の批判する知人もいて、暗澹とした気持になる。胃が痛むほど悩んだ末、思いきって遺族と連絡をとり、今中家におわびに訪問する。長男の俳人の方や三男の元阪大教授の方から、かえって父の晩年のありのままの姿を再発見でき、感謝している旨の手紙をもらい、ほっと安堵している。たしかに遺族によってはプライバシーの侵害だと腹を立てるかもしれないエッセイだが、遺族の方が文学、芸術に理解が深い寛大な人々だったので、事なきを得たようだ。

おそらく、このときの不安な経験がトラウマになり、『天のシナリオ』出版に際しても奥付表示をなくし、本文もすべて仮名で通した遠因となったものと私には思われる。

想うに、『寒の星』巻末に跋を寄せた小寺氏の文章などから推測すると、加藤さんは若い頃から中年期にかけて、年上の男性、とくに文学者や知識人を魅きつける容貌と雰囲気を備えた人だったようだ。むろん加えるに、その人間性と、文学や芸術への純粋な熱情や教養の深さが会話の端々にも表れていたからだろう。もっとも、小寺氏によれば、性格は、いい意味でドンキホーテ型のところがあったようだ。それはまさに、前述した小寺氏への献身的行動ぶりにも表れていよう。

もう一例あげておこう。『時と空と』に収録されている「新村出先生のこと――その相聞歌」(上下)である。

新村出といえば、言わずと知れたわが国、言語学、言語史の泰斗であり、専門書の他に一般向けの博識を駆使した味のある随筆をまとめた『ちぎれ雲』(甲鳥書林、昭和十七年)――木下杢太郎のビワの実を描いた木版画表紙もすばらしい――や『松笠集』(装幀、中川一政、河原書店、昭和二十三年)などを私も昔、古本屋で入手して未だに愛蔵している。川端龍子装幀の美しい『花鳥草紙』(中央公論社、

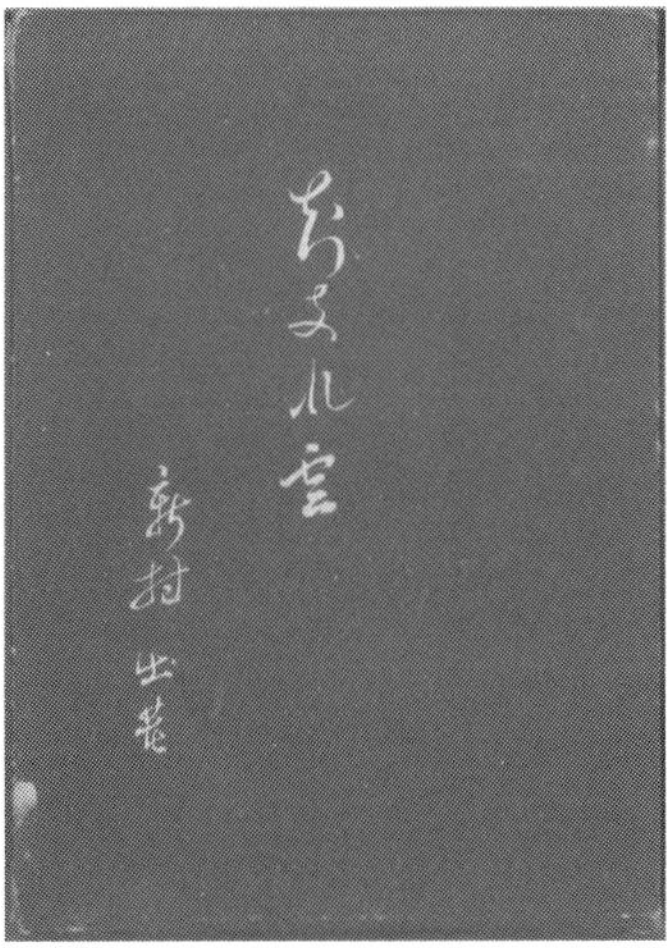

木版画表紙

昭和十年）もあったが、今、書架に見当らない。

その先生から、昭和二十四年から四十年までにわたり、封書で十八通、はがき一二七枚（！）もの墨書の手紙をいただいたという。最初の出会いは彼女の叔父の婿養子の結婚式で、新村夫妻に仲人役をお願いした折、ご挨拶したときに始まる。彼女はその頃、五島美代子主宰の「立春」に同人として、珍しい長歌を発表していた。「立春」を毎号贈られていた新村氏はそれを読んでおり、感心して私宅へ一度遊びに来るようにと誘われる。それ以来、度々お便りし、京都の新村氏宅にも帝塚山から出かけてゆき、その面談から先生の「無限量の学識の泉からこんこんと湧き出る清水を」全身浴するみたいにしてぜいたくな個人教授を受け得た、と述懐している。慈愛と知性の溢ふれた先生の全人格に魅了された、とも書いている。新村氏も京大をとっくに退官し、七十代中頃で比較的余裕があったようだ。〔註2〕

〔註2〕　平成二十六年十二月中旬、全大阪古書組合のブックフェア（三日間）が古書会館で開かれ、私は例によって二日目の午後おそく、やっと出かけた。そのせいか、大した収穫はなかった。（ちなみに、最終日の井上章一氏の講演も聴いたが、従来の大阪人、大阪文化への批判的常識をくつがえすような、示唆に富むお話であった。さすがに人文研の異色の学者であり、役者だな、と想ったものだ。）ただ、新村出氏の『語源をさぐる』（旺文社文庫、一九八一年、重版）を安く入手できたのはうれしかった。本書は元本が氏の晩年（昭和二十六年）に出されたもので、口述筆記が中心になっている。一般読者向けに新聞や雑誌に書かれた文章が多く、平易な言葉で語られている。取り上げている言葉も、例えば「図書館と文庫」「本（Book）の語源」「馬鹿考」「インチキという隠語」「頑張考」「楽書考」など、日常的にも興味を引かれる面白いものが多い。私もこれらを拾い読みしたが、一読、そうだったのか、と目からうろこ、の印象をもった。例えば、「頑張る」は仏教語の「我《ガ》ニ張《ハ》ル」「我ヲ張ル」が語源で、近松物にも出てくるという。何より結論の断定を避け、広く柔軟な姿勢で語源を探る姿勢が一貫している。
巻末には詳細な年譜も付けられている。それによれば、氏は明治九年山口県に生れ、明治三十三年、東大博言学科を卒業、明治四十年京大助教授就任。後、教授に。昭和十一年停年退官している。戦後も東方文化研究所理事や花園大学教授他、様々な学会の要職に就いている。昭和四十二年、九十二歳で亡くなっている。なお、不勉強でお恥ずかしいことに私は今まで、氏の名前を「にいむら・いずる」と読むのだと思い込んでいたが、奥付によれば「しんむら・いずる」であった。どおりで、例の『日本近代文学大事典』を参照してもこ

れまで見つけられなかったわけである。

新村氏は専門歌人ではないが、短歌にも深い関心をもち、自身で短歌もつくり、私家版の歌集『雨月集』（和紙和綴じ装、七十五部限定）、『牡丹の園』（昭和二十七年）がある。氏は昭和四十二年、九十二歳で亡くなったが、その一周忌に遺歌集『白芙蓉』が刊行された。その中に唱われた奥さまなどとの相聞歌を抜き出し加藤さんはいろいろと註もつけて紹介している。ここに奥さまのことを詠った三首も孫引きさせていただこう。

○これやこのわがいにしへの恋ひづまかわれにもまさる白髪にして

○亡き妻の在りし茶の間の隅々を片づけられしあとのさびしさ

○吾妹子《わがもこ》と肩すれあひて共に見し軒端に高き泰山木の花

その文中で、彼女が夢の中に現れた老先生を詠んだ三首の歌を挙げているが、その一首のみ紹介しておこう。

○固く閉ざしし唇《くち》ふれむとし夢さめぬ心震へつ野の百合のごと

その三首を「立春」に投稿し、そのまま載ったのだが、雑誌到着後、二日後に先生からの墨書が届き、次の一首がしたためられていた。

立春落掌、開封直ちに貴詠拝誦

○白百合のすがしき花と生れ来て来む世はきみの夢に見えばや

この歌が『白芙蓉』にも採用されているのを見出し、彼女は腰を抜かさんばかりに驚いたという。ある種の秘められた相聞歌とも言えるからだろう。

彼女は寿岳文章氏とも交流があったようで、『寒の星』で、寿岳先生への一通の手紙とその返信を随筆で発表している。

そういえば『三つの短篇』の巻末で、歌人で高校教諭の野上洋氏も「加藤とみ子論」を書いているが、エッセイストとしての加藤さんをもっとも評価し、とくにその文章の材料となった出会った人々のすばらしさをあげている。寿岳文章、須藤五郎、小寺正三、今中楓渓、深沢七郎、新村出氏などの人々だ。

また、芸術家としての彼女の詩心を最初に植えつけたのは、幼き日にアンデルセン童話の世界を彼女に用意した父親だと言う。次いでは歌人、五島美代子さんとの出会いもあげている。

私が彼女の私家本をざっと拝見しながら想ったのは、たしかに小寺氏が述懐したように、これらが著名な出版社からもし出ていれば、もっと全国的に評価され、活躍された文学者だったのではないか、ということである。例えば、岡部伊都子さんは昔、私のいた創元社（大阪）から『おむすびの味』で出版デビューしたが、後に全国レベルの人気随筆家になった。しかし、加藤さんが実力の上で彼女よりそれほど劣っていたとは私には思えない。その意味では私も含む編集者の怠慢、彼女の才能を見抜けなかった力不足もあるように思う。せめて私の拙文が再評価のきっかけになれば、と願うのみである。

【追記2】　私は校正中に、本稿でふれた『豊中文学』36号（終刊記念号）を寺本知氏の御子息で岡町で喫茶「ドラン」を営んでいる寺本新氏からいただいた（感謝！）。その中の日野範之氏の、同人たちの仕事を一覧した一文によれば、加藤とみ子さんは一九一一（明治四十四）年に生れ、二〇一〇年に八十九歳を目前に亡くなった、とあった。『天のシナリオ』を出して四年後に亡くなっている。――ご冥福を心からお祈りします。

第22章　布施徳馬『書物のある片隅』（Ⅰ～Ⅹ）を読む——貴重な私家本との出逢い

某月某日……昔から時々のぞいている難波の天地書房（現在は道具屋筋に移転して営業中）に今日も立ち寄ってみた（上六店の方は昨年だったか、御主人が亡くなって店を閉じ、さびしいことだ。この店で、読みたい文学書をよく格安で手に入れたことを懐かしく想い出す）。いつものごとく、まずレジの広い机の上に幾山も積まれている新入荷の本をざっと眺めたところ、その一角に『書物のある片隅』ⅠからⅩまでの同タイトルの小冊子（各100頁～120頁）が十冊ほど積まれているのが目に止った。著者を見ると、布施徳馬となっており、全く知らない人だ。しかし、タイトルからして食指を動かされる。装幀は各巻違った一色だけの紙装表紙だが、中をあけると、各冊の扉頁に著者手造りの、本を描いた味のある彩色木版画が貼ってある。発行所は奈良の自宅と思われるが、「小閑洞」とあり、閑雅な名称だ。どうやら自費出版の本らしい。目次をのぞくと、各年ごとの「本とある日」や「古本屋さん」、「わが偏書記」、「蔵書の中の署名本」など、私共古本好きには格好のタイトルがズラリと多く並んでいる。中身もパラパラと見てみると、文体が簡潔でとても読みやすそうだ。出てくる書名を見ると、文学がかなりお好きな人のようだが、幅広いジャンルの本も読んでいるのが窺われる。これは買っておこう！と即断した。ただ、値段も各400円で手頃なのだが、全部買うと予算がオーバーするので、吟味してより面白そうなのを五冊選んで求めた。

その折、めったに話したことのないレジの店員の中年女性に、思い切って「この著者の方はひょっとして店のお客さんだった人ですか？」と尋ねてみた。自費出版の本をなじみの古本屋さんに置いてもらうという人はけっこういるものだから。すると、彼女は「布施先生は長年の常連のお客さんで、住友病院の外科部長をしておられた、とても人柄のいい先生でしたが、十年程前に亡くなられたんですよ」と感慨深げに話してくださった。ほう、そういう方だったのか。たしかに、この人に限らず、著作者としては全国的にあまり知られていなくても、魅力的な内容の本を私

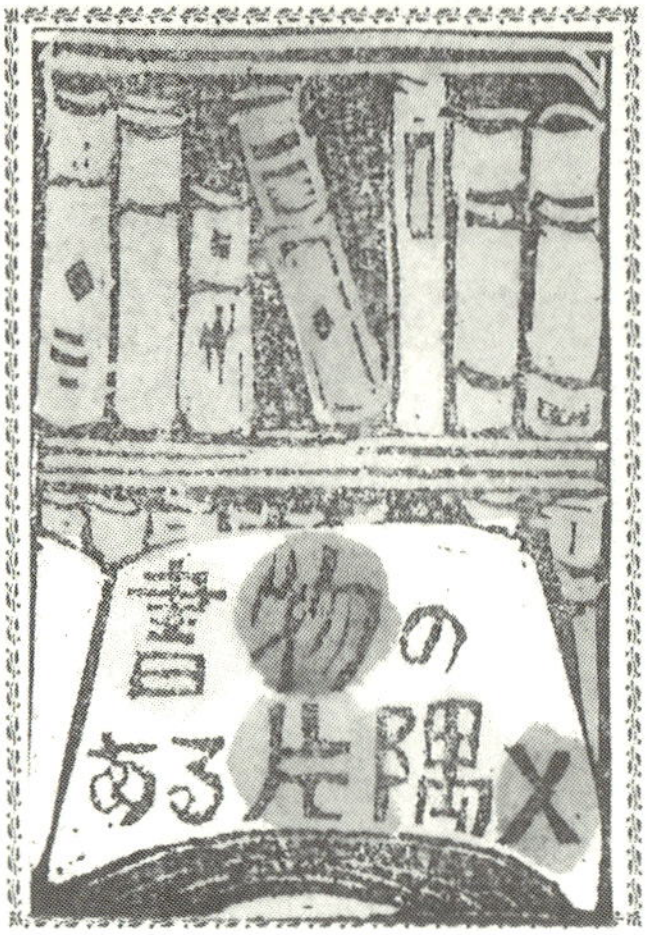

扉頁の彩色木版画

家版で出している人が時々いるものである。この種の本は新刊書店で出会えず、古本屋にだけ、このようにひょっこり姿を現すのだ。実にラッキーなときにこの店を訪れたものである。これから読むのが楽しみだ。

さて、帰りの地下鉄の車中で、その一冊を読み始めるやいなや、どんどん引き込まれるいい文章なので、途中でお店に連絡し、残りの小冊子もぜひ取り置いてもらうよう、お願いした。こういうタイトルの本はめざとい古本ファンなら、すぐ見つけて買ってしまう恐れがたぶんにあるからだ。

翌日、早速取りにいくと、『書物のある片隅』はあと四冊残っており、もう一冊は同じ造本だが書下ろしで240頁ある『死への異常接近——外科医が腹を切られるとき』（一九九三年）であった。こちらはある人への献呈サイン入りである。本書も私家本であった。奥付に表記がないが、本文によれば、小冊子は各巻百部を刷ったらしい。毎回、楽しんで待ち望んでくれた愛読者がいたようだ。

現在、外出して移動中の車中で順次、楽しみながら読んでいるところである。前述したように、文章が簡潔、明快で読みやすく、しかも格調がある。「僕が」という主語で一貫しているのも若々しく、気持がいい。

この通しタイトルはギッシング『ヘンリ・ライクロフト

の私記』の中に出てくるトマス・ア・ケンピスの一文にある言葉だそうだ。布施氏は以前からいずれ自分が書物エッセイ集をまとめるときの、とっておきのタイトルとして使おうと思っていた、と書いている。

氏はかなりハードと思われる外科医としての仕事を終えると、酒を飲んだりつきあいするでもなく殆ど毎晩のように大阪のあちこちの古本屋をのぞき、本を買って帰っている。中でも、氏の好みの本が安く出ている千日前や上六の天地書房が一番よく本書に出てくる。週に一、二度は定期的にのぞいていたようだ。もちろん、今はない難波のなんばん古書街にも時々寄っているし、昔から店の場所を移してきた天牛書店（道頓堀、千日前、周防町など）にも各店を訪れている。また梅田近くの大ビルにあったといういづみ

書店――店主の泉啓一氏は中島宗是のペンネームで古本好きには格好の本『本の醍醐味』を出している――にも立ち寄っているが、しばらくして閉店し（一九八六年）、残念がっている。私にはどうも憶い出せない店なので、一度も行ったことがないかもしれない。ここで、ふと気づいたのは、浪速書林については一度も言及がないことだ。氏とは肌が合わなかったのだろうか。愛書家向けの近代文学や限定本の古本が豊富に並んでいたが、たしかに私共には、何となく入りにくい雰囲気の店であった……。むろん毎号特集形式で書誌的に詳しく、巻頭エッセイも興味深いアート紙のりっぱな目録は定評があったが。

さらに、全国各地で開かれる外科学会への参加のため、出張したときは空いた時間を観光もせずに、当地の古本屋を全国古本屋地図のコピーを片手にできる限り探訪して回っている。こんな医師の方はまことに珍しい。

各巻に乗っている年度（一九八二年〜一九九一年）ごとの「本とある日」がとくに面白い。単なる日記ではなく、古本との出会いのエピソードや印象に残った本の紹介と感想、本をめぐる著者や蔵書票版画家との交流などが短章的に綴られている。

布施氏は新刊本屋ではあまり買わず、好きな本の大半を古本屋で買っている。氏が好きで沢山所蔵している本の作

者は井上靖、遠藤周作、串田孫一、庄野潤三、大岡信、辻邦生、阿部昭、外山滋比古、紀田順一郎、吉田健一、永井龍男、中村真一郎といった人々で、串田氏の本などは百三十六冊蒐めたというから恐れ入る（串田氏とは手紙も出して交流している）。次いで、遠藤周作が九十一冊である。むろん、ここに挙げた作者はごく一部で、省略した人も数多い。

これらの作家以外に、「わが偏書記」の項によると、辻まこと、宇佐見英治、矢内原伊作、生島遼一、杉本秀太郎、山田稔など、読書人にファンの多い気品高い文章を書く文学者たちの本も読んでいる。澁澤龍彦の本も、その死の報をきっかけに、次々と読み始めたという。野呂邦暢の本も多いが、『愛についてのデッサン』を手に入れた際、その一ヵ月ほど前、偶然にその題を流用した元の丸山豊の同名詩集も買っていた、というエピソードを披露している。氏は森村稔という人の創造力や本についてのエッセイ集も数冊読んでおり、来阪の際、会って交流もしているが、私は今まで知らない著作者であった。そこで私も早速、ブックオフで森村氏の『クリエイティブ志願』（ちくま文庫）を見つけ、読んでみたが、「注記の要不要」「引用の多い本」「編集屋の用語」など、類書にあまりないエッセイも多く、なかなか面白い。今後森村氏の本を探求してみようと思う。

布施氏はまた増えつづける蔵書の置き場所の悩みや、たまった不用の本を古本屋に売り予想外に安かったエピソードも何度か書かれていて、私共古本ファンにも共感することが多い。

一方で、氏は内省型の山男でもあり、度々山登りに出かけている（串田孫一本の大ファンになったきっかけはそのせいかもしれない）。一九七七年には神奈川の社会人山岳団体のヒマラヤ遠征に医師として参加したが、その時の日記をもとにして、とくに「山における読書」を中心にまとめ、「ヒマラヤでの読書」としてⅡ巻に31頁を費して書いており、読みごたえがある。キャンプ移動中に濃霧に閉ざされ、危ない目にも遭っているが、ベースキャンプでのヒマな時間を利用して携えていった『マルテの手記』やジイド『地の糧』、ゲーテ『ファウスト』を星を仰ぎながら読了している。私などは西欧の古典的翻訳などはほとんど読んだことがなく、氏は本格的な読書家だなぁとホトホト感心してしまう。

氏はアンソロジストとしての力量もあり、「アンソロジー古本屋」では二回にわたり様々な文学者の本から古本屋の出てくる箇所を抜き書きし、古本ファンを楽しませてくれる。私の知らなかった本もあり、参考になった。

氏はある時期から一念発起し、生涯に一万冊読破をめざすようになる。実際、一日に一冊強位のペースで読んでいるし、一九九一年の記録には、一年に四百五十四冊買い、何と、四百二十八冊も読んだとある。その後病気で倒れるまでは八千五百冊位読破したようだ。

布施氏は随所に、自分の読書はあくまで楽しみに読んでいるだけで、仕事とは関係ないと謙虚に述べているが、その文学、芸術、哲学など広範囲にわたる読書はやはり人間への深い洞察力を培い、氏の臨床への姿勢にも大きく影響を与えたにちがいないと思う。

実際、氏は死についての書物も数多く読んでおり――例えば上田三四二の体験的思索に基づく本には傾倒しており、共感して紹介している――外科医師としては早くから、がん患者への告知を実施しており、死の臨床研究会にも参加して発表している。実践例に基づく『生と死への問いかけ』を一九八三年に医学書院から出し、好評で何度か増刷されているようだ。

氏は住友病院で長い間第一線で活躍していたが、慢性腎炎の持病もあり、一九八八年には住友電工の診療所勤務に移って余裕もできるようになった。ところが一九九二年十一月十三日の朝、突然、腹部が激痛に襲われ、住友病院で緊急手術を受ける。手術後、一時誤診もされるが、結局、腸管悪性リンパ腫と判明し、化学療法を受けることになる。

素人の私が心身医学的に言うなら、父君の死に引き続いた、自分の手術した姉の再発によるがん死、母親の薬禍による無残な死から受けた一連の深刻なストレスが氏の発病を促した一因となったように思われてならない。

その間の体験と思索を前述の私家本にまとめている。医師らしく冷静に自己の症状の推移をくわしく記述しているが、同時に正直な揺れ動く心情も吐露していて、私はぐんぐん引き込まれて読んだ。例えば「どうして僕が……」という二回にわたる項では、病を受け容れようとしても、どうしてもその不条理性やくやしさにとらわれるという、人間的な嘆息、痛切な本音が語られていて、読んでいる私も「なぜ、ほかならぬ貴兄が……」という思いがつのり、つらくなってくるのだ。

本書には「死について」の章が六回にわたりまとめられている。氏の長い読書から古今東西の著書からも引きつつ、氏自身の死の捉え方が率直に語られていて、圧巻である。

また、本書には、類書ではあまり触れられていない「見舞い」や病院食のことも体験的に書かれている。氏は、御自分では社交嫌いで孤独好きな人間だと小冊子でも再三自己分析しているが、実際は医師として、いや人間として人望が高かった人だと思われ、沢山の人が見舞いに訪れている。あふれる花や各々別人による三着の粋なパジャマのさし入れ、それに本好きだと知っている人からは図書券や本のさし入れもあった。なかでも入院をハガキで知らせた天地書房からは、氏に向きそうな本、三冊を見つくろって送ってもらったという。これを読んで私はつい、胸があつくなった。

氏は恐れていた化学療法の副作用も、脱毛以外はそれほどなく、退院する。その後は体調もわりによく、再び登山や古本屋に出かけていたが、巻末の付言的文章にあっと驚かされた。そこには再発が判明し、明日手術を受ける事が記されていた。本書は著名な出版社に原稿を送り、検討してもらっていたが、なかなか返事もこないので、急遽自費出版で出すことにしたという。手術の結果とその後の消息は今のところ不明である。本書は友人にインターネットで調べてもらったところ、この翌年（一九九四年）、おそらく同じ内容でタイトルを変え、『医者が、がんで死と向かい合うとき』（講談社）として出版されたものと思われる。本書を入手してみれば、その後の消息や略歴も奥付に表示されていると思うが、今のところ怠けていて調べていない。さらに、X巻のあとがきによると、X巻を出す前に同年の一九九二年、『外科医の惑い——ある挫折の軌跡』も出したそうである。

布施氏は真底本好きな正統派の読書人であったが、書くことも好きで、それによって自己をよりよく見つめることができたし、カタルシスにもなっている。と、どこかに書いていた。実際、父親の死を受け容れるために『父の思い出』なる小冊子を和紙仕立てで少部数つくってもいる。氏にはもっと沢山、こうした書物エッセイを書いていただき、手づくりの本を続けて出していただきたかったなぁ、とつくづく想うことしきりである……。もはや詮なきことだが、布施氏がまだご健在なら、私の出した本も一冊位は読んでいただき、もし気に入って下さったら交流させていただくこともできたのに、と思うと、とてもせつない。

（二〇一五・十一・五）

【追記1】 久しぶりにわがお得意（？）の追記を書けることになった。前稿を書き終えて、一ヵ月程たって、再び天地書房に、ある夕方立ち寄った。まず店頭の均一コーナーをチェックしていたら、何と、前述した『医者が、がんで死と向かい合うとき』が出ているではないか！　そのうち図書館ででも見てみようと思っていた本だけに、ホクホク顔ですぐレジへ持っていった。

おそらく、前述の小冊子と同様に本書を布施氏から贈られた方が、何らかの事情で蔵書を一括して処分されたのだろう。

本書は点検してみると、私の予測とは少し違っていて、第一章に私家版のその後ともいうべき、「悪性リンパ腫再発す」が新たに74頁も追加されている。また、最後に、エピローグとして「家族への手紙」三通も収められていた。私は帰宅後、深夜までかかってその新たな部分に読みふけり、一気に読了した。

再発を予感しながらも、再入院までに大学院の息子さんと戸隠山へ登山し、再発を自覚してからも奥さんと吉野山へ登っている。山への最後の別れである。妻と腕を組んで月見をしたという。そして「思いきって出かけてよかった。すべてが美しかった。そして悲しかった」と結んでいる。

入院、そして手術後、すぐさま何種類もの管につながれながら化学療法を開始し、そのすさまじい程の副作用との苦しい闘いと病状の推移を、正確な薬名をあげながら克明に記述している。そんな中でもワープロで日誌を綴り、最悪期でも口述で息子、娘さんに打ってもらっているのだから、とても並の精神力の持ち主とは思えない。私なら、きっと耐え切れないだろう。しかし、術後四十七日目にようやく回復して退院し、家に戻れた喜びを率直に語っている。最後の文章は次のようである。

「いましばらく生きられる。溲瓶《しびん》にオシッコをとりながら、喜びと感謝で胸がいっぱいだった」と。

「家族への手紙」の中では、子供が小さい時は子育てに自信をもっていた氏が、思春期になるにつれて子供たちから反発をもたれるようになったこと、また、自分の性格が頑固で強情であり、いったんしないと決めたら、どんなに人に誘われてもしなかったこと（マージャン、ゴルフ、カラオケ）などを正直に自己分析している。一方、他人には優しく、自分には厳しいことも。

ところが、「あとがき」を読むと、何としたことか、退院して、二ヵ月半後、ＣＴ検査でまたしても再発が発見されたのだ。氏は「青天のへきれき、驚天動地、驚愕。何という表現を使えばよいのか僕にボキャブラリーがない」と記している。あんなに苦しんで耐えた化学療法も効を奏しなかったのだ。無情である。またも入院して化学療法を受けているところで報告を終えている。そしてお世話になった方々や妻や子供たちへの感謝の念を述べている。

氏がその後、いつまで生きられたのかは、本書を見る限り、不明である。

本書の奥付ページでようやく分かった氏の略歴も記しておこう。一九三八年、東大阪市に生れる。一九六四年、大阪市大医学部卒業。一九七一年、住友病院外科に勤務、一九八八年より住友電工大阪製作所の診療所に出向、現在に至る、となっている。カバーそでに、小さく顔写真も載っており、その穏やかで学者肌の風貌が伝わってくる（島尾敏雄にどことなく似ているようだ）。本書のあとがきを書いた時点ではまだ五十六歳であった。

早く亡くなったのはまことに残念で仕方ないが、それでも、私が偶然入手できた味わい深い書物エッセイ集九冊や、貴重で迫真的な闘病のドキュメントを私たちに遺して下さったおかげで、氏の人生の一端をまがりなりにもたどることができた。とても真似できない、りっぱな人生であったと思う。遅ればせながら、ご冥福を祈ります。

【追記2】　この原稿を中島俊郎先生に読んでもらったところ、またも資料を送っていただいた。それによると、二〇〇四年にMBS制作で、「ガンを生きる」というタイトルで、布施氏が亡くなるまでの闘病生活を追ったドキュメンタリーが放映された。最後に、布施氏は家の十ヵ所に思い出の品と「元気で仲良くやっているか」と書いた紙を隠すというサプライズを残したという。この番組は多くの人に感動を与え、その年の教養番組部門の最優秀賞を受けている。このVTRは、看護学生の講義にも使われている。私は見逃してしまい、残念でならない。

あとがきに代えて

本書全体をふり返ってみて、ふと気づいたことがある。砂子屋書房のことを書いた稿では、皎明社や出入りした印刷屋の主人、安田頼太郎氏、第三次「三田文学」編集部の稿では五峰堂などの印刷所が出てくることだ。言うまでもなく、著者の原稿が出来上っていても、印刷所や製本所の人たちの地道な働きがなくては、本や雑誌は一冊も造れず世に出せない。印刷人といえば、内堀弘氏がそのすぐれた評伝『ボン書店の幻』で描いた鳥羽茂氏も、一九二〇年代にモダニズムの詩集、三十点程を自社の活字でこつこつ印刷した独りだけの印刷屋主人だった。私も旧著『関西古本探検』で、戦前、同人誌「リアル」（北川桃雄主宰、十三冊で発禁になった）や戦後は京都の文化人を結集した「骨」を発行し、京都で関西の多くの若手詩人の詩集を世に送り出した文童社社主、山前実治《やまさきさねはる》氏（詩人でもあった）のことを少し紹介したが、氏も双林プリントを経営する世話好きの印刷屋主人であった。ここで、詩人、大野新氏も働いていた。また、「日本古書通信」連載の小田光雄氏の一文によれば、木村栄治氏経営の小出版社、七月堂も印刷所を兼ねていた。七月堂は詩集や同人誌が専門分野で、若き日の四方田犬彦氏や沼野充義氏らが同人の「シネマグラ」やフランス文学者たちの「散」、松浦寿輝氏らの「麒麟」などを出していたという。

七月堂から出した詩集では、松浦寿輝『ウサギのダンス』や朝吹亮二『密室論』などが高い評価を得ている。「ユリイカ」二〇〇三年四月号の「詩集のつくり方」特集で、木村氏もインタビューに答えており、詩集づくりの本音を語っている。それによれば、七月堂の入口で、二年間程、古本屋もやっており、あの「彷書月刊」の編集長、故田村治芳氏が仕入れや店番をやっていたという。

また、神戸の詩人、林喜芳氏の『神戸文芸雑兵物語』によれば、氏は十代後半から神戸の印刷会社で働いており、その近くの内外印刷では「キネマ旬報」を一年程印刷していたし、市川合資会社では竹中郁の初期詩集や「羅針」を印刷していたことを記している。大正末から昭和初期にかけての神戸文学史の貴重な証言である。

さらに、明治、大正にわたって多くの夢二画集の出版を始め、思想、教育関係の良書や「白樺」「月映」などを発行した洛陽堂主人、河本亀之助は国光社印刷部長、千代田印刷所経営を経て、洛陽堂印刷所も経営していた。亀之助の生涯と仕事については、田中英夫氏が貴重な労作『洛陽堂　河本亀之助小伝』（燃焼社刊）で詳述している。（実は、私は本になる前の連載の小冊子を毎号送っていただいていた関係で、出版のお手伝いをした。）河本氏は私がかつて探求してまとめた大阪出身の名高い文芸書出版社、金尾文淵堂主人とも深いかかわりがあった出版人である。

また、杉浦明平氏のエッセイ「〈未成年〉のこと」（『本の置場所』所収）によれば、杉浦や立原道造、寺田透、猪野謙二などが参加して出した同人誌「未成年」は昭和十年創刊され、昭和十二年、九号で終刊となった。各三〇〇部か二〇〇部だったが、本郷二丁目の横丁にあった日興社で刷ってもらったという。数軒の書店に委託で置いてもらったものの、十五部程（創刊号）しか売れなかったという。しかし今では近代文学史上、貴重な同人誌となっている。

また福島県に住む詩人で、同人誌「黒」を主宰、「地球」同人で全国的に評価が高い斎藤庸一氏も印刷業を営む人である。斎藤氏は昭和二十二年に草野心平に出会って以来、その縁で昭和二十五年から昭和三十四年までの十年間、第二次の「歴程」三十三冊を印刷、製本している。ただし、終刊までの五、六冊はその費用が未払いのままだったそうである（『詩の外へ詩の内へ』所収のエッセイによる）。本書に登場する土方定一や坂本遼氏とも交流があった。

もう一人、時代小説の大家、吉川英治氏も小説家になる前の下積み時代、十三歳の頃、少年印刷工の経験があったと年譜で見たことがある。

これらは文芸と密接にかかわった印刷者たちのわずかの例をアトランダムにあげたにすぎないが、本書でも引用した、ある座談会で野口冨士男氏が語っているように、〝印刷所を通してみる文壇史〟というのも出版史を見直す新しい視点になるかもしれない。幸い、各々の本には奥付に印刷所が表示されているので、探索の手がかりになることだろう。（ただ、戦前の本には、印刷人名だけで会社名が出ていない奥付もある。）

もう一つは、後に小説家や詩人として活躍する人たちが多く集っていた編集部のことを本書でも四篇程書いていることだ（砂子屋書房、第三次「三田文学」編集部、河出書房、中央公論社）。顧みると、私は旧著『関西古本探検』でも、「ぐろりあ・そさえて」編集部（若林つや、長尾良、宮崎智恵など）、戦後すぐの赤坂書店編集部（梅崎春生、江口榛一、八匠衆一、真尾悦子、吉田時善）について紹介している。また、前著『ぼくの創元社覚え書』（金沢、亀鳴屋）では、創元社東京支店（後に東京創元社に）に小林秀雄や青山二郎を始め、編集者として隆慶一郎や佐古純一郎、丸山金治らが一時期勤めていたことを紹介した。（最近、小説「丹頂」などを遺した上野俊介も三年程いたことを月の輪書林古書目録から知った。）ちなみに、田村隆一、都築道夫、福島正実、常盤新平ら錚々たる編集者が集まっていた早川書房については、その一員《スタッフ》として活躍した生島治郎が『浪漫疾風録』（一九九六年、講談社文庫）でその内部を生き生きと描いている。

一方で、どちらかといえば世に埋もれた編集者たちの仕事やおもかげにも関心をもち、その著作や追悼集をできるだけ発掘して不充分ながら、紹介したつもりである（本書でいえば、氏野博光、和田恒、阪本周三、藤本義一、相原法則氏など）。今後も知られざる編集者たちにできる限り光を当ててゆきたいものである。

また本書には、出版社の外観や編集部内部の空間を描写した文章が幾つか引用されている。とくに今は失われてしまった出版社のそれは、誰かが書き留めておかなければ、歴史の闇に埋もれてしまう。その意味で、最近、写真家の潮田登久子さんが出版した『みすず書房旧社屋』（幻戯書房）には、仕事中の編集部の内部や編集会議の様子も写されていて、貴重な仕事だと思う。出版社の当事者は案外写す機会が少ないのではないか。本書のタイトルも直接的にはここから思いついた。ただ、「空間」のイメージにはもう少し広い意味をもたせている。即ち、時代や土地なども含めた漠然とした広がりをもつイメージである。

さらに、本書のⅢ部では、私が育ち、結婚するまで過ごした郷里、神戸（兵庫）の文芸史や出版史、そしてそこに登場する埋もれがちな、すぐれた文学者や編集者たちの生涯と仕事に、微力ながら光を当てることができたことを素直に喜んでいる。この機会に、全国の読者にも、神戸の文芸文化の豊かさと奥深さに、関心をもっていただけたら、うれしく思う。

本書はまとめてみると、その多くが〝古書を通して見た戦前、戦後の編集者の群像〟といったテーマで書かれているように思う。面識のあった一部の人を除いて殆んどが限られた文献を使ってのラフなスケッチにすぎないが、彼らの片鱗だけでも読者に伝われば、と願っている。

本が大好きな読書家なら、むろん著者への関心が一番なのだが、その本を手がけた編集者や出版社にも最終的に目を向ける人が割に多いのではなかろうか。たしか紅野敏郎先生も同主旨のことを時々書いておられた覚えがある。そんな知的好奇心旺盛な読者に少しでも本書を楽しんでいただけたら幸いに思う。

もちろん、現役の編集者たちにも、御多忙とは思うが、読んでいただけたらうれしい。出版社の編集者だけでなく、全国の多くの同人誌、ミニコミ誌の編集人、さらに新聞記者の方々などにも読んでいただけたら、と思う。（もっとも、直接仕事に役立つ内容ではないが……。）古書ファンは言うまでもない。また本書は何ら学問的なアプローチではないが、日本近現代の出版史の少壮研究者に少しでも資料提供できたなら、望外の喜びである。

今回も改めて思ったのは、古本探索の旅には限りがないな、ということである。私の場合、なぜだか分からないが、ひとつの原稿を書きおえてまもなく、それに関連する新たな文献がなおも次々に見つかってゆくという経験に恵まれている。そこに不思議なエネルギーが集中するのだろうか。そのため、いまだに手書きの私は初めから書き直すのを怠け、ついつい追記や註を多く書く羽目になってしまった。これについては、古本探索のプロセスをありのままに時系列で描くことで、読者にも生き生きした臨場感が伝わるのでは、という言い訳をして、お許しを乞いたいと思う。私は最近、大屋幸世氏の『蒐書日誌』を三冊、再読してその博捜ぶりに驚嘆し学ぶことが沢山あったが、大屋先生も後に調べて分かったことなどを多数〈追記〉として書いておられる。私の記述スタイルにもすでに先例があったのだと、いささか安心した。（その大屋先生も「日本古書通信」の記事によれば、昨年六月に亡くなられたという。私の編集した『誤植文学アンソロジー』（論創社）に先生の一文を使わせていただいたのがせめてもの思い出となった。）

本書もまた、多くの方々のお世話や御協力なしでは書けませんでした。まず、貴重な資料を何篇も提供して下さり、たえず励まして下さった甲南大学文学部教授、中島俊郎先生に深く感謝いたします。また、いつもながらいろいろな情報や資料をいただいた中尾務氏、松岡高氏、和田浩明氏、津田京一郎氏、小野原道雄氏、山畑泰子さん、私ができないネット探索を依頼し、いつもお世話をかけたKさんにもお礼申し上げます。蒐書の面では、とくに尼崎の「街の草」さんで原稿の資料となる数多くの本や雑誌を入手できました。さらにまた神戸、三宮サンパルにお店があったロードス書房さん、大阪は難波にある山羊ブックスさん、神戸、元町のトンカ書店さん、東京の月の輪書林さんなどにもお世話になりました。

本書の大部分は書下しですが、一部はご縁があって、各々の雑誌に御好意で載せていただいたものです。その主宰者である折橋徹彦先生や野口冬人氏――野口氏は、昨年十二月十三日、八十三歳で亡くなられた。本書をぜひ見ていただきたかった方だけに本当に哀しい。心よりご冥福をお祈りいたします。――「ほんまに」の編集者、石阪吾郎氏にも感謝いたします。また、数篇の原稿を活字化し、丁寧な校閲もして下さったシグマ代表、横井茂紀氏にもお礼申し上げます。さらに全頁を小山妙子さんが、丁寧に校正して下さり、私が見逃した誤植をいろいろ指摘していただきました。本当に有難うございました。

最後になりますが、出版状況が大へん厳しい中、『誤植文学アンソロジー』を出していただいたご縁で、論創社社長、森下紀夫氏は私の大量の原稿をお読み下さり、面白いから出しましょう、とおっしゃって下さり、とても幸運に思いました。深く感謝申し上げます。

平成二十九年三月十日

〔初出一覧〕

元創元社編集者の未読小説を読む……「旅の眼」121号（平成27年6月）

著者の怒りに触れる編集者の困惑……「旅の眼」120号（平成26年9月）

あるヴェテラン児童文学編集者の喜怒哀楽……「旅の眼」122号（平成7年11月）

元河出書房編集部の面々……「塔の沢倶楽部」8号（平成26年2月）

神戸文芸史関係の古本探検抄（部分）……「ほんまに」16号（平成26年9月）

貴重な私家本との出逢い……「旅の眼」124号（平成28年9月）

以上以外はすべて書下し。

高橋輝次（たかはし・てるつぐ）
編集者、エッセイスト、アンソロジスト。
昭和21年、三重県生まれ。神戸で育つ。大阪外国語大学英語科卒。昭和44年に創元社へ入社するが、病気のため、平成2年に退社。その後はフリーの編集者となり、古書についての編著書を多数刊行。
主要著書に『関西古本探検』『古書往来』、『ぼくの古本探検記』、『ぼくの創元社覚え書』など。主な編書として『原稿を依頼する人される人』、『誤植読本』、『古本漁りの魅惑』、『誤植文学アンソロジー　校正者のいる風景』など。

編集者の生きた空間
——東京・神戸の文芸史探検

2017年5月20日　初版第1刷印刷
2017年5月25日　初版第1刷発行

著　者　高橋輝次©
発行人　森下紀夫
発行所　論創社
〒101-0051 東京都千代田区神田神保町2-23 北井ビル
電話 03-3264-5254　振替口座 00160-1-155266

装訂／宗利淳一
印刷・製本／中央精版印刷
組版／フレックスアート

ISBN978-4-8460-1596-1
落丁・乱丁本はお取り替えいたします。